NINRAGON

Horus W. Odenthal wurde unter dem Namen „Horus" als Autor und Zeichner von Comics bekannt. Seine Comics wurden in Deutschland und den USA veröffentlicht und erhielten zahlreiche Nominierungen und Preise. Eine große Aufmerksamkeit über die Comic-Leserschaft hinaus erzielte seine Comic-Novelle „Schiller!", erschienen in Zusammenarbeit mit der Deutschen Schillergesellschaft.

Weil die Geschichten, die er erzählen wollte, immer mehr den Rahmen des Comics sprengten, verlegte er sich auf das Schreiben phantastischer Romane und schuf das genreübergreifende Erzähluniversum von NINRAGON.

Die NINRAGON-Trilogie bietet eine epische Fantasy-Saga. Der Roman „Hyperdrive - Mantikor erhebt sich", ein Science-Fiction-Thriller, eröffnet die Reihe NINRAGON AD ASTRA, die den Leser in die Zukunft dieses Kosmos' entführt. „Homunkulus", ein in sich geschlossener Einzelband, ist eine Mischung aus Fantasy und Thriller. Zeitlich eng mit der Trilogie verknüpft, bietet er eine gute Einführung in den NINRAGON-Kosmos.

2014 erscheint die neue NINRAGON-Serie "Verlorene Hierarchien", die den Leser ins Urban-Fantasy-Genre eintauchen lässt.

Im Jahr 2013 wurde der Autor mit "NINRAGON" zweifach für den Deutschen Phantastik Preis nominiert, in den Kategorien "Bestes deutschsprachiges Romandebüt" und "Beste Serie".

Horus W. Odenthal lebt mit seiner Frau, seinen beiden Töchtern und einem Meth-Lab – einem Labrador-Mischling – am Rand des Gravitationskerns Rheinland.

Horus W. Odenthal
Homunkulus
NINRAGON

Roman

Qindie steht für qualitativ hochwertige Indie-Publikationen. Achten Sie also künftig auf das Qindie-Siegel! Für weitere Informationen, News und Veranstaltungen besuchen Sie unsere Website: http://www.qindie.de/

Impressum

1. Auflage

Copyright © 2013 Horus W. Odenthal
Lammersdorfer Str. 57, 52159 Roetgen.
Lektorat: Django
Korrektorat: Uwe Tächl
Covergestaltung: Arndt Drechsler

Horus W. Odenthal wird vertreten durch:
Autoren- und Projektagentur Gerd Rumler
Notburgastr. 5
80639 München

ISBN-13: 978-1494945206
ISBN-10: 1494945207
Alle Rechte vorbehalten.

Ein Personenverzeichnis findet sich am Ende des Buches.

1

Alles, was sie hörte, war ihr eigener Atem, das Knarren von Leder, hastende Schritte, ihre und die der anderen hinter ihr. Armbrüste im Anschlag eilten sie durch unterirdisches Halbdunkel, Danak an der Spitze ihrer Truppen, ihr Kader und die Hilfstruppen der Milizgarde.

Ihre Stiefeltritte knirschten auf dem Steingebröckel des Bodens und hallten hohl im Tunnel des Gewölbegangs. Wasser und Staub rieselten aus dem Gemäuer auf sie herab. Danak fuhr sich durch ihren Schopf, fühlte die Strähnen struppig und klamm zwischen den Fingern und strich sie nach hinten. Zügig, vor allem zügig hier durch, um den Zugriff rechtzeitig hinzukriegen.

So hasteten sie vorbei an gemauerten Gewölbebögen, und da war zunächst nur Düsternis in den Kammern hinter den Durchgängen. Schleunigst ersticktes Gemurmel, Rascheln irgendwo dort hinten, sonst nichts.

Dann wurde im Dunkel eine Laterne aufgeblendet. Ihr Licht wanderte, ihr Träger ging wohl ein paar Schritte, um zu sehen, wer da war, und plötzlich gewannen Schatten Gestalt und rollten mit der Bewegung des Lichts gegeneinander. Geweitete Augenpaare starrten sie aus zusammengekauerten Leiberknäueln an, erstarrt und rund wie Froschlaich in aufgewühltem Schlamm.

Sofort zuckten die Armbrustschäfte hin. Ihre Leute waren angespannt, sowohl die Milizgardisten als auch ihre eigenen Kadergefährten. Hastig wurde die Lampe wieder abgeblendet.

Sie legte die Hand auf den Lauf von Khrivals Waffe, der sich dicht bei ihr hielt. „Nur Kriegsflüchtlinge. Arme Schweine." Sie sprach gedämpft, doch so, dass auch die anderen sie verstehen konnten. „Keine Gefahr für uns."

Das Treibgut des Krieges. Ihre Augen suchten noch einmal die Dunkelheit hinter den Gewölbebögen ab, doch dort war nichts mehr zu sehen. Selbst das Gemurmel war verstummt. Hausten hier in den Katakomben unter der Kirche, wo sich sonst niemand hintraute. Außer ihnen und zwielichtigem Gesindel, dass hier seine Geschäfte abwickelte. Gesindel wie das, dem sie gerade auf den Pelz rückten.

Sie eilten vorsichtig weiter, zwischen Mauerschutt und Rinnsalpfützen hindurch.

Bis hier war es einfach. Bis hierhin war das Terrain bekannt. Soweit man eben die Katakomben unter den Ruinen der Haikirion-Kirche kennen konnte. Sie konnten sich ausrechnen, wo Posten aufgestellt sein würden. Sie wussten, wo der Waffenhandel stattfinden sollte. Sie kannten den Weg dorthin und die Zugangstür zu den Kammern. So weit alles klar.

Nur hinter der Tür... Dort begannen die Ungewissheiten. Niemand, auch keiner von Sandros Kontakten, hatte ihnen Genaues über diese Kammern sagen können. Es sollten aus diesen Kellergewölben Tunnel bis vor die Stadt führen. Und einige davon sollten älter sein als die Stadt Rhun selbst. Man erzählte sich, sie sollten noch von der älteren Stadt herrühren, auf deren Ruinen Rhun erbaut worden war. Deren Überreste fand man noch heute überall in Rhun eingebaut, und selbst einen guten Teil der Unterwelt unter dem Pflaster des heutigen Rhun sollten sie ausmachen. Das übliche Gerede der Leute, doch was die Tunnel betraf, die aus den Katakomben herausführten, war etwas dran. Sie würden improvisieren müssen. Kein Problem. Normaler Job, normales Risiko. Ihr Kader, ihr Job; ein weiterer glorreicher Tag bei den Einsatzkadern der Stadtmiliz Rhun.

Ein Schimmer zeichnete sich vor ihnen hinter den wuchtigen Mittelpfeilern ab. Ölfackellicht, halb verdeckt von Mauertrümmern.

Khrival neben ihr war erstarrt. Sie hob die Hand, nur für den Fall, dass irgendjemand hinter ihr die Gefahr noch nicht bemerkt haben sollte.

Sie legte Khrival die Hand auf die Schulter. Der nickte nur knapp und ließ ohne sie anzublicken, seine Hand zum Griff des Messers an seinem Gürtel gleiten. Die verfilzten Zöpfe mit Totemzeichen und Ringen darin waren mit einem Tuch zu einem Bündel nach hinten gebunden, damit nichts klirrte. Alte gegerbte, verlässliche Söldnerfresse. Khrival verschwand im Dunkel.

Danak trat hinter die Kante des Pfeilers und merkte wie Sandros neben sie schlüpfte. „Unser Killer aus dem wilden Norden", flüsterte Sandros neben ihrem Ohr, eben noch für sie hörbar, so nah, dass sie seinen Atem spürte. Sie ließ ihren Mundwinkel grimmig hochzucken, wusste, dass er es sah. Wenn es dazu kam, dass sie jemandem ihr Leben anvertrauen musste, dann war Khrival der Erste auf der Liste.

Um die Kante des Pfeilers spähend, erkannte sie, wie die Gestalt des Postens sich gegen den Lichtschein abzeichnete.

Es dauerte nicht lange. Sie sah plötzlich einen zweiten Schatten von hinten hinzutreten, sah, wie die erste Gestalt erstarrte. Khrival hatte ihn.

Auf ihr Zeichen huschten alle hinter ihr her zu der Vorkammer der Abzweigung. Khrival grinste sie im Licht der Ölfackel an, Augen wie dunkle Schlitze, Falten um den Mund wie mit einem Messer gezogen. Der Posten dagegen, anscheinend ein Skarvane, sah nicht so glücklich aus und war bereits gebunden und geknebelt.

Blieb der zweite Posten am anderen Zugang.

Sandros stieß sie an, und ihr Blick folgte seinem ausgestreckten Arm. Etwas stolperte durch den Gang von der anderen Seite her in den äußeren Lichtkreis.

„Wie auf's Stichwort", bemerkte Sandros.

Sie erkannte die kompakte Gestalt von Histan, der den zweiten Posten vor sich her stieß und dabei fast gemächlich auf sie zukam.

„Alle Achtung. Seiner war der schwierigere", meinte Khrival. „Übles Terrain. Wollte es ja unbedingt alleine machen. Hab mich schon gefragt."

„Keine Angst", sagte Sandros, jetzt halblaut, da die Wachen außer Gefecht gesetzt waren. „Histan macht das. Posten erledigen auf unmöglichem Terrain? Scheiß Zugang, jeder andere winkt ab? Muss wie ein Geist in der Nacht passieren?" Er zuckte die Schultern. „Ist genau Histans Ding."

Histan und sein unwillig vorwärts stolpernder Gefangener kamen hinzu.

„Was lästerst du?", warf er Sandros zu.

„Nichts, nichts. Meine nur, du wärst verdammt langsam geworden", feixte der.

„Hör *du* auf mit deiner Waffe zu spielen, und sieh zu, dass du bereit bist."

Danak sah sich im Kreis ihrer Leute um. Letzte Chance für Anweisungen und Vorbereitungen. Dieser Gang, so wussten sie, endete vor einer Tür. Dahinter lag der Ort ihres Zugriffs, von dem keiner sagen konnte, wie es dort aussah. Wenn sie sich erst einmal in dem Gang befanden, waren sie mitten im Job, und alles musste schnell gehen.

„Na gut." Der Kreis ihres Milizkaders scharte sich um sie, Khrival, Sandros, Histan, Mercer und Chik, alle nur den bloßen Stahlküraß zum Schutz gegen Pfeile über ihrer Kleidung, dahinter die Leute der Milizgarde des Quartiers mit Uniformmantel über der Körperpanzerung, zum Teil mit Sturmarmbrüsten, zum Teil mit schweren Fechtstangen, alle mit Kurzschwertern. „Ihr wisst Bescheid." Alle Augen sahen sie an. „Ihr, Jungs" – ihr Blick glitt zu den Leuten ihres eigenen Kaders – „rein und Situation kontrollieren. Euer Trupp" – sie deutete mit der Armbrust – „durch und Fluchtwege sichern und abschneiden. Wie's genau da drinnen aussieht wissen wir nicht. Aber es soll hier drin Tunnel geben, die bis vor die Stadt gehen."

„Grobe Vermutungen und das Geschwätz der Leute. Großartig", schnauzte Khrival trocken. „Dass hier ein Deal zwischen den Firnwölfen und einer anderen Bande abgehen soll, kann uns unser sauberer neuer Hauptmann stecken. Aber übers Terrain keinen Dunst."

„Wenn es für die Katakomben genaue Karten gäbe", warf Danak ein, „gäbe es hier auch keine Waffengeschäfte. Und keine Kriegsflüchtlinge. Und Sandros –" Ihr Blick schnellte irritiert zu dem soeben trocken verhallenden Klacken hin. „Histan hat Recht." Ihre Augen trafen sich. „Lass das verdammte Spielen mit deiner Sturmarmbrust, und schau lieber, dass das Teil geladen und einsatzbereit ist."

Sandros Blick glitt wieder zu der fremdartig geformten Schusswaffe.

„Kann nicht glauben, wie butterweich die Dinger zu spannen sind. Verdammte, ausgefuchste Spitzohren."

Schon die ganze Zeit, bevor sie in die Ruine der Kirche reingingen, hatte Sandros ständig den Spannhebel betätigt. Seine Faszination für die Mechanik der Armbrust und den geringen Kraftaufwand, mit der sie zu bedienen war, stand ihm ins Gesicht geschrieben. Klar, Sandros war verliebt in so ein Zeug. Elegante, schlanke Dinge, die wie geölt funktionieren.

Sandros nahm den Sechser-Pfeilpack aus seiner Gürteltasche und ließ ihn in die Führungsschiene einrasten.

„Neue halbautomatische Sturmarmbrüste, Orben zur Verständigung der Truppe untereinander. Jede Menge schicke neue Kinphauren-Ausrüstung. Womit haben wir denn das verdient?"

„Darauf kannst du dir später einen runterholen. Jetzt haben wir einen Auftrag zu erledigen, klar?" Sie wandte sich an den riesigen, zernarbten Nordmann. „Khrival, wie machen wir's mit der Tür? Rammbock oder nicht?"

„Streich den Rammbock, ich tret' sie ein."

Danak sah, wie die Gardeleute, die im Hintergrund die Ramme trugen, sich unsicher anblickten. Sie nickte ihnen bestätigend zu.

„Du hast nur einen Versuch", meinte sie dann zu Khrival, „denk dran."

Der schürzte nur mit geringschätziger Grimasse die Lippen. „Ein Tritt, Kleinholz, und rein. Schon klar."

Sie stellten sich auf, ihr Kader zuerst, dann die Verstärkung durch den Einsatztrupp der Milizgarde von Ost-Rhun, und los ging's durch den Zugangstunnel. Knirschender Laufschritt, knarzendes Leder, trockener Hall in dem Gewölbeschacht. Da war schon die Tür, keine Wache davor.

Khrival stoppte kurz ab, nahm Maß und trat mit brutaler Wucht unterhalb des Türgriffs gegen die Bretter. Das Türschloss brach in einer Staubwolke aus dem bröckeligen Mauerwerk, die Tür flog mit einem Krachen nach innen, sie stürmten hinein.

Sie fanden sich in einem durch Pfeilerreihen gestützten Gewölbe. Ungedämpftes Licht aus dem Mittelgrund, dem Zentrum der Kammer, direkt vor ihnen. Da war's, wo die Sache abging. Dort, vom Licht hart hervorgehoben, war ein Pulk von Leuten um Kisten versammelt, von denen einige aufgestemmt worden waren. Die Kerle erstarrten und glotzten verdutzt in ihre Richtung. Einige mit Wolfsfell an der Kleidung – das waren die Firnwölfe –, andere ohne erkennbare Bandenkennzeichen. Darunter ein echter Hüne im grauen Mantel, der lediglich kalt die Augen zusammenkniff und sie musterte.

Wow, wie viele, zur Hölle, waren das? Mehr als nur ein paar Leute für eine Waffenübergabe. Eine komplette Sektion der Firnwölfe? Insgesamt eher mehr. Dass sie auf eine solche Zahl von Gegnern treffen würden, damit hatten sie nicht gerechnet.

„Stadtmiliz Rhun!", brüllte sie in das Gewölbe hinein. „Hände von den Waffen, und rührt euch nicht von der Stelle!"

Sie sah die Mienen in den Gesichtern, sah die knapp forschenden Seitenblicke der einen Gruppe zu dem Hünen hin, sah dessen Reaktion, eine schnelle Folge von Handgesten, und im Bruchteil einer Sekunde erkannte sie, dass die Sache nicht nach Plan lief. Keiner von denen hörte auf sie. Nicht was die Waffen, nicht was das Sich-nicht-Rühren betraf. Weder die Wölfe noch die anderen. Trotz auf sie gerichteter Armbrüste. Sie wussten um ihre Stärke und ließen es drauf ankommen.

Die Kerle um die Kisten herum stürzten auseinander, noch während ihre Leute auf sie zuhielten, um sie mit Armbrüsten im Anschlag in eine enge Zange zu nehmen und genau das zu verhindern. Damit war eine eindeutige Front als Ziel dahin. Eine Waffe wurde abgefeuert, ein Schrei, ein Pfeil steckte einem der Wölfe in der Schulter. Dann brach der Tumult endgültig los.

Und ab geht's, dachte sie.

Weiteres Surren und Klackern – Armbrustbolzen flogen. Nicht klar für sie in dem Durcheinander, ob es Treffer, ob es Fehlschüsse waren. Wildes Brüllen im Gerangel, als die auseinander gesprengten Gegner sie angriffen, ob Schmerz, Wut, ob Befehle – kaum zu erkennen. Der Hüne hatte in der Menge ein Schwert in der Hand, schrie etwas, dann war da ein Durcheinander von Körpern, zu nah und zu konfus für die meisten mit Schusswaffen. Die Gardeleute mit den Schlagstäben drangen vor, hieben mit eisernen Stabenden nach den Köpfen, Klingen waren draußen. Ein wüstes, hektisches Gerangel. Sie sah Armbrüste, die auf der Gegenseite vom Rand her in Anschlag gebracht wurden. Bolzen flogen. Einen, zwei der Milizgarde riss es getroffen nach hinten.

Danak stürmte mit den anderen vor, sah einen der Kerle auf sich zuspringen, ostnaugarische Züge, Lederpanzer, wildes, dunkles Haar. Sie zielte auf seine Beine, zog den Abzug. Der Kerl stolperte, schrie, den Stachel des Pfeils durch den Oberschenkel gebohrt, knickte im Lauf weg, schon gefolgt vom nächsten. Sie konnte nur noch die Armbrust hochreißen, um damit dessen Schwertstreich abzuwehren. Die Klinge traf auf das Metallband des Bogens, verhakte sich, sie hebelte mit einer Drehung der Waffe den gegnerischen Stahl zur Seite weg, drosch dem im Schwung des eigenen Hiebes vorbeisausenden Angreifer den Schaft der Waffe von der Seite her ins Gesicht. Ein hässliches dumpfes Knirschen. Blut spritzte, der Kopf des Kerls flog zur Seite, dann war sie auf ihm drauf. Er ging zu Boden, spuckte ihr aus zerschlagener Visage Blut entgegen, bevor sie ihm einen zweiten Schlag mit dem Kolben der Waffe an die Schläfe verpassen konnte und der Kerl zurücksank.

Breitbeinig kam sie von dem Bewusstlosen hoch. Sie klappte die Spannarme ihrer Schusswaffe, die ihr im Handgemenge wenig nützte, mit einem knappen Hebelklacken ein, schwang sie am Gurt auf den Rücken und löste ihre Fechtstange aus dem Schulterholster.

Das waren mehr als erwartet. Das war ja eine richtige kleine Streitmacht. Dieser verdammte Kylar Banátrass. Hetzte sie ihr grüner Milizhauptmann auf diesen Deal, und seine Informationen stellten sich als reichlich fadenscheinig heraus.

Histan stand mit der Fechtstange über einem der unbekannten Bande, hieb ihm als abschließenden Zug das Metallrohrende an den Schädel, mit perfekt eingeübter, knapper Bewegung, die bewusstlos schlagen, nicht töten sollte. Khrival trieb brüllend einen ganzen Pulk von Gegnern zurück. Er hatte die Fechtstange umgedreht, so dass das Gegengewicht nach oben kam und drosch mit dem Keulenende wie mit einem Dreschflegel um sich. Überall herrschte wildes Kampfgetümmel.

Sie sah, dass Sandros, Chik, Mercer und die Hauptmacht der Milizgarde es routiniert angingen. Sie hatten es geschafft, einen großen Teil des gegnerischen Haufens trotz dessen Stärke zusammenzudrängen und zurückzutreiben. Einige der Miliz griffen bereits zu den Armbrüsten, um sie, jetzt wo die Fronten sich klärten, in Schach zu halten und zum Aufgeben zu bringen.

Gut, aber dadurch waren natürlich keine Leute für das Abschneiden der Fluchtwege frei. Hatten genug damit zu tun, des unerwartet großen Haufens, der sich gegen sie wandte, Herr zu werden. Einer der Garde brüllte auf; ein Armbrustbolzen aus dem Hintergrund hatte ihn in der Schulter erwischt. Dort waren die, die dem Einkesselungsmanöver entronnen waren. Danak sondierte mit einem Rundumblick die Lage, um zu sehen, wo sie am meisten gebraucht würde, als ihr Blick an der Gestalt des Hünen im grauen Mantel hängenblieb, einen Sekundenbruchteil von einer der Lichtquellen grell hervorgeholt. Er war unter denen am Rand, unter denen, die sich zu lösen und abzusetzen versuchten. Eine kleine Gruppe, die davonstürzte. Darunter ein Leutnant der Firnwölfe, sie erkannte sein Gesicht: Daek hieß er.

Noch ein anderer, der nicht zum Rest passen wollte. Zu alt, falsche Kleidung, falsche Ausstrahlung. In Richtung der Kammern zur Linken, dorthin, wo es mutmaßlich Fluchtwege gab. Die Rädelsführer versuchten zu entkommen.

Kurzer Blick umher, wer frei war.

„Histan, Khrival!" Mit einem Ruck am Gurt zog sie die Armbrust näher an den Leib. „Die Anführer setzen sich ab. Wer kann, hinterher!", schrie sie und stürzte schon los, trieb mit einem Fechtstangenhieb einen der Wölfe aus dem Weg, hetzte an ihm vorbei. Hinter ihr ein dumpfer Laut und ein erstickter Schrei: Einer, der ihr folgte, hatte sich des Firnwolfs angenommen. Vor sich sah sie die Fliehenden schon in den wirren Schatten zwischen Gewölbeträgern verschwinden. Einer von ihnen schrie etwas, eine gebellte Antwort erscholl, die im Gewölbe verhallte. Sie setzte über den Trümmerstumpf einer Mauer, glitt auf einem Schuttberg auf der anderen Seite aus, rappelte sich hoch, sah sich um. Hier hinten wurden die Katakomben verfallener – morsche, bröckelnde Höhlen aus einem Backsteingrund herausgegraben. Schatten der Fliehenden glitten über die Wände, wiesen ihr den Weg zu ihren Gestalten hin, kurz bevor sie sich dem Blick entzogen. Sie spürte einen Klaps auf die Schulter, Khrival. Sie wollte wieder losstürzen, ihm zurufen, da, dorthin sind sie gelaufen. Kam aber nicht dazu.

Ein Schlag ging durch das Gemäuer.

Danak spürte den Boden unter ihren Füßen schwanken. Ein Donnern wie der Schlag einer gigantischen Pauke.

Einer der Pfeiler vor ihr barst und brach in einer Lawine aus Ziegeln in sich zusammen. Khrival hielt sie, fast wäre sie gestürzt. Steinbrocken und Schutt rieselten von der Decke auf sie herab. Schleier von Staub verdeckten die Sicht.

Dann ein weiterer Schlag, diesmal schwächer. Als knirsche eine Ramme durch Mauerwerk. Hinter den Staubschleiern brach etwas polternd und grollend zusammen, etwas anderes, eine wuchtige Gestalt, durch den Trümmerdunst nur in schemenhafter Andeutung zu erkennen, kam näher.

Ein knapper Blick umher. Histan war ebenfalls heran, mit ihm ein weiterer aus der Milizgarde; sie beide, genau wie Khrival, starrten auf das, was sich ihnen da durch Wolken von Staub und Schutt näherte.

„Was zur Hölle ...?", hörte sie Khrival keuchen.

Aus Nebel und Schatten erhob sich eine mächtige, ungeschlachte Gestalt.

Die Schleier lichteten sich ein wenig. Ein weiterer Umriss schälte sich heraus, daneben, deutlich kleiner – mannshoch. Durch den Dunst hervorgehoben flimmerte etwas zwischen beiden ungleichen Gestalten in der Luft, farbige Zeichen, aufflackernde Symbole, wie winzige Feuerwerkszeichen im Nebel. Jetzt sah sie deutlicher: Die kleinere Gestalt war der unter den Fliehenden, der nicht ins Bild passte. Älter als der Rest, graues, fremdartig erscheinendes Gewand, von einem breiten Gürtel zusammengehalten.

Neben ihr, ein schnappendes Surren durchschnitt die Luft. Ein Schrei, ein trockenes Tunk!, fast gleichzeitig dazu. Die mannsgroße Gestalt brach zusammen, die Lichtsymbole blieben wie eingefroren in der Luft stehen. Histan neben ihr hielt noch die Armbrust im Anschlag, lud mit einem satten Klacken des Spannhebels seine Waffe nach.

„Der Bannschreiber", sagte er knapp, als er Danaks Aufmerksamkeit auf sich spürte.

Und ihr verblüffter Blick wanderte von Histan zurück zu der sich dunkel vor ihnen türmenden Masse, während ihr die Bedeutung von Histans Worten dämmerte, sie zu begreifen begann, was sie da vor sich hatten.

Die Staubschwaden verzogen sich, als hätte man Gazeschleier beiseite gezogen, und das Ding machte daraus hervor einen Schritt auf sie zu.

Drei bleiche Augen, kreisrund wie Münzen, hefteten sich aus einem dunklen, rohen Raubtierschädel auf sie. Darunter spannten sich unproportional breite Schultern und eine Brust wie eine Tonne. Zerfetzte, von ornamentalen Riefen durchzogene, lederartige Panzerplatten, stumpfschwarz, teils von grauem Staub bedeckt. Kantige, ausgefranste Löcher zeichneten den kolossalen Leib. Unter dem rechten Schulterpanzer klaffte es leer. Das blanke Skelett lag hier frei: die abgewetzte Oberarmspiere, bloße, rohe Stränge, welche die Gliedmaße trieben, schlaffe Fetzen, nacktes Räderwerk. Gelenke und Sehnen, und daran ein intakter Unterarm mit mächtiger, geballter Faust. Eine Kreatur zerschunden und brutal. Von Schlachten schwer gezeichnet und ramponiert. Eine Kreatur, so wusste Danak, für nichts anderes geschaffen, als um in Schlachten geschickt zu werden.

Von jemandem wie dem Mann, den Histan gerade mit einem Armbrustpfeil getötet hatte.

Einem Bannschreiber – manche nannten sie auch Skriptoren.

Er hatte dem Geschöpf – diesem Homunkulus, so sprach sie den Namen nun in ihren Gedanken für sich aus – gerade den genauen Auftrag, den präzisen Bann einprägen wollen. Unmöglich zu sagen, wie weit er damit gekommen war. Doch wie unvollständig auch immer seine Anweisungen waren – diese Kreatur war auf Vernichtung ausgerichtet.

Die drei bleichen Augen fuhren ruckend ihre Reihe ab, der Homunkulus setzte sich in Bewegung. Seine Fäuste spannten sich, lange, gerade Klingen fuhren sirrend aus der Ummantelung der Unterarme.

Danak riss ihre Armbrust hoch, Histans Pfeil schwirrte schon. Der erste Pfeil wurde mit dem Wischen der Arme und einem metallenen Singen beiseite gefegt, Danaks Geschoss bohrte sich in den Brustpanzer. Sie warf die nutzlose Fechtstange beiseite, spannte ihre Armbrust neu und tauchte zur Seite weg.

Der Homunkulus fuhr unter sie wie eine Ramme. Sie spürte die Erschütterung des Bodens, während sie aufkam und sich abrollte, die kompakte Armbrust in sicherem Griff. Wie Krähenschatten wurden die Umrisse ihrer Gefährten von der wuchtigen Masse auseinander getrieben. Die Spur einer zweifachen Klingenschrift fräste sich durch die Luft. Scharfsilbernes Blitzen, ein elegantes Gleiten durch dafür zu plumpes Fleisch und Leibesmasse. Blutgespritze und Sturz. Ein Gardist rollte schlaff zur Seite weg. Histan und Khrival waren zu beiden Flanken der Kreatur.

Aus dem Schwung der Rückhand drosch Khrival das schwere Keulenende seiner Fechtstange gegen den grobschlächtigen Schädel des Viehs. Das knickte zur Seite, ansonsten war es, als habe der Vorsekkmann lediglich auf einen prall gefüllten Kornsack eingeschlagen. Der Homunkulus ruckte zurück, brüllte aus stumpfem Raubtiermaul, dass der Lärm die Kaverne füllte, und zeigte dabei Reihen spitzer Haifischzähne. Danaks zweiter Pfeil glitt am Panzer der Kreatur ab, Histans Pfeil pflügte sich in die kantige Wange. Die Kreatur brüllte erneut und entfesselte einen Klingenwirbel, dass Khrival gerade noch zurückspringen konnte, Stahl schrammte kreischend über seinen Brustpanzer.

Danak zielte wieder, noch immer in der Hocke – *Der Schädel, ziel auf den Schädel, das muss die Schwachstelle sein!* –, doch wie ein Blitz kam der Homunkulus mit vorgereckten Klingen auf sie zugeschossen. Sie schnellte seitwärts, sah die schwere Masse wie einen stürzenden Felsbrocken über sich kommen – Stahl schrammte sich in Mergelboden –, dachte, *Oh mein Gott, der zermalmt dich, das war's*, schlüpfte frei, irgendwie, die Armbrust kam klappernd auf, der Pfeil löste sich surrend dabei, sie keuchte. Wollte hoch.

Sah den Umriss des Homunkulus direkt vor sich, so dass er fast ihr ganzes Blickfeld ausfüllte; halb gestürzt, halb gekauert, wollte er sich auf einem Arm aufrichten. Der zerstörte Arm gab dabei ein gequältes surrendes Knirschen von sich; Bewegungen und Schnelligkeit der Kreatur waren durch die Beschädigungen anscheinend eingeschränkt. Ein Schatten stürzte sich auf den Homunkulus. Khrival war auf ihm und hatte sein Kurzschwert hoch über den Kopf gehoben, kurz davor, es auf den Nacken des Viehs niedersausen zu lassen.

Der Homunkulus stemmte sich abrupt hoch, Khrival auf seinem Rücken schwankte, kippte, verlor die Balance. Die Kreatur fing sich einen weiteren Pfeil ein, von Histan präzise in das rechte der drei Augen gepflanzt. Sie fuhr brüllend zu ihm herum, wandte sich ihm zu, trat dabei wie beiläufig nach dem gestürzten Khrival aus. Der mächtige Fuß donnerte auf den Boden, dass das Gewölbe erneut erzitterte. Khrival hatte sich gerade noch zur Seite werfen können; sie sah ihn in der aufstiebenden Staubwolke, sah wie er in die Hocke kam. Sah, wie der Homunkulusarm mit der Klinge daran seitlich aushieb. Khrivals elegante Bewegung stoppte abrupt. Sie hörte ein Röcheln. Dann sackte Khrival zur Seite weg, als habe ihn jemand einfach umgekippt. Die Körperspannung seiner Glieder löste sich in ein schlaffes Baumeln.

Der Boden war fort, unter ihren Füßen weggestürzt. Sie hing in kalter, nicht endender Leere.

Und trotzdem mussten ihre Füße sich an etwas abdrücken, als sie vorstürzte, auf die Kreatur zu. *Nein, das ist nicht wahr*, schoss es durch ihren Kopf. *Das darf nicht sein. Ihm ist nichts geschehen, ihn hat nur ein Hieb unglücklich am Panzer erwischt. Sonst nichts...* Histan wurde vom massiven Umriss des Homunkulus vor ihr verdeckt, sie konnte nicht erkennen, was geschah, sah nur die heftige Bewegung des Homunkulusrückens, Stahl klirrte, sah dann Histans Gestalt, wie er zur Seite weghechtete.

In ihrer Hand hielt sie das Schwert; die Armbrust war verschwunden, die hatte sie wohl fallengelassen, ohne dass es ihr bewusst geworden war. Der breite Rücken des Homunkulus vor ihr beugte sich abrupt in der Bewegung – sie dachte an Khrivals Attacke und sprang. Die Sohle ihres Fußes traf das Kreuz der Kreatur, fand knappen Halt. Durch die Luft wirbelnd sah sie den ungeschützten Nacken des Viehs unter sich, zielte den Hieb ihrer Klinge dorthin, fand Widerstand. Ein Schlag traf sie. Als wäre sie mit voller Wucht gegen einen Balken geprallt. Der herumschnellende Arm des Monstrums hatte sie im Flug erwischt, trieb ihr die Luft aus den Lungen. – *Inaim sei Dank, nur der Arm, nicht die Klinge!* – Sie flog durch die Luft, krachte in morsche, nachgebende Ziegel, brach in einem stürzenden Haufen aus Trümmern zusammen.

So schnell. So viel Kraft.

Ihr Kopf dröhnte, ihre Sicht war verschleiert. Wie durch Nebelschwaden, so als schwankte alles um sie her, sah sie die schwere Masse des Homunkulus schnell auf sich zukommen.

Bewegung in den Augenwinkeln, Rufe durch das Gewölbe.

Das war Chiks Stimme. Sie stemmte sich mühevoll hoch, ein stechender Schmerz ging durch ihre Seite und ließ sie aufkeuchen. Sie taumelte, benommen und auf schwachen Beinen, sah den Homunkulus innehalten. Er zuckte, brüllte auf. Ein weiterer Pfeil saß ihm im Kiefer.

Schreckens-, Erstaunensschreie von der Seite: Man hatte den Homunkulus jetzt zur Gänze erblickt.

Noch immer brüllend, wandte sich der Schädel der Kreatur in die Richtung der Rufe. Ihr Blick folgte ihm. Tatsächlich. Chik und Uniformmäntel von Gardisten. Milizgefährten kamen ihnen zu Hilfe. Stutzten allerdings in ihrem Lauf, jetzt wo sie das ungeschlachte, ramponierte Geschöpf so deutlich vor sich sahen. Hoben dann panisch Armbrüste und Klingen, als es auf sie zustürmte. Die Rufe der Milizionäre wurden vom röhrenden Angriffsschrei der Kreatur übertönt. Der höhlenartige Raum des Gewölbes dröhnte zitternd davon wider.

Kopf und Hals, das waren die Schwachstellen; sonst schien die Kreatur unempfindlich. Keine Chance, es ihnen in dem

Kampflärm zuzurufen. Bevor sie weiter nachdenken konnte, stürmte sie schon auf das tobende Gewühl zu. Der Homunkulus füllte beinah den ganzen Raum bis zur Decke, wie ein gewaltiges, rasendes Raubtier, die Milizionäre stoben umher, versuchten den sausenden Klingen zu entgehen und – wenn möglich – Schüsse auf das Vieh abzugeben.

Wieder sah sie den massiven Rücken der Kreatur vor sich, ihre ruckenden, umherschießenden Arme. Gab sich diesmal gar nicht die Mühe, nach besonderen Gelegenheiten auszuspähen. Nur nah genug herankommen, nur Glück haben. Das hatte sie: Sie war im Schatten der Kreatur, stemmte sich mit den Beinen ab, sprang.

Für einen Moment, sah sie pechartige, zerfetzte Panzerplatten, deren unbeschädigte, erhöhte Flächen von einer Staubschicht bedeckt, so dass die darin eingefrästen Ornamente dagegen klar hervortraten, dann den rohen Kopf, der daraus vorsprang. Den Nacken mit der blutigen Furche ihres ersten Hiebes.

Dorthin traf sie auch jetzt, spürte den Widerstand, Knirschen, einen Ruck.

Der Homunkulus schoss herum, sie wurde durch die Luft geworfen. In einem Orkan aus röhrendem Gefauche kam sie auf, besser diesmal, schaffte es abzurollen. Ein Schmerz durchzuckte sie wie ein Schwertstich, als sie mit der wunden Stelle den Boden berührte. Wie ein rasender Bulle kam der Homunkulus auf sie zu, zwei Klingen blitzten vor ihm her.

Keine Waffe.

Ihr Schwert war fort. Das war's.

Klann, die Kinder!, schoss es durch ihren Kopf. *O mein Gott.* Er brauchte sie nicht einmal mit den Klingen zu durchbohren, er musste sie einfach nur in den Boden trampeln.

„Wir kriegen es. Das Vieh ist dran."

Sie hörte die Worte direkt neben ihrem Ohr, wie von einer Geisterstimme geflüstert. Histans Stimme.

Die Worte befreiten sie aus ihrer Lähmung. Ihr Kopf schwenkte zur Seite, sie sah dort Histans bärtiges Gesicht. Er kauerte neben ihr. Kaltblütig, die Armbrust im Anschlag, visierte er mit versteinertem Gesicht den anstürmenden Kampfkoloss an.

Das Schnappen der Sehne.

Der Pfeil flog und erschien wieder unter dem dunklen Brauenwulst der Kreatur, direkt im mittleren der drei Augen.

Der Homunkulus war heran, verdeckte alles andere. Danak warf sich zur Seite. Hinter ihr rammte der schwere Körper wie ein Ballistengeschoss in Mauerwerk und Trümmer. Eine Wolke aus Staub stieg auf, in der sich der massige Leib der Kreatur mühsam aufrichtete. Ein Laut, den Danak vorher nicht von ihr gehört hatte, entrang sich ihr. Er war hoch, zwischen Keuchen und Wimmern, hart wie von einem Wasserkessel unter Druck; ein untergründiges Rasseln vermischt mit schrillem Pumpen. Histan war in all dem aufgewirbelten Staub schon bei ihm, an dessen jetzt blinder Seite, hieb sein Schwert in den im Kraftakt des Hochrappelns noch leicht gebeugten Nacken.

Ihr eigenes Schwert, dort war es. Es hatte sich ins Genick der Kreatur gebohrt und war da steckengeblieben. Keine andere Waffe erreichbar. Keine Wahl als nutzlos danebenzustehen – oder es sich zurückzuholen.

Bevor sie sich versah, war sie ebenfalls neben dem dunklen, sich wild herumwerfenden Leib des Homunkulus, massiv wie ein Stier, nur größer und eher noch rasender in seiner Wut. Sie sprang heran, schnellte zurück, versuchte, ohne zerquetscht zu werden, an ihr Schwert zu kommen. Beim dritten Versuch hatte sie es. Sie hechtete, die Waffe gepackt, zurück, preschte wieder vor, hieb mit der Klinge auf den Hals der Kreatur ein.

Der Homunkulus kam nicht mehr hoch.

Sein Toben war schwächer geworden. Er war zu zwei Dritteln blind, konnte nicht mehr richtig wahrnehmen, was vor sich ging. Der Schmerz schien ihn wahnsinnig zu machen, und ihrer aller Hiebe ließen ihm keine Chance. Andere Milizionäre waren herangekommen, schlugen ebenfalls auf ihn ein. Es war nur noch eine Frage der Zeit.

Danak landete einen weiteren Treffer am Nacken. Der klaffte weit, an mehreren Stellen. Wie roher Thunfisch. Der Homunkuluskörper sackte auf dem linken, dem beschädigten Arm weg. Ein heftiges pumpendes, stoßartiges Rasseln kam aus der Kehle, brach ab. Nur noch letztes Zucken ging durch die Kreatur. Endlich hackten sie den Hals vollständig durch, und der kantige Kopf rollte vom Leib weg.

Dann standen sie keuchend da und sahen sich über den toten, starren Körper hinweg an.

„Was war das denn?" Chik war der erste, der die Sprache wiederfand.

„Ein Brannaik-Homunkulus", meinte Histan Vohlt trocken. Er war der einzige, der seine Atmung einigermaßen unter Kontrolle hatte. „Wahrscheinlich von den Schlachtfeldern geborgen, und von irgendjemandem, der sich darauf versteht, notdürftig hergerichtet und wieder in Gang gesetzt."

„Jetzt ist er totes Fleisch. Zur Hölle mit ihm!" Chik spuckte auf den kopflosen Kadaver herab.

Danak sah es, spürte, wie der hektische, anstachelnde Rausch des Kampfes in ihr verebbte und ihre Hände anfingen zu zittern. Sie biss die Zähne zusammen und ballte die Hände zu Fäusten, damit niemand es bemerkte. Sie hielt den Atem an und drehte sich dann langsam, wie widerwillig um ihre Achse, um sich durch die sich allmählich senkenden Schleier von Staub in der düsteren Gewölbehöhle umzusehen.

2

Sie waren eine aufeinander eingespielte Truppe.

Vorna Kuidanak, von allen nur Danak genannt, war der Kopf des Kaders, Ex-Soldatin, danach Stadtmiliz Rhun. Sandros Moridian, schwarzes Schaf aus alteingesessener Rhuner Familie; er schaffte es irgendwie immer wieder, über zahlreiche Kontakte an alle möglichen und unmöglichen Informationen heranzukommen. Histan Vohlt, war der Kühle, Verlässliche, der ruhende Pol ihrer Truppe; gut ihn zu haben. Mercer dagegen war ein Hitzkopf, aber er war kompetent und hatte Biss, wenn man verstand ihn im Zaum zu halten. Chik hieß eigentlich Maisaczik, sein Vorname war schlimmer, er stammte aus Bilginaum. Khrival war tot.

Sie war zu dem Platz, wo sie ihn hatte fallen sehen, zurückgegangen, und er hatte noch immer dagelegen, so unmöglich still. So wie sie ihn noch nie gesehen hatte. So einfach zur Seite gekippt.

Bleich, starr, die markanten Falten hatten nichts Lebendiges mehr, wirklich nur noch Kerben, so wie man sie auch in einem Stück Holz oder in einem Klumpen Ton hätte finden können. Sie folgten den Gesetzen unbelebter Materie. Fleisch, das es zur Erde zog.

Eine weitere, eine tiefe, blutig rohe Kerbe zeichnete seinen Hals. Von dort war alles Leben aus ihm ausgelaufen, hatte sich mit Dreck und Staub vermischt. Der Kopf hing aber noch am Hals.

Sie stand wohl eine Weile da. Wie lange, wusste sie nicht.

Während sich in ihrem Geist eine lähmende Kälte ausbreitete. Ihr Körper, der Verräter, wollte dabei nicht aufhören zu beben, als müsse er die ganze Zeit in einem fort immer wieder und wieder brüllen und brüllen: Ich lebe noch, ich lebe noch.

Sei still, sei still, sei still: Khrival ist tot! Hast du das noch nicht begriffen? Sei still, du mieser, kalter, egoistischer Drecksack!

Das Rauschen in ihren Ohren klang laut wie Fanfarengedröhn, dabei flach wie eine Nebelwand. Dahinter wütete irgendetwas sinnlos vor sich hin, aber das war nicht sie, und sie hätte nichts davon benennen können.

Sie fühlte die Anspannung ihrer Arme, straff gespannte Bogensehnen, doch sie traute sich nicht, sie zu lockern, aus Angst, sie würde dann anfangen, unkontrolliert und grobschlägig zu schlottern, wie bei Schüttelfrost, und wenn sie einmal anfing, war sie sich nicht sicher, jemals wieder aufhören zu können.

Khrival.

Sie hörte nicht, wie Histan Vohlt hinzutrat, merkte erst, dass er mit ihr sprach, als er ihr die Hand auf die Schulter legte.

Sie riss sich aus seinem Griff frei, als sie sich der Berührung bewusst wurde. Fast hätte sie ihm die Faust ins Gesicht gedroschen, im Reflex, im Fluss der Bewegung. Gerade noch konnte sie sich stoppen. Histan wich einen Schritt zurück, sagte wieder etwas.

Tote habe es gegeben. Sie sollten in die Kammer direkt hinter dem Eingang zurückgehen.

„Musst du mir nicht sagen, verdammt!" Es war ihre Stimme, die ihn anbrüllte. „Denkst du ich bin blind? Dass es Tote gegeben hat, seh' ich verdammt noch mal selber ganz gut!"

Khrival.

Histan hob besänftigend die Arme. Sie sah es zwar, doch so, als sei gar nicht sie gemeint, als hätte das alles gar nichts mit ihr zu tun. Als sei Histan nur ein bloßer Schatten, irgendwo. Sein Mund bewegte sich, aber das, was er sagte, ergab keinen Sinn.

Khrival.

Das ging so nicht. Sie musste sich irgendwie in den Griff kriegen. Das hier musste weitergehen.

Es ist dein Job. Du hast ihn dir ausgesucht, du hattest deine Gründe. Ihr hattet eure Gründe.

Khrivals Gründe waren hier gerade in Dreck und Staub aus ihm herausgeblutet.

Histan redete mit ihr. Sein Blick ging zum Boden, zu Khrival rüber. Auch er war bleich. Geschockt, behielt aber die Kontrolle. Es musste schließlich weitergehen. Musste es wohl. Sie war hier die Anführerin.

Sie setzte sich in Bewegung, spürte ihre Glieder sich rühren, ihre Beine Schritte vorwärts tun.

Als sie in der Hauptkammer ankam, zeigte sich, dass auf der eigenen Seite noch mehr Opfer zu beklagen waren. Neben dem

Gardisten und Khrival, die im Kampf gegen den Homunkulus gefallen waren, gab es hier zwei weitere Tote, zwei Gardisten waren schwer verletzt. Eine Menge Verluste für so einen Zugriff. Auf der anderen Seite ebenfalls vier Tote und weitere Verletzte. Und der tote Bannschreiber.

Sandros kam auf sie zu, erregt, schnellen Schrittes.

„Stimmt das, was die sagen? Ein Kampfhomunkulus? Ich dachte schon, der ganze Bau bricht ein."

„Wär' auch fast. Aber ohne Kopf macht auch so ein Vieh nichts mehr."

„Und das mit Khrival?"

Sie nickte nur stumm.

Sandros schloss die Augen und drehte den Kopf weg. „Mann, Scheiße." Mehr sagte er nicht. Mehr war da im Moment auch nicht zu sagen. Er wurde nur bleich, und seine ganze Mimik sackte in sich zusammen, maskenhaft, wie in sich erstarrt. Sandros kannte den Vorsekkmann zwar nicht ganz so lange wie sie, aber immerhin auch schon seit einer halben Ewigkeit.

Sandros hatte während der ganzen Schweinerei mit dem Biest hier vorne ganze Arbeit geleistet. Mit den anderen Milizionären hatte er einen großen Teil der Firnwölfe zusammengetrieben und festgenommen. Nur die Anführer beider Gruppen waren entkommen. Zwei von der unbekannten Bande hatten sie erwischt, allerdings nicht lebend.

„Ich bin mir sicher, ich habe Daek unter den Fliehenden gesehen. Leutnant der Firnwölfe, der Kopf der einen Seite", sagte sie, die Reihen der Gefangenen entlangblickend. Nein, selbst jetzt, mit der Gelegenheit, sie genauer zu mustern, konnte sie die Handelspartner der Firnwölfe keiner Bande, die sie kannte, zuordnen. Irgendetwas passte hier nicht. „Und die anderen? Da war ein Riese im grauen Mantel. Gab Zeichen, und alles sprang."

„Kaum zu übersehen, der Kerl. Könnte ein Soldatenmantel gewesen sein. Vielleicht ein Deserteur", meinte Sandros.

„Das war kein Soldatenmantel. Das war kein Soldat."

Irgendjemand von draußen, der versuchte die unsicher gewordenen Positionen in einer Stadt unter Besatzung zu nutzen und sich neu reinzudrängen? Sandros sah sie von der Seite an, legte den Kopf schief, nickte dann nur.

„Kennst du die Kerle?", fragte sie. „Kannst du sie irgendwo unterbringen?"

„Muss eine neue Bande sein. Hab sie nie gesehen." Sandros packte einen der gefangenen Firnwölfe am Arm, während dieser – ein unrasierter Kerl, der eher auch ein Veteran oder Söldner hätte sein können – sie beide finster und verächtlich anstarrte. Die Tätowierung eines stilisierten Wolfsschädels mit einem quer kreuzenden Dolch prangte deutlich sichtbar darauf. „Firnwölfe tragen ihren Wolfskopf in die Haut gestochen und das Fell am Rock, aber bei diesen anderen Typen habe ich kein Zeichen irgendeiner Bandenzugehörigkeit erkennen können." Er ließ den Firnwolf los und stieß ihn zurück in die Reihe der Gefesselten.

Dass die Firnwölfe die eine Seite des Handels darstellten, hatte ihr auch ihr neuer Milizhauptmann Kylar Banátrass gesagt, als er ihr den Auftrag erteilte. Die Geschichte war eigentlich ein Skandal für die kinphaurischen Besatzer. Denn irgendwie war es den Wölfen gelungen, ein Waffenlager der Kinphauren zu überfallen und auszurauben. Über die Umstände schwieg sich Banátrass aus. Weil er nichts wusste oder weil die ganze Angelegenheit so peinlich war. Jedenfalls wollten die Firnwölfe nun ihre Beute an die kriminelle Unterwelt von Rhun verkaufen.

Sie hatte in Banátrass Amtsstube gestanden, hatte über dessen penibel aufgeräumten Schreibtisch geblickt und ihr war klar, dass ihr neuer Hauptmann, dieses feine Schoßkind der Besatzer, keinen Gedanken daran verschwendete, welche Gefahr kinphaurische Sturmarmbrüste in den Straßen für die Bürger von Rhun bedeuteten. Er schickte sie lediglich los, um ganz schnell die Spuren der Blamage für seine Herren aus der Welt zu schaffen. Punkte sammeln.

Derjenige, unter dessen Verantwortungsbereich die gestohlenen Waffen fielen, war mit Sicherheit schon längst von Banátrass' nichtmenschlichen, knochenbleichen Verbündeten liquidiert worden. Wahrscheinlich vom „Beil des Roten Dolches" persönlich.

Über die Käufer hatte Banátrass nichts sagen können. Eine ganze Partie kinphaurischer Repetierarmbrüste würde dem Besitzer einen großen Vorteil gegenüber konkurrierenden Banden verschaffen. Daher hatte sie eine der ihnen schon bekannten Meuten erwartet, die die Unterwelt Rhuns beherrschten und Profit aus der unsicheren Situation zu Kriegszeiten schlugen.

„Komisch." Danak musterte erneut die Gefangenen und schüttelte den Kopf. Irgendetwas störte sie. Ganz zu schweigen davon, wie man einen Homunkulus in die Stadt schaffen konnte und was der in einem Kampf Meute gegen Meute in den Straßen von Rhun hätte anrichten können.

„Was soll das für eine unbekannte Bande sein? Und warum verkaufen ihnen die Wölfe Armbrüste, die sie selber gebrauchen könnten."

„Zu heiß? Oder wegen der Kohle? Weil die Firnwölfe sich mächtig genug fühlen und in ihrem Revier keine Konkurrenz fürchten? Die Firnwölfe sind eine ziemlich starke Organisation."

„Bevor ihr weiterspekuliert, schaut euch mal an, was wirklich in den Kisten ist." Histan Volt war zu ihnen herübergekommen und hatte den letzten Teil ihres Gespräches mit angehört.

Mercer und Chik standen ebenfalls um die Kisten herum, hatten bereits die Deckel der restlichen geöffnet und zogen nacheinander verschiedene Teile des Inhalts heraus. Nein, das waren keine Sturmarmbrüste. Das sah man auf den ersten Blick.

„Was zur Hölle ist das?"

„Offensichtlich Bauteile für etwas."

In der Kiste eingepackt lagen komplexe Gebilde aus Holz und Metall, zum Teil schon zu größeren Einheiten vormontiert. Ineinander greifende Bögen, Räderwerk, Stützen, Spannmechanismen, wie sie sie aus ihrer Soldatenzeit von großen Belagerungsarbalesten her kannte.

„Aber Bauteile für was?"

Histan nahm jetzt einen Bogenarm heraus und hielt ihn vor sich hin, zu groß für eine normale Armbrust, aber auch so geformt, dass er auch zu keiner Arbaleste, wie sie sie bisher gesehen hatte, passen wollte.

„Ich glaube, das sind Teile für eine kinphaurische Armbrustbatterie."

„Wofür brauchen Straßenbanden Armbrustbatterien?"

Danak und ihre Kadergefährten sahen einander über die aufgebrochenen Kisten hinweg ratlos an.

Verstreute spärliche Gruppen von Schaulustigen drückten sich in sicherer Entfernung an der Peripherie herum und sahen zu, wie die Gefangenen von der Miliz aus der Kirche herausgebracht und über das überwucherte Brachfeld zu den „Schwarzen Roschas", den Milizkutschen mit den vergitterten Schlägen gebracht wurden.

Die Zeichen der neuen Zeit. Die Gaffer kamen nicht mehr nahe ran, aus Angst, sie könnten identifiziert werden und auf die schwarzen Listen der Besatzer geraten. Und irgendwann stand dann einmal eine Schwarze Roscha vor *ihrem* Haus. Dämliche Mythen. Hielten sich aber hartnäckig in der Bevölkerung. Verbreiteten sich sogar noch und wuchsen dabei an. Als ob sie für so was zuständig wären. Verdammt, sie waren Stadtmiliz. Ihr Emblem, der Turm mit der Rhunskrone, war klar und deutlich auf den Roschas zu erkennen. Ihre Aufgabe war es, auf den Straßen von Rhun für Sicherheit zu sorgen. Für blanken Terror war die Protektoratsgarde zuständig. Nicht ihr Metier.

Danak spuckte aus, und sah auf dem Boden, dass Blut mitgekommen war, fuhr mit der Zunge auf der Suche nach der Wunde im Mund herum. Sinnlos, sie spürte gar nichts. Sie fühlte sich auch ohne äußere Blessuren einfach nur ganz und gar taub.

Vereinzelte Rufe wurden von den entfernten Gruppen laut. Etwas von Spitzohrschergen, das Übliche. Ein, zwei Steine wurden auch geworfen. Dass ihr jemand dankend die Hand schüttelte, erwartete sie schon lange nicht mehr. Diesen Job zu machen, musste ihr Belohnung genug sein. Nichtmenschenbesatzer hin oder her, einer musste die Straßen sauber halten. Es gab schließlich noch genug normale Bürger, die mit den Kriegen und der Politik der Herrschenden nichts am Wams hatten. Und der Großteil der Bevölkerung war nach der ganzen Zeit kriegsmüde geworden. Ihnen war egal, wer die Herrschaft über das Land oder die Stadt ausübte, solange sie nur ein kleines bisschen Normalität bekamen. Solange sie nur ihr Leben, einigermaßen vor Mord und Totschlag geschützt, weiterleben konnten. Die wollten mit dem Krieg dort draußen schon lange nichts mehr zu tun haben. Die wollten nichts von angeblichen Marodeuren oder vom Widerstand hören.

Und irgendjemand musste dafür sorgen, dass diese Leute auch den Schutz bekamen, den sie brauchten, um ein einigermaßen normales Leben zu führen. Die Kerle in den Kastellen und Amtsstuben sahen nicht, was von ihren Entscheidungen unten ankam, und es war ihnen auch egal. Ein paar von den Steinen, die da geworfen wurden, würden ihnen ganz gut tun. Sie würden jedenfalls keinen Falschen treffen.

Sie wandte sich ab, weg vom Anblick der Gaffer und der Prozession der Gefangenen zu den Schwarzen Roschas hin. Die Ruine der Haikirion-Kirche ragte vor ihr auf.

Sie war eine Kultstätte des Duomnon-Mysteriums gewesen und stand am Rand einer ausgedehnten verwilderten Fläche, die in den Grenzstreifen zwischen den Quartieren Ost-Rhun und Kaiverstod hineinschnitt. Die Haikirion-Kirche war, nachdem die Kämpfe um die Stadt Rhun geendet hatten, eines der ersten Opfer von Übergriffen des Einen Wegs auf Einrichtungen des Duomnon-Mysteriums geworden. Die Anhänger der extremen Glaubensrichtung des Einen Weges waren nicht nur für das Geheimnis der Magie zu den Invasoren übergelaufen, sie hatten auch schnell ihre neugewonnene Macht zu einem Kreuzzug gegen den konkurrierenden Zweig des Inaim-Glaubens genutzt. Jetzt war die Haikirion-Kirche eine Ruine, eine ausgebrannte, zerstörte Hülle, ihre zerborstenen Mauern ragten wie schartige Zähne in den Himmel. Innen bildeten die Bruchstücke der eingestürzten Wände mit Resten der verkohlten Träger des Balkenwerks eine unüberschaubare, rußgeschwärzte Trümmerlandschaft.

In der Bevölkerung ging der Aberglaube von den Geistern derer um, die durch die Anhänger des Einen Weges und die entfesselten Kräfte ihrer Magier getötet worden waren und die nun die Ruinen und Katakomben darunter heimsuchen sollten. Das hielt die meisten von der Kirche fern. Und die Angst, als Anhänger des Duomnon-Mysterium verdächtigt zu werden und auf die schwarzen Listen zu geraten.

Danak ging ein paar Schritte in Richtung des Gewirrs brusthoch aufschießender Wildgrasbüschel und vereinzelter knorriger Bäumen, dorthin, wo das wahre Ödland hinter der Haikirion-Kirche begann.

Kinphaurische Armbrustbatterien. Sie hatte schon davon gehört aber bisher noch nie eine mit eigenen Augen gesehen. In solchen Kriegen war sie Gott sei Dank nicht gewesen.

Diese Waffen waren von den Nichtmenschen bei ihrer Invasion, bei den erbitterten Kämpfen um den Nordwesten von Niedernaugarien eingesetzt worden. Schon vorher, in dem furchtbaren Bürgerkrieg um die Kinphaurenprovinz Kvay-Nan waren sie von den Aufständischen in jenen Schlachten eingesetzt worden, die heute sprichwörtlich für die Grauen des Krieges standen: Khuvhaurn, Khavai-Kharn, die Schlacht um die Urwaldfeste von Jhipan-Naraúk.

Genau wie bei diesem Homunkulus. Kaum auszudenken, was man mit Armbrustbatterien in den Straßen von Rhun anrichten konnte. Hatte diese neue Bande irgendetwas Extremes damit vor? Brauchten sie sie, um ihr neues Revier oder ihr neues Hauptquartier zu sichern?

Der Hüne in dem grauen Mantel. Das war keine Bekleidung, die man in der Stadt trug. So was trug man nicht auf den Straßen; das war nicht die Kluft einer Meute. Das war etwas für die Wildnis.

Homunkuli wurden von den Kinphauren in diesem Krieg gegen die Kräfte der idirischen Seite eingesetzt. Waren das etwa welche von den Marodeuren, die den Kinphauren dort draußen im Land das Leben schwer machten? Eine Truppe, die den Kämpfen im Niemandsland entkommen und sich jetzt in der Stadt breitmachen wollte? Und dafür Waffen benötigte? So etwas wie einen von den Schlachtfeldern geborgenen Homunkulus und Armbrustbatterien? Um sich hier in Rhun zu etablieren?

Sie hatten leider keinen von denen zu packen bekommen. Von den Firnwölfen würde ihnen sicherlich keiner wichtige Informationen verraten. Die Wölfe waren straff organisiert und übten überall ihren Einfluss aus. Niemand aus ihrem Umfeld wurde zum Verräter, aus lauter Angst, was dann mit ihm oder seinen Angehörigen geschehen würde.

Von dort, wo die Häuser begannen, hörte sie erneut Rufe über das Brachfeld hallen.

„Mörder!"

„Verräter!"

„Kinphaurenschergen!"

Der Richtung der Rufe folgend, ging ihr Blick wieder zu der Kirche hinüber, und sie sah, dass nun die Toten aus dem Gemäuer getragen wurden.

Die Toten. Ein galliger Geschmack sammelte sich in ihrem Mund und sie musste schwer schlucken, um ihn weg zu bekommen. Sie spürte, dass ihre Arme wieder anfingen zu zittern. *Khrival, verdammt.* Ihre Finger, verflucht, wie bei einem Junkie, ihr gingen so die Knochen, sie konnte gar nicht stillhalten.

Auf halbem Weg zum Zug ihrer Leute hinüber traf sie auf Mercer. Ihr Anblick brachte die steinerne Maske professioneller

Abgebrühtheit, die er seinen Zügen aufgeprägt hatte, ein wenig zum Verschwimmen, und darunter kamen Spuren von Betroffenheit und Verwirrung zum Vorschein.

„Was war das, zur Hölle?", fragte er kopfschüttelnd. „Das war doch kein normaler Einsatz. Das war eine Schlacht." Er blieb neben ihr stehen und gemeinsam schauten sie, wie je zwei Milizionäre einen Toten an Armen und Beine über das die Kirche umgebende Brachland trugen. „Hast du so etwas schon einmal erlebt?"

Chik und Histan kamen aus dem Gemäuer und trugen gemeinsam die Leiche von Khrival, aufgebahrt auf einem Deckel der beschlagnahmten Kisten.

„Ja", antwortete Danak Mercer, „hab ich. Im Krieg."

Im Krieg hatte Vorna Kuidanak auch Khrival Nemarnsvad kennengelernt.

Es war in einem kleinen, dreckigen Krieg gewesen, der jetzt über den großen Auseinandersetzungen, in denen das Idirische Reich gegen den Ansturm des gewaltigen Heeres der Nichtmenschenallianz um seine Existenz kämpfte, längst in Vergessenheit geraten war.

Es war ein Feldzug im Nordwesten, in Mittelnaugarien, jenseits der Drachenrücken. Aber Krieg war Krieg, und Krieg war immer dreckig, egal, was man sich an hehren Gründen und Rechtfertigungen zurechtbastelte.

Damals war's so:

Ein Dieb und Landräuber hatte ganz Baraun unter Kontrolle gebracht und somit den selbstzugelegten Adelstitel aufpolieren können. In seinem Größenwahn warf er gierige Blicke auf Norgond. Das war zwar eigentlich idirische Provinz, aber Idirium war weit hinter den Drachenrücken. Eine Bande von Dieben und Landräubern mit selbstzugelegten Adelstiteln aus dem benachbarten Anvergain und Balthruk, redete ihm dabei heftig zu und versprach Unterstützung. Das alte Spiel: Wir hetzen dich auf den gemeinsamen Feind, mal sehen was passiert. Gehst du unter, heimsen wir die Überreste von deinem Besitz gleich mit ein.

Eben das übliche Phalanxspiel um Macht und Territorium.

Die eigene Bande von Dieben und Landräubern in was-weiß-ich-wievielter Generation, an denen die Adelstitel mittlerweile wie Dreck festgebacken waren und die ihren hocheigenen

Misthaufen mit einer Verfassung und republikanischem Schnick und Schnack bemäntelt und „das Idrische Reich" genannt hatten, konnte natürlich nicht zulassen, dass man sich ihr Land so einfach unter den Nagel riss. Also schickten sie ihre Armee aus. Oder heuerten andere an, um die Drecksarbeit für sie zu erledigen. Niemand pinkelte da, wo die eigene Meute gepinkelt hatte.

Es ging immer um Macht und Raubtierbedürfnisse, auch wenn die Strauchdiebe sich inzwischen das Gewand der Zivilisation um die Schultern gelegt hatten.

Unterdrückung und Herrschaft wandelt sich und passt sich an. Aber der Ursprung bleibt derselbe und ihre Natur ebenfalls. Und die Verachtung.

Und von dieser Verachtung hatte sie genug in diesem Krieg gesehen.

Ihre Einheit war auf ihren Märschen im Nordwesten durch ein zerstörtes Dorf nach dem anderen gezogen. Sie sahen alle gleich aus. Nichts, woran sie erkennen konnte, auf welcher Seite der Grenze man war. Den Toten sah man auch nicht an, ob es Norgonder oder Baraunleute waren, ob man für ihre Freiheit als Bürger einer zivilisierten idrischen Provinz gefochten hatte oder gegen sie als Angehörige eines mordlüsternen, ungebildeten Barbarenvolkes. Sie sahen einfach nur tot aus.

In einem dieser Dörfer hatte sie Khrival getroffen.

Ihre Einheit hatte nicht weit von dem Dorf ihr Lager aufgeschlagen. Dasselbe zweckmäßige idrische Standard-Feldlager wie immer, egal, wo man es auch aufschlug. Alle anderen hingen in dessen genormter Sicherheit bei Würfelspiel, Wein und Lagerfeuer ab. Sie selber hatte dieses seltsame, untergründig rumorende Gefühl im Bauch, und das hatte sie dazu gebracht, sich dem Dorf zu nähern.

Eine mächtige Eiche stand am Eingang der Ansammlung von Häusern und dünne Rauchschleier strichen wie Fahnen an ihrem weit ausgreifenden Umriss vorbei. Als sie ihren Schatten passierte, stob aus dem Dunkel des Geästs mit einer Salve peitschenden Flatterns ein Schwarm von Aasvögeln auf, der krächzend in der Weite von Rauch und Regendunst sein Heil suchte. Sie blickte hoch und sah aus der dunklen Kuppel der Krone ein Spalier makaberer Früchte herabbaumeln. Von den Ästen hing an Stricken eine Anzahl ehemaliger Dorfbewohner herab, jetzt nur noch starre Fleischbeutel, an denen die Vögel ihr grausames Mahl begonnen hatten. Wie geschlachtete, in einer Reihe aufgehängte Hühner.

Die Häuser schwelten noch, die Leichen lagen wahllos verstreut. Eine Frau lag bäuchlings mit eingeschlagenem Schädel in einem Schweinetrog, Arme und Beine baumelten zur Seite heraus. Die Leiche ihres Kindes lag von ihrem Leib halb bedeckt unter ihr. Die zum Trog gehörenden Schweine waren allesamt verschwunden; eine Armee brauchte Proviant. So blieb ihr das Nebeneinander dessen, was Schweine mit Leichen anstellen und was Menschen ihresgleichen antun, erspart.

Die Leichen lagen eingesunken und waren teilweise schon verbacken mit dem Schlamm. Der dünne Regen hatte es nur unzureichend geschafft, das Blut von ihnen wegzuwaschen. Knochen waren gebrochen, Schädel zertrümmert, egal ob Mann, ob Frau, jung oder alt. Man hatte zerschlagen, zerbrochen und zertrümmert, was vorher fühlendes Leben war, Kampf ums Dasein, Liebe und Fürsorge für die Seinen, eine Behausung aus Fleisch und Knochen für Ängste, Hoffnungen und Träume.

Einige hatten versucht, aus den brennenden Häusern, in denen sie zunächst Zuflucht gesucht hatten, zu entkommen. Ihre Körper hingen von Spießen zerstochen und halb verkohlt aus den Fenstern heraus.

Im Krieg wurde jeder schuldig; sie hatte es erlebt. Jeder, der in einen Krieg zog, bekam Blut an seine Hände und lud etwas auf sich, was unwiderruflich in seine Seele einzog. Es gab da keine Wahl, kein Entkommen. Wenn man einmal in diesem blutigen Irrsinn war. Kein hehres Ziel hält dich davon rein.

Denjenigen, die Kriege beschlossen und sie führten, indem sie Unmassen von Menschen zum Sterben ins Feld schickten und sie Armeen nannten, waren die sich darüber im Klaren? Mordbilder flackerten durch ihren Geist, und es kamen keine Bauern oder Soldaten darin vor, sondern lauter Gesindel mit wohlgepflegten, in feine Stoffe gekleideten Körpern. Ihre Entscheidungen, ihre Eitelkeiten und Machtspiele. Hier endete das alles. Mit einem Haufen toter Kinder. Die blutigen Früchte ihrer Verachtung. Sie spürte, dass ihre Kiefermuskeln sich verspannt hatten und ihr Mund unkontrolliert zuckte. Sie ging zurück zum Platz zwischen den Hütten.

Bei keiner der Leichen waren nennenswerte Waffen zu sehen. Nichts außer Dreschflegeln, Sensen und Knüppeln. Das hier waren keine Kämpfer gewesen, das hier waren die Leichen von Bauern. Hatten nichts anderes versucht, als sich um sich selber zu kümmern, um die täglichen Dinge des Lebens: Saat, Ernte, Kinder, harte Arbeit, Liebe, Hoffnungen. Ihr eigenes, kleines Leben, nicht das Getriebe der Welt dort draußen. Nur um die Ihren und ihre Bedürfnisse.

Niemand hatte sie beerdigt. Keiner der Drecksäcke, der zu ihrem Heil Soldaten losschickte, nahm eine Schaufel in die Hand. Ihr Dorf war nicht dem Feind in die Hände gefallen; ein Erfolg, das Territorium war gesichert. Welcher Hohn. Ob ihre Leichen jetzt vor sich hinrotteten, war nur eine Fußnote.

Grausig, aber normal im Krieg.

Über dieses Dorf war eben nur eine Partie Phalanx hinweggegangen.

Sie war die einzige Lebende, die zwischen den Häusern umherging. Sie kam sich dabei wie ein Geist vor, der diese Stätte der Gräuel heimsuchte.

Eine Bewegung schreckte sie auf. Ihre Hand war zum Fechtspeer hin gefahren.

Es war ein Riese von einem Mann gewesen, der mit versteinertem Gesicht aus einer Seitengasse kam, in der sie selber vorhin ein paar tote Kinder entdeckt hatte, und der vom Auftauchen einer weiteren lebendigen Seele genauso überrascht worden war wie sie. Er trug einen Lederharnisch mit aufgenähten Metallteilen, Schulterschutz; keine reguläre Uniform. Nur um seinen Kopf trug er ein Stirnband mit einem Emblem. Auffällig an ihm war der Schopf dicker, verfilzter Zöpfe von der Farbe dürrer, ausgebleichter Ähren, die ihm um den Kopf baumelten. Sein Gesicht war ihr damals vorgekommen wie aus Stein gemeißelt; vielleicht kam das von den Eindrücken, die er gerade in sich aufgenommen hatte.

Seine Nasenflügel blähten sich, und er sah sie aufblickend aus toten Augen an.

Sie erinnerte sich an die Söldnerbruderschaft, die ihr Lager neben dem ihren aufgeschlagen hatte. Vom Idirischen Reich angeheuert, an einem Ort die Drecksarbeit zu erledigen, an den man nicht schnell genug ausreichend Soldaten der eigenen Armee hinschaffen konnte.

„Söldner?", hatte sie ihn also gefragt.

„Fardische Bruderschaft", hatte er auf sein Stirnband deutend geantwortet. So hieß die Kompanie, in der er sich damals eingeschrieben hatte.

Ihre eigene Zugehörigkeit bedurfte keiner Frage, sie war an ihrer Uniform deutlich genug zu erkennen gewesen.

Dann waren beide verstummt, hatten nur weiter erstarrt ihre Blicke in gegenläufigen Kreisen über all das Leben schweifen lassen, das hier in Dreck und Grauen geendet hatte.

„Für die hier hätten wir kämpfen sollen, nicht für die Arschlöcher in Idirium", sagte Danak.

„Sag mir, wie das gehen soll in dieser Welt", hatte Khrival zurückgegeben.

Als der Krieg zu Ende war, kehrte sie in ihre Heimatstadt Rhun zurück und Khrival ging mit ihr. Gemeinsam hatten sie sich dann bei der Stadtmiliz Rhun beworben und sich schließlich den *Turm* an den Rock geheftet.

Vieles hatte sich seither verändert.

Eine gewaltige Nichtmenschenarmee war in das Herz Niedernaugariens eingefallen. Der Orden des Einen Weges und seine Geheimloge waren in den Aufstand getreten und hatten ihre wahren Farben gezeigt, indem sie sich auf die Seite der Kinphauren und ihrer Nichtmenschenallianz geschlagen hatten. Das bisher von jedem Gebildeten als unmöglich Geglaubte war geschehen: Menschen übten Magie aus.

Es gab sie tatsächlich, das, worüber jeder Gebildete die Nase gerümpft und was er als tiefsten Aberglauben gebrandmarkt hatte. Magie existierte, und der Orden des Einen Weges hatte sich für ihr Geheimnis und das Versprechen der Macht an die Kinphauren verkauft.

Etwas Weiteres bisher als unmöglich Geglaubtes war geschehen. Das Idirische Reich war besiegt worden. Die idirischen Kräfte mussten sich aus den Provinzen im Norden zurückziehen. Die neue Frontlinie zwischen Idirium und der Nichtmenschenallianz verlief jetzt weit südlich von Rhun.

Die Länder des Nordens waren nun nicht länger idirische Provinzen, sondern standen unter dem Namen „Niedernaugarisches Protektorat" unter Nichtmenschenherrschaft. Die

Stadt Rhun wurde jetzt schon seit über drei Jahren von einem den Kinphauren willfährigen Gouverneur regiert.

Wer von der Reichsgarde nicht geflohen war, wurde geächtet und gejagt. Die Provinzgarde war aufgelöst worden. Einige von ihnen flohen ins freie Idirische Reich oder gingen in den Untergrund. Wer auch unter den neuen Herren im Dienst verbleiben wollte, ging entweder in die von den Kinphauren neu gebildete Protektoratsgarde oder in die Milizen der Städte und Regionen.

Histan Vohlt war so jemand gewesen, der als ehemaliger Leutnant der Provinzgarde in den Anfangstagen der neuen Ordnung der Stadtmiliz Rhun beigetreten war. Er musste zwar eine Herabstufung vom Leutnant zum Korporal hinnehmen, doch dass er dieses Opfer hingenommen hatte, war verständlich: Die neue Protektoratsgarde hatte nur noch wenig mit der alten Provinz- oder Reichsgarde zu tun, welche ihre Aufgabe darin gesehen hatten, die Sicherheit der Bevölkerung zu wahren. Die Protektoratsgarde hingegen war das unbarmherzige Instrument der neuen Herren.

Nur die Milizen waren zum größten Teil unangetastet geblieben. Selbst die neuen Herren brauchten Organisationen, die Ruhe und Ordnung in den von ihnen eroberten Gebieten aufrechterhielten. Unter welchen Herren auch immer, so sagte Danak sich, sie konnte noch immer dem Auftrag folgen, dem sie und Khrival sich damals verschworen hatten. Manchmal musste sie dafür Vorgesetzten vors Bein treten, aber das war schon immer so gewesen.

Jetzt war Khrival tot und ihr alter Milizhauptmann Vyrkanen (der inzwischen wohl zwei vollkommen blaue Schienbeine sein eigen nennen musste) war seines Amtes enthoben und durch einen den Kinphauren genehmeren Kandidaten ersetzt worden. Durch Kylar Banátrass, der ein Mitglied eben jener Loge des Einen Weges war.

Zu ihm war Danak, nachdem sie das Gelände der Ruine der Haikirion-Kirche verlassen hatte, gerade unterwegs.

Das Präsidium der Miliz von Rhun lag in dem alten Teil der Stadt, den man „die Gans" nannte, nicht in ihrem Kern sondern etwas abseits, direkt an der Grenze zu den Quartieren Rhun-Zentrum und Ost-Rhun. Das Gebäude war eines jener alten

Stadtburgen, auch Kastelle genannt, die seit jeher den Charakter der Hauptstadt von Vanarand geprägt hatten. Dieses hatte vor langer Zeit einmal der Familie derer von Druvaran gehört, und so nannte man das Präsidium in der Bevölkerung noch heute zumeist nur die Druvernsburg. Kantig und schroff ragte sie mit ihren abweisenden Mauern und hohen Türmen aus dem sie umgebenden, miteinander verwachsenen Durcheinander von Gebäuden unterschiedlichster Epochen hervor.

Danaks Kutsche holperte über das Kopfsteinpflaster des dem Präsidium vorgelagerten Druvernplatzes. Sie selber holperte mit ihr und spürte so weniger das eigene Zittern. Durchgerütteltwerden war gut, die Bewegung alleine; sie hätte es kaum ausgehalten, still und steif hier im Wageninneren zu hängen, während alles in ihr kochte. Nachdem sie den Auftrag mit professioneller Ruhe zu Ende gebracht und es geschafft hatte, niemanden merken zu lassen, wie ihr vor Wut und Schmerz die Knochen gingen.

Krieg dich in den Griff! Einigermaßen zumindest. Dem neuen Milizhauptmann erst mal den Schädel einzuschlagen war sicher kein allzu guter Anfang.

Im Schatten der den Platz säumenden Bäume sah sie ein paar Gestalten hastig ihrer Wege ziehen. Früher einmal hatte hier zu dieser Tageszeit reges Markttreiben geherrscht, und die Miliz hatte streng darüber wachen müssen, dass zwischen all den Ständen auch die vorgeschriebene Breite der Zugangsgasse zum Milizhauptquartier eingehalten wurde. Heute reichte allein der Schatten der Druvernsburg, um das Händlervolk einen weiten Bogen um den Platz machen zu lassen.

Aus dem Kutschenfenster heraus versuchte sie, einen Blick auf die Außenfront von Kylar Banátrass Amtszimmer zu erhaschen, dort in den mittleren Stockwerken des höchsten Turmes. Auffällig genug war es ja mit dem Panoramafenster, das ihr neuer Hauptmann dort hatte einbauen lassen. Sie sah kurz die bleiche Wolkendecke gespiegelt auf dem von außen undurchsichtigen Reflex-Diaphanumglas, ein Streifen von Himmel in dem alten Mauerwerk, der sich über die ganze Ecke des Turmes hinzog. Teurer Spaß. Wahrscheinlich fühlten sich die Bürger, die das alles hatten bezahlen müssen, dadurch gleich viel beschützter und sicherer.

Dann tauchte das Gefährt auch schon in das Dunkel des von Kolonnaden gesäumten Torweges ein. Das Klappern von Hufen und Rädern in der Durchfahrt klang Sekunden lang gedrängt und hohl in den Innenraum des Wagens hinein, dann, als werde ein Korken aus einer Flasche gezogen, weitete es sich, brach sich frei. Der Wagen fuhr in den schachtartigen Schatten des Innenhofes ein.

Danak stürzte aus der Roscha und ihr Blick fiel auf ein zweites Gefährt, das im Hof abgestellt war. Ein Mann, stumm und starr, saß in einem langen schwarzen Mantel zusammengesunken auf dem Bock, so als wäre er lediglich ein Buckel des Gefährts. Die Fenster waren mit von außen dunklem Diaphanum verglast. Früher, wenn man solche Kutschen sah, wusste man, „die Kutte" war wieder unterwegs. Heute war Rhun nicht länger Hauptstadt der idirischen Provinz Vanareum. Die Kutte, als Geheimdienst des Idirischen Reiches, war hier im Herzen Niedernaugariens in den Untergrund gegangen und die Tracht, die ihr den Namen gab, wurde in Rhun nicht länger gesehen.

Sie wandte sich von der Kutsche ab, sah kurz mit zusammengebissenen Zähnen an der Flucht schmaler Fenster hoch, stürmte dann mit forschen, ausgreifenden Schritten in das Gebäude hinein und die Treppen hinauf. Zwei Stufen auf einmal, das kalte Lodern in ihren Eingeweiden trieb sie an. Khrival war tot. Sie wollte Antworten.

Banátrass Sekretär sah sie kommen, wollte ihr den Weg verstellen, sah dann aber den Blick in ihren Augen und ließ fahrig von seinem Vorhaben ab. Als sie die Tür von Banátrass Amtszimmer öffnete, erkannte sie, dass dieser sich gerade von einem Besucher verabschiedete. Beide blickten irritiert auf.

Die Kutsche, sie hätte es wissen müssen.

In einer Ecke regte sich etwas, hinter einem Mauervorsprung. Ihr Blick fuhr hinüber. Dort fiel ein diffuser, indirekter Schatten aus der Nische auf den Boden. Da war noch jemand anderes im Raum. Sie erspähte kurz den Saum roten Stoffes, der hinter der Mauerkante hervorlugte.

Der Besucher bei Banátrass war Kinphaure. Es hätte nicht der Gewänder bedurft - Scharlachrot und schwarz mit fremdartigen Ornamenten als Einbrennarbeiten durchsetzt, im typischen dreiteiligen ornathaften Schnitt –; das bleiche Gesicht allein, als wären die Züge aus Knochen herausgeschnitzt, das machte seine

Herkunft unverkennbar. Die Nase wölbte sich wie ein Bogen zu den scharfgeschnittenen Nüstern hin, dunkle Augen, fast schwarz, durchbohrten sie ohne sichtbare emotionale Regung.

Banátrass erkannte sie; mit einem Seitenblick zuckte seine Hand hoch, stoppte sie, zwei Finger, ein Daumen nur erhoben. Danak hielt mühsam an sich. Nur der Anblick des Kinphauren ließ sie innehalten. Und der Gedanke an die Konsequenzen, wenn sie in diesem Moment ihrem Affekt nachgab.

Sie sah also zu, wie Banátrass sich in seinem pseudo-kinphaurisch geschraubten Idirisch von seinem hohen Gast verabschiedete. Gespreizten Zinnober wie man ihn wahrscheinlich in der Liturgie des Einen Weges lernte. Zusammen mit der Wendigkeit im rechten Moment die Seiten zu wechseln, wenn es Profit brachte. Hielt sie mit dieser affektierten Geste in Schach, als sei sie sein Lakai. Nach diesem Himmelfahrtskommando. Nach dem, was geschehen war.

Sie kamen schließlich zum Ende. Es gelang ihr nur mühsam ihren Atem unter Kontrolle zu halten. Der Kinphaure schritt beiläufig an ihr vorbei, streifte sie dabei fast, als sei sie gar nicht da, würdigte sie nur des allerflüchtigsten Seitenblicks.

Etwas trat jetzt hinter dem Mauervorsprung hervor, im Einklang mit den Schritten des Kinphauren und kam hinter ihm her auf sie zu.

Unwillkürlich trat sie einen Schritt zurück und aus dem Weg der Gestalt. Und konnte dabei nicht den Blick von dem nehmen, was da auf sie zukam.

Wie die eiskalte Luftwalze einer Sturmfront ging dem Wesen eine Aura von Macht und Bedrohung voran. Es war hochgewachsen. Es überragte sie um mindestens zwei Kopflängen und blickte mit einer Dämonenfratze auf sie herab, deren Konturen widernatürlich scharf gezeichnet hervortraten: hartes Schwarz, bleiches Weiß. Irgendetwas an dieser Grimasse wirkte auf unerfindliche Weise wie leicht verzerrt.

Der Rest der Gestalt war eine Säule aus Rot und Silber. Sie sah Schulterpanzerung in Blutrot, weitere leichte Panzerteile in der gleichen Farbe. Entlang der Arme blitzte Stahl, wie Schienen einer Rüstung, scharfe, gefährlich aussehende Kanten. Über all das fielen Lagen roten Stoffs, vage dem Schnitt kinphaurischer Kleidung folgend – der breite Leibgurt, die weiten Hosen, nur die khaipra, das Oberteil, war stark verändert.

Es schritt auf sie zu, auf die Tür, an der sie stand, tatsächlich wie eine gewappnete Säule aus Blut und Stahl mit den Zügen einer Dämonenmaske obenauf. Sie hatte von ihnen gehört. Doch so nah hatte Danak noch nie einen von ihnen gesehen.

Ankchorai. Ein Gewappneter.

Er blickte auf sie herab, knapp nur. Die schwarzen Haare auf dem Schädel waren kurz, struppig, unregelmäßig, wie von Ratten abgefressen, die beiden Ohren waren deformiert, eines nur ein vernarbter Stummel, das andere hing wie ein flatternder Fetzen. Das beiläufig raubtierhafte Grinsen, der Eindruck einer Sekunde, sie wusste nicht, galt es tatsächlich ihr, oder war es nur ein Effekt in dem fremdartigen Miteinander verschlungener Ornamente und Runen der auf knochenbleicher Kinphaurenhaut auftätowierten Dämonenfratze.

Der Ankchorai musste sich tief bücken, als er durch die Tür ging; er füllte sie mit seiner bedrohlichen Masse aus.

Als ihr Blick von dem Ankchorai in den Raum zurückkehrte, fand sie Banátrass hinter seinem Schreibtisch stehend, den feinsten Hauch eines Grinsens auf seinem Gesicht.

„Sie haben es ziemlich eilig, sich bei mir zurückzumelden."

Und brachte sie auch gleich wieder dazu, dass das Blut in ihr hochkochte. Sie spürte, wie ihre Augen unkontrolliert zuckten.

Er stand hinter seinem Schreibtisch in ziviler Kleidung, selbstgefällig.

Richtig, in den Farben der Miliz, nicht seines Ordens. Immerhin. Aber ohne dazugehörendes Emblem – kein Turm mit Rhunskrone. Stattdessen Pfeil und Inaimskreuz, das Abzeichen des Einen Weges. Damit nahm man nicht gerade die Herzen im Sturm, brachte nicht die Leute der Miliz dazu, einen Ordensmann des Einen Weges als Hauptmann in die Arme zu schließen. Sie mühte sich, die Muskulatur ihres Kiefers und ihrer Schultern zu entspannen.

Den Augenblick des Schweigens nutzte er. „Warum haben sie, wenn es Ihnen so dringend war, nicht Gebrauch von ihrem Orbus gemacht. Zu diesem Zweck, haben wir ihnen diese Instrumente anvertraut." Grinste auch noch dabei. Entweder war der Kerl eiskalt oder tatsächlich ahnungslos, in was er sie da hineingeschickt hatte. „Gewöhnen Sie sich daran, benutzen Sie das Ding. Ihnen stehen jetzt ganz neue Möglichkeiten zur Verfügung. Machen Sie sich vertraut mit der neuen Zeit."

Ihr Blick zuckte zu der silbern gefassten Kugel auf seinem Schreibtisch, ein Gegenstück zu der, die in einer Schatulle an ihrem Gürtel befestigt war. Kinphaurenzauber. Rar und begehrt. Er hatte dafür gesorgt, dass ihre Einheit damit ausgestattet wurde.

Genauso wie jetzt hatte sie sich auch schon mit Vyrkanen, seinem Vorgänger gegenübergestanden, aber bei allem, was zwischen ihnen vorging, war immer klar gewesen, er war *ihr* Hauptmann gewesen, der Hauptmann der Miliz von Rhun. Und nicht der des Einen Weges oder von sonst jemandem. Halt an dich und fühl ihm auf den Zahn.

„Instrumente der neuen Zeit. Tragen wir, ja." Bleib ruhig, sieh genau hin. „Aber es gibt Dinge, die sich immer noch nur auf die gute, alte Art erledigen lassen", sagte sie. „Hauptmann Banátrass."

„Und was sollten das für Dinge sein, Leutnant Kuidanak."

„Deinem Hauptmann in die Augen schauen, um zu sehen, ob er dich verarscht hat. Ob er dich und deinen Kader im vollen Bewusstsein ins Messer hat laufen lassen."

„Was?" Banátrass stutzte, er fuhr zurück. War das ehrlich? War das nur gespielt? War das nur pikiert, weil sie ihn so direkt anging. Schwer zu sagen bei jemandem, an dem so viel Fassade ist. Schwer zu sagen, mit der Wut in ihrem Bauch. „Was lässt Sie das glauben, dass ich ..."

„Vier Tote. Bei einem einzigen Einsatz. Einer davon aus meinem Kader." *Khrival. Khrival ...*

Eine Augenbraue zuckte bei Banátrass hoch, der Gesichtsausdruck fror ein. „Das ... Das tut mir leid. Was war das Problem?"

„Problem?" Danak stieß es zwischen zusammengebissenen Zähnen hervor. „Das Problem war" – Danak spürte, wie sie die Fäuste ballte, hielt sich gerade noch zurück, sie auf seinen feinen, aufgeräumten und polierten Arbeitstisch herabdonnern zu lassen um zu sehen, wie seine ganze penibel arrangierte und aufgestellte Menagerie hochsprang und durcheinander polterte – „das Problem war, dass wir es mit wesentlich mehr Mannstärke auf der Gegenseite zu tun hatten, als Sie uns haben glauben lassen." Sein Gesichtsausdruck fror noch um einige Grade stärker ein.

„Das Problem war, dass wir es mit jemandem von anderem Kaliber zu tun hatten. Das Problem war, dass es nicht nur um Sturmarmbrüste ging, sondern um kinphaurische Armbrustbatterien. Und um noch etwas ganz anderes. Das Problem war, dass dieses Etwas uns angegriffen hat." Sie bemerkte, dass sie sich mit den Fäusten auf den Schreibtisch aufgestützt hatte, sich weit zu ihm hin darüberbeugte. „Das Problem war, dass dieses Etwas ein Kampfhomunkulus war. Ein Brannaik um genau zu sein. Der uns beinah den Arsch aufgerissen hat!" Sie schrie Banátrass an, konnte und wollte sich nicht mehr zurückhalten. „Weil uns niemand auf so etwas vorbereitet hat! Der Korporal Khrival und einen weiteren Milizgardisten umgebracht hat! Das Problem war, dass fast nichts an den Informationen, die wir von Ihnen erhalten haben, tatsächlich stimmte! Vier Tote insgesamt, zwei Schwerverletzte. Etwas viele Probleme, meinen Sie nicht?!"

Banátrass war nicht zurückgewichen, auch wenn sie ihm fast ins Gesicht spuckte, wie er da in seinem Sessel hinter dem Schreibtisch hing. Er rückte sich zurecht, während sie zu Atem kam und die Last ihres Körpers von ihren aufgestützten Armen nahm. Banátrass stand auf, kam mit ihr auf Augenhöhe.

Da war keine Spur in seinem Blick. Sie hatte gedacht, sie könnte ihm in die Augen schauen und wüsste Bescheid. Wüsste warum Khrival sterben musste. Wüsste, ob sie weiterhin – hier bei der Miliz in einem besetzten Rhun, unter einem Milizhauptmann, den die Kinphauren ihr vorgesetzt hatten – das tun konnte, was zu tun sie beide sich damals geschworen hatten. Für die Unschuldigen eintreten. Die Straßen von Rhun sauber halten. Das konnte sie nur, wenn sie die Kontrolle hatte und nicht, wenn sie vollkommen im Dunkeln tappen musste. Nicht wenn ihnen ihr eigener Hauptmann in den Rücken fiel, weil er ein Mann der Kinphauren war. Nicht wenn sie sich ständig fragen musste, ob sie dessen Informationen trauen konnte oder er sie gerade ins Messer laufen ließ.

Immerhin, Banátrass blieb bemerkenswert ruhig. Wenn er sie kaltstellen wollte, nur Jasager, Marionetten und Kinphaurenschergen unter sich in dieser Miliz sehen wollte, dann hatte sie ihm jetzt dazu die Vorlage geliefert. Ihr Atem kam zur Ruhe, sie fühlte nur, wie ihre Nüstern sich regelmäßig wie ein Blasebalg blähten.

„Sie haben Leute verloren", sagte Banátrass schließlich nach lang sich hinziehender Pause, „das tut mir leid. Sie haben einen alten Kadergefährten verloren. Das macht Sie wütend und bitter."

Er stand auf, umrundete seinen Schreibtisch, immer noch ruhig, gefasst. Draußen rissen in diesem Moment die Wolken auf, und er stand für einen kurzen Augenblick im Gegenlicht des breiten, hellen Bandes des Diaphanumfensters. Seine Gestalt teilte den sich hinter ihm bietenden Ausblick auf die Stadt: die Gans bis zum Fluss und zu den Häfen hin, dahinter die Quartiere von Fillikshorn und Valimsfeld mit den aus dem Häusermeer emporragenden Stadtburgen, zur Linken die hell hervorstechende Erhebung des Engelsberges mit den Gebäuden des ehemaligen vanareischen Parlaments, die jetzt der Sitz der kinphaurischen Militärkommandatur waren.

„Darüber wütend und bitter zu sein, dazu haben Sie jedes Recht", sagte er. „Glauben Sie mir, mich macht es auch wütend und bitter." Die gebräunte Haut seiner hohen Stirn legte sich in saubere, parallele Falten. „Aber ich habe nach den Informationen gehandelt, die ich bekommen habe." Seine Augen richteten sich gerade auf sie, suchten ihren Blick. „Ich hatte keinen Grund, an diesen Informationen zu zweifeln."

Er schwieg einen Moment. Dann hob sich der Hauch der Bekümmerung von seinen Zügen, wandelte sich in etwas wie ernste Entschlossenheit.

„Und ich habe Ihnen den Auftrag gegeben, weil er groß war. Weil ich weiß, dass Sie gut und effektiv sind und Ergebnisse sehen wollen. Dass Sie Dinge im großen Stil erledigen wollen. Sie haben das Feuer dazu."

Er hielt ihren Blick. War es das wirklich, Banátrass? Oder ging es nur um den Dienst den Kinphauren gegenüber? Dass sie nicht ihr Gesicht verloren, weil man ihnen so einfach Waffen unter der Nase weggestohlen hatte.

Was für eine Blamage! Da waren die Firnwölfe, eine Straßenmeute, einfach so in ein Magazin der Kinphauren eingedrungen, auf welchem Weg auch immer, vielleicht durch die unterirdischen Gänge der älteren Stadt unter dem Pflaster von Rhun. Und dann waren sie einfach so mit einer Ladung gefährlicher Waffen wieder verschwunden.

Und damit diese Sache möglichst schnell aus der Welt geschafft wurde, hatte Banátrass sein bestes Pferd losgeschickt? Sie suchte nach Spuren in seinem Gesicht, suchte nach einem Grund ihm zu glauben. Für Khrival.

Ihr stand wahrscheinlich ihr Misstrauen ins Gesicht geschrieben, trotzdem trat er einen Schritt näher. Noch näher und er hätte ihr die Hand auf die Schulter legen können.

„Ich habe keinen Zweifel daran", sagte Banátrass, „dass Sie und ihr Kader bei dieser Mission ihr Bestes gegeben haben. Wenn die Sache sich als größer herausgestellt hat, als wir alle geglaubt haben, dann tut mir das leid, weil dafür Milizgefährten ihr Leben lassen mussten. Ein Brannaik-Kampfhomunkulus, sagen Sie?"

„Ja. Komplett mit Bannschreiber."

„Das ist allerdings bemerkenswert." Er hob die Hand ans Kinn, legte den Zeigefinger über die Lippen. „Ein Kunaimrau und ein Bannschreiber." Er benutzte das kinphaurische Wort für diese künstlich geschaffenen Kreaturen. Banátrass schaute für einen Moment wie sinnend durch sie hindurch, dann fixierte er sie wieder mit seinem Blick, klar, entschlossen. „Aber das zeigt, dass wir Recht hatten. Dass an dieser Sache etwas faul war. Dass es richtig war, ihr mit dieser Dringlichkeit nachzugehen. Dass wir die Firnwölfe, ein für alle Mal kaltstellen müssen. Was für eine immense Gefahr die Firnwölfe für die Sicherheit von Rhun sind, haben sie gerade eben bewiesen. Sie sind streng strukturiert. Sie sind mehr als eine bloße Meute. So etwas ist organisierte Kriminalität. Und sie haben nicht nur ein paar Waffen gestohlen, sondern sie betreiben systematisch Waffenhandel und zwar mit Leuten, die keine Skrupel haben, Waffen einzusetzen, die in den Straßen dieser Stadt ein furchtbares Blutbad anrichten können. Wenn so etwas wie ein Homunkulus oder Armbrustbatterien in Rhun eingesetzt werden sollen, dann muss die Miliz hier einschreiten. Das sind Grenzen, die nicht überschritten werden dürfen. Das bedeutet kriegsähnliche Zustände in den Straßen dieser Stadt. Sie werden die Firnwölfe und die andere Seite dieses Handels schnappen. Sie werden sicherstellen, dass etwas Derartiges nicht mehr vorkommt."

Er hielt inne, wie um Luft zu schöpfen. „Aber ich sage noch einmal, ich habe Ihnen diesen Auftrag gegeben, damit Sie sich beweisen können. Sie sind bei meinem Vorgänger wegen ihrer Methoden angeeckt. Er fand sie fragwürdig. Sie sind oft mit ihm aneinandergeraten. Sie haben gegen direkte Befehle verstoßen. Sie haben nur den Hals aus der Schlinge ziehen können, weil Sie Ergebnisse brachten. Ich werde Ihnen nicht auf diese Art im

Wege stehen. Ich will, dass Sie richtig loslegen. Deshalb habe ich dafür gesorgt, dass sie die entsprechende Ausrüstung erhalten, Orben, moderne Sturmarmbrüste. Hier wird sich in Zukunft einiges ändern." Banátrass ballte die Rechte zur Faust, tat als wolle er ihr damit auf die Schulter klopfen, berührte sie dabei jedoch nicht. „Ich will, dass Sie das, was in Ihnen steckt, auch zeigen können. Dass sie sich zum einen diese beiden Banden schnappen. Ich hoffe, dass Sie die meisten davon heute schon erwischt haben. Und dann, dass Sie das Quartier Ost-Rhun säubern und zu einem Präzedenzfall dafür machen, was ein hart durchgreifender Milizkader erreichen kann, wenn man ihm die Möglichkeiten dazu gibt. Dazu gehörte, dass Sie eine kriminelle Organisation unschädlich machen, die gefährliche Waffen auf die Straßen bringen will. Sie werden sich die Firnwölfe und alle anderen an der Sache Beteiligten schnappen. Alle. Bis zum letzten Hintermann."

Sie starrte ihm ins Gesicht, musterte ihn, die gepflegte Haut, die lange, schmale Nase, die harten, dunklen Augen, den sorgfältigen Haarschnitt, versuchte etwas darin zu erkennen. Und ein Gedanke, der die ganze Zeit in ihr gebrodelt hatte, trat mit einem Mal klar in ihr Bewusstsein. Armbrustbatterien konnte man sich in Straßenkämpfen vorstellen, zur Befestigung einer Stellung oder ähnlichem. Aber noch viel mehr Sinn machte so etwas draußen im Niemandsland, auf den Schlachtfeldern. Dort, wo man auch einen beschädigten Homunkulus bergen und wieder in Gang setzen konnte.

„Hauptmann Banátrass."

„Ja." Seine Augen hielten sorgfältig ihren Blick. Das Braun der Iris war irritierend. Es hatte etwas von exquisiten Lackarbeiten, Schicht um Schicht bis zu einem preziösen aber undurchdringlichem Glanz hin aufgetragen, in dem nichts Durchscheinendes mehr lag.

„Haben wir in den Katakomben unter der Haikirion-Kirche gegen Marodeure gekämpft?"

Seine Mimik erstarrte für einen Moment.

„Marodeure?" Banátrass' Gesicht wich eine Handbreit vor ihr zurück, zeigte Irritation. „Wie kommen Sie denn auf so was?"

„Wo findet man denn einen beschädigten Homunkulus? Doch am ehesten auf den Schlachtfeldern? Draußen im Niemandsland.

Wer kommt an so etwas heran? Wahrscheinlich am besten die Rebellen."

Banátrass' Augen verengten sich. „Das, was Sie Niemandsland nennen, ist das Gebiet des Niedernaugarischen Protektorats. Und es handelt sich außerdem nicht um Rebellen sondern lediglich um Horden von Marodeuren, die plündernd und brandschatzend das Land durchziehen."

Da hatte sie aber etwas ganz anderes gehört. Das, was man offiziell Marodeure nannte, das, was jetzt auch Banátrass so nannte, waren in Wirklichkeit nicht einfach ein paar wilde, voneinander unabhängige Plündererhaufen sondern eine gut organisierte Armee, die den Kinphauren dort draußen ganz gehörig zusetzte. Sie hatten einen gemeinsamen Anführer, den man Einauge nannte. Und es war anzunehmen, dass er militärische Erfahrung besaß, so zielsicher wie die Rebellen – oder Marodeure, wie immer man sie nennen wollte – da draußen vorgingen. Wenn man den Nachrichten traute, die von dort aus immer wieder auf allen möglichen Wegen in die Stadt gelangten. Sie verkniff sich eine Erwiderung; Banátrass sprach ohnehin schon wieder weiter.

„Machen Sie sich nicht lächerlich, Leutnant Kuidanak." Da saß doch tatsächlich die Spur eines ironischen Lächelns um seine Lippen. „Die Marodeure treiben sich höchstens irgendwo in Dagranaum herum. Näher kommen die nicht an Rhun heran. Die haben nicht einmal die Grenzen von Vanarand überschritten, geschweige dass sie irgendwie in die Nähe von Rhun gelangen konnten. Es gibt immer noch die Wächterstreifen. Wie sollten welche von den Marodeuren in diese Stadt gelangen?"

„Ich weiß nur, dass wir da unten auf einen Homunkulus getroffen sind. Ich halte es nicht für unmöglich, dass ein kleiner Trupp, der ursprünglich zu den Marodeuren gehörte, sich von ihnen abgesetzt hat und irgendwie in die Stadt gelangt ist. Vielleicht um sich hier als eine neue Meute breitzumachen und sich mit der Kampferfahrung von dort draußen ein neues Revier zu erkämpfen. Gut möglich. Schließlich haben Sie auch nichts von Armbrustbatterien gewusst."

Sein Kopf legte sich schief, und für einen Moment ließ sein Blick den ihren entgleiten, wobei sich ein Hauch der Bekümmerung, vager und ungreifbarer diesmal, auf seine Züge legte. „Meine Informanten?" Wie zu sich selber, schnaubte dabei.

„Ich erfahre von den Kinphauren", sagte er, „was die Kinphauren mich wissen lassen wollen." Er schien sich wieder zu fassen. „Marodeure oder nicht, was spielt das für eine Rolle?" Er sah sie nun wieder direkt an, sprach mit wiedergefundenem Nachdruck. „Sie sollen das Quartier Ost-Rhun säubern. Dazu gehört ganz gewiss, Armbrustbatterien und ähnlich gefährliche Waffen von Straßen Rhuns fernzuhalten. Die Sicherheit der Bürger ist gefährdet. Ganz klar die Sache der Miliz. Wenn Sie Recht haben und es sich bei der anderen Seite des Waffenhandels um ehemalige Marodeure handelt, die sich hier in Rhun mit den Methoden ihres Mordhaufens breit machen wollen, dann ist es erst Recht Aufgabe der Miliz, das zu verhindern. Diese Kerle sind gefährlich, das haben sie gezeigt. Sie haben schließlich vier von Ihren Leuten umgebracht. Ihr Auftrag, Ihre Aufgabe. Greifen Sie durch!" Er zielte mit dem Finger auf ihre Brust. Für einen Moment dachte sie, er ginge so weit damit tatsächlich ihren Busen zu berühren. „Schnappen Sie sie sich! Machen Sie sie fertig! Das sind wir Ihren toten Gefährten schuldig."

Er breitete mit weiter Geste die Hand aus. Es war unklar, ob er damit sein Büro oder direkt die ganze Stadt im Ausblick des Panoramafensters hinter ihm meinte.

„Sie haben meinen Besuch gesehen, Leutnant Kuidanak. Ich erteile Ihnen und Ihrem Kader hiermit offiziell den Auftrag das Quartier Ost-Rhun von organisierter Kriminalität zu säubern. Dieser Stadtteil ist eine Jauchegrube, eine Brutstätte für Verbrechen. Er ist durchsetzt mit dem Geschwür der Bandenkriminalität bis zum Grad der Unkontrollierbarkeit. So wie Kaiverstod. Den Kinphauren ist das nicht entgangen."

Ein Stich durchfuhr sie. Jeder Bürger von Rhun wusste genau, was in Kaiverstod geschehen war, wusste von dem Blutbad, das die Duergakompanie unter den Bürgern angerichtet hatte, als die Kinphauren sie hereinschickte, um dieses angeblich unkontrollierbar gewordene Viertel zu säubern. Der Schock dessen war durch die Bevölkerung der ganzen Stadt gegangen. Wollte Banátrass ihr damit etwa drohen?

„Räumen Sie auf!" Banátrass' Gesichtsausdruck und Körperhaltung zeigten ein Feuer und einen Enthusiasmus, den seine merkwürdig irritierenden Augen nicht widerspiegeln wollten. „Sie haben einen gewissen Ruf. Sie haben die entsprechende Erfahrung."

Er drehte sich abrupt von ihr weg, so als wollte er eine Audienz beenden.

„Ach." Schon bei seinem Schreibtisch angekommen wandte er sich wieder halb zu ihr um. „Sie werden Ersatz für ihren getöteten Kameraden erhalten. Finden Sie sich morgen im Gouverneurspalast ein. Bei Gouverneur Seranigar. Er wird Ihnen persönlich ihren neuen Mitarbeiter vorstellen."

Danak stutzte. Vom Gouverneur vorgestellt. Dieser Marionette Seranigar? Dem Lakai der Kinphauren. Khrivals Tod war gerade erst geschehen. Dies konnte keine Reaktion darauf sein. Man hatte also schon vorher geplant, ihr einen von den Kinphauren ausgewählten Mann in den Kader zu schicken.

Danak spürte, wie ihre Lippen zu Eis wurden. „Ist das Ihr Ernst?" Khrival war noch nicht einmal kalt, und Banátrass benutzte diese Tatsache schon ihr einen Kuckuck ins Nest zu setzen. Was spielte dieser Kerl für ein Spiel?

„Natürlich meine ich das ernst." Banátrass drehte sich nun ganz zu ihr hin. „Ich stehe hinter Ihnen, Kuidanak. Das sollten sie inzwischen begriffen haben. Sie bekommen von mir jede Unterstützung, die Sie brauchen. Schnappen Sie sich diese Milizmörder. Wenn Ihnen ein Mann im Kader fehlt, bekommen Sie einen neuen. So einfach ist das."

So einfach war das also.

„Wer ist der Mann?"

„Das werden Sie morgen erfahren. Beim Gouverneur."

Banátrass musterte ihre Miene. „Und nehmen Sie sich für den Rest des Tages frei. Es war ein harter Tag für sie alle. Ich kann verstehen, wenn Sie das alles erst einmal verarbeiten wollen." Er schien nicht zu verstehen, was er da vorhin gesagt hatte, er schien nicht zu verstehen, was es war, das in ihr herumwühlte. „Ihren ausführlichen Bericht können Sie mir auch noch morgen geben."

So einfach war das für Banátrass.

Sie grüßte, knapp. Der Form entsprechend. Dann wandte sie sich zur Tür.

Das war ganz gut gelaufen.

Nachdem Kuidanak gegangen war, ließ sich Kylar Banátrass auf der Kante seines Schreibtisches nieder und blickte über das Panorama von Rhun hinweg, das sich ihm durch das Diaphanumfenster bot.

Aus dem Häusermeer der Gans ragte auffällig das steinerne Riff der Aidiras-Kathedrale in einen noch diesigen Morgen, gleich rechts davon, weniger raum- und himmelsgreifend, das Veinard-Kastell, mit seinen eng beieinander sitzenden, auffallend spitz zulaufenden Türmen, heute der Sitz der Mar'n-Khai, seiner engsten Kinphaurenverbündeten, der Brücke seiner Verbindung zum Clan des Adjutanten var'n Sipachs, dem „Beil des Roten Dolches".

Ja, sie war ein hartes Stück, diese Kuidanak. Das wusste er; ihr Ruf war ihr vorausgeeilt. Sie war gut, seine beste Kaderführerin. Sie zeigte Ergebnisse. Man musste ihr die Möglichkeit geben, hart und skrupellos durchzugreifen, ihre Ziele durchzusetzen, dann hatte man sie auf seiner Seite.

Sie hatte Wut im Bauch. Sie hatte grundsätzlich Probleme mit Autoritäten. Darauf musste man achten. Das konnte man sogar zu seinen Gunsten einsetzen: sie beide im Grunde gegenüber den Kinphauren in der gleichen Position.

Er stand von seinem Schreibtisch auf, trat zum Fenster hin und legte seine Faust auf das kühle Glas.

Ein blaugraues Gewirr von Dächern erstreckte sich direkt unter ihm, miteinander verschränkt, ineinandergeschoben und verschachtelt, wie hingetupft mit den breiten, farbflirrenden Pinselstrichen dieser jungen, wilden Maler des Südens. Dahinter schoben sich die Klötze von Mietskasernen der post-konardäischen Gründerjahre allmählich zwischen die kleinteiligen Strukturen, und schließlich, weiter zum Fluss hin, Manufakturen, von denen bräunliche Rauchfahnen in den trüben Himmel stiegen. Dann, direkt am grauen, trägen Band des Flusses, dunkel wuchernd wie ein Schimmelfleck, das eng zusammengeschobene, sich übereinander türmende Labyrinth des „Gänsebauchs", des alten Kerns des Quartiers der Gans.

Leutnant Vorna Kuidanak war genau die richtige Wahl. Er entfaltete die Faust auf der Phanumscheibe, spreizte die Finger der Hand und fuhr mit ihr die verschwommene Linie des Horizonts entlang.

Jetzt wo var'n Sipach endlich seinen Plänen zugestimmt hatte.

Diese Schlange hatte seinen Ankchoraik-Leibwächter nicht seiner Sicherheit halber mit in sein Büro gebracht. Statt ihn nur vor der Tür zu postieren. Nein, er war eine stumme Drohung, wie er die ganze Zeit dabei gestanden hatte. Du weißt, was dir blüht, wenn du mich hintergehst oder enttäuschst, das war die Botschaft gewesen. Und mit seinen Worten hatte er noch einmal klar und deutlich gemacht, dass er schnelle Ergebnisse bringen müsse. „Sie haben nicht alle Zeit der Welt, Hauptmann Banátrass Kylar." So hatte var'n Sipach in seinem gestelzten, überprononciertem Idirisch gesagt.

Wichtig war, mit var'n Sipachs Zusage war die Bahn für seine Pläne frei.

Er würde seine zweite Chance bekommen. Nach dem Debakel im Tragent. Und er würde aus all dieser kinphaurischen Klanspolitik siegreich hervorgehen. Klan Vhay-Mhrivarn, der ihn für das alles als Sündenbock sehen wollte, hatte im Tragent nicht seinen Willen bekommen. Er hatte die Sache überlebt. Keine vom Klansrat abgesegnete Exekution.

Die Verbindung mit var'n Sipach, dem Adjutanten des Heereskommandanten Vaukhan, dem Bevollmächtigten Beil des Roten Dolches, Klansrichter und -Exekutor des wahren Herrn von Rhun, hatte ihn gerettet. Var'n Sipach hatte ihn unter sein Eisen-Protektorat gestellt.

Var'n Sipach war ein wahrhaft starker Verbündeter, zwar gefährlich und schwer berechenbar, doch in der Lage ihm Möglichkeiten zu eröffnen, die er auf anderen Wegen als Nicht-Kinphaure, nur schwer durchsetzen konnte.

Klan Vhay-Mhrivarn sollte sich hüten, ihn als kaltgestellt zu betrachten.

Sein Blick glitt hinüber zu den Felsenklippen des Engelsberges hin, mit den steinernen Symbolen einstiger vanareischer und idirischer Macht, Gebäuden, die jetzt von den bleichhäutigen Eroberern, seinen Verbündeten beansprucht wurden.

Leutnant Vorna Kuidanak und ihr Kader würden ihm seine Ernte einfahren. Sie würden genau die schnellen Ergebnisse bringen, auf die var'n Sipach drängte. Ihr Kader würde beweisen, dass die Pläne, die er mit der Miliz von Rhun hatte, funktionierten. Mit der Miliz von Rhun und dann, wenn alles gut ging, der gesamten Miliz der Städte und Regionen.

„Die Kutte weiß viele Dinge. Die Kutte ist an vielen Orten." Das waren die Leitsätze der Kutte gewesen, damals, als hier noch das Idirische Reich herrschte. Eine in bewusste Tiefstapelei gehüllte Drohung.

Vielleicht war die Miliz kein allmächtiger Geheimdienst, der wie die Kutte an allen möglichen Orten unerkannt lauerte, der seine Informationen aus allen möglichen verdeckten Quellen zusammenzog, aber auch die Miliz konnte an viele Orte gehen, und vieles an Wissen zusammentragen. Sie konnten durch ihren Hintergrund und ihre Verbindungen vor allem Dinge tun, die andere nicht konnten. Die Kader, mit ihren speziellen Missionen und die ortsgebundenen Garden zu ihrer Unterstützung. Sie konnten dorthin gehen, wohin Kinphauren und andere Nichtmenschen nicht gehen konnten. Und dort unerkannt bleiben. Ein Kinphaure würde immer als ein Kinphaure erkannt werden. Selbst die Protektoratsgarde hatte eine bestimmte Witterung, ein bestimmtes Gepräge. Die Miliz dagegen kam aus dem Volk. Die Miliz hatte andere Netzwerke.

Leutnant Kuidanak und ihr Kader hatten jetzt auch die richtige Motivation. Ihr Kampf hatte jetzt etwas Persönliches.

Rache. Sie hatten einen aus ihrem Kader ermordet.

Mit so vielen Verlusten hatte er nicht gerechnet. Ein Toter hätte vollkommen ausgereicht.

Kuidanak und ihr Kader hatten jetzt jedenfalls die richtige Motivation.

Ein letztes Mal blickte er über die Stadt hinweg und wandte sich dann wieder seinem Schreibtisch zu.

Und wenn das nicht reichte …

3

Hinter den weiten, steinernen Äckern Ost-Rhuns, deren labyrinthischen Straßen, jenseits der Schwelle des sanften Höhenzugs von Derndtwall und Firnhöhe senkte sich das Land allmählich wieder ab zur Ebene des Flusses hin, der es in einem weiten von Osten nach Süden verlaufenden Bogen mit dem Arm seines Laufes umfing.

Am diesseitigen Ufer dieses Bogens erstreckten sich die Flussauen der Durne, eine Niederung, die von einem Netz an Bächen, Wasserrinnen und Kanälen durchzogen wurde, das man gemeinhin die Vlichten nannte.

Die Besiedlung dünnte nach hierhin aus. Sie durchsetzte sich unmerklich mit Wäldchen und Gärten, Mühlen und verwilderten Brachen.

Es war eine ziemlich weite Strecke vom Milizpräsidium oder dem ihr zugeteilten Quartier hier heraus. Die meisten der Milizionäre wohnten in der Nähe ihres Einsatzortes und ihres Hauptquartiers. Doch Danak hatte einen guten Grund an diesem etwas abgelegenen Winkel zu leben.

An einem der Wasserläufe im Grenzbereich der Vlichten ragte zwischen Bäumen, Obstwiesen und Ufergrasflächen schroff ein eckiger Klotz von einem Gebäude auf. Große, schwer gefasste Tore, hohe, gerade fensterlose Mauern, ein Wohnhaus mit geneigten Dächern schmiegte sich in dessen Schatten wie eine Pilzwucherung an den Wurzelstamm eines mächtigen Baumes.

Der Gebäudeklotz mit seiner hohen Halle diente Klann heute als Schmiede, auch wenn er das Schmiedehandwerk inzwischen längst nicht mehr ernsthaft als Erwerbsberuf betrieb. Die Umgebung bot Liova und Bernim einen abenteuerlichen Ort für ihre Spiele, und es war sicherer Spielgrund verglichen mit den inneren Quartieren der Stadt. Dafür war ein längerer Weg zu ihrer Arbeit in Kauf zu nehmen. Kestarn wohnte hier in seinem kleinen Haus abseits der Hauptstraße; auch ein ehemaliger Soldat wie sie, den sie aus dem Krieg kannte und der sich hier mit seiner Familie niedergelassen hatte. Seine drei Kinder waren ungefähr in Liovas und Bernims Alter, und die fünf waren zu engen Spielgefährten geworden oder übernachteten auch schon einmal wechselseitig im Haus der anderen.

Heute hatte sie keine Droschke für den Heimweg genommen. An anderen Tagen saß sie gern in dem Innenraum und ließ noch einmal, was am Tag geschehen war, an sich vorüberziehen, während der Wagen sie auf der Nord-Magistrale durch die Quartiere nach Sinterfarn trug. Heute nicht. Heute war ihr ein Ritt auf einem Pferd aus den Milizställen gerade recht, um sich in gestrecktem Galopp die Bilder und Gedanken aus dem Kopf blasen zu lassen. Sie hatte ihr Gesicht in die kühle, vorbeistreifende Luft gereckt, und die noch kältere Spur ihre Wange hinab, hatte sie dazu gebracht, mit der Hand nachzufühlen. Der Reitwind brachte die feuchten Streifen bereits zum Trocknen.

Brauchte niemand zu sehen. Eins in die Fresse hatte sie schon oft gekriegt. Der Weg nach Hause war gerade lang genug, um wieder ein bisschen der guten, alten Taubheit einziehen lassen. Als sie die Schmiedeburg erreichte, kriegte sie die Fassade auch schon wieder einigermaßen auf Reihe.

Danak war gerade dabei, die Bodenklappe der Kühlgrube wieder zu schließen, den Krug Bier unter dem Arm, als aufgeregte Schreie schon den Ansturm ankündigten.

„Hey, hey, hey!" Sie bekam die Klappe gerade noch sicher zu, bevor sich Liova in ihre Arme warf und sie sich mit einer Hand abstützen musste.

„He, Mädchen, fast hättest du mich umgeworfen." Sie zauste ihr durch's strohblonde Haar.

Liova drückte sich mit der Wange an sie. „Nicht meine Mami. Mami wirft nichts um." Sie hielt kurz und ruckhaft inne, sah ihr in die Augen. „Bis auf Papi."

„Ist ja auch kein Wunder. Hast du mal gesehen, wie groß dein Papa ist?" Sie konnte schon wieder lachen. Die Kinder machten das mit ihr.

Ein zusätzliches Gewicht dumperte gegen ihre Hüfte, Bernim. Schnell wie die Kugel auf einer Kegelbahn war er durch den Raum auf seinen kurzen Beinchen auf sie zugeschossen. Was Liova nicht vermocht hatte, der kleine Keiler schaffte es; in einem Knäuel kullerten sie alle miteinander über den Boden.

Sie konnte sich gerade wieder unter den beiden wimmelnden Leibern auf ihren Ellenbogen aufrichten, da stand er schon in der Tür. Und füllte diese Tür auch aus. Die fast unmerklichen

Zeichen in die schmale Linie zwischen seinem Bart geschrieben, die bei ihm als Lächeln dienten. Eher sah man es noch daran, wie sich die Furchen auf seiner Stirn wellten. Ihr sanfter Schmied. Alle drei kamen sie aus der Schmiedehalle. Er trug die lange Wolle seines Schopfes von einer weiten, gestrickten Mütze umfasst.

Sie pflückte die Kinder von sich herunter, während er nur einen Schritt aus der Tür heraus machte und sie von dort aus musterte, den Kopf eine Spur geneigt.

„He, gutes Bier", sagte er mit seiner rauen Stimme und einem Kinnzucken zu ihrem Krug hin. „Schon probiert? Elsternmühle braut wieder."

Sie setzten sich um den Tisch, das heißt er und sie, während die Kleinen an ihr herumzupften und zerrten. Er hatte Recht, das Bier war gut, aber sie war nicht in der Stimmung, das wirklich zu würdigen. Sie brauchte nur was für die Nerven.

Klann blickte auf ihre Finger, die den Flaschenbauch herab und herauf trommelten. Sie hielt sie still. Klann blickte in ihr Gesicht, auf ihren Mund, und sie bemerkte, dass ihre Kiefermuskeln verspannt waren wie Eisenklammern. Sie hatte sich kurz draußen das kalte Wasser aus dem Trog übers Gesicht gewaschen.

Er sah sie an, blickte zu den Kindern, die ihr über den Schoß rutschten, in ihren Rücken über den Stuhl kletterten, Arme um sie legten.

„Wollt ihr eure Mutter nicht mal einen Moment in Ruhe lassen", sagte er; dann „Geht wieder in die Halle spielen."

„Ist es dort sicher für sie allein?"

Er schnaubte kurz und sanft hinter dem Bartgestrüpp. „Feuer sind aus." Seine Augen sahen sie aufmerksam an, seine Lider gaben Trägheit vor.

Dann, als die Kinder sich getrollt hatten, „Was ist, Vorna?"

Sie saß einen Moment starr da, die Hände am Henkel um den Bauch des Kruges, der Blick über dessen stumpfen Hals hinweg.

„Khrival ist tot."

Eine warme Pranke legte sich über ihre Hand. Lag da, tröstete sie.

Ließ ihr Zeit. Dann ein knapper Moment eines anders abgetönten Schweigens, bei ihm so etwas wie ein Räuspern.

„Wie?"

„Er hat sich eine Erkältung zugezogen, die dann in die Lungen runtergewandert ist. – Hölle, Klann! Scheiße, im Dienst, was denkst du denn? Ihn hat's erwischt! Kehle durch, tot!"

Der Griff seiner Hand auf ihrer blieb fest und sicher. Er wandte den Kopf nach der Tür zur Schmiedehalle hin, aber von daher hörte man nur verstreutes Gekicher herüberflattern. Sie war herausgeplatzt, laut geworden. Aber die Kinder hatten anscheinend nichts davon bemerkt.

„Okay, tut mir leid, Klann. Ich bin ein bisschen mit den Nerven durch."

Er löste ihre Finger vom Krug, nahm ihn sich, trank einen Schluck, reichte ihn wieder zu ihr herüber. Sie trank ebenfalls. Es hätte auch kalte, taubmachende Jauche sein können; das Bier war an sie verschwendet. Spülte noch einmal einen großen Schluck aus dem Krug hinterher. Ein Tropfen lief ihr kalt den Hals hinab.

Sein Kopf kam hoch, die Augen blickten immer noch träge und mild, fixierten sie „Willst du erzählen, wie's passiert ist?"

Wollte sie das?

„Nein", antwortete sie ihm, „will ich nicht. Jetzt bin ich hier zuhause, bei dir und den Kindern, und da will ich so wenig wie möglich drüber reden."

„Und morgen wieder zur Arbeit gehen. Nur Khrival ist nicht da." Er sprach es nicht wie eine Frage aus. Bei ihm hörte sich wenig direkt wie eine Frage an.

Sie nickte nur, mehrmals hintereinander, mit trotz Bier trockener Kehle, und immer wieder. Sie stoppte sich. War ihr Hals noch zu etwas anderem gut, als nur den Kopf baumeln lassen? Ihre Augen waren schwer und stumpf.

„Ja. Morgen geh' ich da wieder hin und mach meinen Job. Genau das."

Sie dachte an den Gouverneurspalast und das faule Ei, dass die Kinphauren ihr morgen in den Kader setzen wollten.

Sie schwiegen eine Weile.

„Hab mich oft gefragt, hast du mit dem Typen was gehabt." Keine Frage, die gleiche dunkle, leicht raspelnde Stimme tief aus der Kehle, der gleiche Ton. Trotzdem war sie ihm eine Antwort schuldig. Wann, wenn nicht jetzt?

„Ja. Ein, zwei mal. Bevor wir beide uns getroffen haben."

„Hast aber nichts davon gesagt."

Sie atmete ein und aus, flach und gemessen.

„Weil es dem Ganzen eine Bedeutung gegeben hätte, die es nicht gab."

Aha, sagte sein Schweigen.

Schließlich nahm er seine schwere Hand von ihrer, legte sie auf die Tischkante, blickte zur Seite weg, zur Schmiedehalle hin.

„Hört für dich nicht auf mit dem Krieg und mit den Opfern", sagte er. „Der Krieg geht weiter. Dein Krieg in der Stadt und der Krieg da draußen. Rebellen gegen Spitzohren. Waffen und Blut. Und unsere bleiben auf der Strecke." Er schlug knapp die Hand auf die Tischkante, dass der Staub im Sonnenlicht zum Fenster herein hochflirrte. „War eine gute Entscheidung, mit der Schmiede. Keine Waffen mehr. Hätten sonst nur noch mehr Blut vergossen. Mehr ... *Mainchauraik*-Blut."

Athran-Mainchauraik, das Kinphauren-Wort für die Menschen.

Es war seine Entscheidung gewesen, als die Kinder kamen, seinen florierenden Betrieb als Waffenschmied aufzugeben. Es hatte vom Zeitpunkt her gepasst. So konnte er zuhause bleiben und sich um Liova und später um Bernim kümmern. Die Aufträge wären danach ohnehin nur noch aus dem Lager der Kinphauren gekommen, und er wollte nicht, dass mit seinen Waffen Menschen getötet wurden. Wozu werden Waffen sonst gemacht?, hatte sie sich gedacht. Vielleicht war das einfacher zu vergessen, wenn man in der Stadt aufwuchs und nie im Krieg war. Aber vielleicht hatten die Kinder ihn ja auch verändert. Ihr sanfter Schmied.

Ein Klirren ertönte von der Schmiede her.

Ihre beiden Köpfe fuhren herum. Er stand schon auf.

„Sind die wieder an den Ketten?" Sie war hinter ihm her.

In der hallig-hohen, staubdurchflirrten Weite der Halle waren Liova und Bernim dabei, sich an den Kettenstrang zu hängen und sich davon herabbaumeln zu lassen. Bernim quiekte vor Vergnügen. Liova hing straff daran und war gerade dabei, sich weiter nach oben zu ziehen. Von den Kanten des Verschlags im Boden staubte es hoch, als die losen Kettenbündel rasselnd darüber streiften.

„He, geht davon runter. Ihr könnt euch übel quetschen." Sie griff sich Liova von der Kette, hob sie auf ihren Arm.

Klann nahm Bernim beiseite, blickte nach oben ins Gebälk hoch, zog klirrend Seilzug und Räderwerk straff. „Ich hab' gesagt, geht nicht an die Grube."

„Lass sie nicht alleine hier spielen, Klann. Auch wenn Liova auf ihn aufpasst. Liova ist noch klein. Sie kommt einem zwar manchmal älter vor, aber sie ist selber noch ein Kleinkind."

Er schaute vom Kettenzug zu ihr her. „Ich weiß. War nur wegen dir."

Das hatte sie schon verstanden. Und es zu würdigen gewusst.

„Ist gut, Klann. Ich weiß, ich bin manchmal eine verdammte Glucke. Aber es kann so viel passieren. Ich sehe das jeden Tag. Und sie sind so verdammt unschuldig. Bei all dem da draußen." – *Für sie mache ich doch diesen Job.*

„Ich weiß", sagte Klann. Er sah sie mit diesem Blick an.

Sie sah so viel passieren jeden Tag. Obwohl sie nicht mehr im Krieg war.

Es war heute wieder viel passiert. Khrival war tot.

4

Der Engelsberg, das Ziel ihres Weges an diesem Morgen, kam zum ersten Mal in Sicht, als sie in Derndtwall über die Kuppe des Hügelzugs ritt. Während ihres Weges durch die hangabwärts laufenden Straßen zeichnete er sich in der Ferne über dem weiten Häusermeer in der Biegung des Flusses ab. Das Licht war klar und weich an diesem Herbsttag, fast wie ein ins Land des frühen Morgens einströmender Dunst.

Auch auf dem ersten Teil ihres Weges durch Ost-Rhun blieb der Engelsberg wie eine Wegmarke vor ihr; der Verlauf der Nord-Marginale wies wie ein Pfeil auf ihn hin. Doch dann, als sie in das Labyrinth der engen, dunklen Straßen abbog, verlor sie ihn aus den Augen; er war nur noch in gelegentlichen Ausblicken zwischen Häuserzügen hindurch zu sehen. Erst hinter den Straßen der Innenstadt von Rhun, öffnete sich der Ausblick wieder, und er lag direkt und hochaufragend vor ihr.

Heute im Licht eines Altweibersommermorgens machte der Engelsberg seinem Namen alle Ehre. Dieser schroffe Hügel mit seinen stellenweise vorspringenden hellen Klippen war schon immer, seit die Stadt Rhun und das Land Vanarand hieß, der Sitz der Macht gewesen. Ursprünglich hatte es dort nur die alte Burg gegeben, doch als das Land idirische Provinz wurde, kamen jene Gebäudeanlagen hinzu, die heute den Charakter des Regierungsberges prägen.

Sie thronten auf der Kuppe des Berges wie ein Mahnmal von Macht und Herrschaft. Weitläufiges, ineinander geschobenes Mauerngewächs, langgestanzte Reihen spitzer Fenster unter überhängenden, dunklen, schindelgedeckten Dächern, dann wieder zusammengedrängte Gebäudeballungen mit tief sich duckenden Toreingängen, starrend vor speerartigen Türmen, die sich bisweilen zu Nestern drängten, sich wie schwarzes Dornengestrüpp in den mild durchklarten Himmel bohrten.

Heute saßen fremde Eroberer hier auf der Kuppe an der Flussbiegung, dem Thron der Macht. Die Kinphauren waren in den Gebäuden des idirischen Provinzparlaments eingezogen. Die Überreste der alten Burg hingegen ragten wie ein träger, dunkel sich kauernder, erkerbewehrter Klotz am Rand dieser Anlage vor. Dorthin war Danak unterwegs.

Danak stand jetzt vor dem Eingang zur alten Burg und blickte sich um.

Sie trug heute Uniform, kein Zivil wie an einem üblichen Arbeitstag, wenn sie nicht unnötig auffallen wollten, sondern das Schwarz und Messing der Garde mit dem *Turm* am Rock, dem Abzeichen der Miliz: ein stilisierter Turm mit der Rhunskrone.

Ihr Blick ging hinüber zu den massigen Portalpfeilern in dem schweren Wall, die den Eingang zum eigentlichen von den Kinphauren in Besitz genommenen Gebäudekomplex bildeten. Wächtergeister waren in diese Steinklötze eingelassen worden, fratzenhafte Steinbildnisse, die mit ihrer kalten, bohrenden Macht jedem Unbefugten den Weg ins Zentrum der Herrschaft verwehrten. Kinphaurenmagie. Sie war mit den Eroberern gekommen. Wie die Orben und die Wächterstreifen, die die Flucht ins Niemandsland verhindern sollten. Ein Großteil der Gebäudefluchten dort hinten, so wusste sie, stand ohnehin die meiste Zeit leer, da die Kinphauren es vorzogen, jeder Klan für sich, in den über die Stadt verteilten, von ihnen übernommenen Kastellen zu hausen. Ihre Aufmerksamkeit wandte sich wieder dem Gebäude vor ihr zu, dem Ziel ihrer morgendlichen Reise.

Schon bevor Danak vor der alten Burg, dem heutigen Gouverneurspalast abgestiegen war und die Zügel ihres Pferdes einem herbeieilenden Pagen gereicht hatte, hatte sie erkannt, dass heute in diesem Gebäude etwas Ungewöhnliches vorging.

Da war zum einen diese Kutsche.

Irgendwie war es, als ob diese Dinger sie verfolgten. Diese war größer und herrschaftlicher. Ansonsten der gleiche Typ Wagen wie der gestern im Hof des Milizpräsidiums. Fast wie die Wagen der *Kutte* damals, mit dunklem Phanum verglaste Fenster, etwas andere Formen, genauso elegant, nur fremdartiger. Kinphaurenformen.

Anders als gestern saß der Kutscher hier nicht wartend auf dem Bock. Er stand daneben, in Habachtstellung mit dunklem Drachenhaut-Kürass. Mit ihm noch zwei andere, gleich gekleidet und gerüstet, Kinphaurenschwert auf dem Rücken. Schwarz-rote Uniformen. Zu welcher Abteilung gehörten die? Klansschild? Dann müssten sie ein Klanswappen tragen, aber sie konnte keines erkennen. Dann vielleicht Verschworene eines Hauses, vielleicht Klingenstern, oder Bannerklingen?

Hoher Besuch, das war klar. Aber wer mochte das sein? Und wenn der Besuch von drüben, vom Regierungssitz der Spitzohren her kam, warum sich dann die Mühe machen, die kurze Strecke in einer Kutsche zurückzulegen? Aus Sicherheitsgründen? Oder wollte die Person unerkannt bleiben?

Sie sah sich um, noch auf der Straße stehend, Hände in die Hüften gestemmt, während der Page ihr Pferd fortführte. Der übliche Betrieb auf den Stufen vor dem Eingang. Aber etwas war anders. Wer aus dem Gebäude herauskam, wirkte irgendwie beklommen. Im Schatten des Eingangs, unter dem pfeilergetragenen Vordach, da, zwei Uniformierte standen seitwärts, an die Säulen gedrängt, fast in den Schatten versunken, die Gesichter bleiche Flecken unter den Helmen. Weitere Kinphaurenwachen.

Na gut, dann würde sie sich das Ganze mal anschauen; hinein musste sie sowieso.

Nein, die Wachen an der Kutsche trugen keine Klansfarben. – Keinerlei Klansfarben! Auffällig neutral. Besonders für Spitzohren, die doch immer genau herzeigen mussten, welchem Zweig, welcher Splittergruppe sie speziell angehörten. Merkwürdig.

Forschen Schrittes stürmte sie die Freitreppe herauf; man sah sich nach ihr um. Sie war klar, sie war scharf wie eine Klinge. Frisch im Hauch des Morgens, der ihr um die Wangen blies. Gestern war gestern, das gehört weggepackt.

Sie hatte sich an diesem Morgen über das Becken mit eiskaltem Wasser gebeugt, das Gesicht eingetaucht, beim Auftauchen die zerspritzende Wasserfläche angebrüllt und geprustet – huuah! – noch mal rein und nochmals, und sich dann so lange selber Ohrfeigen verpasst, bis sie nur noch rohes, wildes Jetzt spürte. Bis sie bereit war, für das, was vor ihr lag. Und beinah das vergessen konnte, was hinter ihr lag.

Sie ging auf den Eingang zu. Kommt schon, bringt es auf's Tapet. Immer her damit. Zeigt mir euren Neuen, den, den ihr für unseren Kader ausgesucht habt. Zeigt mir, ob euer Zögling was drauf hat.

Einer der Bleichen in Uniform warf ihr von seinem Pfeiler aus einen scheelen Seitenblick zu. Keine Klansfarben, auch er nicht.

Sie stürmte durch das dunkle Portal der schweren, zweiflügeligen Doppeltüren in die Eingangshalle.

Auch hier herrschte viel Betrieb. Bedienstete eilten umher, viele Zivilisten, Bürger, Leute aus dem Volk auf irgendeinem Amtsgang, Frauen mit Kindern im Schlepptau. Die offizielle Anlaufstelle für alle Nicht-Kinphauren, die irgendetwas mit den Behörden abzuklären hatten. Die bleichen Herren blieben unter sich hinter dem Tor mit den Wächtergeistern, das Volk sollte sich mit dem Apparat des Gouverneurs und der Ratsherren abgeben.

Man zog eilig und beflissen seiner Wege, verstohlene Seitenblicke gingen immer wieder zu den Wänden hin. Danak hatte sie sofort entdeckt. Dort an den Pfeilern bei der Tür, und da an den Seiten, bei jedem Pfeiler einer. Schwarz-rot Uniformierte ohne Klansfarben, Schwerter auf den Rücken geschnallt.

Jemand aus dem Ordonanzpulk zwischen den Bogen der breiten, doppelten Treppe, sah ihre Uniform, eilte ihr entgegen. Fragte sie, wer sie war und wohin sie wollte, nach *Name und Begehr*. Aha. Konnten die ihr nicht einfach das neue Kadermitglied im Präsidium präsentieren? Da, wo sie hingehörte. Da, wo die Arbeit getan wurde. Wo hoffentlich auch der Neue hingehörte. Banátrass hatte es sich ja genüsslich auf der Zunge zergehen lassen. Finden Sie sich morgen im Gouverneurspalast ein. Und da war sie.

Die Ordonnanz führte sie über gewundene Treppen und lange, hallende Flure zu einer Vorhalle mit Bänken an den Seiten. Für wartende Bittsteller wahrscheinlich. Aber sie wurde direkt hineingeführt.

Tür auf, die Ordonnanz wieselte hinter ihr weg, Tür zu.

Da saß er nun vor ihr hinter seinem repräsentativen Klotz von Schreibtisch mit marmorner Platte. Gouverneur Seranigar. Gilvent Seranigar. Oberster Verwaltungsbeamter von Rhun unter dem Protektorat der Kinphauren. Oberste Schranze der Spitzohren.

Sah gar nicht mal so sehr wie ein Wiesel aus. Er saß in seinem Lehnstuhl und blickte sie gerade an. Er hatte dunkle, beinahe mandelförmige Augen und ein gepflegtes Bärtchen, ein südländischer Typ. Seranigar war nicht allein. Jemand stand schräg hinter seinem Lehnstuhl, zum Fenster hin.

Und dies war eindeutig nicht ihr neues Kadermitglied.

Bleiches Gesicht wie aus Knochen modelliert, die Nase im Bogen zu den scharfgeschnittenen Nüstern hin gewölbt, dunkle, fast schwarze Augen, dreiteilige Kinphaurenkluft, scharlachrot und schwarz mit Einbrenn-Ornamenten. Banátrass' geheimnisvoller Besucher mit dem Ankchorai-Leibwächter vom Vortag.

Gouverneur Seranigar deutete zu dem hinter ihm stehenden Kinphauren hin.

„Darf ich vorstellen", sagte er, „Khi var'n Sipach Dharkunt, Bevollmächtigtes Beil des Roten Dolches."

Aha. „Wir kennen uns", erwiderte sie nur knapp. Var'n Sipach also, der Richter und Exekutor des Heereskommandanten der Kinphauren, Befehlsherr der Protektoratsgarde. Bevollmächtigtes Beil des Roten Dolches? Wenn die Kerle es nicht so verdammt ernst meinen würden, hätte man ihre Titel ziemlich komisch finden können. Aber vielleicht verloren sie auch in der Übersetzung. Wer sprach schon Kinphaurisch? Und dieser Mann, der zweitmächtigste Mann in Rhun, war gestern bei ihrem Milizhauptmann Banátrass gewesen. Was hatte er dort zu suchen gehabt?

Das war also der hohe Besuch in dem Wagen. Warum dann eine andere Kutsche als gestern? Nicht repräsentativ genug?

Seranigar reagierte verwundert auf ihre Bemerkung, fasste sich. „Sie kennen sich bereits? Umso besser", sagte er. „Dann bedarf es ja nicht vieler Worte." – Wohl kaum, beim Richter und Henker über alle Klans der Kinphauren in Rhun. – „Aber setzen Sie sich doch."

Danak trat vor den Schreibtisch, rückte den Lehnstuhl zurecht. Das Leder der Uniform fühlte sich straff und gut an ihrem Körper an. Die Messingknöpfe entlang der Nähte blitzten. Sie kam sich ziemlich repräsentativ vor, ein ungewohntes Gefühl.

„Sie wissen sicher, warum Sie hier sind. Ihr Hauptmann hat Sie gewiss ins Bild gesetzt."

Sie nickte nur; die Formulierungen, die ihr spontan in den Kopf kamen, wären der Sache nicht besonders zuträglich gewesen.

„Es gibt Veränderungen und die unterschiedlichsten Leute gehen zur Zeit durch diese Räume. Von diversen Stellen und … diversen Orten." Var'n Sipach hinter ihm blieb stumm und ausdruckslos.

Seranigar beugte sich vor und lächelte sie an. „Aber es freut mich besonders, Sie heute hier zu haben. Jemand, der an ihrem Posten steht, der ihre Aufgabe erfüllt. Ich habe schon viel von Ihnen gehört."

„Nur Gutes, denke ich." Sie konnte das lakonische Lächeln in ihrem Mundwinkel nicht unterdrücken.

„Auch viel Gutes." Der Gouverneur lächelte zurück. „Ich freue mich, dass ich die Gelegenheit finde, Ihnen meinen Respekt auszudrücken. Obwohl wir verschiedene Aufgaben erfüllen und unterschiedliche Titel tragen, so stehen wir doch auf ähnlichem Posten. Wir beide geben unser Bestes, die Stadt unter veränderten und schwierigen Bedingungen zusammenzuhalten."

„Was, Gouverneur, soll an diesen Bedingungen schwierig sein?" Der Kinphaure fuhr ihm ins Wort, in feinem Lächeln geschlitzte Augen; die Silben des Wortes *Gouverneur* spreizte er maliziös. „Rhun ist die Hauptstadt des Protektorats Niedernaugarien. Sie sind die Heucheleien, Halbheiten und Doppelbödigkeiten ihrer idirischen Herren losgeworden. Es gibt endlich klare Fronten in ihrer Stadt. Die Ehrenhaften, die aufrechten Klingen und ... Bürger – und der Rest." Er grinste den Gouverneur noch einmal maskenhaft an. „Ich würde sagen, wir haben die Sache für Sie ein ganzes Stück leichter gemacht." Er stupste mit dem Zeigefinger in seine Richtung. „Wir haben Klarheit geschaffen." Er betonte das Wort *Klarheit*, und es hörte sich mit seinem Akzent in diesem Moment an, als sei dieses Wort nur für Kinphaurenzungen geschaffen worden.

Var'n Sipach wandte den Kopf, sein Blick bohrte sich jetzt direkt in den von Danak, noch immer ein feines Lächeln um die Lippen. „Ich habe von Ihnen gehört, Leutnant Kuidanak. Und ich schätze Ihre *Klarheit*." Ein anderer Blick jetzt als der, mit dem er sie gestern flüchtig beim Verlassen des Amtszimmers von Hauptmann Banátrass gestreift hatte, doch noch immer undeutbar, trotz des Lächelns. Hatte er gestern nicht gewusst, wer sie war?

„Sagen Sie", seine fremdartigen, durchdringenden Kinphaurenaugen glitten an ihr auf und ab, „Sie haben doch keine Schwierigkeiten damit, jemanden ... von außerhalb" – sein Blick verriet, dass er sagen wollte ‚von uns' – „in ihrem Kader zu haben?"

Sie erwiderte einen Moment diesen Blick. Var'n Sipach schien kaum zu blinzeln.

„Das einzige Kriterium für unseren Kader ist die Befähigung", sagte sie. „Kann derjenige etwas? Hat er ein Gefühl für die Straße? Wie setzt er sich in einer brenzligen Situation durch? Hat er das Zeug für einen Kadermilizionär? Wir haben eine ziemlich bunte Zusammensetzung bei unserer Truppe. Herkunft und Vorleben bedeuten da kaum etwas. Bis gestern" – sie spürte die kalte Klammer um ihre Eingeweide, ließ aber nicht zu, dass sich davon eine Spur auf ihren Zügen zeigte – „bis gestern gehörte noch ein Barbar aus Vorsekk dazu."

Var'n Sipach hob das Kinn, musterte sie die Nase entlang von oben herab einen Moment, dann senkte sich sein Kopf wieder.

„Ah, ihre bedauerlichen Verluste beim gestrigen Einsatz." Von Hauptmann Banátrass hatte er gestern noch nicht davon erfahren können. Und die beiden würden sich kaum seitdem noch einmal getroffen haben. Also war die Nachricht über Orben weitergeleitet worden. „Dann wird es sie ja umso mehr freuen, dass Sie einen neuen Mann erhalten, um die Reihen ihres Kaders wieder aufzufüllen." Er wandte sich zur Tür, die zum Nebenraum führte und rief etwas auf Kinphaurisch.

Danak folgte seinem Blick zur Tür. Sie ging auf, eine Gestalt trat in den Rahmen. Hinter ihr im Raum regte sich etwas, da war noch jemand, mindestens eine weitere Person.

Der Mann war hager. Er trug die traditionelle kinphaurische Kleidung, dreiteilig, *khaipra*, *jemkau*, *vorud*, Umhang, Leibgurt und die weite geschlitzte Hose, dann noch eine Art verzierte Brustpanzerung. Der Mann trat aus dem Türrahmen vor. Das Gesicht wirkte hart wie eine Klinge, die eine Gesichtshälfte war mit kinphaurischen Ornamenten tätowiert, schwarz auf gebräunter Haut. Kein Knochenweiß. Kein Kinphaurenteint. Was war das für ein Kerl?

„Mainrauk Choraik d'Vharn", hörte sie var'n Sipachs Stimme. „Ich denke, man kann von ihm ohne weiteres sagen, dass er ... wie sagten Sie? ... das Zeug hat."

Var'n Sipach schien ja sehr überzeugt von dem Kandidaten zu sein. Der Kerl nickte grüßend. Was zur Hölle war der?

„Schön zu hören. Schön für Sie ..." Sie wandte sich zu dem neu Eingetretenen. Mittlerer Name, erinnerte sie sich, das war der angemessene. „... Choraik. Freut mich, Sie kennenzulernen.

Leutnant Vorna Kuidanak. Anscheinend haben alle im Raum schon auf die eine oder andere Weise von mir gehört. Sie wahrscheinlich auch." Sie lächelte. Der Kerl entgegnete es nicht, sah sie nur aus gletscherblauen Augen an. Definitiv kein Kinphaure. „Sie sind mir gegenüber also im Vorteil." Der Kerl musterte sie ruhig, taxierte sie. Fängt früh genug mit der Überwachung an. Also kein Grund, ihm gegenüber zimperlich zu sein. „Wer sind Sie? Wo kommen Sie her?" Sie deutete mit einer Kopfbewegung zu Seranigar und var'n Sipach hin. „Und warum denken die Herren, dass Sie ausgerechnet in meinen Kader gehören?"

„Meinen Namen haben Sie gehört. Mainrauk Choraik d'Vharn. Ich bin Kinphaure."

„Aber ihr ... Aussehen. Sie sehen mir wenig kinphaurisch aus."

„Das ist kinphaurische Kleidung." Er strich an sich herab. „Das ist kinphaurische Tinte." Sein Zeigefinger fuhr seine Wange hinab.

„Verzeihung, ich muss erklären ...", kam es von Gouverneur Seranigar, aber var'n Sipach unterbrach ihn.

„Mainrauk Choraik ist in der Tat Kinphaure. Er hat in seinem Klan gedient und sich Ehre erworben. Er hat unter Kinphaidranauks Fahne gekämpft und sich verdient gemacht. Er ist Teil vom Klan der Mainrauk, dem Stamm Varangethis, der Sippe Khidan, dem Hause Choraik. Er ist Zwei-Monde-Speer der Klingentrias des Kreises der Messer vom Klan Mainrauk. Er ist in allem ein Kinphaure bis auf seine Mutter und seinen Vater." Er lächelte. „Aber das soll ihm nicht angelastet werden."

Zum ersten Mal sah Danak nun auch Choraik lächeln, es war ein dünnes Lächeln nur in einem Mundwinkel zu var'n Sipach hin. Sein Blick kehrte zu ihr zurück.

„Was wollen Sie noch wissen?"

„Was müsste ich noch wissen?" Ihr Blick ging von ihm weg, saugte sich stattdessen an var'n Sipach fest.

„Dass er unter Ihnen dienen wollte. Es war sein Wunsch. In der Stadtmiliz Rhun. Dass er sich jede andere Stelle hätte aussuchen können."

„Dann sieht er wohl wichtige Aufgaben für sich in der Stadtmiliz Rhun. In meinem Kader." Sie nahm die Augen nicht von var'n Sipach. *Darauf möchte ich verdammt noch mal wetten.*

Aber warum ihr Kader? Was war so wichtig, einen Mann aus den eigenen Reihen in ihrem Kader zu haben?

Sipach nickte gerade mal.

„War es das? Gibt es sonst noch etwas?", sagte sie. Wenn er es knapp wollte.

Seranigar rutschte in seinem Sitz herum. Var'n Sipachs Reaktion auf ihre Ungebührlichkeit war ein kaltes Schmunzeln.

„Ich denke, Choraik und Sie werden gut zusammenarbeiten", sagte var'n Sipach. „Sie sind aus einem Holz."

Na ja, sie hatte keine Kinphaurenzeichen in das Holz ihrer Wangen geschnitzt.

Sie gingen stumm nebeneinander die Treppe hinab, der hagere Kerl im Kinphaurenornat stocksteif neben ihr her. Fast wäre sie aufgeschreckt, als sie seine Hand auf ihrer Schulter spürte.

Sie blieb stehen und drehte sich zu ihm hin.

Er sah sie mit dem Gletscherblau seiner Augen an. Eisdolche, hart und durchdringend.

„Sie halten mich für einen Spitzel."

Sie blickte auf die Stelle, wo er die Hand gehabt hatte, dann wieder in seine Augen. „Sind sie es nicht?"

„Ich bin nicht aus diesem Grund in ihren Kader entsandt worden. Es war meine Entscheidung."

„Warum?"

Er hielt ihren Blick einen Moment. Keine Regung darin, aber sie glaubte zu sehen, dass seine Kiefern mahlten.

„Ich hatte meine Gründe."

Sie wandte sich von ihm ab. „Schön für Sie." Ging wieder die Treppe weiter hinab. Sein Schatten fiel an ihren Füßen vorbei die Stufen hinab.

Sie nahmen die Biegung der Treppe. Die Eingangshalle kam jetzt über dem Geländer in Sicht. Da war etwas.

Danak verlangsamte ihren Schritt. Dort unten ging etwas vor. Was war es, das sie stutzig machte? Die Bewegung der Schatten?

Da unten war noch immer das vage Durcheinander des Publikumsverkehrs. Mittlerweile sogar ziemlich viel. Sie sah von ihrem Standpunkt aus über das Geländer die gewundene Treppenflucht hinab die Köpfe vereinzelter Leute vorbeiziehen. Doch etwas Starres, Gerichtetes brach in das Muster ein. Vielleicht die Kinphaurenwachen entlang der Säulen? Hatte var'n

Sipach einen anderen Weg heraus genommen und verließ nun das Gebäude?

Sie ging weiter, um genauer sehen zu können, eine Hand am Geländer. Sie spürte, dass Choraik ihren Schritten wie ein Kettenhund folgte.

Ja, sie konnte jetzt in die Vorhalle hinab sehen. Richtig, die Wachen waren aus ihrer Position an den Säulen vorgetreten. Leute wichen beiseite, jemand kam. Jemand umgeben von vier Kinphaurenwachen. Hallender Gleichschritt auf dem harten Marmorboden. Oha, zwei gerade Schwerter auf dem Rücken. Zwei davon waren also keine normalen Kinphaurenwachen, das waren Idarn-Khai, die berüchtigte Kriegerkaste der Kinphauren. Der, den sie bewachten trug einen schwarzen Drachenhautpanzer, langes graues Haar. Und sie hatte gedacht, var'n Sipach wäre heute der einzig hohe Besucher im Gouverneurspalast gewesen.

Sie wandte sich zu Choraik um.

„Wer ist das?" War das ein verhaltenes Grinsen auf seinen Zügen?

„Sie kennen ihn. Haben ihn wahrscheinlich nur noch nie gesehen. Man bekommt ihn nicht oft zu Gesicht."

Der Groschen fiel bei ihr. Mit einem scharfen Klicken. Das dort unten war Heereskommandant Vaukhan selber. Der Rote Dolch des Krähenbanners, wahrer Herr über Rhun. Var'n Sipachs Vorgesetzter.

„Aber was macht der hier …"

Sie stutzte. Choraiks Gesicht war erstarrt. Sein Blick wanderte zum Eingang hin. Von draußen kamen jetzt Schreie. Befehlsrufe und gellende Schreie des Schmerzes.

Ihr Kopf fuhr herum. Ein Wirbel in der Halle. Klirren und Scharren. Alles an Bewegungen richtete sich neu aus.

Ein donnerndes Hämmern gegen das Tor. Der Boden bebte. Sie sah vor sich einen feinen Staubschleier vom oberen Treppenabsatz herabregnen, Brocken und Steinkörner darin. Sie spürte den Staubregen auf ihrer Kopfhaut.

Ein weiterer donnernder Schlag. Ein Flügel des Tores flog mit Wucht aus den Angeln, in die Vorhalle hinein. Splitter, Trümmer flogen durch die Luft. Eine Staubwolke erhob sich aus dem Doppelportal, etwas brach hindurch, ein schwerer Schatten.

Déjà-vu, Déjà-vu! Es durchfuhr sie wie ein Blitz. Erneut das scharfe Gefühl des Wiedererkennens.

Schmerzensschreie. Ein Mann war von den Trümmern der Tür zur Seite gefegt worden, lag verdreht auf dem Boden. Schwer dröhnende Schritte in das Foyer hinein. Da stand er.

Wuchtige Schultern, Panzerteile, ein ungeschlachter Tierschädel mit drei kreisrunden Augen. Ein Brannaik-Homunkulus, die Klingen an den Armen ausgefahren und blutbefleckt. Ein Schreckenskoloss.

Um ihn herum ein schreiender, klirrender, fliehender Wirbel des Aufruhrs. Panik brach aus. Eine Mutter presste ihr Kind an sich und lief los. Entsetzensschreie hallten in dem weiten Raum wieder. Befehlsrufe dazwischen, in Kinphaurisch gebrüllt.

Ein Arm des Homunkulus fuhr vor, die Klinge erwischte einen in entsetzter Starre Herumstehenden vor die Brust – er sackte ohne Laut zusammen. Dann brach der Homunkulus wie eine Walze in eine Gruppe von Besuchern ein. Blut spritzte, Schreie gellten. Körper flogen einfach zu beiden Seiten hin weg, wie zerbrochenes Spielzeug. Ein Massaker. Niemand von ihnen war auf so etwas vorbereitet. Sie waren keine Kämpfer, nur einfache Leute auf einem Amtsgang. Und jetzt wühlte ein Kampfkoloss eine blutige Spur durch sie hindurch.

Es dauerte kaum Sekunden. Bevor Danak irgendetwas hätte tun können, war es schon vorbei. Die letzten überlebenden Besucher flohen dort unten aus dem Weg des vordringenden Kolosses, weg, weiter in die Tiefe der Halle hinein, zu den Fluren hin, weiter ins Gebäude, aufschreiend, in panisch kopfloser Hatz. Oder auch zu den Trümmern der Tür. Zwei, drei, sah sie, drängten sich hindurch und verschwanden hinter Staubschleiern, waren draußen. Die Mutter mit dem Kind war nirgendwo mehr zu sehen. Gut. Ein Mann schleppte sich über den Boden und zog dabei eine rote, schmierige Spur hinter sich her. Der ganze Vorraum war voller Blut und Leichen.

Die Wachen, die entlang der Säulenreihe gestanden hatten, richteten sich in einem Halbkreis aus, die Schwerter gezogen, bildeten eine sichelförmige Barriere vor dem Heereskommandanten Vaukhan.

Ach du dicke Scheiße. Ein Anschlag. Und sie war mittendrin. Auf den obersten Herrn von Rhun.

Und die Besucher des Gouverneurspalastes? Nicht ihr Krieg, nicht ihre Sache. Zu spät für sie. Waren einfach zur falschen Zeit am falschen Ort gewesen. Ahnungslos hineingeraten. Unschuldige.

Jetzt waren nur noch die Toten und die Kinphauren da unten in der Vorhalle zurückgeblieben. Und der Homunkulus.

Nur noch der Krieg der Kinphauren. Ihr Krieg, nicht dein Ding.

Ein Schatten drängte neben ihr vorbei, streifte ihre Schultern, hielt dann inne. Als sie zur Seite blickte, sah sie vor sich Choraiks Gesicht im Profil. Der Mund stand ihm halboffen, er bleckte die Zähne, atmete schwer. Es arbeitete in ihm. Blieb dann aber doch stehen. Fühlte ihr Starren, wandte den Kopf, ihre Blicke bohrten sich ineinander. Er bemerkte wohl ihren Impuls ebenfalls loszustürzen, seine Hand packte ihre Schulter, drückte das straffe Leder der Uniform um ihre Schulterrundung.

„Nicht wir." Er sah sie an, hielt noch immer ihre Schulter. Er nickte, wie um der Bemerkung Nachdruck zu verleihen.

Gemeinsam sahen sie hinab.

Die Wachen um den Heereskommandanten brüllten ihre Kinphaurenbefehle durcheinander, hartes, harsches Bellen im spröden Hall zwischen Marmorflächen und Säulenreihen.

Der oberste, bleichhäutige Herr von Rhun wirkte gefasst, fast wie versteinert, eine drachenhautbewehrte Statue hinter einer waffenzückenden Beschützerreihe. Die Idarn-Khai ließen ihre Zwillingsklingen aus den Schulterhalftern schnellen und drangen vor. Armbrüste wurden auf die Kreatur gerichtet.

Die brüllte und stürmte wie ein rasender Keiler vor, die Arme herabhängend und so lang, dass die Klingen über den Boden eine klirrende Funkenspur zogen.

Blöder Reflex, dummes Vieh, dachte Danak. *Lässt die Deckung sinken.* Aber die Armbrüste surrten, die Bolzen flogen an der Kreatur vorbei, verfehlten sie, prallten klackernd gegen Marmorwände. Nur ein einziger verfing sich zitternd in den dunklen Panzerplatten.

Die Haut ist zwar bleich, das Blut aber trotzdem nicht so kalt, wie's gut wäre. Hatten auch nur Nerven, diese Spitzohren. Und ließen sich von einem brüllenden Biest aus der Fassung bringen.

Das war dann auch schon gleich unter ihnen. Die Klingen flirrten umher. Viel Klirren, viel Geschrei, Körper sackten weg, wurden zur Seite geworfen. Blut spritzte durch leeren Raum. Klatschte auf kalten Stein. Die Luft war gesättigt vom Odem des Gemetzels. Die Idarn-Khai zogen durch den Tumult als seien sie Echos voneinander, auf den Homunkulus zu. Na, ein Echo blieb hängen, hatte sich im Klingenweben des Viehs verheddert, lebte aber noch, wich aus. Der andere kam in einem weiten Sprung, sicher wie ein Sichelbogen auf die Schultern des Kolosses und ließ kalten Stahl abwärts sirren. Der Homunkulusschädel schnappte nach ihm und fauchte. Der Idarn-Khai war schon wieder aus seinem Bewegungsradius, das Biest fuhr herum.

Was für ein Sprung, was für eine Perfektion. Wow, die Kerle waren ein Phänomen. Solche Sprünge, solche Präzision. Sie sah gerade eine Legende mit eigenen Augen. Im Einsatz. Aber der Homunkulus war auch nicht ohne. Einen der beiden hatte er immerhin schon erwischt. Dem lief das Blut die Seite hinab. Der zweite hatte hart unter den Attacken des Homunkulus zu kämpfen, der jetzt wild auf ihn eindrosch. Aber er trotzte ihm, brachte sich nicht mit einem Sprung in Sicherheit – wie sie selber unten in den Katakomben. Versuchte es zumindest. Der Homunkulus hatte zu viel Kraft und Schnelligkeit hinter seiner Attacke.

Auch der hier war nicht brandneu, sah Danak. Sah auch aus, wie von den Schlachtfeldern geborgen, geflickt und in Gang gesetzt. Brüche in den Panzerplatten, der Kopf roh und geschunden.

Der Homunkulus wurde jetzt von der anderen Seite attackiert, vom zweiten Idarn-Khai und den restlichen Wachen des Heereskommandeurs Vaukhan. Die Kreatur schwenkte zu ihnen hin, brach in ihre Reihen ein, fegte sie zur Seite. Den zweiten Idarn-Khai, der wieder in einem Sprung an ihn herankommen wollte, schüttelte er ab wie lästiges Ungeziefer, dass er durch die Halle flog. Sein Kopf ruckte hin zur Gestalt des obersten Kinphauren-Herrn von Rhun.

Ein Moment erstarrten Schreckens, dann gab es Gebrüll.

Die Kinphauren, der eine Idarn-Khai, dann der andere, sich aufrappelnd, ebenfalls, formierten sich erneut, um einen schützenden Wall um ihren Herrn zu bilden, während der Homunkulus mit mörderischer Zielstrebigkeit den ersten stampfenden Schritt auf ihn zu machte.

Das wird nichts, durchfuhr es Danak, *Idarn-Khai hin oder her.* Dieser Homunkulus hier war stärker, weniger beschädigt und mitgenommen als der, dem sie in den Katakomben hatten entgegentreten müssen. Und ihre Gedankengänge wurden unterbrochen, als sie spürte, wie sich in ihrem Nacken die Haare aufrichteten, ein eiskaltes Prickeln auf der Haut. Als wenn dich jemand anstarrt.

Sie fühlte wie eine kalte Welle von Macht und Bedrohung sie berührte. Hinter ihr. Choraik neben ihr, sein Kopf fuhr ebenfalls herum.

Ein Schatten, dann schnellte es schon auf sie zu. Und an ihnen vorbei.

Eine Welle kalter Flammen. Eine vorbeirasende Gestaltwalze in Rot und silberscharfem Aufblitzen. Wie ein Geschoss die Treppe hinab.

Ihr Blick wollte schon dieser abwärts preschenden Gestalt folgen, ein Wahrnehmungssplitter im Augenwinkel hielt sie jedoch zurück: Da! – var'n Sipach, eine fast feierlich wirkende Erscheinung in dem rot-schwarzen Ornat, die in elegantem Schritt die Stufen hinabkam. – War da ein feines, distanziertes Grinsen um seine Mundwinkel? Als würde er sein Entree eine Freitreppe hinab auf einem Empfang hinlegen? Feiste Selbstzufriedenheit im Auge.

Ihr Blick, er ging nach unten, die Treppe hinab, in die Halle, fand das Wesen, das an ihnen vorbeigestürzt war, erkannte in ihr var'n Sipachs Begleitung, seine Leibwache, den Ankchorai. Der musste also im Nebenraum gewesen sein, den musste sie vage gesehen haben, als Choraik zu ihnen heraus gekommen war. Seine riesige Gestalt stürzte sich mitten hinein in das Gewühl wie ein von der Kette losgelassener Bluthund. Lagen flammendroter Kleidung wehten in ihrem Vorstürmen hinter ihr her, wie Feuerlodern. Silberne Kanten, eine Klinge in ihrer Hand blitzten. Der Homunkulus sah den Ankchorai, Ankchorai und Homunkulus sahen sich an, ein Wirbel entstand um sie herum, als würden alle die anderen Körper vom Strudel ihres Bannkreises erfasst.

Der Homunkulus brüllte, ein zornig heißer Raubtierschrei im Tumult der Vorhalle. Der Ankchorai preschte auf ihn zu. Ein irres Klirren und Röhren und Fauchen, als die beiden aufeinanderprallten, ineinanderschlugen, sich im Netz von Stahl ineinander verkeilten. Sie verhakten sich im Gefecht ineinander, die massige, ungeschlachte Gestalt des Homunkulus und der geschmeidige, rotflatternde Riese. Die anderen Kinphaurenwachen, zusammen mit den Idarn-Khai, drangen erneut von der Flanke her vor. Mit wuchtigen Hieben der seinen Unterarmen entwachsenen Klingen trieb der Homunkulus den Ankchorai zurück, verschaffte sich Raum, pflügte seine Attacke in die Angreifer hinein. Ein Idarn-Khai hing auf die Seite gestürzt, schwer aufgestützt auf einen Arm, blutete stark, der andere Arm hing schlaff herab; ihr war, als hörte sie durch den Kampflärm sein Röcheln.

Der Ankchorai schnellte vor, durchbrach die Deckung des Homunkulus, packte ihn mit der unbewaffneten Hand. Sie grub sich zwischen Schulter und Hals in die klaffenden Panzerplatten. Der Homunkulus versuchte mit seinen Klingen auf ihn einzuhacken, die eine verfing sich in etwas, das klirrend aus der Gestalt des Ankchorai heraussprang, schrammte daran entlang, die andere wurde von der Waffe des Ankchorai abgefangen. Ein scharfes Schrillen, ein Gebrüll aus dem Maul des Homunkulus. Etwas wie scharfkantige Haken, war aus den Armen des Ankchorai herausgeschnellt, verkantete, vergrub sich zwischen Panzer, Riefen und Schründen des Homunkuluskörpers. Ein eisenstarrendes Ringen. Fast schien es, als würde der Ankchorai die massige Gestalt des Homunkulus mit seinem ausgestreckten Arm zurückdrängen, ihn von den Füßen heben wollen. Fast schien es, als könnte er dabei Erfolg haben.

Da brach die Welle über den Homunkulus herein, ein geballter Angriff, eine konzertierte schwarzgepanzerte Woge, das hackende Stachelgestrüpp der Kinphaurenwachen. Der Homunkulusschädel zuckte zähnebleckend umher, sein Körper wankte. Mit klirrendem Schnappen ließ der Ankchorai mit seinem Klammergriff von dem Homunkulus ab, der ungefüge Körper taumelte zurück. Ein kurzes Aufschnellen des rotgepanzerten Armes, dann ein blitzartiger Abwärtshieb – der Ankchorai hatte dem Homunkulus die Klinge am Hals abwärts in den Leib gerammt, hatte ihn durchspießt bis zum Heft. Die massige Gestalt hing schief und wie erstarrt.

Einen Sekundenbruchteil schien alles wie eingefroren. Dann brach das vereinte Mordwerk über die verwundete Kreatur herein.

Ja, erkannte Danak, das war's dann auch. Am Ausgang dieses Kampfes konnte kein Zweifel mehr herrschen. Es brüllte, tobte, schrie und klirrte unten in der Halle. Sie sah Choraik an.

„Sie waren also die ganze Zeit im Nebenzimmer mit var'n Sipachs Leibwächter." Hatte er nur darauf gewartet, dass der

Ankchorai auftauchte und in das Kampfgeschehen eingriff? Hatte er sie nur deshalb zurückgehalten?

„Wir waren alle in einem Raum", antwortete der Kinphaure, der kein Kinphaure war. Seine tätowierte Gesichtshälfte war ihr zugewandt. Sie sah Kinphaurenzeichen über seine gebräunte Wangenhaut laufen. Er drehte sich frontal zu ihr hin; die Farbe seiner Augen ließ seinen Blick kalt erscheinen.

Der Homunkulus da unten gab ein erbärmliches Röhren von sich.

„Und?" Sie kam nicht umhin ihn zu fragen. „Wie wäre Ihrer Meinung nach der Ausgang des Kampfes gewesen, wenn var'n Sipachs Leibwächter nicht hier gewesen wäre?"

Choraik schürzte die Lippen. Unten nur noch Röcheln und Durcheinanderrufen.

„Wäre der Ankchorai nicht dagewesen", sagte Choraik, „Idarn-Khai hin oder her, dann hätte der Kunaimrau Erfolg gehabt. Dann wäre Vaukhan jetzt tot."

Sie musterte ihn, nickte.

Sie blickten gemeinsam auf das üble Gemetzel in der Vorhalle hinab. Auf jenes, das gerade noch im Gange war und auf die Leichen derer, die schon zuvor gestorben waren.

Irgendwo von den Seiten her, aus den Fluren heraus, kamen Stimmen.

5

Danak und ihr Kader hielten sich eng unter den säulengetragenen Vordächern der Gebäude am Eingang zum Rattenloch, tief im Schatten eines der Pfeiler. Sie warteten, ungeduldig; noch waren nicht alle da. In der Zwischenzeit redeten sie über das, was am Morgen oben auf dem Engelsberg geschehen war. So wie die halbe Stadt.

„Sie müssen den Homunkulus wohl in einem Wagen den Engelsberg hochgebracht haben, direkt vor den Gouverneurspalast", meinte Danak.

„Der zweite Homunkulus in zwei Tagen."

„Ja, genau so einer wie in den Katakomben. Ein Brannaik. Aber noch ziemlich intakt. Nach dem, was ich im Gouverneurspalast gesehen habe, hatten wir echtes Glück. Wenn wir es da unten mit dem zu tun gehabt hätten … ich weiß nicht, wie das ausgegangen wäre."

Ursprünglich sollte dieses Areal, an dessen Rand sie sich die Beine in den Bauch standen, einmal die Meanander-Gärten heißen, aber das ganze Unternehmen war grandios gescheitert; übrig geblieben war der riesige, gedrungene Turmstumpf der „Schraube", wie man das Bauwerk in der Bevölkerung nannte, und der es wie eine Sichel umschließende Komplex des „Rattenlochs".

Die Meanander-Gärten waren von einer alteingesessenen Kaufmannsfamile gleichen Namens als ein ambitioniertes Bauprojekt begonnen worden, dass neue Maßstäbe setzen und natürlich dieser Familie hohe Profite einbringen sollte. Heute war der Vastacke der König der Meanander-Gärten.

Chik hielt am Rand des Säulenvorbaus danach Ausschau, was sich bei den Gebäuden dort hinten tat, lauschte aber immer wieder mit einem Ohr zu ihnen hin; der Rest von ihnen hatte sich um die an einen Pfeiler gelehnte Danak geschart, um von ihr persönlich zu erfahren, was an diesem Morgen im Gouverneurspalast geschehen war.

„Dieses Attentat, das war doch ganz klar der Widerstand. Den kinphaurischen Heereskommandanten von Rhun ermorden wollen", meinte Mercer. „Diese zweite Bande in den Katakomben. Die keiner von uns vorher gesehen hat. Kann es sein, dass das auch Leute aus dem Widerstand, dass das Rebellen waren, denen es irgendwie gelungen ist, in die Stadt zu kommen?"

„Man nennt sie offiziell Marodeure", korrigierte Danak ihn mit trockenem, ironischem Grinsen. Genau der Verdacht, den Mercer gerade geäußert hatte, war mit dem Attentat auch erneut bei ihr aufgekommen. Selbst wenn Hauptmann Banátrass die Möglichkeit, dass Marodeure in die Nähe Rhuns gelangen konnten, weit von sich gewiesen hatte. Zumindest schien dies mit dem Attentat widerlegt.

„Ist mir egal, wie man sie nennt", schnauzte Mercer. „Für mich sind das Rebellen. Die kämpfen gegen die Kinphauren. Die sind organisiert. Die machen den Spitzohren da draußen ganz schön zu schaffen. Man hört ja immer wieder Berichte aus dem Niemandsland. Tschuldigung, heißt jetzt ja Protektorat."

„Auf der anderen Seite kann es aber auch ein bloßer Zufall sein, das zeitliche Zusammentreffen mit dem Attentat", gab Sandros zu bedenken. „Armbrustbatterien kann man nicht nur im Feld brauchen. Die wären auch was für eine Truppe, die sich hier in Rhun neu als Meute festsetzen will. Warum sollten Rebellen eine Übergabe von Armbrustbatterien hier in Rhun durchziehen?" Das wäre dann schon fast ein beruhigender Gedanke, fasste man die Alternative ins Auge. Sie wünschte sich, sie könnte Sandros zustimmen.

„Weil sie gleichzeitig einen Homunkulus reinbringen wollten? Für so ein Attentat wie das im Gouverneurspalast?", gab Mercer ihren Befürchtungen eine Stimme.

„Und noch eins passt dazu", warf Danak ein. „Wozu braucht man einen Bannschreiber, wenn man bloß einen Homunkuluskörper zu den Rebellen verfrachten und rausschmuggeln will? Einfach so schickt man doch nicht einen Skriptor bei einem solchen Unternehmen mit. Den braucht man doch nur, wenn so ein Vieh etwas ganz Bestimmtes machen soll. Einfach so einen Bannschreiber dem Risiko aussetzen, so für alle Fälle? ... Ich weiß nicht."

„Nö, macht keinen Sinn", bemerkte Mercer. „Wahrscheinlich war auch *unser* Homunkulus dafür vorgesehen. Vielleicht wollten die zwei davon auf Heereskommandant Vaukhan loslassen. Um sicherzugehen."

„Oder unserer war für einen anderen Anschlag bestimmt", meinte Histan Vohlt und strich sich seinen Kinnbart.

„Dann ist die Frage, gibt's noch mehr davon? Werden noch mehr davon demnächst in Rhun losgelassen?" Das hatte sie sich nach dem Anschlag schon die ganze Zeit gefragt, und es verursachte ihr ein unangenehmes Gefühl im Bauch.

„Möglich", meinte Histan. „Wahrscheinlich aber nicht. Im Kampf beschädigte und zurückgelassene Homunkuli, die man wieder herrichten kann, findet man nicht alle Tage."

„Rebellen also", schnaubte Mercer. „Wir haben es mit Rebellen zu tun." Er trat unwillig mit dem Fuß einen imaginären Stein weg. „Dann kämpfen wir also für die Spitzohren gegen die eigenen Leute. Das schmeckt mir gar nicht. Willst du so etwas etwa mitmachen, Danak?"

„Darum geht's doch gar nicht für uns. Das ist der Krieg da draußen. Das kann uns egal sein. Das ist nicht unsere Sache."

„Allerdings", schaltete sich Sandros ein. „Das sollte auch nicht unsere Sache sein. Wenn uns Rhun und seine Sicherheit am Herzen liegt, können wir dann ernsthaft wollen, dass die Rebellen an Boden gewinnen? Dann geht doch der Kampf von vorne los. Und für uns hier in Rhun bricht die Hölle aus." Er hielt inne, als er die Blicke von Mercer und Histan bemerkte. „Schaut mich nicht so an! Was meint ihr denn, welche Stadt dann am stärksten umkämpft sein wird. Natürlich die größte Metropole und inoffizielle Hauptstadt von Niedernaugarien. Wir haben noch Glück gehabt, als die Kinphauren die Stadt eingenommen haben. Was da an Gräueln passiert ist, hielt sich noch in Grenzen. Aber wenn es erneut losgeht, wenn es zu einer zweiten Schlacht um die Stadt kommt … die werden doch hier keinen Stein auf dem anderen lassen. Egal welche Seite. Wer von der Zivilbevölkerung nicht schon vorher fliehen kann, ist ohnehin so gut wie tot. Die Kinphauren werden eher die ganze Stadt niederbrennen, als zuzulassen, dass Rhun den Rebellen und dem Idirischen Reich in die Hände fällt. Und die andere Seite? Selbst wenn sie die Kinphauren vertreiben könnten, bevor sie von Rhun nichts als verbrannte Erde zurücklassen? Was meinst du, was man mit den Einwohnern eroberter Städte macht? Macht euch doch keine Illusionen. Erwartet ihr von den Rebellen etwas anderes? Die sehen doch nur, dass wir alle jahrelang in einer vom Feind besetzten Stadt gelebt haben. Für die ist doch jeder in Rhun als Kollaborateur verdächtig. Die lassen doch jeden, den sie kriegen können, als Verräter am Strick baumeln. Nachdem sie vorher Frauen und Töchter vergewaltigt haben. Und ratet mal, wen die sich als die Ersten vornehmen. Uns, die wir unter den Kinphauren in der Miliz gedient haben."

Er hielt inne, blickte die beiden erneut an. „Wenn ihr das wollt, könnt ihr gerne darüber reden, wie wir's mit den Rebellen halten."

„Wie dem auch sei", ergriff sie das Wort, bevor das hier noch in eine große Diskussion ausartete. „Unsere Aufgabe ist es, die Straßen von Rhun sicher zu halten. Und dazu gehört, dafür zu sorgen, dass innerhalb der Stadtgrenzen keine Armbrustbatterien oder Homunkuli eingesetzt werden. Die Firnwölfe verkaufen Waffen, die die Straßen von Rhun im Nu in ein Schlachtfeld verwandeln können. Armbrustbatterien und Homunkuli…"

„Homunkuli wissen wir nicht", unterbrach sie Sandros. „Vielleicht hat man den einen nur für dieses Attentat in die Stadt reingebracht."

„Was heißt *nur*?", entgegnete sie. „Du warst bei dem Attentat nicht dabei. Du hast die Toten nicht gesehen. Das war ein Blutbad, das der Homunkulus unter den Besuchern des Gouverneurspalastes angerichtet hat. Und keiner von denen hatte irgendwas mit dem Krieg am Hut."

„Scheiß-Krieg", schnaubte Mercer mit einem Seitenblick zu Sandros hin. „Marodeure? Rebellen? Ist das unser Job?"

„Exakt." Histan stieß unwillig die Luft durch die Nase aus.

„Wenn sie den Krieg von da draußen in die Straßen von Rhun tragen", warf sie ein, „hier Terroranschläge begehen, die Opfer unter der Bevölkerung fordern, dann schon. Dann ist es unser Auftrag, so was zu verhüten. Dann gehe ich auch mit aller Macht vor, um zu verhindern, dass so etwas wieder passiert. Niemand von uns will, dass der Krieg, der da draußen tobt, in die Stadt getragen wird, dass es hier in Rhun so etwas gibt wie eine Schlacht zwischen Kinphauren und Rebellen."

Die anderen schwiegen daraufhin, jeder in seine eigenen Gedanken versunken.

„Na gut", sagte sie, „lassen wir mal den Krieg und den Homunkulus beiseite. Wir haben es in den Firnwölfen mit einer

Bande zu tun, die von ihrer Macht und dem was sie darstellen, weit über das hinausgehen, was wir in den Straßen von Rhun tolerieren können. Die haben eine straffe Organisation. Die haben keine Skrupel, und sie weiten gezielt ihr Territorium aus."

Sie hielt einen Moment inne, fasste sie ins Auge, Histan, Mercer, Sandros.

„Und wir haben auf der anderen Seite einen Käufer, der nicht davor zurückschreckt, solche Waffen einzusetzen, die wir in der Stadt nicht dulden können. Diese Leute müssen wir schnappen. Und wir müssen die Firnwölfe auch noch aus einem anderen Grund drankriegen", sagte sie und warf einen Blick zu Chik hinüber, der gerade wieder um die Ecke lugte, zum Rattenloch hin. „Nämlich weil das unser Job ist und weil wir sonst gewaltig Druck kriegen. Wir müssen diejenigen zur Strecke bringen, die es irgendwie geschafft haben, ins Kastell und in das Magazin eines der Kinphauren-Klans einzudringen. Das ist persönliches Anliegen von unserem feinen, neuen Hauptmann. Das muss er für seine spitzohrigen Mäzene durchziehen, sonst kriegt er nämlich selber Druck. So sieht's aus."

Noch einmal sah sie alle Umstehenden an. „Außerdem haben die Kerle Khrival und drei weitere Gardisten auf dem Gewissen."

„Ja, für Khrival müssen diese Dreckskerle bezahlen", knirschte Sandros und warf Mercer einen herausfordernden Blick zu. „Rebellen oder nicht."

Der hielt kurz dessen Blick, dann nickte er nur düster. Auch Histan blickte finster und entschlossen.

„Und wem das nicht als Grund reicht", fuhr Danak fort, „der sollte mal an Kaiverstod denken. Wenn *wir* es nicht schaffen aufzuräumen, dann schicken die Kinphauren eine Duerga-Kompanie rein. Genauso wie in Kaiverstod."

Betretenes Schweigen ringsum. Kaiverstod zog als Argument immer. Das hatte auch bei ihr funktioniert. Die verhohlene Drohung von Banátrass hing noch immer bohrend in ihrem Hinterkopf. Kein zweites Kaiverstod in Rhun. Kein Blutbad unter der Bevölkerung ohne Unterschied um schuldig oder nicht schuldig.

„Und du glaubst, der Vastacke kann uns etwas über die Firnwölfe erzählen, was wir noch nicht wissen?" Sandros klang, als wollte er mit seiner Bemerkung rasch die bedrückende

Tatsache von Khrivals Tod und die Drohung von Kaiverstod wegwischen.

„Vielleicht etwas, an das du mit deinen Verbindungen nicht rankommst, Sandros. Der Vastacke hat, auch durch seine Rassenangehörigkeit, Zugang zu ganz anderen Kreisen. Und seine *Rattenfürsten* haben in Ost-Rhun überall die Finger drin."

„Na, dann mal los." Mercer scharrte mit den Stiefeln auf dem Boden. „Bevor uns irgendjemand hier bemerkt und der ganze schöne Überraschungseffekt hin ist. Wenn er zu spät kommt, soll er doch selbst sehen, wie er klarkommt."

Danak entschlüpfte ein freudloses Lachen, und sie verdrehte die Augen. Mercer hatte den Neuen noch nicht kennengelernt. „Wir warten. Ich würde dem Kerl zutrauen, dass er, wenn er uns nicht mehr antrifft, auf eigene Faust reingeht. Und das Letzte, was ich will, ist, dass der Neue, den sie uns ins Nest gesetzt haben, schon am ersten Tag ein Messer zwischen die Rippen kriegt." Wahrscheinlich würde man ihnen dann auch unterstellen, dass sie das Ganze bewusst so gedreht hatten. Würde schlecht aussehen bei ihrem neuen Hauptmann.

Sie ließ die anderen bei dem Pfeiler stehen und ging zu Chik rüber. Er sah sie mit einem Blick über die Schulter kommen und machte ihr Platz.

Ihr Blick wurde unwillkürlich von der „Schraube" angezogen. Sie dominierte ihre ganze Umgebung.

Tatsächlich sah das Gebäude irgendwie aus wie eine gigantische Schraube, die sich in die Erde gebohrt hatte. Damals war diese Architektur ein kühner Entwurf gewesen, die Tradition mit Zukunft vereinen sollte, und auch heute noch, in seiner unvollendeten und schon etwas heruntergekommenen Form, blieb der Komplex ein beeindruckender Anblick. Die Grundform war ein Säulenstumpf mit breiter Basis, vom Umriss her eine gedrungene Tonne. Entlang der Rundung dieses Säulenstumpfes ragten die Giebelseiten von traditionellen vanareischen Katen hervor, alle in einem Kreis aufgereiht, Etage um Etage, sechs volle Haushöhen emporragend. Ihre Achsen waren wie Speichen zum Zentrum der Säule ausgerichtet, so dass es wirkte, als sei der Großteil des Gebäudes darin eingebacken und nur sein äußerstes Ende mit dem Giebeldach schaute daraus hervor. Es hatte nicht die Eleganz der Aidiras-Kathedrale, aber Danak fragte sich, ob dieses Gebäude sie nicht in seiner Höhe noch überragte.

Die „Schraube" war auch heute noch bewohnt, doch stellte sie längst nicht mehr die prestigeträchtige Wohnlage dar, als die sie selbst dann noch gegolten hatte, als schon längst klar wurde, dass sie nie vollendet werden würde. Heute war sie kaum noch mehr als eine weitere Mietskaserne; die weniger Begüterten der Bevölkerung Ost-Rhuns waren hier eingezogen.

Schlimmer sah es allerdings in den Gebäudeteilen aus, die den Turm wie eine Mondsichel umgaben. Zunächst eine Freifläche, dann ein leichter Anstieg, der in einem Abhang endete, an seinem Fuß ein halbkreisförmiger Graben, der eine repräsentative breitangelegte Allee hätte werden sollen, jetzt allerdings nur ein verwüsteter Brachstreifen war, auf dem allerlei Müll und Trümmer herumlagen. Seine Außenseite wurde gesäumt von den gleichen gestapelten Katenstrukturen, aus denen auch die „Schraube" bestand, wie eine abschließende Krempe, wie der steile Rand eines Tellers. Teile dieser mehrstöckigen Konstruktion waren eingebrochen, die Etagen ineinander gestürzt, sie hingen wie eingedrückte Schichten eines Kuchens, und die Trümmer von Gebäudeteilen versperrten den Verlauf des Grabens. Hier hausten die Ärmsten der Armen; diese Randsichel war unkontrolliertes Gebiet. Dass die Räumlichkeiten, die Flure und Kammern auch noch in die Tiefe hinein angelegt waren, trug nicht unbedingt zu ihrer Überschaubarkeit bei. Hier saß der Vastacke und seine *Rattenfürsten*.

Das ganze Areal war einmal als Parklandschaft geplant gewesen, jetzt war es nur noch verwüstete Erde, überwuchertes, zernarbtes Brachland, das von einer Wildnis aus Gras und Gestrüpp zurückerobert worden war. Eine Bande zerlumpter Kinder jagte dazwischen herum. Eine Gruppe von Gestalten, die Meutenfarben trugen aber keine „Ratten" waren, hingen bei einem zusammengezimmerten Schuppen um ein Feuer. Sie waren hier geduldet. Der Vastacke war immer offen gegenüber anderen Gruppierungen gewesen, hatte sich um Zusammenarbeit bemüht, so lange es niemand auf offene Konkurrenz und Übergriffe anlegte. Er war bisher damit gut gefahren. Dies war sein Terrain und keiner machte es ihm streitig. Bis jetzt jedenfalls.

„Wer zur Hölle ist das denn?" Mercers Ausruf ließ sie herumfahren. „Sag bloß, das ist der Neue."

Danak folgte der Richtung seines Blicks. Ja, da kam er die Straße runter. Seine Kleidung sah ziemlich … na ja, kinphaurisch aus. Er hatte zwar das traditionelle dreiteilige Ornat und den Brustharnisch gegen eine graue und anthrazitfarbene Kluft eingetauscht, doch der Schnitt zeigte noch immer eine klar kinphaurische Linienführung. An seiner Brust prangte deutlich sichtbar das Abzeichen der Miliz, Turm mit Rhunskrone.

Sie schaute zu ihrem Kader zurück; ihr Blick kreuzte sich mit dem von Mercer.

„Das *ist* der Neue", seufzte der daraufhin. „Okay, Danak, halt ihn hier aus der Sache raus, oder ich vergreif mich an ihm."

Sie ließ Mercer das durchgehen und zog Choraik, kaum dass er in den Schatten des Vordachs getreten war, beiseite. Er war zwar der Neue, er war ihr vor die Nase gesetzt worden, und diese Nummer hier war wirklich ein echtes Glanzstück, aber Kinphaurenüberläufer hin oder her ... Sie wollte ihn sich nicht vor versammelter Mannschaft zur Brust nehmen, lieber unter vier Augen. Besser für ihn. Besser für alle. Bevor jemand eine dumme Bemerkung machte und das alles böse endete. Und er war nun einmal in ihre Truppe bestellt. Hatte sie sich angeblich sogar ausgesucht. Okay, also ... Er sah sie aus Gletscheraugen an.

„Ich dachte, sie würden später zu uns stoßen, weil sie sich für den Dienst umkleiden wollten?"

„Das habe ich getan."

„Soll das ein Witz sein?"

Ihre Blicke gingen an ihm herab, von oben nach unten.

„So gehen Sie mir in keinen Einsatz. Und so gehen Sie mir auch nicht mit dem *Turm* am Rock auf die Straße."

Er hielt ihren Blick für einen Moment. Sein linkes Auge zuckte, seine Wangenmuskeln arbeiteten.

„Das hier ist Alltagskleidung. Ich trage nicht einmal Klansfarben. Warum sollte ich keine kinphaurische Kleidung tragen? Dies ist eine Stadt unter der Herrschaft der Kinphauren."

„Weil sie jetzt in der Miliz sind. Hier gelten eigene Regeln. Und weil ich ihr Kaderführer bin. Sie tun das, was ich sage. Oder Sie fliegen aus dem Kader raus. So einfach ist das." Sie schenkte ihm ein knappes Nicken und wandte sich zum Gehen. „Willkommen in den Kadern der Stadtmiliz Rhun."

Sie sah die anderen grinsen. Doch er, Choraik, musste ja hinter ihr her kommen. Sie drehte sich auf der Stelle um, bevor er ihr wieder die Hand auf der Schulter legte, wie auf der Treppe des Gouverneurspalastes. Dann müsste sie hier vor versammelter Mannschaft etwas Hässliches mit ihm tun.

Sie sah die Frage, und sie sah den Grimm in seinen Augen.

„Sie bleiben hier." Sagte sie hart und kalt und trocken, damit er's kapierte. „Für diesmal. Das nächste Mal erscheinen sie in anderem Aufzug." Er wollte etwas sagen, es zuckte wieder in seinem Gesicht, aber er hielt sich zurück. „Sie bleiben hier und halten sich unauffällig. Und sehen zu, dass man sie nicht beachtet. Und sie nicht heute noch in einem Spital landen. Mit ihrer kinphaurischen Kleidung. In einer Stadt unter kinphaurischer Herrschaft."

Damit ließ sie ihn stehen, ohne ihn noch ein weiteres Mal anzublicken.

„Alles klar?" Sie ging am Rest ihrer Truppe vorbei, wusste, dass sie sich an ihre Fersen heften würden.

„Zumindest geht er da nicht mit rein", meinte Mercer, „und hängt uns auf der Pelle und sieht uns ständig über die Schulter."

„Würde ihm und seinen Herren auch nicht gefallen, was er da drinnen sieht." Sie hörte zwei Stimmen hinter sich in Erwiderung trocken lachen.

Sie traten aus dem Schatten ins Freie und eilten mit raschen Schritten über das Brachland auf das Rattenloch zu, die zusammengeklappten Armbrüste mit den Gurten eng an den Körper gezogen, eine gut eingespielte, eingeschworene Truppe.

Die Jungs bei der windschiefen Bretterbude sahen sie, machten ein paar Schritte in ihre Richtung hin. Mercer, Chik, warfen ihnen grimmige Blicke zu, ließen ihre Hände zum Stahl an ihrer Hüfte herabgleiten. Die Jungs in Meutenfarben hielten Abstand.

Mit einem schmerzhaften Stich kam ihr der Gedanke an Khrival in den Sinn. Von dem hätte ein knapper Seitenblick genügt. Das hätte diese Frischlings-Revierhunde hier im Zaum gehalten.

Dann blitzte in ihr unvermittelt das Bild von Choraik auf, hager, Züge hart wie eine Klinge, dunkle Kinphaurenkleidung, Eis im Blick. Dachte einen Moment lang: Vielleicht doch. Vielleicht passte es doch.

Ja, aber heute nicht. Heute auf gar keinen Fall. Das war kein Auftritt, was er da hingelegt hatte. So kam man ihr nicht. Wenn, dann wurde so etwas vorher abgesprochen. Den musste sie sich erst einmal stramm machen. Damit es auch im Team mit den anderen zusammen funktionierte. Oder er flog raus, und, was soll's, dann kam es eben hart auf hart mit Banátrass. Er war schließlich auch nur ein Vorgesetzter.

Sie kamen in den Schatten des Rattenlochs, mussten über Balken, Schutt und Möbeltrümmer hinwegsteigen. Ein Rattenfürst stand im Schatten einer Eingangstür, sah sie, trat auf sie zu. Er erkannte Danak, die auf das kalte Metall des *Turms* an ihrem Rock tippte.

„Hi, Breck."

„Hi, Danak."

„Der Meister da?"

Der hagere Mann nickte, wollte sich vor sie schieben.

„Ich kenne den Weg. Brauchst dir nicht die Mühe zu machen."

Er wich vor ihr zurück, und sie marschierte hinein ins höhlenartige Dunkel des Gebäudes.

Der Vastacke hielt Hof in einem langen, pfeilergetragenen Saal, der ursprünglich als ein großes Geschäftslokal geplant war. Da war ein großer Tisch aus schwerem Holz, der auch für das Festgelage an einem Fürstenhof gereicht hätte, da war ein breiter, mächtiger Lehnstuhl, der schon etwas von einem Herrschaftssitz hatte und noch einige andere Stühle verstreut im Kreis.

Doch der Vastacke saß selten. Dazu war er zu rastlos, und dann wäre auch seine beeindruckende Erscheinung nicht so wirkungsvoll zur Geltung gekommen.

Niemand nannte auch den Vastacken direkt ins Gesicht den Vastacken. Er trug diese verächtliche Bezeichnung für sein Volk zwar wie einen Ehrentitel, aber niemand sah ihm in die Augen und nannte ihn so. Und kam körperlich unversehrt davon.

Alle Köpfe drehten sich bei Danaks Eintreten zu ihr hin, und der Vastacke überragte sie wie ein Pfahl in der Flut. Das hager durchgeformte, auberginefarbene Gesicht blieb bei ihrem Anblick und dem ihres Kaders ausdruckslos. Nur sein schlanker, hochgewachsener in einen langen, schweren Pelzumhang gehüllter Körper wirkte für eine Sekunde wie in einer rituellen Haltung erstarrt.

Der Schlitz einer gebleckten Zahnreihe zeichnete sich scharf im dunklen Grund seines Gesichts ab.

„Jungs, hier kommt was zum Spielen für euch."

Danak grinste zurück, auch wenn sich einige seiner Korona unsicher zeigten, wie sie auf die Bemerkung reagieren sollten.

„Na, dann hättest du aber einen neuen jungen, heißen Hund an der Wade hängen, der nicht so duldsam und verständnisvoll ist wie ich, Vai Gau Nan." Sie trat hart an den Pulk heran, der sich widerwillig vor ihr teilte und maß den Vastacken von oben bis unten in all seiner ganzen eindrucksvollen Größe. „Und mit dem, und denen die ihm nachrücken, könntest du dann ernsthaft spielen. Bis es dir zu blutig wird."

Der Vastacke schürzte die Lippen, grinste.

„Kein Hass", sagte er.

Er kannte nur zu gut die stillschweigende Vereinbarung, die zwischen ihnen herrschte. Der Vastacke hielt mit seinen Rattenfürsten die „Gärten". Er hielt die Meuten und Banden im Umkreis aber auch in friedlicher Koexistenz und sorgte dafür, dass er von den Gärten aus die alleinige Quelle für Jinsai in der Umgebung blieb und keine Territorialkämpfe und Straßenschlachten darüber ausbrachen. Wenn der Vastacke hier weichen musste, weil irgendjemand seine Sonntagsmoral zu genau nahm und unbedingt mit dem eisernen Besen fegen musste, dann würden schlimmere Zustände Einzug halten. Dann würde Blut in den Gärten fließen.

„Was liegt an, Danak? Oder bist du nur hierher gekommen, um mich daran zu erinnern, wie gut wir es doch miteinander haben?"

Sie ließ ihren Blick nach rechts, nach links zu den anderen Anwesenden hin gleiten.

„Müssen die alle dabei sein?"

Der Vastacke deutete mit dem Kinn kurz zu beiden Seiten hinüber. „Wir reden später weiter."

Beeindruckt verfolgte Danak, wie anscheinend jeder wusste, wer gemeint war, die Meute sich brav zu den Türen hin trollte und nur noch ein enger Kreis um den Vastacken zurückblieb.

„Was kannst du mir über die Firnwölfe sagen?"

„Die Wölfe haben ihr Revier auf der Firnhöhe. Von ihr haben sie auch ihren Namen."

Sie schaute an ihm hoch, sah sein Kinn, darüber seine Miene ungerührt, ohne Spur von Humor. Sie spürte die Versuchung, ihn einmal kurz und heftig gegen das Scheinbein zu treten.

„Willst du mich verarschen, Vai Gau Nan? Die Wölfe streunen von der Höhe runter. Und werden frech." Das mit dem Einbruch im Magazin des Kinphauren-Kastells brauchte sie nicht auszusprechen; so was sprach sich schnell in der Unterwelt rum. „Und sie haben mittlerweile ein Netzwerk und eine Macht, bei der jeder anderen Meute in Rhun sich gehörig die Rosette krampfen sollte. Also noch einmal, Vai Gau Nan, was kannst du mir über die Firnwölfe sagen?"

Er sah nur kühl auf sie herab.

„Gar nichts. Kein Hass, Danak. Ich bin, was ich bin, und du bist ein Gänsehüter." Gänsehüter, so wurde die Stadtmiliz nach dem Standort ihres Hauptquartiers in der Bevölkerung genannt.

Sie seufzte gedehnt. „Läuft's darauf hinaus? So lange wie wir uns kennen. Wer jemandem mit dem Turm am Rock Informationen gibt, ist eine Ratte? Über so einen Stuss sollten wir doch eigentlich hinaus sein."

Der Vastacke verzog das Gesicht und ließ ein uneindeutiges Hin und Her mit dem Kopf sehen.

„Okay", sie zuckte die Schultern, „also die althergebrachten Regeln. Du willst es nach den Regeln. Kannst du haben, Vai Gau Nan."

Sie ging an ihm vorbei, durchquerte die Halle, ihre Truppe hinter ihr her.

Einer der Leibwächter des Vastacken blockierte ihr in den Weg. Er trat ihr mit ausgestreckter Hand entgegen.

Sie sah kurz an dem Mann herauf und herab, dann hatte sie den ausgestreckten Arm gepackt, und als nächstes flog der Kerl in einem eleganten, aber plötzlich und schmerzhaft vom Boden gebremsten Schwung durch die Luft. Der Kerl stieß grunzend den Atem aus. Sie stieg über ihn hinweg. „Kein Hass", sagte sie. Mal sehen, ob es der Vastacke drauf ankommen ließ. Er wusste schließlich, was ihr stillschweigendes Übereinkommen ihm brachte.

„Danak!" Die Stimme des Vastacken hallte hinter ihr her durch die dunklen, muffigen Korridore. „Danak, du gehst zu weit."

Anscheinend nicht weit genug, als dass er wirklich einlenkte und Kooperationsbereitschaft erkennen ließ. Ein Blick über die Schulter zeigte ihr, dass der gute Vai Gau Nan sich bei den niedrigen Decken bücken und durch die Enge des Ganges zwängen musste.

Die Jinsai-Höhlen, wo die Abhängigen an ihren Pfeifen hingen und sich die Droge reinzogen, hatten sie hinter sich. Das kam schon irgendwie wie Routine, und nichts was sie da von ihrer Show abziehen konnte, hatte den Vastacken wirklich aufgebracht. Wenn er seinen Verstand gebrauchte, dann wusste er, dass er Danak und ihren Kader besser wieder ungeschoren ans Tageslicht kommen ließ. Dass sie am Leben blieb, war das einzige, was zwischen ihm und einer harten Eingreiftruppe stand, die die Gärten einer gnadenlosen Säuberungsaktion unterziehen würden. Und so etwas konnte einen Ort schnell wie ein Kriegsgebiet aussehen lassen, wie jeder wusste, seit die Duerga-Kompanie der Spitzohren in Kaiverstod aufgeräumt hatte.

Danak, ihren Kader hinter sich, dann der Vastacke und seine Leute, fing an, Türen aufzustoßen. Enge, kleine Löcher dahinter. Augenpaare blickten sie erschrocken an. Körper drängten sich zueinander hin. Familien, Vater, Mutter, Kinder, manchmal nur eine Mutter, an die sich ihre Würmer klammerten. Vier, fünf, sechs, sieben dieser Löcher hintereinander. Sie spürte, wie ihr die Galle bitter den Hals hochstieg. Zerlumptes Volk, elend, Schutz und Wärme beieinander suchend. Wahrscheinlich gerade eben mit dem blanken Leben davongekommen und dankbar dafür. Und sie zahlten.

Kriegsflüchtlinge, das war heutzutage ein großes Geschäft. Rein in die von Kinphauren gesicherten Bereiche des Protektorats oder raus, beides brachte Kohle. Schleuserbanden, die versprachen, sie durch die Wächterstreifen der Kinphauren ins freie Niemandsland zu schmuggeln. Die andere Gruppe, die gerade der unüberschaubaren Kriegshölle in diesem Niemandsland und den Todesstreifen entkommen waren, denen wurde ihr letztes Geld abgepresst für üble, menschenunwürdige Unterkünfte und das fadenscheinige Versprechen der Sicherheit; Sicherheit wahrscheinlich am ehesten vor denen, die selber die Hand aufhielten.

So etwa beim elften, zwölften Verschlag stieß sie auf ein Vastachi-Paar mit Kind. Ein schlankes, auberginehäutiges kleines Mädchen, das mit seinen dünnen, langen Beinen ihrer Art aussah, wie ein noch unbeholfenes Fohlen auf der Weide. Alle drei in Decken eingehüllt zum Schutz gegen die ihnen unzuträglichen

Temperaturen. Der Vastacke schreckte also auch vor seinem eigenen Volk nicht zurück. Irgendwie war es nicht besonders tröstlich auf diese Art zu erfahren, dass Rassismus nicht zu den Motivationen seines Handelns gehörte. Die drei hier hatten wahrscheinlich keinerlei Bande zu der kleinen Vastachi-Kolonie Rhuns, um von dieser aufgefangen zu werden. Normalerweise hielt diese Gruppe von Auswanderern aus der weit entfernten Viel-Rassen-Stadt Abyddhon eng zusammen. Wer konnte schon ahnen, was für ein Schicksal diese drei hier hinter sich hatten? Wer konnte das bei all den anderen ahnen?

Danak schnaubte die Nase hoch und kniff ein wütendes Brennen aus den Augen fort, wand dann den Kopf, dass die Nackenwirbel knackten und drehte sich zum Vastacken hin.

Jetzt war sie wirklich bereit.

Aus der Show und dem eingespielten Gehabe, den gezielten aggressiven kleinen Ausbrüchen war sie jetzt wirklich raus. Bei ihr kochte etwas heiß zwischen Nasenwurzel und Stirn. Ihre Lippe zuckte, so wie sie es sollte.

Sie ließ sich von der Welle ergreifen, die ihren Körper hochpulste, keuchte zweimal schwer und sah den Vastacken an. Sie ließ sich von dem Gefühl tragen.

„Muss das hier sein?" Kurzes Kopfzucken deutete zur Seite der Verschläge. „Muss man wirklich so tief sinken, um noch Profit zu machen?"

Der Vastacke hielt ihren Blick, konnte nicht nachgeben. „Danak, du hast kein Recht. Du gehst zu … du gehst über die Linie."

Sollte er doch sagen, was er wollte.

„Ich lass dich auffliegen", sagte sie, und noch einmal mit stahlharter Schärfe in der Stimme, „Ich lass die auffliegen."

Die Nüstern des Vastacken wölbten sich im Rhythmus seines Atems; er hielt hart ihren Blick. Sie sah, wie es in ihm arbeitete, ein paar Sekunden lang.

„Das würdest du nicht tun", sagte er. „Das willst du nicht tun. Du weißt, was dann passiert."

„Wieso?" Sie schickte ihm ein kurzes Zucken ihrer Mundwinkel, aus dem er machen konnte, was er wollte. „Es passiert doch sowieso. Die Firnwölfe drängen vor, und dann musst du Zähne zeigen oder weichen. Wenn die Firnwölfe kommen, dann musst du Blut vergießen."

Sie schnaubte ihn an, bleckte die Zähne. Sein Gesicht war eine erstarrte auberginefarbene Maske. „Du willst auf den Meutenkodex pochen?", versetzte sie. „Man verpfeift nicht an Gänsehüter? Okay, dann wird's blutig für dich." Ließ einen Moment Pause. „Aber du musst es nicht so haben. Wenn die Wölfe erst gar nicht von ihrer Firnhöhe runterkommen."

„Sie sind doch längst schon da", gab ihr der Vastacke zurück. „Der ganze Nordrand von Ost-Rhun bis runter zur Kupfergrube gehört ihnen. Was also willst du da noch tun?"

„Das kann ich dir sagen." Sie ließ das Feuer in sich kalt und entschlossen werden. „Ich knaste sie ein. Einen nach dem anderen. Ich nehme sie mir vor. Darauf kannst du dich verlassen. Ich brauche nur ein paar Adressen. Ein paar Orte, wo ich mit dem Rammbock rein gehen kann. Wo ich unter sie fahren und sie mir greifen kann. Die Gänsehüter fahren unter die Wölfe wie der Fuchs im Hühnerstall. Was sagst du dazu, Vai Gau Nan? Würde dir das gefallen?"

Er sah sie an, sein rechtes Auge aufgerissen, die Braue drüber hochgezogen, das andere zusammengekniffen, eine Maske erregter Versunkenheit, die er einen Moment hielt. „Du machst das? Du ziehst das wirklich durch?"

„Komme ich dir so vor, als würde ich halbe Sachen machen?" Sie schob ihr Kinn vor, fixierte ihn, wartete ab, was da kam.

„Drauf gespuckt?"

„Drauf gespuckt, Vai Gau Nan."

„Gut, du kriegst von mir, was ich weiß. Aber das wird niemand anderes erfahren. Hast du das verstanden?"

„Klar."

In diesem Moment hörte sie von Histan Vohlt einen kurzen Laut der Überraschung, sah ihn in einem der Löcher verschwinden. Der Vastacke sah sich nach ihm um, Danak drängte sich an ihm vorbei zu dem Verschlag hin, in dem Histan verschwunden war.

Histan kniete auf einer der schäbigen Strohmatratzen über einer männlichen Gestalt, die schlaff an der Wand lehnte. Eine Frau mit ostnaugarischen Zügen war vor ihm zurückgewichen. Ihre Augen waren weit in verzweifelter, ausgehöhlter Apathie. Ein Kind klammerte sich an ihre Hüfte, ein zweites hatte sich über ihren Schoß geworfen.

Danak hörte das halblaute, verwaschene Brabbeln schon von der Tür her. Sie trat hinzu und sah den starren, blanken Blick. Unter der blutig zerkratzten Stirn, den wild buschigen Brauen stach das Weiß der Augen hervor wie ein gepelltes Ei.

„Oh, nein", entfuhr es ihr. „Wieder einer."

Histan sah auf der Matratze kniend zu ihr hoch. „Werden mehr. Von vereinzelten Fällen kann man kaum noch reden."

Sie sah den Mann an. Speichel floss ihm übers Kinn. Der nahm eindeutig die Welt um ihn herum nicht mehr wahr. Das, was von den Lippen an Lauten kam, machte nicht mehr den Eindruck, als sollte es noch irgendetwas bedeuten. Da war etwas im Hirn zernagt und zerfressen worden, und jetzt war das nur noch vegetabilische Fäule. Sie hatte einmal jemanden gesehen, der in den Einfluss eines Wächtergeistes geraten war und dem es den Verstand weggebrannt hatte; dieser Mann erinnerte sie daran. Dennoch wusste sie, die Ursache war eine andere.

Seit einiger Zeit tauchten Fälle wie dieser immer wieder unter den Drogenkonsumenten von Rhun auf. Ausgebrannte Wracks mit Nervenschäden. Immer gleich. Eindeutig dasselbe Leiden. Eindeutig der gleiche Hintergrund. Dahinvegetierend und dem Tode geweiht. Der ließ dann auch nicht lange auf sich warten. Keiner überlebte lange, nachdem bei ihm einmal die Symptome aufgetaucht waren.

Sie wandte sich um, und der Vastacke stand gebeugt in der Tür.

„Hat er bei dir gekauft?"

Der Vastacke hatte mit einem Blick erkannt, mit was sie es da zu tun hatten. „Hat er bestimmt. Aber ich kann nicht sagen, ob er *nur* bei mir gekauft hat."

Sah, was auf ihn zukam, bei gerade frischem Burgfrieden, und wollte eine Hintertür öffnen.

„Wieso?", warf sie ihm zu. „Ich denke, *du* hältst die Gärten."

„Ja, aber jeder kann gehen, wohin er will. Und dort auch kaufen. Die Gärten sind kein Gefängnis."

Sie deutete mit dem Kopf irgendwohin, meinte den Verschlag und das ganze üble Elend drumherum. „Sieht hier aber aus wie eines."

„Danak", sagte er, und sie wusste, dass sie, wollte sie nicht das Errungene verlieren, es nicht weitertreiben sollte. „Das hier sind meine Angelegenheiten. Das sind meine Gärten. Wir kommen beide irgendwie miteinander klar. Du auf deiner Seite. Und ich auf meiner. Ich gebe dir, was du willst. Versuche hier nicht, unnötig Ärger zu machen."

Und da war sie wieder verdammt froh, dass es sich so ergeben hatte, dass Choraik heute bei dieser Aktion nicht dabei war. Für was so ein Kleiderschrank voll mit ausschließlich kinphaurischen Sachen und ein sturer Renegatenkopf doch manchmal gut sein konnte.

6

Var'n Sipach traf sich mit dem Magier hinter den schweren, dunklen Isokrit-Wänden des Konsil-Gelasses, wo dieser zuvor mit dem Großen Bildnis konferiert hatte.

Um diese Kammer im Herzen des Herrschaftstraktes auf dem Engelsberg zu installieren, waren die Decken des ehemaligen Parlamentsgebäudes durchbrochen und die Wände angepasst worden. Entstanden war ein von der Grundfläche her quadratischer, enger Schacht, nur beleuchtet durch Bleichlicht-Röhren weit über Kopfhöhe. Die verstreuten metallischen Einschlüsse und vereinzelten Edelsteinablagerungen in den dunklen, körnigen Isokritsteinplatten fingen deren Licht ein, so dass in den Lichtkegeln die Gesteinsflächen wie ein Sternenhimmel in einer kalten Winternacht erschienen.

Er und der Magier trafen sich beide im Angesicht des weit mehr als mannshohem Steinantlitzes, das nun wieder starr und regungslos war. Dieses Ankerartefakt eines verzweigten Geistes war auf Kyprophraigenpfaden nach Rhun verbracht worden, genau so wie auch einige andere Dinge von Wert und einer gewissen Sperrigkeit. Der Magier hatte darauf bestanden, sich an diesem Ort mit ihm zu treffen. Das Konsil-Gelass war innerhalb der Grenzen von Rhun der wohl am besten abgeschirmte Raum, zum einen wegen der dicken Isokrit-Platten, zum anderen weil von dem Geist, auch wenn er wie jetzt in den Artefaktstupor versank, noch immer eine starke, neutralisierende Wirkaura ausging.

„Wir sind beunruhigt", kam die Stimme des Birgenvettern unter der Knochenkappe hervor, die beinahe sein ganzes Haupt bis hin zum Mund verbarg. Der versteinerte Schnabel zog sich bis auf die schmalen, dunklen Lippen hinunter. Auf der weißen Haut erkannte man netzartige Tätowierungen, mit Spiralformen durchsetzt, die sich in den Schatten des Schädelhelms verloren.

Die Augen des Birgenvettern waren unter den in die Knochenkappe gefrästen kreisrunden Öffnungen kaum zu sehen. Dennoch hatte var'n Sipach den Eindruck – wie immer, wenn er einem Mitglied der Magierkaste der Sirith-Drauk begegnete –, dass sich ihr Blick hart wie ein Nagel in ihn bohrte. Die Nähe zu ihren Familiarwesen, den in die Tiefe des Geisterraums wuchernden Atterbirgen, machte wohl etwas mit ihrem Geist und ihrer Gestimmtheit, das sie weit weg vom Denken und Fühlen eines gewöhnlichen Kinphauren trug.

„Wir sind beunruhigt", sagte der Magier noch einmal, und var'n Sipach schluckte und fasste sich. Ihm wurde bewusst, dass er erstarrt wie ein Trottel dagestanden hatte. Wen hatte der Magier mit „wir" gemeint? Sich und seine anderen gesichtslosen Birgenvettern? Oder sich und das Große Bildnis, mit dem er zuvor konferiert hatte?

„Dieser Machtwerker aus dem Menschenorden, mit dem Ihr zusammenarbeitet, dieser …"

„Bek Virdamian heißt er", beeilte sich var'n Sipach zu ergänzen. „Und er stammt aus den Magierkadern des Einen Weges."

„Er hat etwas entdeckt."

Var'n Sipach schrak innerlich zusammen, versuchte es sich aber nicht nach außen hin anmerken zu lassen. Er konnte nur hoffen, dass auf seine kleine Zusammenarbeit mit dem Menschenmagier nicht der Schatten des Unmuts der Birgenvettern gefallen war.

Der Magier schwieg. Am Ausdruck der nicht von dem Tierschädel verdeckten unteren Gesichtspartie mit den schwarzvioletten Lippen war keine Regung abzulesen. Der Blick der Augen hinter den kreisrunden Löchern schien sich weiterhin starr in ihn zu bohren. Dann drehte er seinen Schädel, nur um eine Spur, mit einem Geräusch, als würden die Knochennähte der Schädelkappe gegeneinander kratzen.

„Was er entdeckt hat", sagte er mit einer Stimme, die klang, als würde sie sich durch Knochen fräsen, „ist nicht von Belang. Das mag Ihr privates Projekt sein. Und bleiben. Aber *dass* er etwas entdeckt hat, eine Methode, einen neuen Bann, selbstständig, aus sich heraus, das ist es, was unsere Aufmerksamkeit auf ihn zieht."

Wieder ein Knarren, als würden sich Knochennähte gegeneinander schieben. Var'n Sipach glaubte, dass es jetzt nicht von der Schädelkappe kam, sondern dass der Birgenvetter es im Mund erzeugte. Der Birgenvetter schnalzte mit der Zunge.

„Er sollte nicht in der Lage sein, aus eigener Kraft etwas zu entdecken", sprach der Magier ruhig wie ein Stein weiter. „Er sollte sich nur innerhalb der Grenzen, des ihm vermittelten Systems von Symbolen und damit verknüpfter Phänomene bewegen. Er sollte in dessen Verzweigungen gefangen bleiben und nicht über deren Grenzen hinausblicken können. Dafür sollte auch der Schwarm sorgen, ihm keinen Spielraum eigenen Ermessens geben."

Wieder das knöcherne Zungenschnalzen.

„Das beunruhigt uns."

Var'n Sipach nickte, wollte etwas sagen. Der Sirith-Drauk kam ihm jedoch zuvor.

„Und dann ist da der Fall jenes Kindes. In den Magierkollegen des Einen Weges. Man redet von ihm. Von diesem Mädchen. Ein ... *Wunderkind* sagt man." Var'n Sipach glaubte zu erkennen, wie sich bei dem Wort *Wunderkind* der Mund des Birgenvettern vor Abscheu verzog. „Es zeigen sich bei ihm ähnliche Phänomene, im Ansatz nur. Aber es spielt an den Grenzen seines Netzes. Geht womöglich darüber hinaus. Schreibt Zeichen, die es in den ihm gelehrten Alphabeten so nicht gibt."

Der Birgenvetter erzeugte ein sonores Brummen in seiner Kehle. Schwieg brummte wieder. Dann als var'n Sipach schon dachte, er würde endgültig schweigen, glitt sein Arm plötzlich in seine Robe und er zog etwas heraus, hielt es auf der Handfläche vor var'n Sipach hin.

Es sah ein wenig wie ein Orbus aus, eine Kugel aus miteinander verzahnten Teilen.

„Nehmt das an Euch", sagte der Birgenvetter. „Setzt es ein. Sollte der menschliche Machtwerker noch einmal eine Verwandlung vollziehen, bringt es in seine Nähe und schaltet es ein. Es ist so einfach zu aktivieren wie ein Orbus. Es wird die Prozesse und Verrichtungen in die Untiefen hinein aufzeichnen. Damit wir wissen, wie der menschliche Machtwerker vorgeht. Und wodurch ihm seine Werke möglich werden."

Damit spontan-aktivierte der Birgenvetter den Öffnungs-Nodus der Kammer, und die Torplatten aus Isokritstein glitten auseinander. Var'n Sipach trat hinter dem Birgenvetter aus dem Konsil-Gelass heraus. Dann verabschiedete er sich knapp und förmlich von dem Magier. Er war erleichtert, ihn allein und starr

wie eine Statue zwischen Säulenreihen hinter sich lassen zu können.
  Wo er auf seinen Transport auf Kyprophraigenpfaden wartete.

7

In der Wildnis hinter der Haikirion-Kirche, nah bei dem Ort, wo er gefallen war, sollte die Brandbestattung stattfinden. Khrival hätte sich diese Art von letztem Ritus gewünscht. Es war kein Priester eines Inaim-Mysteriums anwesend. Danak hatte mit Khrival Nemarnsvad zwar nie über Glauben oder Religion gesprochen, im Stillen vermutete sie jedoch, das in dem Raum in der Seele des Vorsekkmannes, der dem Jenseitigen vorbehalten war, noch immer die heidnischen Vorstellungen seiner alten Heimat herumspukten.

Khrival hatte eine kleine Wohnung im kaninchenbauwirren Labyrinth des Gänsebauchs sein eigen genannt. Dort verbrannte man wegen des mangelnden Platzes die Toten in der Angerkuhle oder karrte sie aus der Innenstadt hinaus auf den Knochenacker oder auf das neuere Laräusfeld – je nach Besitzstand des Verschiedenen. Die Angerkuhle war ihr jedoch als ein schäbiger Ort für Khrivals letzten Abschied vorgekommen, und sie hatte sich vorgestellt, dass der alte Kämpfer es sich so gewünscht hätte, wie sie angeordnet hatte.

Ihr Kader war erschienen, fast die kompletten Milizgarden von Ost-Rhun und der Gans, ein paar aus anderen Garden, die ihn gekannt hatten, alle im Schwarz und Messing der Miliuniform. Eine kleine Gruppe von Leuten, mit denen er in seiner Nachbarschaft Umgang gepflegt hatte. Auch Choraik war gekommen, in makelloser Uniform, mit dem Turm am Rock.

Eine Frau, eher noch ein Mädchen, stand ein wenig abseits am Rand der Versammlung und weinte. Danak kannte sie nicht.

Es dauerte eine Weile, bis die Flammen an den Holzstapeln entlang hochschlugen, noch länger bis sie den darauf aufgebahrten, in Tücher gewickelten Leichnam schließlich erreichten.

Eine Bewegung in den Augenwinkeln, am Rand des Brachfelds erregte Danaks Aufmerksamkeit. Sie schaute hinüber und sah dort einen Wagen vorfahren; es war eine schwarze Roscha. Drei Personen stiegen aus und kamen durch Gras und Gestrüpp herüber. Im Näherkommen erkannte sie Banátrass. Er trug Schwarz und Messing, als Farben aber nicht als Miliziuniform. Sie spähte auf seine Brust. Ja, da war der Turm, Abzeichen der Miliz. Und der Pfeil mit Inaimskreuz, das Zeichen des Einen Weges.

„Ist auch besser, dass der sich hier zeigt", hörte sie Mercer murmeln.

Banátrass trat mit seinen beiden Leibwachen an den Rand der Gruppe von Gardisten. Er bemerkte ihren Blick, nickte zu ihr herüber.

Sie standen da wie die Salzsäulen. Es dauert ganz schön lange, bevor so ein Mensch verbrennt. Als dann einmal die Flammen hochlohten, war es auch gut.

Sie bemerkte, dass Histan näher zu ihr hinrückte. Sie hörte sein Räuspern, sah wie er einen Seitenblick zu ihrem Milizhauptmann hinüberwarf, dann wieder auf den brennenden Holzstoß mit dem Körper des Freundes darauf blickte. Er hatte im Stehen die Hände vor dem Schoß verschränkt.

„Wofür kämpfen wir noch mal?", hörte sie ihn sagen.

Sie drehte den Kopf zu ihm hin, verwundert, musterte sein Profil.

„Warum fragst du?"

„Hatte es einen Moment vergessen. Wäre dann wohl das Gleiche, wofür Khrival gestorben ist."

Sie maß Histan wieder, von oben bis unten, blieb bei seinem Gesicht hängen. Doch der hatte sich wieder von ihr weggedreht und sagte nichts mehr. Merkwürdig. Die Sache hatte ihn anscheinend ziemlich tief erwischt.

So wie sie. So wie die meisten von ihnen.

Nachdem der Stapel zusammenbrach, die Reste langsam herunterbrannten, zerstreute sich die Versammlung allmählich. Danak sah sich um. Banátrass war schon fort, seine Roscha vom Straßenrand verschwunden.

Die unbekannte Frau stand noch immer da, abseits und ganz allein, und weinte.

Sandros klopfte Danak auf die Schulter.

„Beim Bilganen." Dort wollten sie einen letzten Salut auf ihren toten Gefährten trinken.

Sie nickte stumm zurück.

Sie blieb noch eine Zeit stehen, bis die letzten Reste herabbrannten, starrte schweigend und erstarrt bis auf die

Knochen in Richtung des Flammenspiels, ohne davon aber wirklich etwas wahrzunehmen.

Es waren die Bilder, die in ihrem Inneren aufstiegen.

Die Roscha brachte Kylar Banátrass auf den Engelsberg.

Er spürte deutlich den dumpfen, beklemmenden Druck, als er zwischen den Portalpfeilern mit den Wächtergeistern hindurchfuhr. Ihn schauderte. Hätten die Sperren sich auf ihn aktiviert, wäre er jetzt nur noch ein sabbernder Irrer.

Während der Fahrt hatte er genügend Gelegenheit gehabt über die Hiobsbotschaft nachzudenken.

Während der Bestattung hatte der Orbus an seiner Hüfte mit einem kalten Vibrieren seine Präsenz angezeigt. Er war daraufhin zu seiner Kutsche zurückgekehrt und hatte die in ihm gespeicherte Nachricht abgerufen. Nachdem er das Siegel mithilfe seiner persönlichen Kodekette geöffnet hatte, hatte die Geisterstimme var'n Sipachs ihm verkündet, dass Mar'n-Khai Venach Idaz ermordet worden war. In seinem eigenen Kastell. – Sein Stahlbürge vom Klan der Mar'n-Khai getötet. – Und dass var'n Sipach ihn in seinen Räumen auf dem Engelsberg erwarte.

Seine Roscha hielt an. Einer seiner Leibwächter öffnete den Schlag und er stieg aus. Ein kühler Wind umfing ihn hier auf dem Hügel. Am Fuß der großen Freitreppe standen Wachen in Drachenhautrüstung aufgereiht, Schildbanner waren es und sogar einige Drachenklingen darunter, wahrscheinlich niedere Ränge. Er schaute kurz die Front des Bauwerks entlang. Fast nichts war an seinem Äußeren verändert worden, nachdem die Kinphauren es übernommen hatten. Nur die Fahnen einzelner Klans flatterten auf den Dächern. Aber wie sehr der Charakter des Gebäudes trotzdem verändert wirkte. Die Steinhallen des ehemaligen Sitzes der idirischen Provinzregierung wirkten verlassen.

Ja, hier hatte sich tatsächlich einiges verändert, seit die Kinphauren eingezogen waren. Ein anderer Wind wehte hier nun. Vertreter seines Ordens saßen endlich ganz offiziell und in ihren Ordensfarben an den richtigen Posten. Sowohl im Rat der Stadt, in der Verwaltung des Protektorats als auch in der übergreifenden von den Kinphauren geschaffenen Instanzen. Natürlich war dafür auch ihr Einsatz im Krieg gegen das in den Süden zurückweichende Idirische Reich gefordert. So wie er seinen Dienst im Tragent geleistet hatte. Die Strukturen der Kinphauren waren zwar verzweigt und sperrig, aber auch innerhalb von ihnen hatte man die Möglichkeiten aufzusteigen, wenn man sich nur ihre Gesetzmäßigkeiten und Regeln zu eigen machte. Und das hatte er getan; hier hatte er die Gelegenheiten, die sich ihm boten, ergriffen.

Zwei in rot gefärbte Drachenhaut Gewappnete, auf dem Kopf einen Helm mit glatter Kappe, die bis auf das Augenvisier das komplette Gesicht bedeckte, traten bei seiner Annäherung aus dem Schatten des großen Portals heraus und kamen ihm entgegen. Sie trugen die seltsam geformten Zeremonienschilde der Kinphauren mit den Glyphen des Bevollmächtigten Beils.

Das mussten Verschworene von Var'n Sipachs Klingenstern sein, eine Gruppierung deren eingeschworene Loyalität allein einem Würdenträger innerhalb des eigenen Klans galt. Eine durch Schwur gebundene, bis in den Tod hinein treue Leibgarde, der letzte Kreis eines jeden kinphaurischen Ranghohen innerhalb seines Klans. Mit stummem Nicken nahmen sie ihn in ihre Mitte, eskortierten ihn durch das streng bewachte Portal und führten ihn weiter durch Treppenhäuser und klirrend kahle Gänge.

Vor der Tür zu var'n Sipachs Amtsraum stand dessen Ankchorai mit den verstümmelten Ohren und dem durch Narben wie über dem Schädelknochen verzogen wirkenden Gesicht. Der Ankchorai blickte auf ihn herab und öffnete einen Flügel der Tür.

Na, mit einem der *Gewappneten* wollte man auch nicht aneinander geraten. Banátrass dachte daran, dass diese Gestalt, die ihn aus kalten Augen herab musterte, heute morgen noch mit bloßen Händen, so hieß es, einem Brannaik-Homunkulus entgegengetreten war und ihn gestoppt hatte. Na ja, mit bloßen Händen? Der ganze Körper eines Ankchorai war eine Waffe. Verrückt. Wie konnte ein Mensch, selbst ein Kinphaure sich und seinen Körper so verändern lassen, wie konnte er die Prozedur ertragen, die aus ihm einen *Gewappneten* machte?

Ein Ankchorai war eine Waffe, eine gefährliche Waffe, und man konnte nur hoffen, dass kein Kinphaure, der die Macht über einen von ihnen besaß, sie jemals gegen einen selber richten würde.

Heute Morgen ein Attentat auf Heereskommandant Vaukhan, jetzt sollte sein Stahlbürge Mar'n-Khai Venach Idaz ermordet worden sein? Was ging da vor?

Er trat durch die Tür, über die mit Kinphauren-Glyphen verzierte Schwelle und hörte, wie der Türflügel mit einem trockenen Rumms hinter ihm geschlossen wurde. Der Raum, in dem er sich fand, war verändert worden, seit er als Amtszimmer von var'n Sipach, dem Bevollmächtigen Beil von Heereskommandant Vaukhan diente.

Durch vier aufrechte Steinplatten, etwa so groß wie ein Bücherregal, hintereinander zu einer trichterartigen Anordnung gestaffelt, war eine Art Vorraum entstanden. Metallarbeiten, wie in fremdartigen Ornamenten verlaufende Adern, waren darin eingearbeitet. Fugen liefen in merkwürdigen Anordnungen durch den Stein, und Teile davon schimmerten, als seien sie von einem Wasserfilm überzogen.

War das auch so eine Art kleiner Wächtergeist? Bei seinen vorherigen Besuchen in diesen Räumen hatte er darüber zu keinem Urteil gelangen können. War da beim Passieren dieser Steinplatten der Druck eines Wächters spürbar? Die Aura kleinerer Wachtgeflechte, die einem ein tiefes Unbehagen einflößte? Er konnte es nicht sagen. Er befand sich schließlich in den Räumen eines Kinphauren. Hier strahlte alles einen Hauch des Merkwürdigen aus. Die Bildnisfriese, die Steingesichter, welche die Wände zierten. Sie schienen einen mit ihren Blicken zu durchbohren und zu verfolgen. Und dann die in Wand, Boden, Tische eingearbeiteten steinernen und metallenen Gerätschaften. Egal wie groß Kinphaurenräume auch waren, sie erschienen immer wie enge, hohe Korridore.

Er war einmal mit Venach Idaz ... seinem jetzt toten Stahlbürgen Venach Idaz, erinnerte er sich mit Bestürzung, einen der Gewundenen Wege zu einem Entrückten Raum gegangen, zu einer jener geheimen Kammern der Kinphauren, zu denen es keine natürlichen Zugänge gab. Beim Gedanken daran richteten sich ihm immer noch die Nackenhaare auf.

Var'n Sipach sah ihn an.

Er stand tatsächlich direkt vor var'n Sipach. Warum hatte er ihn zuvor nicht bemerkt? Er saß doch unmittelbar vor ihm, in diesem etwas zugestellt wirkenden Raum.

„Meinen Gruß, Kylar Banátrass."

Var'n Sipach stand mit diesem Worten von seinem steinernen Schreibtisch auf, dessen Tischplatte in ihrer Dicke wirkte wie der

Abdeckstein einer Gruft. „Ich sehe, Sie haben meine Nachricht erhalten."

„Das habe ich allerdings. Und sie hat mich sehr … überrascht."

„Das hat sie uns alle."

„Mar'n-Khai Venach Idaz tot? Ermordet? Wie kann das sein?"

„Wie es sein kann, dass ein Kinphaure durch die Klingen seines eigenen Volkes fällt? Klanfehden. Intrigen. Botschaften, die dem Adressaten in Blut übermittelt werden."

Var'n Sipach sah ihn bei diesen letzten Worten an, fixierte seinen Blick mit seinen Augen derart bedeutungsschwanger, dass in ihm ein kalter Frosthauch hochstieg. Klanfehden. Oh, mein Gott. Wenn man sich darauf einließ … Er straffte sich, rief sich zur Ordnung. Unsinn, dies war eine Kinphaurenwelt. Und er wollte in ihr seinen Weg gehen. Er ging in ihr seinen Weg. Trotz dieses bedauerlichen Rückschlags im Tragent. Er ging auf den Wegen der Kinphauren. Dazu musste er denken wie ein Kinphaure. Und dazu gehörte, dass er nicht durch ein bisschen Ränke in Panik geriet. Sein Stahlbürge war ermordet worden. Na gut, das geschah. Aber zum Glück hatte er ja über ihn und seinen Klan der Mar'n-Khai, eine Verbindung zum mit ihnen verbündeten Klan der Khivar, zu var'n Sipach selber hergestellt. Er war durch deren Eisen-Protektorat vor den Konsequenzen des Debakels im Tragent gerettet worden.

Ihn sollten, ihn konnten die Auswirkungen dieses Mordes doch unmöglich erreichen.

„Wie ist Venach Idaz gestorben?", fragte er var'n Sipach.

Das Bevollmächtigte Beil erzählte es ihm. Venach Idaz war im Morgengrauen im Kastell der Mar'n-Khai, der Stadtburg der Rhuner Familie Keranvard, von Verschworenen seines Klingenkreises in seinem eigenen Blut aufgefunden worden. Seine Saphirgattin hatte sie auf die Suche nach ihm geschickt, da sie ihn am Morgen nicht in ihrer Kammer angetroffen hatte. Sie stießen in einem abgelegenen Korridor auf seine Leiche. Er war von vier *sirpas*-Klingen getroffen und gezielt gelähmt worden. Dann hatte man ihm die Augen ausgestochen. Das Zeichen des beseitigten Zeugen, hatte var'n Sipach bemerkt und Banátrass wieder mit diesem bedeutsamen Blick angesehen. Er hatte sich seinen Schauder nicht anmerken lassen. Dann hatte man Venach

Idaz den Bauch aufgeschlitzt und ihm eine Klinge durch die leere, blutende Augenhöhle ins Hirn gerammt.

„Hat man eine Spur des Attentäters gefunden?", fragte er var'n Sipach, einfach nur um irgendetwas zu fragen, während es in seinem Kopf rastlos arbeitete.

„Spuren gab es eine Menge. Meist blutig. Aber keine, die auf einen möglichen Täter oder seinen Dienstherrn oder Auftraggeber hinweisen würden."

„Wie ist der Mörder denn in das Kastell hereingekommen? Es ist stark befestigt und bewacht."

„Man geht davon aus, dass der Mörder durch ein Turmfenster hineingelangt ist."

„Ein Idarn-Khai also!"

„Oder ein Gholem. Auch diese Möglichkeit gibt es."

„Ein Homunkulus? Wie soll so ein schweres Wesen steile Mauern klettern."

„Nein, ein Gholem. Sie sind zwar aus der Ursprungsform der Kunaimrau entwickelt, aber ein Gholem ist etwas grundsätzlich anderes als das, was ihr Homunkulus nennt."

„Wer könnte so etwas gegen Klan Mar'n-Khai einsetzen? Wer würde so gegen Klan Mar'n-Khai vorgehen?"

„Gegen Klan Mar'n-Khai und gegen Sie."

Da war es wieder, das eiskalte Gefühl, das, während var'n Sipach diese Worte aussprach, zu seinem Herzen hochkroch und es wie eine Klammer umfasste.

Trotzdem musste er fragen.

„Gegen mich? Wieso gegen mich?"

„Die ausgestochenen Augen", antwortete var'n Sipach. „Ich sagte doch schon: Dies ist das Zeichen des beseitigten Zeugen." Var'n Sipach blickte ihn wie von oben herab an, seine Augenbrauen hochgezogen. „Sie müssen sich doch gewiss zusammenreimen können, was das für Ihre Person bedeutet." Var'n Sipach ließ seinen Blick beharrlich auf ihm ruhen. Prüfend. Sein Mund war trocken, sein Hirn lief auf Hochtouren, aber, obwohl all die Schlüsse, all die offensichtlichen Möglichkeiten vorbeirasten, er vermochte nichts davon zu sagen, auch wenn var'n Sipach ihn hier anstarrte wie ein strenger Schulmeister einen zaudernden Examinanden.

Er sah var'n Sipach die Lippen schürzen, hörte ihn ein und ausatmen.

„Dann erkläre ich es Ihnen", sagte var'n Sipach. „Der Auftraggeber dieses Anschlags hat ein Zeichen hinterlassen, dass er einen Zeugen beseitigt hat. Einen Zeugen, einen *Bürgen*, der sie von einer Schuld entlastet. Einer Schuld, die der Auftraggeber allein auf sie abgewälzt sehen wollte. Der Schuld an der Sache im Tragent.

Klan Vhay-Mhrivarn.

Er übermittelt die Botschaft, dass er das Ruder umkehren kann. Und dabei ist, genau das zu tun. Dass Vergeltung folgt. Dass Sie zwar im Tragent durch die Bürgschaft und Aussagen des Klans Mar'n-Khai einer vom Klansrat unterzeichneten Exekution entgangen sind. Dass Sie sich dadurch aber nicht sicher fühlen können. Klan Vhay-Mhrivarn geht gegen Klan Mar'n-Khai vor: Das ist die Botschaft. Und Sie", var'n Sipach deutete mit dem Finger auf ihn, „stehen in der Mitte. Sie sind das Ziel."

Banátrass fühlte, wie eine beklemmende Welle von Furcht ihn durchströmte, wie die Möglichkeiten der Welt mit einem Mal enger schienen. Aber var'n Sipach fuhr schon fort.

„Und wenn Klan Vhay-Mhrivarn sich gestärkt fühlt, sich in seinem Vorgehen in der Sache dadurch bestätigt fühlt, dass keine Vergeltung für den Mord an Mar'n-Khai Venach Idaz erfolgt, ihrem Stahlbürgen, dann geht Klan Vhay-Mhrivarn als nächstes gegen Sie vor. Dann sind Sie das nächste Opfer."

Das war es also. Da war es heraus. Die Worte hingen in der Luft, seine Befürchtungen waren bestätigt. Kinphaurenfehden. Er mitten drin. Dieser Posten, Hauptmann der Stadtmiliz, seine Chance. Er war den Weg gegangen. Er hatte die Gelegenheit ergriffen. Er dachte, damit diese dumme Sache im Tragent hinter sich gelassen zu haben. Verdammt, was sollte er tun? Er kannte sich immer noch zu wenig in den verästelten Labyrinthen der Kinphaurenränke aus. Und er konnte schwerlich in ein von Kinphauren gehaltenes und bewachtes Kastell gelangen wie dieses ... Ding – was immer es war – es getan hatte, um einen vom Klan Vhay-Mhrivarn umzubringen. Er kannte auch niemanden, der so etwas vermochte. Für so etwas konnte er keine Stadtmiliz einsetzen. Nicht gegen die Kinphaurenherren. Selbst wenn die dazu in der Lage gewesen wären. Aber es musste doch Möglichkeiten geben ...

Er blickte aus seinen Gedanken auf, bemerkte, dass seine Blicke auf der Suche nach einer Lösung nervös den Boden, die

Wände, all die seltsamen Kinphaurenrelikte abgesucht hatten, ohne sie dabei wirklich wahrzunehmen, bemerkte jetzt, dass die Augen von var'n Sipach noch immer auf ihm ruhten.

Dessen Blick kam ihm nicht länger inquisitorisch vor. Stetig war er. Var'n Sipachs Blick ruhte auf ihm. Mit Sicherheit. Mit Ruhe.

„Sie sind nicht allein in dieser Sache", sagte var'n Sipach, und ihm erschien es, als habe die Stimme des Bevollmächtigten Beils eine gewisse tragende Wärme. „Sie sind eine starke Bindung mit Klan Khivar eingegangen. Ich habe Sie unter Eisen-Protektorat gestellt."

Var'n Sipach nickte ihm zu. „Sie stehen in dieser Sache nicht allein", sagte er noch einmal. „Doch auch Sie sollten sehen, dass Sie Ihren Verpflichtungen nachkommen."

Var'n Sipach begegnete seinem erstaunten Blick mit einem Ausdruck katzenhafter Gelassenheit im Gesicht.

„Etwas ist bei dem Zugriff eines ihrer Kader am gestrigen Tag nicht so gelaufen, wie ich es erwartet hätte", sagte var'n Sipach schließlich. „Etwas wurde dort von ihren Leuten nicht sichergestellt. Etwas, das sichergestellt werden muss. Ich erwarte von Ihnen, dass Sie das korrigieren."

Nicht nur die Armbrustbatterien? Was war denn noch aus kinphaurischen Waffenkammern abhanden gekommen? Sehr peinlich für die neuen Herren. Und jetzt hing es an ihm. Er blickte in var'n Sipachs bleiches Gesicht und wartete auf den Satz, der dann auch schließlich kam.

„Sie haben mit diesem Posten eine große Chance bekommen", sagte var'n Sipach. „Das ist ihre Bewährungsprobe."

Histan schien der Tod von Khrival tatsächlich auf eine merkwürdige Weise nahegegangen zu sein.

Sonst war er zwar der ernstere der Truppe, doch in einer Runde mischte er sich immer unter die Leute, ja, er war sogar meistens da, wo es am geselligsten zuging, und nicht selten war er Zentrum des Treibens. Er zog jeden in ein Gespräch und schien immer dem, was jemand zu sagen hatte, aufmerksam zu lauschen.

Jetzt saß Histan im Hauptraum der dunklen verzweigten Schenke des Bilganen abseits von allem, als hätte er in all dem den Anschluss verpasst, und starrte trübselig aus dem rauchgeschwärzten Fenster.

Alle anderen hatten sich, als sie nach und nach in die Schenke einfielen, zunächst schweigsam zugetrunken, als müssten sie zusammen mit den Geistern der Abschieds auch erst einmal die Herbstkälte, die mit der Dämmerung in den Straßen Rhuns Einzug hielt und durch die Gassen kroch, aus ihren Knochen vertreiben. Aber dann, ganz allmählich, glommen im Schankraum des Bilganen die fahlen Lichter von Gesprächen auf, Geschichten, Anekdoten über den Verstorbenen. Ein vereinzelter, verhaltener Lacher erklang. Sandros glänzte darin, das schroffe, im Kern aber herzliche Wesen Khrivals einzufangen. Chik wusste mehr über den toten Vorsekkmann, als man ihm eigentlich zugetraut hätte, kleine Dinge, Bemerkungen am Rande, Gesten. Eine kenntnisreiche Einfühlung, die ein Blick auf die Fassade seines stoischen Narbengesichtes ansonsten nicht so ohne weiteres erkennen ließ. Sandros hörte ihm jetzt nachdenklich zu, klopfte einen seiner südländischen Kräuterstengel auf die Thekenplatte, nahm sie zwischen die Lippen, zündete sie an einer Kerze an, paffte, blickte gedankenverloren dem ausgeatmeten Rauch nach, als könnte er in ihm Bilder erkennen, die von Chiks Worten und den Erinnerungen an Khrival Nemarnsvad heraufbeschworen wurden.

Danak ließ sich zwei frische Biere zapfen und ging zu Histan hinüber.

„Alles klar bei dir?"

Histan sah sie an, mit blankem Blick, erst durch ihre Worte auf sie aufmerksam geworden.

Ja", sagte er. „Nein. Natürlich nicht. Einen aus unserem Kader hat's erwischt. Einen Freund. Wie könnte da alles klar sein?"

„Da hast du wohl Recht." Sie schob ihm das Bier über die Tischplatte herüber, und er starrte es an, als sei es ein Beweisstück, dessen Sinn er erst einmal ergründen musste.

„Ich hatte nur den Eindruck", fuhr sie fort, als sie beide angetrunken hatten, „dass irgendwas dich gebissen hat. Jenseits von Khrivals Tod. Deine Bemerkung bei der Bestattung."

Er blickte von seinem Bier zu ihr hoch, sah ihr für einen Moment ins Gesicht, als wollte er darin etwas finden.

„Na ja", sagte er schließlich, „ist nun mal so, dass, wenn so etwas geschieht, man ins Grübeln kommt, was man da eigentlich tut."

Danak hielt ihren Mund, obwohl sie dazu einiges hätte sagen können.

„Wenn jemand in einem solchen Gefecht zu Tode kommt ..." Er hielt inne, als müsste er seine Worte zunächst ordnen. „Gut, wir können uns nicht sicher sein, gegen wen wir da gekämpft haben. Diese unbekannte Truppe. Aber wenn die Vermutungen richtig sein sollten. Dann macht man sich doch Gedanken über die Gründe, aus denen er sterben musste. Für was?" Seine Hände griffen wie zu einer Geste in die Luft, sanken dann aber hilflos wieder herab. Er schwieg. Beide sahen sie in ihr Bier.

Sie fühlte seinen Blick auf sich, sah, dass er sie eingehend musterte. Kann ich dich etwas fragen?, schien sein Blick zu sagen.

„Raus damit", sagte sie.

Er druckste herum. „Was wäre ...?" Das passte gar nicht zum ruhigen, sicheren Histan Vohlt. „Was ...?" Er holte Luft, wie um neu anzusetzen, sprach dann schnell und sicher. „Würde es dich stören, wenn wir mit dem, was wir in unserem Job durchziehen, auch etwas für die andere Seite tun könnten?"

Jetzt war es an ihr, ihn zu mustern. „Was meinst du? Welche andere Seite?"

„Na, unsere. Die Menschen. So wie wir heute etwas für die von ... denen getan haben."

Hatten sie das? Das war genau die Frage, die ihr die ganze Zeit im Kopf herumging.

„Aber wir tun etwas für die Menschen", sagte sie stattdessen. „Wir tun, was wir können. Wir halten ihr Leben so sicher, wie es unter den gegebenen Umständen geht." Sie sagte es herunter und vermied den direkten Blick in seine Augen. Hatte sie etwa Angst, dass er etwas darin erkennen könnte?

Wieder hing für einen Moment ein Schweigen zwischen ihnen.

Schließlich hörte sie Histan sagen: „Und wenn wir die Umstände ändern könnten?"

Sie hob den Kopf, sah ihn scharf an.

„Sympathisierst du etwa mit den Marodeuren?" Histans dunkle Augen sahen klar zurück. Keine Verlegenheit darin. Sie wusste, sie konnte sich auf ihn verlassen, wusste, dass sie beide diesen Job aus den gleichen Gründen taten. Er hatte den Dienst in der Protektoratsgarde abgelehnt und war zur Stadtmiliz gekommen. Auch wenn ihn das den Leutnantsrang gekostet hatte. Trotzdem fuhr sie fort – es war schließlich eine seltsame Stimmung, in die Histan Vohlt gefallen war. „Willst du, dass in Rhun Krieg herrscht? Dass Menschen für die Befreiung … für Fahnen mit dem Wort Freiheit drauf, für Idirium oder was immer du dem Ganzen auch für einen Namen geben willst, in Scharen sterben? Du hast gehört, was Sandros dazu gesagt hat. Was passieren würde, wenn Rhun erneut umkämpft würde. Ich habe den Krieg im Feld erlebt. Ich kann mir so etwas lebhaft vorstellen. Ich kann mir auch vorstellen, wie Straßenschlachten in einer Stadt wie Rhun aussehen können. Das, was in Kaiverstod geschehen ist, wäre dagegen gar nichts."

Noch immer der ruhige, klare Blick in Histans dunklen Augen, die während der ganzen Zeit nicht von ihr gewichen waren.

„Danak", sagte er, „ich bin da, wo ich bin. Genau an dieser Stelle. Nicht bei Einauges Rebellen, nicht bei einer Freien Schar im Niemandsland, nicht über die Frontlinie zur Idirischen Armee geflüchtet. Ich bin hier in der Miliz Rhun. Trotzdem frage ich mich manchmal Sachen. Tust du das nicht auch?"

„Nein", sagte sie rasch. Dieses komische Gefühl eines herabstürzenden Gewichts in Herznähe, sie wollte es gar nicht bemerken. Deshalb kamen ihre Worte rasch. „Ich bin in der Miliz. Hier kann ich für die Menschen kämpfen. Die Menschen in Rhun – das ist die Seite, für die ich mich entschieden habe. Was darüber hinaus dort draußen an Querelen und Kämpfen um Territorien vor sich geht, wer wo hinpisst und seine Duftmarke setzt, das interessiert mich nicht."

„Auch unter der Herrschaft der Kinphauren?"

Ach, halt doch dein Maul, Histan! „Unter welchen Herren auch immer. Diese hier sind bleich. Das heißt nicht, das andere einen Deut besser wären."

Histan musterte sie eine Weile, sog dann den Atem scharf durch die Nase ein, wog einmal den Kopf von rechts nach links, legte dabei seine Finger flach auf die Tischkante.

„Ja, ich weiß", sagte sie; sie konnte ihn ja verstehen, „an Tagen wie diesen fragt man sich manchmal Sachen. Ich habe mich damals für die Miliz entschieden. Khrival hat das auch getan. Er ist auch dabei geblieben, als sich die Dinge geändert haben. Er ist für seine Entscheidung eingestanden."

Der Blick mit dem Histan sie musterte, sah nicht gänzlich überzeugt aus.

Sie war es auch nicht.

Sie sah zum Rest ihrer Gruppe hinüber. Bemerkte mit Erstaunen Choraik an der Theke stehen.

Also war er schließlich doch aufgetaucht. Wahrscheinlich war er hinzugekommen, während sie sich mit Histan unterhalten hatte, und in der Intensität ihres Gesprächs hatten sie sein Eintreten nicht bemerkt. Wahrscheinlich hatte Choraik so lange gebraucht, weil er mit sich gekämpft hatte, ob er sich der Truppe anschließen sollte.

Dass er dennoch hier war, im eingeschworenen Kreis des Kaders und der Gardisten, die häufig mit ihnen zusammenarbeiteten, war ihm anzurechnen. Er stand an einer Ecke des Tresens, trank still sein Schwarzbier.

Sie klopfte Histan auf die Schulter, warf ihm ein Zucken aus einem Auge und dem Mundwinkel als Lächeln zu und ging zu Choraik hinüber.

Sie trat neben ihn, er bemerkte sie.

„Wenn die Kleiderfrage geklärt ist, kann das ja noch was werden."

Er folgte ihrem Blick, sah sich um. Alle trugen sie hier noch die Uniform von der Bestattung her, genau wie er. Er passte sich beinah unauffällig ein. Schließlich trugen einige von ihnen auch Tätowierungen. Vielleicht nicht direkt im Gesicht, vielleicht nicht kinphaurische Tinte, aber na ja.

„Ich trage die Kleidung, die ich gewohnt bin, oder die Uniform", verkündete er. Kein Lächeln. Sie war sich nicht sicher, verteidigte er sich oder steckte er die Grenzen ab?

„Okay", sagte sie, ließ nickend den Kopf baumeln, schob dabei Unterlippe und Kinn vor. „Okay."

Sie deutete mit dem Kopf in Richtung des lockeren Kreises, zu dem sich ihre Truppe formiert hatte, und er folgte ihr die paar Schritte. Danak wurde gleich in diesen Kreis aufgenommen, das Wort wurde an sie gerichtet. Es ging hin und her. Ein gutes Zeichen, dass er ihr gefolgt war. Stand trotzdem schweigend daneben.

„He, Choraik", sagte sie schließlich, „kennen Sie nicht einen Kinphaurenwitz?"

„Kenne ich. Ein paar. Ich weiß aber nicht, ob Sie die verstehen würden." Jetzt grinste er sogar breit.

„Was Kinphauren haben Humor?" Sandros sah feixend zu ihm rüber. „Kann ich mir nicht vorstellen."

„Wie viel Umgang haben Sie denn mit Kinphauren?"

„Na ..." Sandros, sonst nicht um eine Antwort verlegen, kam ins Schwimmen. Musste ihm unangenehm sein, denn er wurde rot.

„Außerdem haben Sie hier in Rhun fast nur mit Militär und Anhang zu tun", fuhr Choraik fort. „Von der normalen Kinphauren-Bevölkerung kriegen sie relativ wenig mit."

Sandros sagte darauf gar nichts. Er schwieg. Was war das? Jemand, der Moridians wendige Zunge zum Schweigen brachte? Wie kam es denn dazu? Lag es an Choraiks Ton? Trocken und direkt wie ein Peitschenschlag. Seiner Miene? Sandros ließ sich doch sonst von nichts einschüchtern.

„Sie haben tatsächlich unter ihnen gelebt?", fragte Mercer in die Pause des Gesprächs hinein.

Wieder fuhr Choraiks Finger zur Tinte auf seiner Wange, strich den Verlauf der Tätowierung herab. Die gleiche Geste wie bei ihrer Vorstellung im Amtszimmer von Gouverneur Seranigar.

„Ich bin ein Kinphaure." Sagte es mit seiner Kein-Bullshit-Miene.

Und das war's dann auch. Damit kam dann auch sein Einbezug in ihre kleine Gruppe zum Lahmen. Gesprächsfetzen flogen immer noch hin und her, nur er war nicht dabei. Bald stand er wieder daneben, während ohne ihn die Unterhaltung ihren Fortgang nahm.

Er trank sein Bier aus, dann wandte er sich zum Gehen.

„Morgen", rief sie ihm noch hinterher. „Ohne Spitzohrenmontur."

Er zog, schon in der Tür, eine üble Grimasse, schien aber nicht tödlich beleidigt zu sein oder auf Blutrache zu sinnen. Was gut war. Schließlich behauptete er, er sei ein Kinphaure, und bei Kinphauren war so etwas wie Blutrache das Normalste der Welt.

„Miliziuniform", gab er zurück, bevor er aus der Tür verschwand.

„Du willst ihn doch morgen nicht mitnehmen?" Mercer sprach sie von der Seite an.

Sie blickte ihm direkt in sein hageres Gesicht.

„Was willst du tun, Mercer?", sagte sie. „Er ist einer von uns. Wir können ihn nicht aus allem raushalten." Sie dachte an die Informationen, die sie vom Vastacken erhalten hatte. „Außerdem gibt es morgen bestimmt eine Menge zu sehen, was er Banátrass gut erzählen kann."

Sie sah zur Tür hin, durch die er verschwunden war. „Oder wem immer er Rechenschaft ablegen muss."

Noch während sie das sagte, spürte sie ein befremdliches kaltes Pochen an ihrer Hüfte. Ihre Hand fuhr hin.

Ach, der Orbus, den hatte sie ganz vergessen. An den musste sie sich erst einmal gewöhnen. So fühlte es sich also an, wenn er sich meldete.

Ihre erste Orbus-Botschaft. Große Sache. Ihr eigener Senphore in einer Schatulle am Gürtel. Was würden jetzt wohl diejenigen dieser Geistesboten dazu sagen, die nach dem Einmarsch der Kinphauren von den Masten gebaumelt hatten?

Sie setzte sich von dem Pulk ab und ging durch einen backsteingemauerten Steinbogen in einen anderen, noch unbeleuchteten Teil der Schenke. So früh am Abend war beim Bilganen noch nicht so viel los. Sie setzte sich auf eine Bank in einer Erkernische, die Füße auf die Sitzfläche, die Knie hochgezogen.

Die kugelförmige Schatulle schnappte auf einen Knopfdruck hin auf, gab den Orbus frei. Auch hier gab es einen Knopf, der die silbergefasste Kugel zum Leben erweckte.

Sie rief sich noch einmal die Reihe der Symbole ins Gedächtnis, die sie bei der Einweisung durch ein Ordensmitglied des Einen Weges erhalten hatte. Diese kinphaurischen Glyphen waren für jemanden, der nicht an sie gewöhnt war, ganz schön trickreich. Mal sehen, ob sie das auf Anhieb hinbekam.

Sie ließ den Knopf einklicken und hielt den Orbus auf der Handfläche vor sich hin. Sofort erschien die fremdartige Reihe von Symbolen wie mit einer Lichtspur geschrieben in der Luft. Sie erkannte das erste ihrer Kodekette, konzentrierte sich darauf und formte es in Gedanken nach. Alle anderen bis auf dieses Zeichen verblassten und eine neue Reihe von Symbolen erschien. Diesmal waren es zwei, die zu ihrem persönlichen Siegel passten.

Sie fasste sie ins Auge, formte das mentale Bild, eine neue Kette erschien. Das ging ja gut. Nach und nach ging sie durch die projizierten Ebenen. Dann erschien wie ein Glühwürmchen ein roter Punkt vor ihren Augen, eine Kugel etwa von der Größe einer Holzperle. Das war ihre Botschaft. Gespenstisch. War es das, was die Senphoren, die kostbaren Geistesboten des Idirischen Reiches ohne Zuhilfenahme einer solchen Gerätschaft, nur mit ihrem Geist taten, wenn sie Botschaften sendeten oder empfingen? Wahrscheinlich würde sie es nie erfahren. In ganz Rhun gab es keinen Senphoren mehr, der am Leben war und den sie hätte fragen können.

Sie konzentrierte sich auf die rote schwebende Lichtperle, schickte ihr die Symbole entgegen, die der Ordensmann sie bei der Schulung gelehrt hatte. Tatsächlich, die Kugel reagierte, sie löste sich auf.

„Leutnant Vorna Kuidanak."

Sie wollte vor Schreck von der Bank aufspringen, prallte dabei aber in der engen Erkernische mit dem Rücken gegen die Backsteinmauer.

Eine Geisterstimme hatte ihren Namen gesprochen. Sie war darauf vorbereitet gewesen, dass so etwas geschah, trotzdem hatte es sie geschockt.

„Ich habe eine wichtige Nachricht für Sie, die Sie heute noch erfahren müssen." Es war die Stimme von Banátrass, Ehrgeizling, Karrierist des Einen Weges, frischgebackener Milizhauptmann. „Aus den Waffenkammern der Kinphauren ist von den Firnwölfen etwas Weiteres entwendet worden, von dem sich leider bei Ihrem gestrigen Zugriff keine Spur fand. Es ist von allergrößter Wichtigkeit, dass es gefunden und sichergestellt wird. Es handelt sich dabei um einen Moloch-2-Homunkulus. Er ist somit Teil Ihres Auftrags. Es ist davon auszugehen, dass ihn die Firnwölfe aus der Stadt herausschmuggeln wollen. Das ist auf jeden Fall zu verhindern.

Sie erhalten dazu umfassende Befugnisse, auch jenseits Ihres Bezirks. Ihre Befugnis steht über der anderer Ränge und anderer Schutzorganisationen der Mainchauraik-Selbstverwaltung.

Der Körper dieses Moloch-2 ist unter allen Umständen sicherzustellen.

Sie haften mir persönlich dafür, dass dieses Artefakt so schnell wie möglich in Gewahrsam gebracht wird.

Ich wünsche Ihnen eine guten Abend und viel Erfolg am morgigen Tag."

Die Geisterstimme verklang, es herrschte Stille in dem dunklen, verlassenen Schenkenraum.

Na, großartig. Also nicht nur die Firnwölfe zerschlagen und dafür sorgen, dass in Ost-Rhun Ruhe herrschte. Auch noch ein weiteres dieser Monster finden. Wie viele davon waren eigentlich im Spiel?

Sie atmete tief aus und ein.

Es sei davon auszugehen, dass die Firnwölfe ihn aus der Stadt herausschmuggeln wollten. Also hielt Banátrass so etwas mittlerweile nicht mehr für unmöglich. Aus der Stadt heraus? Zu wem anders sollte man ihn da schmuggeln als zu den Rebellen.

Und damit war es dann offiziell, dass es gegen den Widerstand ging. Ein Milizkader sollte die Sache der Rebellen durchkreuzen. Die Armee der Rebellen gegen die Armee der Kinphauren. Der Krieg dort draußen, in den sie nicht hineingezogen werden wollte.

Wofür kämpfen wir noch mal?, hatte Histan sie bei der Brandbestattung gefragt.

Ja, vor allem dafür, dass eine solche Kampfmaschine nicht noch einmal auf Menschen losgelassen wurde. Das solche Waffen nicht in den Straßen von Rhun eingesetzt wurden. Beim Anschlag auf Heereskommandant Vaukhan war es zu einem Massaker unter Zivilisten gekommen. Unschuldige Menschen, die zufällig im Gouverneurspalast gewesen waren.

Sie sollte das Quartier Ost-Rhun säubern und einen Präzedenzfall dafür schaffen, was ein hart durchgreifender Milizkader erreichen konnte, hatte Banátrass ihr aufgetragen. Ost-Rhun sei durch die Ausbreitung der Firnwölfe zu einer Jauchegrube geworden, genau wie Kaiverstod. Kaiverstod: Diese Drohung hing unausgesprochen über allem.

Wenn Sie nicht Ordnung schaffen, dann schicken die Kinphauren eine Duergakompanie herein, die das erledigen wird. Und das gibt dann ein Massaker wie in Kaiverstod.

Nun ja, hart durchgreifen, das konnte sie. Sie war schließlich im Krieg gewesen. An ihren Händen klebte Blut, das sich nie mehr abwaschen ließ. Dann also mit schmutzigen Händen.

Für die, die es verdienten, geschützt zu werden.

8

Irgendwo bellte ein Hund.

Das Komische war, in diesem Viertel bellte immer irgendwo ein Hund. Ein paar Sekunden Pause, vielleicht eine halbe Minute, höchstens, und dann fing wieder einer an zu kläffen. Hohl hallend, irgendwo in einem Hinterhof.

Martenshof war ein übel wucherndes Geschwür. Es ging bis runter zur Kupfergrube, die sich von Westen nach Osten durch das obere Ost-Rhun schnitt. Das hier war Nachthammer-Territorium gewesen, so lange Danak sich erinnern konnte. Die Nachthammer-Meute bestand größtenteils aus Leuten aus den Ost-Provinzen, viele davon ehemalige Bergleute; daher der Name. Sie hatte sich in diesem Gewirr verbauter Fachwerkhausknäuel, verwinkelter Hinterhöfe, von Bogengängen, überwölbten Gassen und Lattenverschlägen hervorragend eingeigelt. Dass jetzt die Firnwölfe sie von hier verdrängt hatten, konnte nur bedeuten, dass sie bei der Ausweitung ihres Territoriums drastisch durchgegriffen hatten.

Vielleicht hatte die ansässige Milizgarde davon einiges mitbekommen, an Danak und ihrem Kader war das alles ziemlich vorbeigegangen. Martenshof war der Rand von Ost-Rhun, und was dort geschah, blieb in Martenshof. Jetzt, wo Ost-Rhun offiziell zur Sache ihres Kaders erklärt worden war, würde sich daran einiges ändern.

Also raus aus den Roschas, bevor sie mit auf dem Kopfsteinpflaster klappernden Rädern noch ganz zum Stehen gekommen waren, durch den gemauerten Torbogen, der die Grenze von Martenshof markierte und dann im Laufschritt durch die verwinkelten Straßen.

Lange, kühle Morgenschatten fielen auf das Kopfsteinpflaster. Danak wich den Rinnsalpfützen schmutzigen Wassers aus, um sich bei dem Tempo nicht auf die Fresse zu legen. Passanten sprangen vor ihnen zur Seite, in Hauseingänge, in Torwege. Waren es wohl nicht gewohnt, in Martenshof auf solch eine Milizpräsenz zu treffen. Sechzehn Leute mit ihr an der Spitze, ihre fünf aus dem Kader und zehn Gardisten zur Verstärkung in den dunklen Uniformen. Schnell durch, bevor irgendjemand von denen, der sie sah, ihnen zuvorkommen und Alarm schlagen konnte.

Chik rannte neben ihr, deutete im Laufen auf eine Abzweigung. Chik kannte von ihnen Martenshof am besten. In der Gegend lebten größtenteils Leute aus den Ostprovinzen. Chik war ganz in der Nähe aufgewachsen.

Da war auch schon ihr Ziel. Ein Eckhaus. Zwei Giebel, einer zur jeder Straße hin. Gedrängte, schmutzige Fassade unter weit überstehenden, windschief abschüssigen Dachtraufen. Von außen als Schenke gekennzeichnet. War es wohl auch. Aber es war auch mehr. Wenn man dem Vastacken glauben konnte. Und warum sollte man das nicht? Den Firnwölfen eins auf die Nase zu geben, sie von der Karte Ost-Rhuns auszulöschen, das war schließlich genau in seinem Interesse.

Sie stoppte, sah ihre Leute an sich vorbeirennen, alle waren im Bilde, wo sie hin mussten, ging die Gesichter ab, von einem zum anderen. Alle sahen frisch aus, trotz gestern Abend. Nur Chik wirkte verkatert, aber Chik mit seinem Narbengesicht wirkte immer irgendwie verkatert.

Das Loch hatte zwei Hinterausgänge: eine enge Nebenpforte zur anderen Straße hin, einer zum Hof und zu den Hinterhofgassen raus, zu dem man durch einen Torbogen gelangte. Der letzte war der schwierigere, weil unübersichtlichere. Man konnte leicht zwischen die Fronten geraten, wenn jemand aus einer Gasse oder aus einem anderen Haus heraus den Firnwölfen beisprang.

Das war die Aufgabe der Gardisten; Choraik war ihrem Trupp zugeordnet. Mit seiner Uniform, im Gegensatz zu ihrem Zivil mit Kürass drüber, passte er sich perfekt in diese Truppe ein. Die größere Truppe für den komplizierteren Eingang.

Die Flure hinter der Nebenpforte trafen auf den Hinterhofausgang, und Mercer, der dort mit Chik reinging, sollte gleichzeitig helfen, diesen kritischen Bereich zu sichern.

„Auf Zwanzig!", rief Mercer Choraik zu, der im schwarzgekleideten Trupp der Gardisten an ihnen vorbei und auf den Torbogen zulief. Dann klopfte er Chik auf die Schulter und setzte sich mit ihm zur Nebenpforte ab.

Sie selber mit Histan und Sandros also vorne rein. Sie blickte zu den engen Fenstern hoch, glaubte eine Bewegung zu sehen.

Kein Posten an der geschlossenen Schenkentür, wahrscheinlich aber einer da oben.

„Bis zwanzig zählen, da gibt er ihm aber reichlich", sagte Sandros, als hätte er ihre Gedanken gelesen. „Hier geht's gleich ganz schnell ab." Winkte mit dem Kopf zu dem Fenster hoch.

Ja, schnell rein, dass sich keiner absetzen konnte. Oder groß einer auf Barrikadenkampf oder Valgaren-Berserker machen konnte. Manch einer von den Kerlen setzte sich irre Sachen in den Kopf.

Sie schaute zu Mercer rüber, sah ihn mit stummen Mundbewegungen und mit den Fingern abzählen. Vier mal die Finger der Linken.

Und?

Zwanzig und Mercer hatte innegehalten. Ihre Blicke trafen sich.

Was machst du?, signalisierte sie mit beiden weggespreizten Händen. Mercer zuckte die Schulter. Augenbrauen nach oben.

Scheiße, du Arsch! Wollte der, dass Choraik da ungedeckt reinging?

Sie kurbelte heftig mit dem Arm, Faust geballt dabei. Los, rein mit dir!

Mercer nickte. Sie schüttelte unwillig den Kopf.

Von hinter dem Haus gab's Geschrei.

Und los ging's.

Sie rannte die Stufen zwischen den engen Backen der Eingangsmauern hoch, Fechtstange in der Hand, sah Chik gerade noch hinter Mercer in der Nebenpforte verschwinden.

Tür auf! Rumms! Sie krachte innen gegen die Mauern.

Knapp ein Dutzend Leute verstreut über etwa die gleiche Anzahl Tische. Zwei mit Meutenfarben.

Alle Augen in der dunklen Schankstube gingen zu ihr hin. Einige der Anwesenden blickten weniger überrascht; genau die hasteten schon zum Ausgang hin. Die zwei, die die Farben der Firnwölfe trugen.

Aus den Augenwinkeln sah sie zu jeder Seite hin die Schäfte von Sturmarmbrüsten: Histan und Sandros an ihren Flanken mit den Waffen im Anschlag. Keiner der Gäste machte Anstalten zur Gegenwehr.

So konnte sie ihre Fechtstange in Kampfhaltung packen und quer durch die Kneipe zum Hinterausgang spurten, wohin die mit Meutenfarben sich absetzen wollten.

„Macht hier einer Ärger?" – im Laufen gerufen.

„Macht keiner Ärger", hörte sie Histans Stimme in Erwiderung. „Würde ihm nicht bekommen." Sandros schon hinter ihr her.

Der eine in Meutenfarben vor ihr wollte noch Faxen machen, kriegte von ihr die Fechtstange ans Kinn und grunzte nur noch stumpf, während er wegkippte.

Hinter der Tür ein Korridor mit Durchgängen zu beiden Seiten weg. Räume dahinter.

Frauenkreischen, Schemen hinter dünnen Vorhängen, Glieder wild durcheinander, eine springt von einem Typen runter, beide kullern vom Bett.

Ein Bolzen saust, sie duckt sich, an ihr vorbei.

Runter! Da ist er! Kam von oben her, die Treppe herab. Da haben wir den Posten.

Sandros an ihr vorbei. An die Wand. Sucht Deckung im zweiten Türrahmen. Hat jetzt den anderen Winkel abgedeckt.

Die ganze Zeit wildes Gebrüll von hinten her.

Sie sieht den Kerl nicht mehr. Wo ist der hin? Ist selber in der Hocke am Boden, auch nicht wirklich Deckung. Wo ist der …

Ein Schrei. Da ist der Kerl, schubst zwei Mädchen raus, die sich hinter einem Vorhang versteckt haben. Standard-Armbrust, musste nachladen. Kommt jetzt aber mit dem Ding im Anschlag vor, weiß jetzt ja wo sie ist, die Waffe genau in ihre Richtung.

Ein Twang!, und es reisst ihn nach hinten.

Blick rüber – da steht Sandros im Türrahmen, seine Sturmarmbrust im Anschlag, lädt durch mit trockenem Klacken des Spannhebels. Cooler Mörder. Der Bolzen ging mitten in die Stirn.

Jetzt aber durch zu den Hinterzimmern. Da geht es schon ab. Sie, Sandros mit ihr. Mitten rein! Egal.

Einer kommt aus dem Nebenraum. Kriegt ihre Fechtstange an die Schläfe, sein Kopf ruckt weg, kann nur noch dumm gucken.

Die Gardisten sind schon drin, Choraik bei ihnen. Ein paar ineinander übergehende Räume. Ein Tisch ist umgekippt, Geld, Spielkarten wild über den Boden verstreut. Es gibt noch einen wüsten Kampf rund um den Tisch herum, einer hat sein Messer raus. Das ist dumm im Kampfgetümmel. Zu nah alles, um ihn mit Fechtstangen auf Abstand zu halten. Einer nutzt das Chaos, ringt sich frei, will raus, zur Tür hin, muss an ihr vorbei. Sie versucht einen Fechtstangenschlag, ist aber schon zu nah ran, er packt den Schaft der Waffe, will mit ihr ringen. Geht kurz zum Schein mit, schießt dann nach vorne vor. Ihr Kopf drischt vor sein Gesicht. Ersticktes Gurgeln, Blut schießt. Voll auf die Nase. Reicht schon! Noch einmal mit der Faust hinterher, er kriegt eins auf's Maul. Es haut ihn zu Boden, und ein Tritt in die Rippen, Fuß runter auf seine Kehle, das hält ihn unten.

Schnell den Blick hoch. Sie sieht gerade noch, wie Choraik etwas mit dem Kerl macht, der das Messer draußen hat. Sieht nicht gerade elegant aus, aber effektiv. Eine Sekunde und der Kerl ist am Boden, Choraik aufrecht, sichert ihn mit dem Fuß, schaut zu ihr rüber. Ihre Blicke treffen sich. Es ist ein grimmiges, geschlitztes Lächeln, das er ihr zuwirft. Zwei Tänzer, die sich in der gleichen Haltung erwischt haben.

„Hinterhof klar?", wirft sie ihm rüber.

Er nickt nur, knapp und stumm. – Der Anführer, wo? Wo sind die beiden Typen, von denen der Vastacke gesprochen hatte?

Da, der mit dem Kopftuch und dem Bart. Mercer hat ihn bei den anderen an die Wand gedrängt und hält ihn mit der Fechtstange in Schach. Mercer hier – dann ist der Nebeneingang also sicher.

Sie klopft einem der Gardisten auf die Schulter. „Geh in den Schankraum und lös' Histan ab, wenn da alles klar ist. Schick ihn her." Der Tote. Ist vielleicht noch zu etwas gut. „Ich komm mit." Blickwechsel – „Sandros ..." – und Nicken zu dem Anführer mit dem Kopftuch hin. „... du machst ihn klar."

Im Schankraum war alles unter Kontrolle. Waren tatsächlich nur frühe Gäste und 'ne Nutte gewesen. Das schaffte auch der Gardist locker.

Sie ging mit Histan durch den Flur zurück und in das Zimmer zu dem Toten, den Posten, der auf sie geschossen hatte. Histan blickte auf den Armbrustbolzen in der Stirn. „Dein Werk?" „Sandros. Ließ sich nicht vermeiden." „Na ja, hätte er ihm etwa seine Rechte als Bürger des Protektorats Mittelnaugarien vorlesen sollen?" „Gibt's so was überhaupt?" Histan zuckte die Schultern.

Sie zog das Kurzschwert, setzte ein paar rasche Schnitte an, ins Gesicht vor allem, so dass es offensichtlich und blutig wurde.

Er war noch frisch, das Blut lief gut. Dann schleifte sie ihn am Kragen durch den Flur in das Zimmer, wo sie die Meute zusammengetrieben hatten. Sandros hatte den Kerl isoliert und parat gemacht. Ein paar Stühle, zum Teil umgekippt, ein Lehnstuhl. Der würd's tun.

Das blutige Kurzschwert noch in der Hand, den Toten am Kragen gepackt trat sie vor den Anführer, während Sandros ihr Platz machte. Hirak hieß der Kerl, laut dem Vastacken. Von einem Hirak hatte sie auch schon vorher gehört.

Hirak glotzte auf die blutige Schwertspitze vor seiner Gurgel und ließ sich von ihr zu dem Lehnstuhl hin bugsieren. Sie ließ die Waffe herumwirbeln, versetzte ihm mit dem Knauf einen harten Schlag vor's Kinn, dass er rückwärts in den Lehnstuhl plumpste. Gab ihm eine Sekunde, während er sich den Unterkiefer rieb. Dann zog sie den Toten, den sie im Schlepptau hatte, kurz zu sich hin, schickte ihn dann mit einem harten Schwung auf die Planken, dass es übel knirschte und der Schädel noch einmal hochprallte. Überall Blut. Sah aus wie eine Schlachtplatte.

„Wo ist er?" Sie rief es zu Sandros rüber, und der deutete mit dem Kopf gegen die an der Wand aufgestellte Reihe in Meutenfarben. Sie wusste sofort, wen er meinte. Nur ein Zucken im Gesicht des Bezeichneten antwortete ihrem Blick, keine erschrockenen Augen. Harte Kerle. Der hier mit dickem Schnurrbart, nicht vollbärtig wie der Anführer mit dem Kopftuch, aber die gleichen Züge.

Sie wischte das Kurzschwert am Rock des Toten ab (an einer sauberen Stelle, die bei dem Blut noch geblieben war), schob es dann in die Scheide und trat hart an den Bezeichneten ran.

„Die anderen raus."

Gardisten und ihre Truppe parierten augenblicklich, pferchten die zusammengetriebene Meute durch die Tür zum Hof raus. Stiefeltrampeln auf den Dielenbrettern, halbherzige Protestrufe, kurze Befehle der Milizleute. Sie sah durch den dunklen Rahmen des Korridors, wie einer der Vorangegangenen sie draußen in Empfang nahm, um ihnen die Handfesseln anzulegen. Das ging am Schnürchen, war nicht mehr ihr Problem.

„Histan." Er fing ihren Blick auf und blieb bei ihr zurück.

Der Schnurrbärtige stand vor ihr, als einziger zurückgelassen. Sie packte ihn, zog ihn mit sich. Nur kurzes Sträuben, wie im Reflex, dann musste er sehen, dass es nutzlos war. Zum

Lehnstuhl, zu der Leiche hin. Ein Ruck an ihm, ein kräftiger Stoß. Er stolperte, sie warf ihn quer über den Toten, ging mit runter, hockte auf seinem Brustkorb. Sie sah zur Seite rüber zu Hirak, der sich im Lehnstuhl nicht rührte. Harte Miene.

„Okay. Hier brauchen wir was Präziseres", sagte sie, griff zur Scheide ihres Dolches mit der dünnen aber starren Klinge, zog ihn, hielt ihn über Brusthöhe des unter ihr Liegenden.

„Sasch, richtig?"

Dann den Blick wieder rüber zu Hirak im Lehnstuhl.

„Wo ist der geklaute Homunkulus?"

Hartes Gesicht. „Der was?"

„Na gut", sagte sie wieder mit dem Blick auf Hirak. „Dann so. Wie viele ich abliefere ist egal. Einer mehr oder weniger. Ob unversehrt oder nicht. Alle Finger ab ist schlimm. Blind ist scheiße. Herzbrüderchen auf dem Gewissen ist eine ganz üble Sache."

Hirak zuckte mit dem Mundwinkel.

„Verluste gibt's immer." Musterte sie. Und gestattete sich ein Grinsen, immer noch auf hart. „Und du bist Gänsehüter."

Na, das verdiente doch ein Lächeln zurück. Sie ließ Zähne sehen. „Ja. Aber das ist kein simpler Verlust. Der geht ganz auf dich." Sein Grinsen blieb starr, da schickte sie doch gleich auch noch mal Zähne hinterher. „Und Gänsehüter?" Sie deutete auf Saschs starre menschliche Unterlage mit dem blutüberströmten Gesicht. „Hat sich der Kerl hier wohl auch gedacht. Und jetzt schau dir mal an, was dieser Gänsehüter macht."

Schaute sich kurz um, zog mit dem Fuß eine Schatulle mit plattem Deckel zu sich ran, die beim Tohuwabohu wohl vom Tisch gefallen war. Sie griff sich Saschs Handgelenk, winkte über dessen Schulter Histan ran.

Der verstand, sie knallte Saschs Hand auf den Deckel der Schatulle. Histan kniete sich hinzu, griff sich den Arm, Danak packte den kleinen Finger und zog mit einem heftigen Ruck. Es knirschte, Sasch brüllte auf.

Hirak grinste jetzt nicht mehr.

Sasch schrie nicht mehr, keuchte nur noch. Gut, Gelenk war draußen, das machte den Rest weniger schwierig. Sie war schließlich kein gelernter Feldscher.

Histan hielt den Arm wie eine eiserne Klammer, sie musste nur noch den Dolch ansetzen. Da war's, da hing das Fingerglied unterm Gelenk. Er ruckte zwar, aber sie hielt mit der Linken seine Hand still, brachte den Dolch fester ins Fleisch, dass ein erster Blutstropfen vorquoll.

„Du verarschst mich. Du bist Gänsehüter." Hirak meinte das jetzt.

„Neue Zeiten, neue Sitten", sagte sie und legte jetzt allen Druck auf das Messer, und die Klinge ging mit einem Ruck durch, wie durch ein fettes Steak.

„Aaaaaaaaaaaaaaaaaaaahhhh!"

Histan hielt Sasch immer noch im Klammergriff. Der Stumpen pumpte Blut. Sie blickte in Histans Gesicht, wollte sehen, wie er das mittrug, bemerkte hinter ihm jemanden in der Tür.

Choraik stand da. Blickte mit kaltem, regungslosem Gesicht zu ihr rüber. Die Augen leicht geschlitzt; er beobachtete kühl, was da vor sich ging.

Ihre Augen begegneten sich, sie sahen sich an. Choraik verzog keine Miene, Kinphaurentinte über die Wange hinab. Sollte er doch erzählen, was er wollte. „Das war der erste Finger, Herzbrüderchen", sagte sie, immer noch den Blick mit dem Choraiks verschränkt.

Dann wendete sie sich wieder Hirak zu. Dessen Gesicht war nicht länger regungslos.

„Reden wir?", fragte sie.

Die meisten der Orte, die Hirak ausgespuckt hatte, hatten sie ohnehin schon vom Vastacken erfahren. Hatte auch nur noch einen weiteren Finger gekostet.

Zu der Bande, die die andere Seite des Waffenhandels abwickelte, der Verbindung zu den Rebellen, wusste er nur, dass sie aus dem Niemandsland kamen und dass einer von ihnen namens Lenk ein ehemaliger Firnwolf war und den Deal klargemacht hatte. Um welche Freie Schar es sich bei ihnen handelte oder ob die Bande nur ein für diesen Auftrag zusammengewürfelter Haufen war, wie Histan vermutet hatte, konnte er nicht sagen.

Vom Homunkulus wusste er zwar, aber nichts vom wie und wo. Sie glaubte ihm. Er hing an seinem Bruder. Oder sie wollte ihm glauben.

An Hinweise zu dem Homunkulus würden sie auch später rankommen. Sie glaubte nicht, dass die das Ding so schnell aus der Stadt rauskriegen würden. Nicht bei den Sicherheitsmaßnahmen der Kinphauren und der Protektoratsgarde. Banátrass selbst hatte so etwas zunächst für vollkommen unmöglich gehalten. Schließlich war man im Kriegszustand. Da mussten sie sich schon etwas einfallen lassen.

Und sie hatte gedacht, sie hätten mit Hirak schon ziemlich hoch in der Hierarchie angesetzt. Da sie schnell sein wollte und die nächsten Zugriffe zunehmend schwieriger werden würden. Vielleicht waren diejenigen Firnwölfe, die das mit dem Waffenraub und der Übergabe regelten, von einer anderen Sektion, und sie hielten aus Sicherheitsgründen die Sache streng getrennt. Das ließ auf einen hohen Grad an Organisation und Disziplin schließen, die man ansonsten bei einer Straßenmeute nicht finden konnte. Dann hatte Banátrass mit seinem Spruch, dass es sich bei den Firnwölfen um einen Fall organisierter Kriminalität handelte, eindeutig Recht. Immerhin waren die Firnwölfe in ein Kinphaurenmagazin gelangt – durch irgendeinen Tipp und spezielle Ortskenntnis, irgendeinen Geheimgang, vielleicht das sagenhafte unterirdische Labyrinth einer älteren Stadt unter dem Pflaster von Rhun, was auch immer, sie konnte da nur spekulieren – und das war schon eine echte Leistung für eine Straßenmeute. Und den Wölfen musste verdammt klar sein, was das für eine heiße Kiste war, in welches Hornissennest sie damit gestochen hatten.

Die Jungs hatten entweder Mordseier oder sie waren so was von dämlich und mit heißen Ohren geradewegs in eine Sache reingestolpert, die ein paar Nummern zu groß für sie war.

Aber Daek, der Leutnant der Firnwölfe, den sie in den Katakomben unter den Fliehenden entdeckt hatte, war alles andere als dämlich. Und bei Eber, ihrem Hauptmann, sollte man sich nicht täuschen lassen. Er hatte zwar eine Statur wie ein Schrank, aber genau wie sein Namenstier war er mordsgefährlich. Und gerissen. Sonst hätte er es nicht an die Spitze einer Meute wie der Firnwölfe geschafft und aus ihnen das gemacht, was sie heute waren.

Aber Eber saß oben auf der Firnhöhe, mit seiner Leibgarde um sich herum. Und ohne die ging er auch nirgendwo hin.

An ihn ranzukommen, das würde Blutvergießen bedeuten.

Ohne Kampf und Blut ging Eber, gingen die Firnwölfe nicht unter.

Choraik hatte gar nichts zu dem gesagt, was in dem Nest der Firnwölfe in Martenshof vorgegangen war, zu dem, was sie mit Hirak und dessen Bruder Sasch gemacht hatte.

Aber Histan war es, der sie überraschenderweise hinterher beiseite genommen hatte. Die beiden Brüder Hirak und Sasch waren gerade zu den anderen Gefangenen in die Schwarzen Roschas verfrachtet worden, wo es für sie direkt zur Druvernsburg ging. Das hiesige Gardenhaus hatte zwar genug Platz, wenn man alle in ein Verlies warf, aber sie wollte die gefangenen Firnwölfe samt Anhang aus Ost-Rhun raushaben. Und im Milizhauptquartier gab es auch Feldscher, die Saschs Verstümmelungen ordentlich verarzten konnten. Ihre Leute hatten genug damit zu tun, die Schaulustigen einigermaßen fernzuhalten.

Histan stand mit ihr im Schatten des Torbogens, der zum Hinterhofeingang der Schenke führte.

„Und wie fühlst du dich, wenn du heute Abend deine Kinder an der Hand nimmst, ihre zarten Fingerchen siehst und dich daran erinnerst, was du mit Sasch gemacht hast?", hatte er sie gefragt.

Sie musste ihn wohl angeschaut haben, als wäre er eine noch unbekannte Rasse aus Abyddhon.

„Das hat nichts miteinander zu tun", sagte sie. „Aber auch gar nichts."

Das Loch war eine ziemliche Herausforderung. Es lag am Hang, kurz bevor er zur Klippe anstieg. Gerade noch in Martenshof. Der zweite Stock war eine Schenke, da war auch der Haupteingang, am Hang und ebenerdig. Im Stockwerk darunter, auch mit ebenerdigem Zugang, wurde Jinsai verschnitten und abgepackt, das wusste sie vom Vastacken. Wenn der Vastacke da mit seinem Wissen reinging, gab das Krieg, und Blut würde fließen in den Straßen von Ost-Rhun. Sie war Miliz. Sie war ohnehin der Feind. Sie konnte das durchziehen. Der zweite Stock, über der Schenke war durch eine wackelige Holzbrücke von einem befestigten Saumpfad entlang der Klippe zu erreichen. Auch hier sollte keiner entwischen können; diesen Ausgang hatte sie sich mit Chik vorgenommen.

Danak sah sie aus dem Fenster rauskommen, im vierten Stock, ein Stockwerk über ihnen, direkt unter dem steilen Dach mit den den Erkern und Kaminen, gerade als sie selber mit Chik reingehen wollte. Erst kam ein kahlrasierter Schädel mit einem mächtigen Bart am Unterkiefer; der Kerl schaute sich nach rechts und links um, bevor er seinen Bullenleib durch den Fensterschlitz zwängte, sprang dann runter auf das schräge Dach des Schuppens. Er kam ungleich mit beiden Beinen auf, verlor für einen Moment das Gleichgewicht, fiel und wäre fast herabgerollt, fing sich aber mit dem Arm ab, sprang auf und lief über das Dach zu den Hinterhöfen hin, während auch schon der zweite kam, ein langes, dünnes Gestell mit Gesicht und Bart wie eine Ratte. Er kam besser auf, lief auch schon die Dachschräge entlang Richtung Sicherheit.

„Scheiße", fluchte Danak zu sich selber. Mit diesem Ausgang hatte keiner gerechnet. Und dass sie so schnell oben waren. Das hieß, die Kerle waren vorbereitet.

„Rein da, Chik, aber zackig. Alles, was türmen will, kriegt eins auf die Lichter."

Die Holzbrücke bebte unter ihrem Laufschritt. Sie trug mit Chik jeweils die Ramme rechts und links. Sie wuchteten sie im Schwung ihres Laufes gegen die Tür und das Holz barst. Sie flog in den Angeln einwärts. Ein, zwei Tritte erledigten den Rest, und sie waren drinnen.

Hier war's schummrig. Ein langer Eingangsraum mit Trägerbalken. Ein paar stumpfe Ölfackeln. Schatten, Gestalten, spurteten beim Einbruch des Lichts auseinander, wie ein Nest von Kellerasseln. Drei, vier zählte sie. Die wollen ebenfalls nach oben, durch das Fenster auf's Dach raus! Ramme fallen lassen, Fechtstab raus. Hinterher!

Von unten hallte Stimmengewirr herauf. Wildes Gebrülle, Kommandos ihrer Leute, Kampfgeräusche. Die Razzia lief!

Ein Schatten von oben! Sie wirft sich zu Seite. Eine Klinge saust an ihr vorbei, trifft klirrend auf den Schulterteil des Kürass. Der Kerl war auf ihr drauf. War aus dem Gebälk auf sie herabgesprungen.

Sie versucht ihm über die Schulter das Stabende der Fechtstange vor den Kopf zu hauen, aber der Kerl weicht zur anderen Seite aus. Sie ringen wild miteinander und prallen gegen einen der Pfeiler. Sie sieht noch Chiks Blick auf sich, als er den anderen hinterher spurtet. Prioritäten. Die Kerle erwischen. Donnert den Kerl, der sich auf ihr festklammert gleich noch einmal gegen den Balken, weil's so schön war. Der grunzt, seine Klinge klirrt zu Boden. Sie greift herum, kriegt ihn gepackt, hebelt ihn sich über den Rücken, dass er hart auf die Bretter knallt. Hat schon die Fechtstange auf dem Kehlkopf, bevor er noch versucht wieder hochzukommen.

Sie sah ihm ins Gesicht, der Kerl starrte mit Hass im Blick zurück. Schon älter, Aknenarben, konnte sich mit Chik die Hand geben. Blick auf die Arme, er trug ein ärmelloses Hemd: keine Tinte, kein Wolfskopf-Tattoo. Der war nur aus dem Umfeld. Mist. Kein Firnwolf.

Die Verhafteten wurden aus dem untersten Stock auf die Gasse hinausgeführt. Da trotteten sie nun in einer Reihe mit den Handfesseln die düstere Kerbe im Spalier der Häuser hinab. Für die Roschas war diese Gasse zu eng; sie mussten sie zur nächsten Querstraße hinabbringen.

„Drei Firnwölfe", sagte Sandros neben ihr. Seine schicke Frisur war bei dem Einsatz etwas durcheinander geraten. Er sah erregt und zerzaust aus. „Nicht mal hohe Ränge. Nicht gerade eine tolle Bilanz."

Auch nicht gerade das, was sie selber erwartet hatte.

„Wie sieht's mit dem Jinsai aus?"

„30 Tüten, nicht mal 100 Gramm verschnitten aber unverpackt. Nicht die Welt."

„Pech? Oder werden die Firnwölfe vorsichtig, weil sie gewarnt sind?"

„Schwer zu sagen. Ich klopf mal bei meinen eigenen Kontakten an."

„Und wir steigen mal den anderen Meuten auf's Dach." Das war der nächste Schritt.

Sie hoffte, dass es nicht zum Äußersten kam. Sie hoffte, dass sie nicht nach Firnhöhe raufmusste, um das zu lösen.

Sie hatte dem Vastacken versprochen aufzuräumen. Sie musste für Banátrass die Beteiligten an dem Waffenhandel zur Strecke bringen. Sie wollte hart durchgreifen und die Firnwölfe unschädlich machen. Mit den Methoden der Miliz. Aber sie wollte keinen Krieg. Davon hatte sie schon genug gesehen. Sie wollte nicht, dass Blut durch die Straßen von Rhun floss.

Es ließ ihr keine Ruhe, sie musste mehr darüber wissen. Wenn sich jemand damit auskannte, dann Choraik.

„Moloch-2?"

Choraik, der auf einer Steinmauer saß und sein Fladenbrot mit Schweinefleisch und Zwiebeln betrachtet hatte, als hätte er so etwas noch nie vorher gesehen, blickte zu ihr auf.

Über den Dächern und Zinnen war die Wolkendecke aufgebrochen und honigwarmes Sonnenlicht strömte auf den kleinen achteckigen Platz herab, am Rande von niedrigen Steinmauern umgeben, die ihn von den Gehwegen entlang der Häuser abgrenzte. In einem Toreingang gab es eine Stehschänke, wo es großartiges Zwiebelfleisch gab. Guter Ort für eine Mittagspause.

„Sie sagen der gestohlene Homunkulus wäre ein Moloch-2. Was ist der Unterschied zu dem Homunkulus, mit dem wir es im Gouverneurspalast zu tun hatten?"

Er senkte das in Wachspapier eingepackte Fladenbrot zwischen seine Schenkel ab, sorgsam bedacht, dass keine Zwiebel, kein Fleischkrümel herabfiel und seine makellose schwarze Uniform beflecken konnte.

„Das im Gouverneurspalast war ein Brannaik. Ein beschädigter noch dazu." Ja, sie nickte, sie wusste, was ein Brannaik war. „Diese Sorte Homunkuli gibt es schon seit Ewigkeiten. Tatsächlich seit Ewigkeiten. Viele davon waren in alten, unterirdischen Magazinen eingelagert. Ich habe gehört, Eisenkrone hätte solche auch im Krieg gegen die Idirische Armee eingesetzt. Sie sind aber noch immer tauglich. Viele davon sind auch beim Kampf in Norgond gegen euren schwarzen General und bei der anschließenden Invasion zum Einsatz gekommen. Aber kein Kinphaure, der eine Wahl hat, würde sich so einen zum Körper nehmen."

Was erzählte der da? Irgendwie wurde ihr klar, dass sie, obwohl sie sich bemühte, mehr als die meisten Vanareer, sie noch immer verdammt wenig über die Kultur der Kinphauren wusste.

„Ein Moloch ist ein neuer Typ Homunkulus. Andere Schädelform, ein Hauptauge, zwei Nebenaugen, andere Panzerung. Andere Waffen. Keine langen graden Klingen sondern dreiteilige Klauen zum Ausfahren. Aber was wichtiger ist, viel widerstandsfähiger und stärker. Eine Vernichtungsmaschine. Der Moloch-2 ist eine Weiterentwicklung vom Standardtyp, der meist bei der Invasion eingesetzt wurde. Ein Moloch-2 geht so ziemlich durch alles durch. Und hinterlässt eine blutige Spur auf seinem Weg."

Blut in den Straßen von Rhun.

Der Brannaik-Homunkulus, der den Heereskommandanten Vaukhan angegriffen hatte, er hatte keinen Unterschied gemacht zwischen Feinden und Unschuldigen, Unbeteiligten.

Sie wollte nicht, dass so ein Ding hier Blut vergoss. Nicht in Rhun, nicht in einer andere Stadt dort draußen im Protektorat. Wo genauso gut wie hier unschuldige Zivilisten lebten.

Dennoch. Das hieß, dass sie zumindest indirekt gegen die Rebellen vorgehen mussten. Das Letzte, was sie wollte: in so was reingezogen zu werden. Ließ sie sich zu so etwas missbrauchen?

Um Unschuldige zu schützen …

Das Boot war eine bekannte Gunwaz-Höhle. Es gehörte den Korsaren, die den südlichen Teil der Schleusenkanäle Ost-Rhuns kontrollierten. Die Firnwölfe drängten auch in dieses Revier, und das konnte den Korsaren ganz gewaltig nicht schmecken.

Vielleicht hatten sie etwas gehört, was den Homunkulus anging. Etwas über die Firnwölfe. Etwas über die andere Bande bei diesem Deal. Irgendwer, der das Maul nicht halten konnte, irgendetwas, das durchgesickert war. War wert, das einmal auszuloten. Die Häfen, die Kanäle, die Vlichten, das alles war ein unübersichtliches Netz, und der Wasserweg war immerhin eine Möglichkeit, wie man einen Homunkuluskörper unbemerkt aus Rhun rausschaffen konnte.

Korsaren. Nachthämmer, Rotfänge, Paladine, die kamen als nächstes dran. Alle waren neben den Rattenfürsten direkte Konkurrenten der Firnwölfe, und ihnen war vielleicht daran gelegen durch die Blume irgendeine Information rausrutschen zu lassen, die ihren expandierenden Feinden eine Schlappe beibringen konnte. Dann ließ man vielleicht auch einmal außer Acht, was der Kodex übers Quatschen mit Gänsehütern sagte. Es gab immer Mittel und Wege, Informationen indirekt zuzuspielen.

Das schwere, bauchige Hausboot dümpelte am Kai und einem Steg festgetäut auf dem Wasser des Kanals. Es war nichts weiter als ein großer hölzerner Kasten auf einem Schiffsrumpf, zu den

Seiten hin überkragend, mit einem schmalen, halsbrecherischen Umlauf.

Drei Korsaren waren auf dem Schiff. Die anderen, die sich um die Gäste kümmerte, waren keine Meutenangehörigen. Die Korsaren machten keine Schwierigkeiten, waren verdutzt, sie über den Steg auf das Schiff marschieren zu sehen, sie, Sandros und Chik. Choraik konnten sie schlecht mitnehmen. Der sah auch ohne bleiche Haut dermaßen nach Kinphaure aus, dass sich die Lippen der Revierhunde sofort schlagartig versiegeln würden. Miliziuniform so offen getragen kam auch nicht besonders gut an. An Choraiks Aussehen konnten sie nichts ändern, die Sache mit seiner Dienstkleidung aber mussten sie demnächst ernsthaft angehen. Schon jetzt musste er mitkriegen, wie sehr ihn die Uniform bei dem, was sie durchzogen, behinderte. Und entweder wollte er dabei sein oder nicht. Herr Ich-habe-mir-die-Stelle-in-Ihrem-Kader-freiwillig-ausgesucht. Herr Zwei-Monde-Speer.

Sandros kannte einen der Korsaren auf dem Boot, meinte vorher schon, dass er ihm unter der Hand mal was erzählte, was noch eben nicht die Grenze zum Ratte-Sein überschritt. Insofern war ein Kontakt schon hergestellt.

Sandros und der Korsar quatschten locker miteinander, auch die anderen beiden bald mit drin, als wären sie alte Kumpels. Dass man ihre Gunwaz-Höhle hier nicht hochnehmen wollte, war schon bald klar. Man wusste, woran man bei Danaks Kader war. Man wusste, wo ihre Interessen lagen. Wahrscheinlich ging unter der Hand auch rum, dass zwischen ihr und dem Vastacken ein stilles Einvernehmen herrschen musste. Also keine Panik. Keine dünnen Nerven, keine kurze Zündschnur. Alles locker: drei Korsaren, drei Gänsehüter, ein lockerer Plausch. Dass mehr dahinter steckte, lag in der Luft, aber warum deshalb Blut in die Augen kriegen. Kein Hass.

„Ich wette, Lenk hat's arrangiert. War zuerst bei den Firnwölfen. Übler Kerl."

„Hey komm, Lenk war nicht übel. Harter Typ, aber nicht link. Firnwolf oder nicht, war immer fair. Du musst von ihm gehört haben, San."

„Wenn's der Lenk ist, den ich meine", gab Sandros zurück, elegant wie immer an einen Balken gelehnt. „Endlos langes, drahtiges Gestell. Gesicht, als hätte ihm seine Mutti nicht genug zu essen gegeben und dafür würde er dich gleich büßen lassen. Immer schnell mit den Messern."

„Genau der. Hat sich irgendwann vom Acker gemacht. Vor zwei Jahren etwa. Als die Kinphauren sich hier richtig breit machten. Ist ins Niemandsland abgezogen. Über die Grenze, bevor sie die mit Wächterketten dichtgemacht haben."

„Gehört einiges dazu."

„Sag ich doch, harter Typ. Kein Scheiß."

„Der hat den Deal mit den Firnwölfen klar gemacht. Wenn nicht der, wer dann?"

„Und wer steckt hinter ihm? Eine Freie Schar."

„Keinen Dunst. Vielleicht die Rebellen direkt."

„Würd' nicht zu Lenk passen."

„Ach was, so gut kennst du ihn? Gehst du öfter bei den Wölfen kuscheln, oder was. Gehst wohl ihren Muttis was wegstecken, Bruder?"

„Na klar, Mann. Die Hälfte der Firnwölfe muss Papa zu mir sagen."

Nicht mehr so spaßig war's dann, als Chik weiter nach hinten durchging, um sich die Gunwaz-Kammern anzusehen. Zum ersten, als er sich absetzte – das konnte aber noch mit einem kurzen Hinweis, wer sie waren und dass sie trotzdem und außerdem keinen Ärger machen wollten, abgewiegelt werden. Zum anderen, als er zurückkam und was gefunden hatte.

Sie hing in einer der Kojen, halb liegend, halb an die Wand gelehnt, die rauchende Gunwaz-Pfeife noch im Schoß. Zerkratztes Gesicht, blanke, weit aufgerissene Augen. Blick nach nirgendwo, nicht mal ins Leere. Die Hände, eine schlaff um die Pfeife, eine krabbelte auf der löcherigen Decke herum wie ein Insekt über das man ein Glas gestülpt hat und das komplett den Plan verloren hat. Die Nägel waren abgebrochen und mit Blut verkrustet.

Als hätte ihr ein Wächtergeist das Hirn zu Mus zerquetscht.

O mein Gott!, dachte Danak. Und etwas Kaltes, Fühlloses rührte sie an. Niemand verdiente so etwas. Egal ob er sich freiwillig irgendwelchen Scheiss einpfiff oder nicht. Niemand.

Sie wandte sich um, zu einem der Korsaren, der sich in die niedrige Kammertür hereinduckte, erschrecktes Gesicht.

„Ich nehme an, sie ist nicht schon so zu euch gekommen."

„Nicht unser Gunwaz", verteidigte der sich, zwischen gespielt empört und tatsächlich erschreckt. „Kann nicht sein. Unser Zeug ist sauber. Sie ist die erste, die ich hier sehe."

„Ist das so?" Nachdem sie im Rattenloch weiter nachgefragt hatten, stellte sich herausgestellt, dass der Mann ebenfalls Gunwaz-Konsument gewesen war. Irgendjemand verkaufte also unsauberes Gunwaz. Woher das Zeug bei dem Mann im Rattenloch gekommen war, war nicht mehr nachzuvollziehen. Er hatte mal hier, mal da gekauft. Wo er's gerade am billigsten kriegte. Oder schnorren konnte.

„Nicht auf unserem Boot. Nicht auf Korsaren-Boden", redete der Kerl in der Tür weiter. „Ich habe solche armen Teufel schon gesehen. Wer hat solche armen Teufel noch nicht gesehen?"

Oh, ich könnte dir ein paar nennen. Nicht ganz Rhun besteht aus Unterwelt. Es gibt auch noch eine andere Seite.

Konnte sein, dass er die Wahrheit sagte. Von Sandros wusste sie, die Korsaren brachten ihr Zeug nicht selber rein. Sie hatten nur ein paar profitable Gunwaz-Häuser; die direkte Verbindung zu einem Lieferanten ging nicht über sie. Der Gunwaz-Handel war, soweit sie das beurteilen konnte, reichlich unübersichtlich.

„Habt ihr in letzter Zeit einen neuen Zulieferer? Irgendeine ungewöhnliche Charge drunter?"

Der Korsar sah sie an, als hätte sie, eine Kadermilizionärin, ihm gerade ein unzüchtiges Angebot gemacht. Spreizte die Hände weg in seinem ärmellosen Wams. „Hey! Danak! Du bist Gänsehüter. Meinst du, ich erzähl dir so was? Kein Hass. Ihr kommt hier rein, schön und gut, aber das? Ich bin keine Ratte."

„Ich sehe hier vor allem eine Schweinerei, die wir zusammen bereinigen müssen. Schau sie dir an, wie sie da liegt. Kein schöner Anblick. Nicht gerade eine Werbung für euer Boot. Und so was spricht sich rum. Ihr wollt sicher nicht, dass die Leute Angst kriegen, dass sie sich bei euch irgendwelchen Dreck reinziehen, der ihnen das Hirn wegfaulen lässt. Und ich will nicht, dass so ein Dreck auf die Straße kommt, der die Leute zu ausgehöhlten Wracks macht."

Sie sah den Korsaren im Türrahmen an. Ein zweiter drängte sich jetzt neben ihn.

„Also", sagte sie, „lasst uns zusammen das Zeug von der Straße kriegen."

Zeit eine Nachricht für ihren Meutenhauptmann zu hinterlassen.

„Sag's Abanjaz. Wenn er will, kann er sich mit mir treffen. Lass uns drüber sprechen, was jeder von uns machen kann, damit diese Situation gelöst wird."

Die gleiche Nachricht hinterließ sie später bei den Nachthämmern, Rotfängen und Paladinen. Dreckiges Gunwaz ist schlecht für euer Geschäft. Lasst uns sehen, wie wir es von der Straße runterkriegen. Informationen an mich. Ich habe den Turm am Rock, somit die Waffen und die Muskeln, um die Sache und einiges an Aktionen durchzuziehen.

Ach ja, übrigens … Homunkulus. Klingt da eine Glocke bei euch? Firnwölfe und so?

Wenn ihr einer Meute, die sich in letzter Zeit gewaltig breit macht und auf fremde Territorien vordringt, auf die Füße treten wollt … Ihr wisst ja, wie man mir eine Nachricht zukommen lassen kann. Oder wenn irgendwer, den ihr gar nicht kennt und der nichts mit euch zu tun hat, was gehört hat … So etwas kommt schnell ans richtige Ohr, wenn derjenige nur mit dem Richtigen spricht. Ihr wisst schon …

Danak hoffte, dass sowohl zu dem Homunkulus als auch zu dem dreckigen Gunwaz bald irgendwelche Informationen kämen.

„Das Zeug kommt einfach aus allen möglichen Quellen", hatte Sandros gesagt, als sie das Gunwaz-Boot der Korsaren wieder verlassen hatten. „Seit die Kinphauren hier sind, stecken alle möglichen Zwischenhändler drin. Kleine Banden, die's aus großen Quellen haben und sowohl direkt auf der Straße als auch an andere Meuten verticken."

„So wie hier an das Gunwaz-Boot der Korsaren."

„Genau."

„So dass man ihnen glauben kann, wenn sie sagen, es ist nicht mehr wirklich nachzuvollziehen, woher das Gunwaz kam."

Sandros wog unschlüssig den Kopf hin und her. „Das wiederum kaufe ich ihnen nicht so ganz ab. Ich glaube aber, sie hängen sich an die Sache dran. Abanjaz will auch das Zeug von der Straße haben. Genau, wie du gesagt hast, Danak: Ist schlecht für das Geschäft."

Sie hatte ihre Botschaft an die Meuten ausgesandt. Sie wartete auf die Antworten.

Eine Botschaft kam zurück.

Danak sah in das zerschlagene Gesicht von Girik während Histan mit einem der Leute, die herumgestanden hatten, unterwegs war, irgendetwas zu holen, auf dem sie den schwer verletzten Gardisten transportieren konnten.

„Die Roscha ist schon unterwegs", rief Mercer ihr zu. „Gut, dass wir diese Orben-Dinger der Spitzohren haben."

„Der Mann muss so schnell wie möglich in ein Spital. Wer weiß, was der Messerstich erwischt hat und was er sonst noch an inneren Verletzungen von den Schlägen her hat." Während sie es sagte, hörte sie schon ein Dröhnen von Rädern auf Pflaster, wie ferner heranrollender Donner, sich ihnen nähern. Die Roscha kam. Sie sah die dunkle Form des Wagenaufbaus über den Köpfen der Menge.

„Ich hab' was." Histan kam mit dem Mann, der Hilfe angeboten hatte, aus einem der angrenzenden dreistöckigen Fachwerkhäuser. Was sie trugen, sah aus wie eine ausgehängte Tischplatte. Sie legten sie auf den Boden, und gemeinsam hoben sie Girik vorsichtig darauf. Er rollte den Kopf hin und her und stöhnte. Sie zog sein Hemd herunter, damit sie nicht mehr auf den kruden in die Brust eingeritzten Wolfskopf blicken musste. Ganz vorsichtig, aber da war eigentlich nichts mehr, was sie schlimmer machen konnte.

„Das nächste Spital ist das der Dirnamschwestern."

„Ist der Orden nicht vom Zwei-Gesichtigen Inaim? Dass sie den haben weiter bestehen lassen."

„Ich glaube, dem Einen Weg kam es nur darauf an, das Aidiras-Mysterium vernichtet zu sehen. Der Rest war egal."

„Quatscht nicht, schafft den Mann in die Roscha."

Girik war drin, der Wagen fuhr davon.

Sie bemerkte, dass Histans Blick auf ihr lag.

„Was ist?"

„Ferenkskall. Das ist ziemlich weit nach Westen. Wir sind eigentlich unterhalb von Derndtwall, nicht mehr von Firnhöhe."

„Ja und."

„Die Gegend liegt zwischen deiner Arbeit und deinem Zuhause."

Hatte sie auch schon bemerkt.

„Die haben sich einen Gardisten geschnappt", sagte Histan, „nach seinem Dienst. Einen, der mit uns zusammenarbeitet. Und haben ihn fertiggemacht. Die wussten, wo er wohnte."

„Und dafür werden wir sie uns holen. Dass der Krieg eröffnet ist, wissen wir spätestens jetzt."

„*Wen* werden wir uns holen? Bis zu welchen Rängen hin? Wie viel wird uns das kosten?"

Hatte sie auch schon überlegt. Um den Vastacken machte sie sich keine Sorgen. Der sollte froh sein, wenn sie unter den Firnwölfen ein bisschen aufräumte. Aber was würde Banátrass zufriedenstellen? Bis zum letzten Hintermann, hatte er gesagt. Was war genug? Was war genug, bis es umkippte und der Preis zu hoch wurde?

Ohne Kampf und Blut ging Eber, gingen die Firnwölfe nicht unter.

Eine ganze Meute ausrotten, das war zu viel. Das war das Letzte, was sie wollte.

Die Kinder waren im Bett. Sie saß mit Klann noch in der Küche.

Sie hatte es an diesem Abend so eingerichtet, dass sie früh genug zu Hause war, um die beiden selber ins Bett zu bringen. Sie hatte ihnen aus einer Sammlung klassischer Texte vorgelesen, für Kinder bearbeitet, Torarea, Murinja, das Übliche, dazwischen ein paar Ausschnitte, die im Original belassen waren. Die gefielen ihr am besten. Die mochten auch die Kinder am meisten. Auch wenn sie nicht alles verstanden, sie erlagen dem Rhythmus der Worte, fühlten die Melodie, die in ihnen lag. Heute hatte sie ihnen einen Ausschnitt aus dem Asrígavadhara vorgelesen.

„Und nachdem er nun hundert Jahre unter dem Eis des Sees geschlafen hatte

Und nachdem um die Marschen des gefrorenen Sees die große Stadt des Klans der Badhrada errichtet worden und gewachsen war,

Erhob sich Asrur aus seinem Hinterhalt, schüttelte die Decke des Frostes ab, dass Berge aus Eis brachen wie Harsch unter dem Schritt am Morgen

Und Brocken von Eis nach allen Seiten von ihm absprengten und wie schwerer Hagel auf die Stadt der Badhrada herabfielen …"

Bernim lag unter seiner Decke, war dabei wegzudösen. Liova blickte im Kerzendunkel zu ihr hin, hing an ihren Lippen. „Noch einmal drücken", sagte sie, als sie das Buch zur Seite legte. Liova kuschelte sich an sie. Sie spürte ihre warmen Wangen, das struppige Haar. „Komm doch immer so früh nach Hause. Bring uns doch immer ins Bett, ja?"

„Ich tu, was ich kann", sagte sie und verspürte einen Stich. „Aber ich bin immer für euch da. Ich denk an euch, auch wenn ich nicht da bin, und trage euch immer in meinem Herzen."

Jetzt saß sie mit Klann am Küchentisch und sie fühlte seinen Blick auf sich. Sie sah von ihrem Bierkrug auf.

„Kann sein, dass ich die nächsten Tage in der Druvernsburg oder in einem Gardenhaus übernachte."

Sein Blick blieb ruhig, nur seine buschigen Brauen zogen sich eine Spur mehr zusammen.

„Der Weg nach Hause ist im Moment nicht mehr sicher", erklärte sie. „Ich liege im Krieg mit den Firnwölfen, und die haben sich von ihrem Hügel runtergewagt und kommen bis zur Kupfergrube. Auch nach Westen. Zu den Hafenkanälen hin. Ihr Territorium schiebt sich also wie ein Riegel genau in meinen Nachhauseweg rein."

Er sah sie nur an, wie immer, ein Fels der Ruhe.

„Du weißt was du tust", sagte er dann. „Du machst das schon lange. Krieg kennst du."

Und dann nach einer Weile. „Krieg wolltest du keinen mehr. Bist du dir sicher?" Wieder eine Pause. „Dass du ihn jetzt für die Richtigen führst."

„Wie wär's mit für dich und für die Kinder? Und für alle, die genauso sind?" Sie hatte ihn angeblafft. Eigentlich hatte sie nicht so heftig werden wollen. Ihre Nerven waren anscheinend dünner als sie gedacht hatte.

Klann brummte, ein kurzer, aber bestimmter Laut. „Wenn das so *ist*."

Sie liebten sich in dieser Nacht. Klann schweigsam und stark. Sie empfand ihren eigenen Körper seltsam roh im Gedränge der Glieder. Doch dann verscheuchte sie alle Gedanken und gab sich ganz dem Gefühl hin. Nach dem Höhepunkt fiel sie eng an ihn gedrängt schwer und satt in einen Schlaf. Erwachte bald daraus und döste dann flach vor sich hin zu einem mäkelnden, sich beharkenden Chor unablässig murmelnder Gedanken.

Der nächste Morgen brachte nicht viel. Das Haus, dass der Vastacke ihnen als ein Nest der Firnwölfe angegeben hatte, war verlassen. Ein leeres Haus mitten in Ost-Rhun. Die Möbel, Alltagsgegenstände zurückgelassen, als wäre dieser Standort Hals über Kopf geräumt worden. Sie und die Gardisten liefen durch die Räume, Armbrüste im Anschlag, immer auf der Hut, ob jemand hier nicht doch im Hinterhalt lag.

Als komplett verlassen erwies sich das Haus jedoch letztlich nicht. Jemand hatte in den verwaisten Räumen Zuflucht gesucht. Kein Firnwolf.

Sie fanden in einem der Zimmer, in eine Schlafkoje zurückgezogen einen weiteren Gunwaz-Toten. Die Zeichen sprachen für sich. Der leere Blick aus vorquellenden Augen, Speichel am Kinn herab, unartikuliertes Gebrabbel.

„Arme Sau", sagte sie.

„Hat es sich so ausgesucht."

Sie wandte sich zu Choraik um, der neben sie getreten war und gesprochen hatte.

„Auf so dreckige, elende Art zu sterben, sucht sich keiner aus", sagte sie.

Er fasste sie in seinen Blick, Gletschereisflackern zwischen geschlitzten Lidern.

„Danak", sagte er. „Sie schenken dieser Sache zu viel Beachtung. Der Aufruf an die Meuten. Dreckiges Gunwaz von der Straße bringen. Was soll das?"

Sie maßen sich mit Blicken. Sie blickte hoch in sein Gesicht, er musterte sie weiter von oben herab.

„Seien Sie doch froh", sprach Choraik weiter, „dass sich dieser Unrat selber vernichtet. Das ist doch nichts weiter als der Bodensatz der menschlichen Gesellschaft. Niemandem nütze, niemand vermisst sie. Nur Treibgut über das die graden Klingen auf ihrem Weg stolpern."

Sie sah ihm hart in die Augen. „Sie meinen das ernst."

„Jeder trifft seine Entscheidung." Ohne mit der Wimper zu zucken.

„Ja. Und ich frage mich gerade, ob Ihre Entscheidung, unserem Kader beizutreten, wirklich so gut für uns alle war."

Sie wollte sich abwenden, raus aus dem engen staubigen Raum, da fühlte sie seine Hand auf ihrem Oberarm. Sie fuhr herum.

„Danak", sagte er. Und dann: „Ich gebe Ihnen einen guten Rat. Lassen Sie das sein. Lassen Sie die Finger von der Sache."

Sie riss ihren Arm los und ließ ihn hinter sich zurück.

Drecksspitzel! Drecksspitzohr!

Sie hatte sich gerade, über den Wassertrog im engen Hof des Gardenhauses gebeugt, frisch für den Tag gemacht, da kam Sandros zusammen mit Choraik durch den Bogen des Toreingangs angetrabt.

Choraik grüßte sie mit einem kurzen Nicken, seinem Gesicht war aber ansonsten nichts abzulesen. Wortlos verschwand er mit einem Kleiderbündel über dem Arm im Innern des Gardehauses, wohl um sich umzukleiden.

„Mann, der Junge ist ein harter Fall." Sandros gesellte sich zu ihr, während sie sich die Schnallen ihrer gepolsterten und gehärteten Lederweste schloss. Er steckte sich einen dieser südländischen Kräuterstengel zwischen die Lippen, zog eine Zündzange aus der Jackentasche und steckte sie sich an.

Sie konnte sich ein Grinsen nicht verkneifen. Sandros zielsicherer Geschmack bei Kleidung, das Ergebnis einer erlesenen Erziehung, dagegen bei Choraik das Kinphaurenwesen zusammen mit seiner asketischen Ader. Sie konnte sich vorstellen, dass das zu einer gewissen Beratungsresistenz führte.

„Dass er ein harter Fall ist, wusstest du vorher. Du hast dich freiwillig angeboten."

„Hätte ich ihn mit Mercer zum Kleidungeinkaufen losziehen lassen sollen? Dann hätten wir danach ein oder zwei weitere Ausfälle im Kader gehabt."

„Was habt ihr gesprochen?", fragte sie ihn.

„Du meinst, was ich ihm über uns verraten habe?" Sandros warf ihr einen schiefen Blick zu. „Ich habe ihm nichts gesagt. Ich habe ihm gar nichts gesagt. Du denkst auch, der Kerl ist ein Spitzel, den man uns in den Pelz gesetzt hat?"

„Ob er direkt ein Spitzel ist, weiß ich nicht. Möglich ist es. Wir sollten aber im Auge behalten, zu wem er Verbindungen hat."

„Als könnte das einer von uns vergessen. Er kommt mir aber, trotz seines ganzen kinphaurischen Gehabes und so, na ja, ziemlich eifrig vor."

„Muss ein Spitzel auch sein, wenn er nicht auffallen will. Sonst hätten sie ja direkt einen echten Kinphauren in der Uniform der Bannerklingen als Aufpasser schicken können."

„Na, zumindest können wir sicher sein, dass er nicht von der Kutte ist."

Sie sah Sandros mit gerunzelten Brauen an. „Meinst du nicht, die haben alle ihre Untergrund-Agenten abgezogen, als sie hier im Norden in den Widerstand gegangen sind?" Darüber hatte sie nie wirklich nachgedacht.

„Wieso?", meinte Sandros. „Jetzt wo sie Widerstand sind, macht es doch erst recht Sinn, ihre Leute getarnt in der Bevölkerung zu haben."

Ihre Unterhaltung wurde dadurch unterbrochen, dass Choraik aus dem Türbogen des Treppenaufgangs kam. Choraik blieb stehen, verharrte einen Moment, sich anscheinend bewusst, dass sie ihn eingehend musterten, ja anstarrten. Choraik wirkte noch immer ziemlich monochrom, der Schnitt war eher glatt und schlicht, aber es war ganz klar Straßenkleidung, was er trug. Menschliche Straßenkleidung. Na ja, am Gesicht und der Tinte darauf konnte man nichts machen. Und an der Art wie er sich bewegte.

„Kann's losgehen?", fragte er.

„Okay …" Sie tauschte Blicke mit Sandros. „Okay."

Hinter ihnen kamen die ersten Gardisten aus der Tür des Mannschaftsraums in den Hof. Klirren von Schnallen, Stimmen, die Frotzeleien austauschten.

Sie trat näher zu Choraik heran.

„Ich gebe Ihnen mal einen Tipp", sagte sie. „Kleidung ist nicht alles. Schauen Sie sich die Leute an, wie die sich auf den Straßen bewegen. Wie sie gehen. Mann, Choraik, werden Sie mal ein bisschen locker. Das ist kein Kinphaurenkastell. Sie müssen keine Angst haben, dass Ihnen jemand von einem verfehdeten Klan eine Klinge zwischen die Rippen jagt. Das sind die Straßen von Rhun."

Sein Blick lag eine ganze Weile auf ihr, eine Augenbraue war hochgezogen. Was hieß das? *Was weißt du denn schon?* Was wollte dieser Blick ihr sagen? Vielleicht: *Dies ist eine Stadt unter der Herrschaft der Kinphauren?*

Ja, mein Lieber, und du bist einer davon. Hast es dir so ausgesucht. Jeder trifft seine Entscheidung.

Es goss in Sturzbächen. Ganz Rhun war hinter Regenschleiern verborgen. Der erste große Herbstregen. Alle aus ihrer Truppe waren fast erleichtert, als das große Tor mit der Ramme aufgebrochen wurde und sie endlich reingehen konnten.

Das Klappern der Armbrüste und Stiefel auf dem Boden, Atemwölkchen in der Luft. Danak hatte den Eindruck, dass die ganze Vorhalle – nichts als ein großer, leerer Lagerraum – geradezu dampfte. Hier drinnen, in der klammen, dunklen Kühle, lag hellbrauner Staub in der Luft, und draußen prasselten trüb silbern glitzernde Regenmassen nieder. Zwischen Tragbalken hindurch fiel dünnes Licht von den hohen, quadratischen Fenstern her ein.

Der vordere Lagerraum war verlassen. Nur noch Wagenspuren auf dem Boden.

Sie fächerten aus, näherten sich der Hintertür der Halle, dem Eingang zum eigentlichen Kontorgebäude hin. War es früher jedenfalls mal. Jetzt war es eine Wolfshöhle. Und zwar eine, in der die Firnwölfe sich sicher fühlten. Eine, von der sie glaubten, dass niemand außerhalb ihres Kreises, ganz bestimmt nicht der Vastacke, über sie Bescheid wissen konnte. Aber der Vastacke hatte mit vielen Kreisen Frieden geschlossen, und daher wurde dem Vastacken vieles zugetragen. Er hatte viele Freunde an allen möglichen Orten sitzen. So ähnlich wie früher die Kutte. „Die Kutte ist an vielen Orten. Die Kutte weiß viele Dinge." Ha! Lang, lang ist's her.

Zwei Gardisten mit der Ramme nach vorn. Schnell durch die Tür, nicht viel Federlesen. Histan ging als erster. Winkte weiter, sein Umriss etwas verhangen im dunstig trüben Medium der Luft im Backsteindurchgang, ging weiter, Armbrust im Anschlag.

Sie ging mit den anderen rein, ihm hinterher. Direkt mit Sandros und Mercer. Aus dem kurzen Schlauch des Durchgangs raus in einen weiteren Raum. Hinter Histan her. Der blieb plötzlich stehen, sah sich um.

Das Geschoss bohrte sich mit Blitzgewalt in die Backsteinmassen, ließ sie nach allen Seiten auseinanderprasseln, Brocken, Mörtel, Splitter flogen umher.

Danak hatte Histan gesehen, wie er stehenblieb. Kannte ihn. Hatte sich zur Seite geworfen. Gegen Sandros, ihn mitgerissen. Das war ihre Rettung. Sonst hätte das Arbalestengeschoss sie voll erwischt. Staub lag in der Luft. Mercer war ebenfalls runtergegangen, in die Hocke hinter einer Brüstung. Die Umgebung war schwer zu übersehen, in all dem staubigen Dunst und Schuttgeriesel. Trägerwerk aus Balken, Mauern, Durchgänge. Schwer zu kontrollieren. Unter Kontor hatte sie sich etwas anderes vorgestellt.

Und jetzt? Nach vorne durch. Hier waren sie nur Zielscheibe. Sie klopfte Sandros auf den Rücken, der voller Mergelbrösel war, sprang hoch und nach vorn, Sandros folgte ihr.

Ein peitschenartiges Schnappen. Sie spürte den Lufthauch über sich hinweggehen, trieb ihr den Staub aus den Haaren.

Der Mergeldunst über ihr war schlagartig gespickt und durchsiebt von surrenden Pfeilbolzen. Eine stacheldurchschossene Hölle.

Sie spürte etwas hart an der Schulter ihres Küraß abprallen. Schräger Winkel, Glück gehabt, sprang hinter einen Balken, in Deckung, spürte dessen Holz beben unter den Einschlägen, direkt an ihrer Wange bohrte sich eine Bolzenspitze durch gespleißtes Holz, ein fortfliegender Splitter ritzte ihre Haut.

Woah, dachte sie, Schulter gegen den Pfeiler gestemmt, *verdammt schweres Kaliber. Die hängen da drüben. Eine Sturm-Arbaleste und was noch?* Sturmarmbrüste? Dann aber welche mit hoher Feuergeschwindigkeit. Schnellfeuerarmbrüste! Sie hatte von so was gehört. Die Kutte damals sollte so etwas in Entwicklung gehabt haben. Aber die Kinphauren hatten's schon längst, und die Firnwölfe hatten es ihnen jetzt geklaut.

Kurzer Blick herum. Sandros und Mercer ebenfalls in Deckung. Histan wahrscheinlich irgendwo da vorn; sie konnte ihn nicht sehen.

Mercer kam hinter der Mauerecke vor, Sturmarmbrust im Anschlag, schoss in die Richtung, aus der die Bolzen gekommen waren. Jetzt sah man sie aufspringen, zwei Schatten, zwei Gestalten, Waffen in ihre Richtung.

Es hagelte Pfeilbolzen. Mercer war längst wieder hinter der Mauer abgetaucht. Aber Putz und Mörtel spritzten dort weg. Vom Rest ihrer Truppe, der noch nicht den Durchgang passiert hatte, hörte sie nichts. Die waren draußen, sie waren drinnen. Sie stürzte vor, tief gebeugt, hin zur nächsten Deckung, ein bloßes Türloch ohne Füllung.

Wieder das peitschenartige Schnappen, ein Pfeifen durch die Luft, und die Mauer neben Mercer barst von einem erneuten Arbalesteneinschlag.

Sie wollte hoch, hörte das zirpende Pfeifen, war sofort wieder unten. Eine Bolzensalve. Ihre Schulter fühlte sich an, als hätte sie einen Schlag abgekriegt. Ein Pfeilbolzen steckte in ihrem Schulterpolster. Sie sah Sandros vorhechten, auf die Schützen zu, um einen besseren Standort zu kriegen.

Ein schweres Dröhnen ging durchs Gemäuer.

Knirschen und Prasseln. Es regnete Trümmerbrocken, Staub stieg auf. Was denn jetzt noch? Wieder ein Homunkulus?, durchfuhr es sie. Ein weiteres Donnern. Aus der falschen Richtung. – *Nein, aus der richtigen Richtung!*

Sie kam aus der Deckung hoch, sah durch die Schleier von Staub mehrere Gestalten durch ein grob weggebrochenes Loch in der Mauer schlüpfen und vorstürmen. Die eine hager und geschmeidig wie eine Pantherkatze. Dahinter, in den Trümmern des Durchbruchs, noch die Gardisten mit der Ramme.

Choraik. Hatte den richtigen Einfall gehabt. Nicht durch den Eingangskorridor, einfach direkt mit der Ramme durch die Wand.

Choraik stoppte im Lauf ab, schoss mit seiner Armbrust. Sie hörte einen Schrei. Sah die Schützen aus ihrer Deckung kommen, wegstürzen. Keiner mit Arbaleste darunter. Feuerten im Laufen ihre Waffen ab. Bolzensurren, aber schlecht gezielt.

Choraik, Chik bei ihm und die Gardisten stürmten vor, sie, Sandros und Mercer mit ihnen. Dort hinten hin wurd's enger. Der letzte der Schützen verschwand in einem Durchgang. Sie alle hinterher und durch. Sichern, alles klar. Rechts, links kleine Kabusen und Verschläge. Dahinter folgte wieder ein größerer Raum.

Dieser Raum war voll mit Fliehenden. Schatten hinter den Pfeilern, Menschen, die dazwischen hindurchdrängten. Die Stellung wurde aufgegeben. Sie brauchte einen Atemzug, um sich einen Überblick zu verschaffen.

Ein paar mit Säcken über der Schulter. Jinsai, das in Sicherheit gebracht werden sollte. Wo waren Firnwölfe, wo waren nur welche aus dem Umkreis?

Keine Zeit. Drauf, damit möglichst wenige entkamen. Die Gardisten hatten die Routine raus. Schnitten zuerst die Fluchtwege ab. Also die Spannarme eingeklappt, die Armbrüste eng an den Körper geschnallt, Fechtstangen raus.

Es gab ein wüstes Handgemenge, sie war mitten drin. Die meisten waren unbewaffnet, einfache Arbeiter. Mit quergehaltenen Fechtstangen wurden sie in einer Ecke zusammengetrieben. Zwischen den Pfeilern wehrten sich welche, versuchten sich freizukämpfen, ebenfalls mit Fechtstangen, oder Kurzschwertern. Dort hinter der letzten Pfeilerreihe waren noch weitere Leute. Sie sah sie gerade noch, durch das Getümmel der miteinander Ringenden hindurch. Wie sie versuchten zu entkommen. Ein geschlossener Trupp, sah wie eine eingespielte Einheit aus.

Kurzer Blick umher. Die hatten das im Griff. Also hinterher. Einer stolperte aus dem kämpfenden Pulk heraus ihr entgegen, sie stieß ihn mit der Fechtstange hart beiseite, war vorbei. Jemand hinter ihr.

Sie stürzte durch einen Torbogen, fand sich in einem engen Treppenhaus, dort oben ein Ausgang – sie sah gerade noch jemanden hindurch flüchten. Histan war bei ihr; er war es, der ihr gefolgt war. Beide stürmten sie die Stufen hinauf, zu der engen Eingangstür hoch.

Durch die Tür und, als würde man einen Vorhang durchbrechen, hinein in die herabströmenden Regenschleier. Silbernes, vielfach von den prasselnden Perlenschnüren der Tropfen gebrochenes Licht blendete ihre Augen. Wasser tropfte von ihren Brauen; sie wischte es fort. Dort vorne waren sie, eine Gruppe von Flüchtenden, kräftige, dunkel gekleidete Gestalten.

„Hinterher, Histan! Die schnappen wir uns!" Gemeinsam liefen sie los, die Gasse entlang, dahinter eine Treppenflucht, Lagerhäuser, Hintereingänge zu beiden Seiten. Ratten flüchteten zwischen Regenpfützen und Unrat. Die Stufen hoch, Keuchen im Regen, die Welt schwankte wild im Laufschritt, nur noch die Köpfe der Flüchtenden über der Kante der obersten Stufe sichtbar. „Aaah!" – Histans Schrei. War auf den rutschigen Stufen ausgeglitten, gestürzt. Keine Zeit. Sie war oben angekommen: Da waren sie wieder. Ja, eine eingespielte Einheit. Bogen in eine Nebengasse ab, die Ecke herum. Sie holte auf, konnte sie kriegen.

Sie schlidderte um die Ecke. Sie sah sie vor sich, zogen sich zurück. Aber langsam, nicht mehr im schnellen Laufschritt. Hatten jetzt abgestoppt.

Wie ein Wall hatten sie sich vor eine Gestalt geschoben, schützten sie mit ihren Körpern. Breite Schultern, vierschrötige Gesichter, dunkles Leder. Armbrüste. Zogen sich immer noch rasch zurück, rückwärts, blickten sie aber dabei an. Der in der Mitte, ein echter Koloss, groß und breit, wie ein Schrank, sein Blick wandte sich ihr zu, zwischen den Leibern seiner Beschützer hindurch. Ihre Blicke trafen sich und hielten einander. Unter dunklen, buschigen Brauen hervor schaute er sie an, kahler Schädel, breite Nase, mächtiger Bart. Eber. Das war er; sie erkannte ihn.

Der Hauptmann der Firnwölfe hielt ihren Blick einen weiteren Moment, hob die Hand und deutete dann mit dem Finger auf sie, visierte sie an wie über den Lauf einer Armbrust.

Dann wandte er sich wieder um, lief weiter. Hinter der Mauer seiner Leibgarde.

Keuchen neben ihr. Histan holte zu ihr auf. Sie hob den Arm wie eine Schranke, hielt ihn auf.

„Was ist?" Ungehalten.

„Nicht jetzt", sagte sie.

Er sah sie an. Sie deutete mit dem Kinn in die Regenschleier, in denen die Fliehenden soeben verschwanden.

„Das war Eber", sagte sie. „Mitsamt seiner Leibgarde."

Und sie waren nur zu zweit. Das würde Blut und Leben kosten. Nicht so. Nicht an diesem Tag.

Histan starrte ihnen hinterher, wandte sich zu ihr hin. Sie las in seinem Gesicht, dass er sie verstand. In dem ernsten, gesammelten Gesicht, Tropfen in den Furchen seiner Stirn, Tropfen fielen aus seinem durchnässten, dunklen, akkurat geschnittenen Bart. Dunkle Augen, gesammelter Blick. Er verstand.

Ein Preis in Blut und Leben. Nicht an diesem Tag.

An diesem Tag verhafteten sie drei weitere Firnwölfe und fast ein Dutzend Leute aus dem Umkreis. Es hatte zwei Tote auf der Gegenseite gegeben, darunter der Schütze mit der Arbaleste.

Choraik hatte ihn nach ihrem Vordringen durch die Mauer mit einem Bolzenschuss erledigt. Sie erbeuteten Sturmarbaleste und eine kinphaurische Sturmarmbrust. Die Arbaleste und die restlichen erbeuteten Waffen waren menschliche Fabrikate. Nicht aus dem Raub. Sie kriegten keine der Schnellfeuerarmbrüste in die Hand. Außerdem Jinsai im Straßenwert von 5.000 Pragta.

Ganz gute Bilanz, auch wenn sie auf mehr gehofft hatte. Es war ein steter, guter Feldzug. Nicht mehr und nicht weniger. Verdammt.

Sie erspähte den Rattenfürsten an der Straßenecke, schief an der Säule des Vordachs lehnend. Er starrte auffällig, fast aufreizend zu ihnen herüber, beide Daumen im Gürtel eingehakt, die Füße überkreuz.

Danak klopfte Sandros neben ihr auf die Schulter, löste sich aus ihrer Gruppe und schlenderte über die Straße zu ihm herüber. Er trat zurück, ließ sie gewissermaßen ein ins Dunkel des Überhangs, schmal und eng zwischen den breiten Pfeilern, so dass er fast etwas Höhlenartiges hatte.

„Vai Gau Nan lässt verlauten, dass er nicht sehr zufrieden ist." Schmaler Schnurrbart, dünnes Grinsen; sie hatte den Kerl schon beim Vastacken gesehen, kannte aber seinen Namen nicht. Und schon ging ihr der Kerl auf die Nerven.

„Aha."

„Vai Gau Nan lässt ausrichten, das alles liefe nicht so gut wie versprochen."

„Und? Was habe ich denn versprochen?"

„Unter sie fahren wie der Fuchs im Hühnerstall. So hieß es."

„Ich greife sie mir einen nach dem anderen, habe ich gesagt." Sie maß ihn mit einem eiskalten Blick von oben nach unten, doch das Grinsen im Mundwinkel wurde lediglich eine Spur starrer. Der Kerl konnte froh sein, dass sie sich zusammennahm und ihn nicht kurzerhand hier im Dunkel des Überbaus fertigmachte, wo kein Hahn danach krähte. Aber das wäre eine schlechte Nachricht an den Vastacken. „Und ich greife sie mir einen nach dem anderen. Vai Gau Nan hat mir Orte genannt, ich arbeite sie ab. Ich arbeite die Wölfe ab. Vai Gau Nan soll glücklich sein, dass ich das tue. Dass er feist in den Gärten sitzen kann, während jemand anderes die Arbeit erledigt."

„Die Arbeit läuft aber nicht so gut, lässt dir der Vastacke sagen."

„Wenn er mir das nächste Mal etwas sagen will, dann soll er das gefälligst selbst tun. Und nicht seinen Lakaien schicken."

Sie spürte, wie sie im Weggehen mit den Zähnen knirschte.

Ja, verdammt, das alles wusste sie doch auch.

9

Der Herbst hielt jetzt eindeutig Einzug in Rhun.

Die Wetterfahnen auf den Türmen quietschten, während sie sich um ihre Achse drehten, um mit dem unsteten Wind immer wieder ihre Richtung zu ändern. Es pfiff zuweilen zugig und kalt um die Häuserecken, Blätter von irgendwoher wirbelten um die steilen Dächer und Erker, taumelten die grauen, steilen Schindelhänge herab und sammelten sich in den Dachrinnen. Über die Stadt hinwegtreibende Wolken jagten ihre Schatten durch die Straßen. Die Farbe des Himmels zwischen ihren Bänken war nur noch von blassem Blau.

Die aufgefundenen Drogenwracks, welche die Zeichen der Vergiftung durch das dreckige Gunwaz aufwiesen, mehrten sich. Dass es Gunwaz war, was für die ausgebrannten lebenden Toten verantwortlich war, daran bestand für Danak kein Zweifel. So weit sich das noch herausfinden ließ, hatten alle diese Opfer Gunwaz konsumiert. Manche zwar auch andere Drogen, aber Gunwaz war der gemeinsame Nenner. Es fragte sich nur, welche Marge Gunwaz es war und aus welcher Quelle diese kam. Da das Zeug einige Zeit brauchte, bevor es seine Wirkung entfaltete, war das nachträglich schwer herauszufinden. Die Bleiche, so nannte man jetzt diese Seuche, welche die Kreise der Drogenbenutzer befallen hatte. Sie fraß das Hirn und ließ dich zurück wie eine geistlose, ausgeweidete Puppe.

Sandros klapperte seine Verbindungen ab, sie stiegen den Händlern, die sie kannten, an Straßenecken und Parks aufs Dach. Bisher kein Fingerzeig, kein Hinweis, der einen Durchbruch brachte.

Sie wusste nur, dass sie dieses Zeug von der Straße bringen musste, neben ihren Bemühungen, die Firnwölfe zu jagen und den gestohlenen Homunkulus zu finden. Sie sah die Opfer der Bleiche, normale Konsumenten, Prostituierte, aber auch verzweifelte Kriegswitwen, die versuchten, ihre Kinder allein durchzubringen und ab und zu bei einer Pfeife Trost suchten, und sie wusste, dies musste aufhören.

Das Zeug, das hierfür verantwortlich war, musste verschwinden.

Banátrass, ihr Milizhauptmann, rief sie zu sich.

Er erwartete sie in seinem Arbeitszimmer in der Druvernsburg, wie an jenem Tag, an dem Khrival gestorben war, diesmal jedoch ohne dass Besuch anwesend war. Er erwartete sie vor dem breiten Band des Diaphanumfensters mit dem Ausblick auf Rhun, die Hände auf dem Rücken verschränkt.

„Nun, wie steht es in der Sache um die gestohlenen Waffen und die Beteiligten?" Seine Hand wies auf den Stuhl vor seinem Schreibtisch.

„Vielen Dank, ich stehe lieber."

Banátrass nickte, Wohlwollen quoll aus seinem Lächeln. „Nun gut. Wie sie wollen. Also, Leutnant Kuidanak, wie kommen sie voran?"

„Einer der beiden beteiligten Banden hänge ich hart im Nacken." Sie gab ihm einen kurzen Abriss von den Razzien, den Zugriffen, wie sie einen Stützpunkt der Wölfe nach dem anderen dichtmachte.

„Und wie steht es um die andere an dem Handel beteiligte Gruppe? Haben Sie etwas über den Homunkulus herausgefunden?"

„Von der anderen Seite des Waffenhandels fehlt jede Spur. Nach der Sache in der Haikirion-Kirche sind sie untergetaucht. Aber das war zu erwarten. Gut möglich, dass sie sich nicht einmal mehr in Rhun aufhalten. Sie sind die Verbindung zu den Marodeuren; sie kommen wahrscheinlich aus dem Niemandsland. Erst wenn es eine Übergabe geben soll, werden sie wieder auftauchen und versuchen den Homunkuluskörper aus der Stadt herauszuschmuggeln. Dann werden wir sie uns schnappen. Wir haben überall unsere Verbindungen darauf angesetzt. Wenn eine solche Übergabe stattfinden soll, wird das irgendeinen Faden in unserem Netz zum Zittern bringen und wir werden einen Hinweis darauf erhalten."

Sie hielt inne, sah Banátrass gerade ins Gesicht.

„In unserem oder in Ihrem Netz", fuhr sie dann fort. „Sie haben ja ebenfalls Kreise, die Ihnen Informationen zutragen. Wie bei dem Hinweis auf die Übergabe in den Katakomben. Auch wenn man sich wünschen könnte, diese Quellen wären zuverlässiger. Oder würden Sie stärker ins Vertrauen ziehen."

Bestimmt bekam er nicht nur Informationen von den Kinphauren sondern auch aus den Kreisen des Einen Weges. Bevor dieser Orden das Idirische Reich vor der Invasion der Nichtmenschen verraten hatte und in den Aufstand gegangen war, hatte niemand geahnt, wie weitreichend deren Netz in der Bevölkerung war und wie sehr auch die Politik von den Mitgliedern ihrer Loge durchsetzt gewesen war.

Banátrass spitzte die Lippen, kniff die Augen zu einem schmalen Schlitz zusammen, sah sie mit leicht gehobenem Kinn an.

„Tatsache ist, Ihre Ergebnisse lassen auf sich warten", sagte er. Diesmal kein Wort dazu, dass sie beide doch im gleichen Boot saßen, was die Informationen der Kinphauren betraf. Keine Andeutung der Solidarität. Seit ihrem letzten Gespräch hatte der Wind sich gedreht. „Keine Ergebnisse. In beiden Punkten. Bei der unbekannten Bande, die Verbindung zu den Marodeuren haben könnte, und der Suche nach dem Homunkulus tappen sie im Dunkeln." Er zog mit ernstem Gesicht die Luft ein. „Das ist nicht die Ausbeute, die ich mir wünsche."

Was wusste denn dieser Ordensmann von ihrem Job? Was stellte dieser Kerl sich eigentlich vor, wie es auf den Straßen aussah?

„Ich kann keine Wunder vollbringen." Sie sagte es so ruhig wie möglich. „Ich kann niemanden jagen, der nicht da ist. Ich habe keine Armee, um ganz Rhun nach diesem Homunkulus zu durchforsten und auf den Kopf zu stellen. Ich muss mich auf mein Netz von Informanten und auf die bewährte Spürhundtaktik der Miliz verlassen. Ich habe auch keine Armee, um mit ihr hoch zur Firnhöhe zu marschieren und dort einen Straßenkrieg gegen Eber und seine Firnwölfe auf eigenem Territorium zu führen oder ihn in seinem Hauptquartier auszuräuchern. Oder gehört eine solche Armee etwa zu den umfassenden Befugnissen, die sie mir in Aussicht gestellt haben?" Bisher hatte sie jedenfalls nicht viel davon gespürt.

„Dann seien sie einfallsreich. Finden Sie andere Wege. Vielleicht würde Ihnen das besser gelingen, wenn sie ihre Energie auf diese eine Aufgabe konzentrieren würden, anstatt irgendeinen privaten Kreuzzug im Drogenmilieu zu führen."

„Meinen Sie mit Kreuzzug meinen Versuch, die Herkunft einer gefährlichen Droge aufzuspüren, der immer mehr Bürger von Rhun zum Opfer fallen?", schnaubte sie. „War es nicht mein ausdrücklicher Auftrag in Ost-Rhun aufzuräumen? Gehört dazu nicht auch der dort regierende Drogenhandel. Besonders in einem Fall, der die Bevölkerung in diesem Maß gefährdet."

„Bevölkerung? Darunter kann man es wohl kaum fassen. Wir reden von einem Haufen Drogensüchtiger und Krimineller. Wenn der ausgedünnt wird, na, umso besser. Kümmern sie sich um die wirklichen Probleme. Ich glaube, dass es sich bei ihrer Suche nach dem Ursprung dieser Drogentoten einfach um eine fixe Idee handelt. Eine gefährliche Droge, die dafür verantwortlich ist? Alle Drogen sind gefährlich. Sie bringen diejenigen, die sie nehmen, langsam um; so ist das mit Drogen. Und wissen Sie was? Es trifft die Richtigen. Das ist der Lauf der Welt. Gut, dass sich solche Sachen von selber erledigen.

Also. Lassen Sie die Finger von dieser Sache. So etwas wie eine ‚Bleiche' gibt es nicht. Es gibt auch keine geheimnisvolle Killerdroge. Hören Sie mit diesem Unsinn auf." Der Blick, mit dem er sie unter zusammengezogenen Augenbrauen ansah, war ernst und eindringlich. Machte einen auf Zuchtmeister. Schon wieder dieser Finger, mit dem er auf ihre Brust zielte. „Konzentrieren Sie sich auf das, was ich Ihnen anbetraut habe", sagte Banátrass, tippte mit seinem Finger drei Mal in Richtung ihrer Brust. Sie konnte nicht anders, sie musste darauf starren. Gepflegte Hände, manikürte Fingernägel. Was wusste so ein Kerl schon, wie es auf der Straße aussah? „Ich habe Ihnen diesen Auftrag, diese eine Chance gegeben. Weil ich Ihren Ruf kannte."

Sie sah von seinem Fingerchen auf, sah ihm direkt und erbittert in die Augen. Banátrass starrte zurück.

„Und? Wo bleibt sie nun, Ihre Härte?", fragte er. „Wo sind die Ergebnisse, die Sie mir versprochen haben?" Er setzte eine gedehnte Kunstpause. „Leutnant Kuidanak, enttäuschen Sie mich nicht."

Ihre Blicke waren starr ineinander verschränkt. Sie spürte, wie sich ihre Kiefermuskeln verspannten. Wieder fielen ihr die sonderbaren Augen auf, mit dieser dunklen, braunen Iris ohne jeden inneren Glanz, nur wie ein Funkeln, das sich auf Lackschichten fing.

„Hören Sie mich?", sagte Banátrass unvermittelt.

Ja, was denn wohl, du Arsch? Eins auf die Zähne, würde dir das als Antwort reichen, dass du meine volle Aufmerksamkeit hast? „Sie sprechen laut und deutlich. – Hauptmann", setzte sie zwischen zusammengebissenen Zähnen hinterher.

„Hören Sie mich wirklich, Leutnant Kuidanak?"

Wollte dieser Lackel sie wahrhaftig provozieren? Sie hätte ihm wirklich am liebsten jetzt, direkt hier die arrogante, wohlgebräunte Visage poliert. „Ja, das tue ich allerdings Hauptmann", knirschte sie. Hatte der Kerl eine Ahnung, wie knapp er von einer gebrochenen Nase entfernt war? Und sie davor, ihren Job zu verlieren. Sie spürte das Glühen, das in ihrem Blick lag, aber Banátrass wich nicht zurück, noch zuckte er mit der Wimper.

„Gut", sagte er stattdessen. „Dann sage ich es Ihnen noch einmal. Der Homunkuluskörper muss auf jeden Fall gefunden werden. Er darf nicht in die Hände der Marodeure fallen. Wir müssen ihn zurückhaben. Das ist Ihre oberste Priorität." Wieder dieser gepflegte Finger, der in ihre Richtung zielte. „Dafür haften Sie mir."

Sie ließ ihn eine Weile stehen, mit seinem tollen Satz auf den Lippen. Dann sagte sie, „Lassen Sie mich meine Arbeit tun." Ruhig, aber immer noch zwischen zusammengebissenen Zähnen. „Reden Sie mir nicht rein. Dann werden Sie Ergebnisse sehen. Dann bekommen Sie auch Ihren Homunkulus."

Banátrass maß sie noch einmal, nickte. Diesmal kerbte sich die Spur eines Lächelns in seine Mundwinkel. Es lag nicht viel Humor darin.

„Leutnant Kuidanak", sagte er langsam und gesetzt, als seien Silben und Worte ein Satz von Kenan-Steinen, die er gemächlich in einer Reihe auslegte. „Ich kann Ihnen Ihren Kader wegnehmen. Einfach so." Die Andeutung eines kalten Lächelns war in seinem Mundwinkel eingefroren. „Betrachten Sie das nicht als eine leere Drohung." Erneute Pause.

„Sie sind oft mit Hauptmann Vyrkanen zusammengerasselt, und er hat Ihnen dabei bestimmt gedroht – so wie ich es jetzt tue. Trotzdem haben Sie keine schweren Konsequenzen zu spüren bekommen. Weil er wusste, dass Sie Ergebnisse bringen.

Ich allerdings", er breitete die Arme aus, „ich bin neu hier. Und ich habe von Ihnen noch keine großartigen Ergebnisse gesehen.

Nur irgendwelche Phantomjagden nach geheimnisvollen Drogen, die nur alles in Unruhe versetzen und überhaupt nichts bringen.

Also: Alle Uhren stehen auf Null. Die Karten werden neu gemischt.

Wer Erfolg hat, bleibt und kann sogar aufsteigen. Wer nicht ... fliegt raus.

Also, Leutnant Kuidanak, ich kann Ihnen Kader und Rang wegnehmen"

Er blickte ihr tief in die Augen, hob sein gebräuntes, ringgeschmücktes Händchen, stach noch einmal mit dem Finger in ihre Richtung.

„Ergebnisse."

Sofort nachdem Leutnant Kuidanak gegangen war, machte sich Kylar Banátrass auf den Weg hoch zum Engelsberg. Sein mächtiger Pate hatte ihn über eine Orbusbotschaft zu sich gerufen. Und das Bevollmächtigte Beil des Roten Dolches Khi var'n Sipach Dharkunt, seine Verbindung zum Klan der Khivar, ließ man nicht warten.

Auch dieses Mal wieder spürte er den Ruck, als er in seinem Wagen das mit den Wächtergeistern gesicherte Portal zum inneren Bezirk durchquerte, diesen dumpfen, bohrenden Druck bis tief in seinen Kopf. Wieder wurde er von zwei rotgewappneten Verschworenen des Klingensterns erwartet und durch Treppenhäuser und Gänge zu var'n Sipachs Amtsraum geführt. Und wieder stand der Ankchorai vor der doppelflügeligen Tür Wache.

Nur dieses Mal folgte der bizarr veränderte Hüne mit den zerfetzten Ohren ihm durch diese Tür hindurch. Er spürte dessen mächtigen Schatten in seinem Nacken, als sie im Raum durch die portalartige Anordnung von Steinplatten schritten und dann vor var'n Sipach, dem Bevollmächtigen Beil des Heereskommandanten Vaukhan standen.

„Ich hoffe, Sie haben Leutnant Kuidanak ein wenig die Richtung gewiesen, in der sie ihre Aktivitäten entfalten soll", sagte var'n Sipach hinter der massiven Wucht seines Schreibtisches thronend, nachdem sie ihre Begrüßungsformeln ausgetauscht hatten. Die geschwungenen Lippen zeigten ein zufriedenes Lächeln. „Sie haben da eine ausgezeichnete Kriegerin in Ihren Reihen. Aber ich möchte sie ganz eindeutig von der Verfolgung dieser Drogenaffäre abgezogen sehen. Sie soll wissen, dass hier nicht länger die heuchlerischen Regeln des sogenannten Ethos eines Idirischen Reiches gelten, denen sie zu folgen hat. Sie ist jetzt frei, den wirklich wichtigen Aufgaben nachzugehen."

Var'n Sipach sah ihn prüfend an. Seine Züge wurden eingefasst von den Formen des Bildnisfrieses, vor dem er saß, und in diesem Moment erschien es Banátrass, als richteten sich die Augen, der darin eingearbeiteten Gesichter im Verein mit denen des Kinphauren geradewegs auf ihn und würden ihn durchbohren.

„Ost-Rhun reinigen", fuhr var'n Sipach fort, und das Lächeln kehrte wieder auf seine Lippen zurück, „das war der Auftrag, den Sie ihr gegeben haben. Das war vielleicht etwas, na ja, ... vage. Sie *konnte* das nur nach den alten Regeln auslegen, die sie bisher gewohnt war. Und über die sie, so ist es dokumentiert, öfter mit ihren allzu weichen Vorgesetzten in Konflikt geraten ist. Geben Sie ihr Zeit; sie ist eine gerade Klinge. Sie wird sich rasch in die neue Zeit einleben. Sie wird verstehen und prächtig gedeihen. Sie wird noch effektiver und erfolgreicher sein, als sie es vorher sein konnte und durfte."

Das Bevollmächtigte Beil schien ja von dieser Kuidanak sehr viel zu halten. Aber er sollte dabei nur nicht vergessen, dass sie *seine* Untergebene war. Seine Waffe.

Doch var'n Sipach redete weiter. „Wenn Menschen und Kinphauren hier gemeinsam leben sollen" sagte er, „dann brauchen wir ein Rhun der geraden Klingen. Den Athran-Mainchauraik ...Verzeihung, den Menschen fehlt dieses harte System der Auslese, das es in der Kinphaurengesellschaft gibt, und so kann in ihrer Gemeinschaft allerlei Unrat gedeihen. Sie haben nicht diesen gesunden Filter, der das Unwerte von vornherein aussiebt." Var'n Sipach hörte sich ja heute anscheinend gerne selber reden. „Einige aus Ihren Reihen mögen die Nase rümpfen über die Gesellschaftsstrukturen der Kinphauren mit ihren Klanfehden, ihren Abgrenzungen und Rivalitätskämpfen, ihren ..." – er verzog den Mund und sog durch die Nase ein, als genieße er das Bouquet eines schweren Weines – „... ihren *Grausamkeiten*. Aber das alles sorgt dafür, dass in unserer Gesellschaft nur die Klügsten und Stärksten überleben, solche die von Wert sind, nur jene, die es verdienen auch nach oben zu steigen.

Leute wie Kuidanak sind es, die es zu fördern gilt. Ich bin mir sicher, wäre sie in eine Kinphaurengesellschaft hineingeboren worden, sie hätte sich bereits jetzt in die oberen Ränge erhoben."

Na, wenn sich var'n Sipach da mal nicht irrte. Innerlich musste Banátrass lächeln, hielt aber wohlweislich seinen Mund. Anscheinend hatte var'n Sipach, als er ihr Choraik d'Vharn vorgestellt hatte, eine andere Vorna Kuidanak getroffen als er. Ja, Banátrass schätzte Kuidanak auch als ein wertvolles Gut auf seiner Haben-Seite ein. Aber sie musste geführt werden. Wie eine Waffe. Eine scharfe Waffe. Sonst war sie zu nichts nutze. Oder konnte sogar gefährlich werden.

„Also, halten Sie Leutnant Kuidanak von dieser Drogensache fern," sagte var'n Sipach jetzt, „dann werden Sie sehen, Sie werden nur Gewinn von ihrer Arbeit ernten."

„Ich habe Leutnant Kuidanak gemahnt, ihre Nachforschungen in dieser Richtung zu unterlassen", antwortete er dem Kinphauren.

„Gut." Var'n Sipach nickte zufrieden hinter seinem schweren, grabmalgleichen Schreibtisch. „Gut." Wieder hatte Banátrass das befremdliche Gefühl, die in den Bildnisfriesen eingemeißelten Gesichter folgten mit ihren Augen dem Blick des Kinphauren.

„Dann habe ich eine Neuigkeit, ein Stück Information, das mir von ergebenen Augen und Ohren hinterbracht wurde. Etwas, das Ihnen in der Sache mit dem Ihnen feindlich gesinnten Klann der Vhay-Mhrivarn weiterhelfen kann."

Aha. Banátrass hatte sich schon gefragt, ob ihn var'n Sipach nur wegen dieser Kuidanak und dieser Drogensache den Weg den Engelsberg hinauf habe machen lassen.

Var'n Sipach sah ihn ernst und wichtig an.

„Kutain Veren vom Klan der Vhay-Mhrivarn", sagte er, „sucht in jeder Vollmondnacht einen Entrückten Raum auf. Was er dort tut, wissen wir nicht. Wir nehmen an, dass es sich bei diesem Entrückten Raum um ein Adorationsgemach handelt. Kutain Veren ist sehr religiös. Dazu muss er das Kastell der Vhay-Mhrivarn verlassen, denn der Gewundene Weg dorthin beginnt an einem außerhalb gelegenen Ort, in einer verlassenen Kirche des Duomnon-Mysteriums. Er wird dabei nur von seinem Idarn-Khai-Leibwächter begleitet. Niemand sonst ist anwesend."

Var'n Sipach beugte sich hinter seinem Schreibtisch vor und fixierte ihn mit seinem Blick.

„Dies ist die seltene Gelegenheit, ein hohes Mitglied des Klans Vhay-Mhrivarn zu töten. Das ist Ihre Chance, Vergeltung für den Mord an ihrem Eisenbürgen zu üben. Sie können dadurch das Zeichen setzen, dass allein Klan Vhay-Mhrivarn davon abhalten kann, Ihre Ermordung voranzutreiben. Das ist Ihre Chance zu überleben", schloss var'n Sipach und ließ den Satz bedeutungsschwer im Raum hängen.

Banátrass Hals wurde eng. Er versuchte zu schlucken und sich gleichzeitig nichts anmerken zu lassen. War das die Hilfe, die var'n Sipach ihm in der Sache gegen den Klan Vhay-Mhrivarn versprochen hatte? Ein Bröckchen an Information. Und ließ ihn dann kalt im Regen stehen?

„Ich soll einen Idarn-Khai töten?" Er sah var'n Sipach verwundert an. „Ein Mitglied ihrer berüchtigten Kriegerkaste? Und danach dann Vhay-Mhrivarn Kutain Veren?"

„Nein", sagte var'n Sipach und hob die Hand zum Zeichen. „*Er* wird Vhay-Mhrivarn Kutain Veren töten."

Ein Schatten wanderte über die grabsteinschwere Schreibtischplatte. Der Ankchorai trat hinter seinem Rücken hervor und stellte sich stumm neben var'n Sipachs Tisch.

„Und er wird seinen Idarn-Khai Leibwächter am Leben lassen", sagte var'n Sipach mit dem Blick auf die stahlblitzende, rotumwallte Gestalt. Das Gesicht mit der auftätowierten Dämonenfratze starrte kalt auf Banátrass herab. Seine ganze hünenhafte Erscheinung strahlte eine Aura gewaltbereiter, monströser Bedrohlichkeit aus.

„Der Leibwächter", fuhr var'n Sipach fort, „muss am Leben bleiben. Damit er *Sie* sieht. Damit er die Botschaft an Klan Vhay-Mhrivarn übermittelt, dass Sie zurückgeschlagen haben. Dass Sie nicht berührbar sind." Var'n Sipach nickte ihm mit hartem, aufmunterndem Lächeln zu. „Dass Sie eine wehrhafte Klinge sind."

Var'n Sipach lehnte sich gemächlich hinter seinem Schreibtisch zurück. Er musterte den Ordensmann. Er genoss seinen Anblick. Er hatte tatsächlich die Frostklinge der Angst in das Herz des guten Hauptmanns Banátrass getrieben. Er sah die Welle der Erleichterung, die schließlich durch seine Glieder ging, als er ihm das Vorgehen darlegte. Geschickt geführt war der

Ordensmann eine gute Waffe. In Dingen, bei denen ihm selber wegen seiner Neutralität in Klansfragen die Hände gebunden waren. Aber er durfte ihn jetzt nicht vom Haken lassen.

„Der Idarn-Khai muss Sie sehen", sagte er deshalb. „Er muss Ihre Botschaft an Klan Vhay-Mhrivarn übermitteln. Sonst sind Sie tot. Sie müssen gesehen werden, sonst wird die Botschaft nicht anerkannt."

„Das heißt, ich werde Ihren Ankchorai begleiten, wenn er Vhay-Mhrivarn Kutain Veren bei seinem monatlichen Gang tötet und seinen Leibwächter außer Gefecht setzt."

„Richtig. Sie werden ihm gemeinsam auflauern. Der Ankchorai wird die Arbeit erledigen. Sie werden sich dem Idarn-Khai zeigen und Ihre Botschaft übermitteln. Sie werden ihm sagen, dass Sie eine wehrhafte Klinge sind."

„Und Sie sind sicher, dass es jeden Monat so abläuft."

„Unfehlbar jede Nacht bei Neumond verlässt Vhay-Mhrivarn Kutain Veren den Schutz des Kastells der Vhay-Mhrivarn und geht zu diesem Entrückten Raum. Dies ist die Gelegenheit ihn zu erwischen. Es gibt keine andere. Niemand anders ist dabei als sein Idarn-Khai-Leibwächter."

Er sah das Blitzen der Hoffnung in den Augen des Ordensmannes, aus dieser Ränke ungeschoren herauszukommen. Dieser Banátrass hatte nicht das Zeug dazu, in einer Kinphaurenwelt zu bestehen. Anders als diese Kuidanak. Sie hätte eine würdige Klingengattin abgegeben. Oder eine wehrhafte Ordenskriegerin der Virak-Shon.

So, jetzt noch die letzte Sache.

„Wir helfen Ihnen, gegenüber Klan Vhay-Mhrivarn die Oberhand zu gewinnen", sagte er, hielt dabei Banátrass eisern mit seinem Blick. „Doch dafür verlange ich, dass Sie das erfolgreich zu Ende bringen, was wir besprochen haben. Sorgen Sie dafür, dass der dem Klan Vhay-Mhrivarn aus ihren Magazinen gestohlene Homunkuluskörper sichergestellt und meinem Besitz unterstellt wird."

Er sah Banátrass rasch nicken. „Leutnant Kuidanak ist darauf angesetzt. Ich habe ihr die Priorität dieser Aufgabe sehr klar gemacht", sagte Banátrass.

Gut. Sehr gut. Der Ordensmann würde für ihn gegen Klan Vhay-Mhrivarn zwei Dolche ins Ziel treiben. Vhay-Mhrivarn Kutain Veren tot und die belastenden Beweise gegen Klan Vhay-

Mhrivarn, die im Seelenstein dieses Homunkuluskörpers eingeprägt waren, in seiner Hand.

Er ließ seinen Blick langsam und bedacht zwischen seinem Ankchorai-Leibwächter, der neben dem Schreibtisch aufragte und dem Milizhauptmann hin und her wandern.

„Denken Sie daran, Banátrass", sagte er, „bringen Sie mir den Homunkulus *nicht*, dann ist auch Ihre zweite und letzte Chance verspielt. Dann werden Sie den Posten als Milizhauptmann unumstößlich verlieren. Ich habe Sie dorthin gebracht, ich kann Ihnen diesen Posten auch wieder entziehen."

Er hatte ihm die Frostklinge der Angst ins Herz getrieben und sie noch einmal herumgedreht. Banátrass war eine gute Waffe, die es nur richtig zu führen galt.

„Wow, der Kupfergraben ist inzwischen auch schon ganz schön in die Jahre gekommen."

Sandros beugte sich über die Balustrade und sah in die Tiefe, hinab auf die untere Straßenebene. Ein Westwind, vom Fluss her durch die Straßenschlucht pfeifend, zauste ihm die goldblonden Strähnen seiner Frisur.

Machte aber nichts. Machte auch so noch einiges her. Auch mit seinem stoppeligen Drei-Tage-Bart. Auch jetzt noch, über das goldene Alter der Jugend hinweg. Machte ihn nur noch verwegener. Und eine kleine Spur verrucht. Danak erwischte sich, wie sie ihm auf den Hintern starrte, in seiner weichen, teuren Wildlederhose.

„Na, na, wir haben doch unseren wackeren Schmied zuhause." Sie wandte sich zur Seite und sah Histan schmunzelnd neben ihr stehen. Typisch Histan, ihm war ihr Blick nicht entgangen. Ihm entging nichts. Sie grinste zurück.

„Und die Kinder", fügte sie hinzu. „Musste nur gerade an Schinkenbrötchen denken, und dass ich heute Morgen noch nichts Richtiges gegessen habe."

Sie grinsten sich an.

„Keine Angst", meinte sie halblaut zu ihm. „Ich weiß genau, wo ich hingehöre. Auch wenn ich jetzt die ganzen letzten Tage hier unten übernachten musste."

„Gut, so was zu wissen", gab Histan ebenso leise zurück. Doch sein Blick schweifte bei der Antwort ab, folgte dem Verlauf der einstigen Prachtstraße, verlor sich in der Ferne. Und bekam etwas vage Trauriges, was sie bei ihm noch nie gesehen hatte. Ihr fiel auf, dass sie kaum wusste, wo Histan herkam. Noch, was er dort zurückgelassen hatte.

„Ich erinnere mich noch, als der Kupfergraben die heißeste Meile in Rhun war." Sandros stand noch immer an der Balustrade und blickte hinab. „Als er eröffnet wurde. Direkt nach dem Umbau." Er wandte sich zu ihnen um. „Mann, das war vielleicht ein Spektakel. Überall Fahnen und Banner, Musik, Blumengirlanden. Die Moridians auf der Ehrentribüne. Mit all dem anderen feinen Pack, das sich feierte, weil es glaubte Rhun könnte jetzt endgültig gegen das ferne, hehre Idirium anstinken. Und die schon den Strom der Pragta prasseln hörten, die ihnen das Projekt Kupfergraben, in das sie alle fleißig investiert hatten, in die Börsen bringen würde."

Er schnaufte, grinste sie an, fuhr sich mit der Hand über die Mundpartie, das unrasierte Kinn herab, in das die ersten Kerben des Reifens sich gemeißelt hatten.

„Tja", meinte er, „was so ein paar Jahre des Raubbaus und des schnellen Lebens mit einer vielversprechenden Meile anrichten können."

Er stand vor der Straßenschlucht, den Ausblick auf die andere Seite der zweiten Straßenebene in seinem Rücken. Ein bisschen selbstgefällig schon, wie er sich streckte, fand sie. Aber immer noch sexy. Hatte sie nie so gesehen, so eng, wie sie zusammen gearbeitet hatten. Aber sie konnte sich vorstellen, dass noch immer eine Menge Weibsvolk auf ihren verrucht schneidigen Korporal abfuhr. Er redete nie von seinem Privatleben, aber man kriegte ja so ein paar Sachen am Rande mit.

„Die Spuren der Zeit", meinte sie lakonisch, als er zu ihnen aufschloss, blickte an ihm vorbei noch einmal die Flucht des Kupfergrabens entlang. Papierfetzen und Blätter fegten im Wind über die Balustrade zur zweiten Ebene, auf der sie standen. Kalte Herbstböen von Westen her.

Tja, Läden, Etablissements und teure Wohnungen auf zwei Ebenen, eine breite Schlucht der Pracht und des Prunks, die sich durch den oberen Bereich des Stadtteils Ost-Rhun kerbte. Noch immer war der Kupfergraben als Bauwerk beeindruckend, aber die angesagte Meile in Rhun war er lange nicht mehr. Die Aufmerksamkeit der Öffentlichkeit war weitergewandert, hatte sich sich andere Reviere und Viertel auserkoren.

„Na gut", meinte sie und riss sich von dem Anblick los. „Du weisst, wo es langgeht, Sandros?"

„Wohnung im vierten Stock, zweite Ebene, Hinterhaus", entgegnete Sandros und ging schon auf die schmale Treppe zu, die steil in der engen Schlucht zwischen zwei Häuserfronten aufwärts führte. „Chik wird schon da sein und schaut sich den Tatort an."

Und nicht nur Chik war da und erwartete sie, als sie schließlich die Stiege bis fast unters Dach hochgeklettert waren. Durch die Flucht der Wohnungstüren und des engen Flures lugte ebenfalls ein hageres von Kinphaurentinte gezeichnetes Gesicht hervor.

„Was macht *der* denn hier", meinte Sandros, sich dezent zu ihr hindrehend. „Hieß es nicht, wir gehen hier alleine hin. Wer hat dem denn was gesteckt?"

Das war nun wirklich ungünstig. Gerade wo Banátrass sie energisch von der Sache zurückgepfiffen hatte. Und auch Choraik – so ein Zufall – vorher schon seinem Missfallen Ausdruck verliehen hatte. Da war doch glatt davon auszugehen, dass die beiden miteinander kurzgeschlossen waren und die Nachricht von dieser Sache hier schnurstracks bei ihrem Ordenshauptmann landen würde.

Und ihr Glücksgriff war für den Wind und die Tauben.

„Scheiße", zischte sie halblaut durch die Zähne vor sich hin, wollte sich durch den Flur und in die Wohnung drängen und Herrn Zwei-Monde-Speer schon ihr blankestes, feindseliges Lächeln zuwerfen, als sie sich umschaute und ihr dämmerte, dass hier irgendein Lächeln, welcher Art auch immer, vollkommen fehl am Platze war.

Das Opfer war kaum ansprechbar. Und ihr Ehemann war es auch nicht.

Sie war schon oft an Orten gewesen, wo es einen Todesfall in der Familie gegeben hatte, meist gewaltsamer Natur. Oft in fragwürdigem Milieu. Halbwelt und so. Kaputte Existenzen. Wo oft ein ungezügeltes Auf und Ab von Leidenschaft, Begierden und Schicksalsschlägen die Seelen und Gesichter ausgebrannt hatte. Aber ein Blick in die Züge des Mannes sagte ihr, dass der Fall hier etwas anders lag.

Sie versuchte sich nichts anmerken zu lassen, aber sie spürte, wie sie innerlich erstarrte.

Als hätte jemand Klann die Nachricht gebracht, dass sie im Einsatz ums Leben gekommen wäre.

Dunkles, gepflegtes Haar. Der Mann sah nicht dumm aus. Ihm stand die Bildung ins Gesicht geschrieben. Klare Züge, gerade Nase. Na ja, vielleicht nicht das stärkste Kinn. Dunkle Augen, in denen eine wache Intelligenz schlummern mochte. Jetzt sah er einfach nur gebrochen aus.

Wie seine Frau, dort auf dem zerwühlten und besudelten Ehebett. Nur auf eine ganz andere Art gebrochen.

Zerkratzte sanft gewölbte Stirn, blonde, fast weiße Haare in feinen, glatten Strähnen. Die ihr jetzt schweißnass an den Schläfen klebten. Hatte fast etwas Elfenhaftes. Nicht von den knochenbleichen Ränkeschmieden in Drachenhaut, sondern von diesem Ninrevolk, das in diesen entlegenen Burgen hausen sollte. Aber die Augen ... Weit offen, ins Nichts starrend, leer und verglüht. Abwesendes Lallen auf der Zunge.

Die Bleiche.

Trübes Licht fiel durch das kleine quadratische Fenster auf sie herab, und Danak stieg etwas aus den Eingeweiden in die Kehle hoch.

Ihr Glücksgriff.

Ihr Blick wanderte sofort zu Choraik herüber, abschätzend, sah hin, sah noch einmal hin, und bemerkte mit Erstaunen, dass es um seine Fassung auch nicht zum Besten bestellt war. Wobei ihm das nicht jeder sofort angesehen hätte. Bei seinem ausgezehrten Steingesicht.

Sie wandte sich an Chik, der bei dem Mann stand.

„Was ist mit dem Kerl hier drüber."

„Mercer hat ihn sich gegriffen. Hält ihn da oben."

„Na, dann ist ja die Truppe komplett." Mit einem Blick zu Choraik hin. Chik zuckte die Schultern wie um zu sagen, Nicht meine Schuld.

„Ich mach den Kerl alle! Ich mache ihn fertig. Die Ratte ist tot."

Der Mann des Opfers rastete aus, unvermittelt. Chik und sie warfen sich gerade noch in seinen Weg, griffen ihn sich an den Armen, jeder an einer Seite, als er losstürmen wollte, geradewegs zur Tür hin.

Der Mann entwickelte eine ziemliche Kraft in seiner hilflosen Wut und sie mussten sich beide mächtig anstrengen ihn festzuhalten, aber schließlich versiegte der Ausbruch, brach und zerbrach, so dass er schluchzend in sich zusammensackte und sie ihn jetzt festhalten mussten, damit er nicht zu Boden ging.

Gemeinsam bugsierten sie ihn auf einen Stuhl in der Ecke. Dabei blickte sie zur Seite hoch und sah, dass Choraik sich derweil nicht von seinem Platz gerührt hatte. Starr stand er da und besah sich die Szenerie.

Aus dem Mund des auf dem Stuhl zusammengesunkenen Mannes kam inzwischen nicht nur haltloses Schluchzen sondern auch Gestammel. Der Rotz lief ihm am Kinn runter. Arme Sau.

„Dieses Dreckschwein. Diese Ratte. Hat ihr das Zeug verkauft. Nach all dem. Wusste das genau und vertickt es ihr trotzdem, die geldgeile, asoziale Ratte. Wusste doch genau, was sie durchgemacht hat." Er hielt inne in seiner gramverzerrten Litanei, die hinter dem Vorhang wirr herabhängender, halblanger Haare auf den Dielenboden troff, hob Kopf und Blick zu ihnen hoch.

„Nur das eine Mal. Nur das eine Mal hat sie's genommen." Sein Kopf sank wieder herab; er heulte wieder Rotz und Wasser. „Nur das eine Mal … nur dieses eine Mal …"

Ja, genau. Daher: ihr Glücksgriff.

Und sie fühlte, wie ihr etwas bitter wie Galle in den Mundboden stieg.

Wenn das wirklich stimmte …

Histan war es, den wollte sie dabei haben, damit er sich den Dealer dort oben ansah, Sandros eigentlich auch. Aber der sollte hier bei Chik blieben, für den Fall, dass Choraik sich dumme Sachen überlegte, während Chik versuchte, aus dem Mann vernünftige Informationen rauszuholen.

„Histan, du kommst mit nach oben." Sie suchte Augenkontakt zu Sandros und deutete knapp mit dem Kopf zu ihrem feinen Kinphauren-Renegaten hin.

Histan folgte ihr aus der Wohnung und zu der steilen, schmalen Stiege, die hoch zum Dachboden führte, wo eigentlich niemand mehr wohnen sollte.

„Was war mit ihr?", fragte Histan, bevor sie hochstiegen. „Was hätte der Dealer wissen müssen?"

„Sie hatte eine Fehlgeburt", erklärte sie kurz. „So wie ich vorher von Chic gehört habe, haben die beiden es schon lange versucht, endlich hat's geklappt. Dann siebter Monat …"

„Mann, das ist spät." Histan sog die Luft durch die Zähne ein.

Ja, da hat es schon einen Namen, und man hat schon so viel mit dem, was da in einem tritt und sich regt, gesprochen, dass es ein fester Teil deiner Seele geworden ist. O mein Gott, sie war froh, dass sie so etwas nie hatte durchmachen müssen. Danke, Inaim, dass Liova und Bernim gesund und wohlgeraten waren.

„Kein Wunder, wenn sie in eine Depression fällt." Histan, eine Hand an der Stiege bot ihr den Vortritt.

Dem Kerl, der da oben hauste, stand tatsächlich kleiner Dealer ins Gesicht geschrieben und er roch so was von nach altem Rhuner Gossenadel. Was der Mann des Opfers da unten gesagt hatte, Ratte nämlich, traf es so ein bisschen. Der Mund zu schmal für seine schief gedrängten, fleckigen Zähne, die Augen zu flink in den faltendurchzogenen Gruben, um irgendwo hängen zu bleiben, erst recht nicht in deinem Blick. Er war schon verschüchtert allein von Mercers glühendem Wachhundfunkeln unter tiefgezogenen Brauen. Mercer war jemand, der die mühsam im Zaum gehaltene aggressive Energie nicht mal spielen musste.

„Du hast der Frau Gunwaz verkauft", sagte sie ohne jedes Vorspiel, als sie rasch auf ihn zuschritt.

„Hab' ich, ja." Er wand sich. „Aber es war sauber, ich verkauf nur sauberes Zeug." Bäumte sich auf einmal hoch, wie unter einem Anfall von Empörung, die Augen weit und fahl davon. „Ich werde doch nicht jemanden Gunwaz verkaufen, an dem er dann elend zugrunde geht."

Sie war bei ihm und drückte ihn im festen Griff bei der Schulter wieder auf den Stuhl zurück.

„Na, von dir kann sie es ja nur haben. Sie hat ja von keinem anderen gekauft."

Er wand sich weiter, sah nicht einmal in ihre Richtung hoch.

Dann kam der Blick doch hoch, direkt in ihre Augen. „Aber nur das eine Mal." Dann sofort wieder weg.

Sie schaute bedeutungsvoll zu Histan rüber, der nickte, sog durch die Nüstern ein.

Packte ihn sich, kippte ihn auf seinem Stuhl nach hinten.

„Wie, nur das eine Mal?", schnauzte er den Dealer an. „Du hast die Frau mit Gunwaz beliefert. Ein Mal gibt's bei Waz nicht." Histans Griff hielt ihn auf der Kippe, war das Einzige, was ihn mit seinem Stuhl am Hintenüberstürzen hinderte.

„Die war auf Gunwaz drauf", fuhr Histan ihn weiter an, sein Gesicht nah an dem des Dealers, der versuchte sich in sich selbst zu verkriechen. „So was wie nur einmal im Leben Gunwaz nehmen, das ist wie das Märchen vom Großvater Winter, der den Kindern Geschenke bringt. Die Frau hat sich das Zeug überall geholt. Und du hast dir gedacht, warum nicht selber daran verdienen und hast sie reichlich damit versorgt."

„Nein, nein. Es war wirklich nur das eine Mal."

„Hat sie noch irgendwo anders Gunwaz gekauft?"

„Nein, hat sie nicht."

„Und wie oft hast du sie versorgt?"

„Ein Mal. Nur das eine Mal. Ich schwöre es."

Treffer!

„Eine Chance!", brüllte Histan ihn an. „Eine einzige Chance hast du, deinen Arsch da rauszukriegen! Eine einzige! Nutz sie oder du bist dran! Hier! Jetzt!"

„Ja, ja …"

„Eine Chance! Also." Histans Finger vor dem Gesicht des Dealers. „Wo hast du das Gunwaz her, das du ihr vertickt hast?"

„Von Mirik. Von den Braunfräcken."

„Braunfräcke? Kenn ich nicht. Gibt's nicht. Du versuchst mich zu verscheißern. Das war sie, deine letzte …"

„Doch, doch, Braunfräcke, das ist eine ganz neue Krippe. Kleiner Haufen. Bringt Waz rein von was weiß ich wo. Guter Preis. Ich verscheißer' dich nicht."

Braunfräcke hatte Sandros erwähnt. Einen Mirik kannte sie, kannte Histan auch. Aber unter anderer Tinte.

„Und wer soll Mirik sein?"

„Ex-Paladin. Ist mit ein paar anderen bei der Valgaren-Meute raus und hat was Neues aufgezogen."

„Mirik hört sich aber gar nicht valgarisch an."

„Scheiße, die wenigsten von den Irren sind valgarisch. Ist nur ein Haufen blutgeiler Arschlöcher, die auf diesen ganzen Valgaren-Berserker-Kult abfahren. Orik ist Valgare, ein waschechter. Der hat das Ding aufgezogen. Mirik ist einer von Oriks Braunfräcken."

Histan atmete durch, der Dealer auf dem in die Luft gekippten Stuhl atmete gar nicht. Dann ließ Histan ihn mitsamt dem Stuhl wieder langsam herabsinken. Der Dealer sackte ein wenig zusammen.

„Und wo kann ich diesen Mirik finden?", fragte Histan.

Sie besprachen sich eine Stunde später, am Platz vor dem Gardenhaus Ost-Rhun.

„Was machen wir?"

„Was fragst du? Wir schnappen uns Mirik." Mercer scharrte mal wieder gewaltig mit den Hufen, dass es Funken schlug. „Ich kenne die Pflaume. Setz ihn unter Druck und er bricht ein."

Er hatte es nicht verstanden. Er war ja auch nicht dabei gewesen, als Banátrass sie so mit Nachdruck von der Gunwaz-Sache zurückgepfiffen hatte. „Ich kenne Mirik auch", sagte sie. „Aber darum geht's nicht. Was ist mit unserem gefärbten Freund?" Die Gelegenheit, allen mal kurz die Situation klarzumachen. Bevor Choraik zurückkam.

Knapp setzte sie die drei, Histan, Mercer, Chik, was Banátrass' und Choraiks vorherige Warnung betraf, auf den Stand der Dinge. Bei Histan und Chik sah man die Sautinen fast gleichzeitig fallen.

„Dann ist er wahrscheinlich jetzt gerade auf seinem pflichtergebenen Meldegang", meinte Histan trocken.

„Also ohne ihn. Sofort oder später?", fragte Mercer trocken.

Ihr Kader! Sie fühlte, wie eine Welle von Stolz in ihr hochstieg. Einen Moment hatte sie damit gerechnet, dass zumindest einer sich dafür aussprechen würde, die Sache fallenzulassen.

„Das heißt, wir müssen uns aufteilen. Wir gehen der Gunwaz-Sache weiter nach. Aber nur dann, wenn welche von uns frei sind, weil Choraik gerade mit dem Rest unterwegs ist."

„Können wir den Kerl nicht ganz loswerden? Ich meine ein faules Ei im Kader, das reisst die ganze Gruppe auseinander; das ist doch jetzt schon nur Krampf. Ich meine, bei unseren Einsätzen passiert doch mal schnell etwas. Gefährliche Sache. Gut möglich, dass da einer bei drauf geht."

„Geht nicht", erklärte sie Mercer. „Wenn Choraik was passiert, wird es eine Untersuchung durch die Kinphauren geben, und wir stehen unter Druck. Wenn sie nicht sofort unseren ganzen Kader auseinanderreißen oder ganz auflösen. Warum haben wir Choraik schließlich beim Vastacken rausgehalten?"

„Vorsicht. Kinphauren-Tinte im Anmarsch."

Gleichzeitig zu Chiks Worten pochte etwas kalt gegen ihre Hüfte. Der Orbus meldete sich.

Choraik bog um die Ecke, sah sie da stehen. Jeder andere hätte beim Anblick ihrer Gruppe und der Art, wie sie beieinander standen und ihn ansahen, gestoppt; er kam ruhig weiter auf sie zu. Nur das musternde Hin- und Herblitzen seiner Augen, zeigte, dass er die Situation erfasst hatte.

Sie hakte die Schatulle vom Gürtel, hielt das kugelförmige Behältnis mit dem Orbus darin auf der Handfläche vor sich hin und fixierte Choraik darüber hinweg.

„Ich gehe davon aus, dass Sie nicht *mir* gerade eine Botschaft übermittelt haben." Er zuckte mit keiner Miene. „Dann muss das hier also jemand anderes gewesen sein." Sie nickte in die Runde. „Ihr entschuldigt mich." Und mit einem Seitenblick zu Choraik „Unterhaltet euch schön."

Im Schatten eines Mauervorsprungs erweckte sie den Orbus zum Leben. Sie hielt die Kugel ins Dunkel, um die in der Luft erscheinenden Zeichen deutlicher sehen zu können. Und ging durch die Aufruf-Sequenz. Diesmal klappte es schon zügiger.

Die rote Lichtperle erschien und sie aktivierte die Botschaft, indem sie ihr die Symbole entgegenwarf.

„Es geht los." Das war Sandros' Stimme. Wenn er nicht warten konnte, bis er von seinem Treffen wieder bei ihnen zurück war, musste es wirklich dringend sein. „Jemand hat was aufgeschnappt. Die Homunkulus-Übergabe steht unmittelbar bevor. Ich habe was läuten hören von wegen Häfen. Ich bin aber an der Sache dran. Ich melde mich wenn ich Genaueres weiß."

Sie steckte den Orbus wieder in die Schatulle, ließ sie zuschnappen, lehnte sich gegen Mauer und atmete tief durch.

Das nahm ihnen zumindest die Entscheidung ab, ob man sich sofort um Mirik kümmern sollte. Puh, die Häfen. Das war hartes Territorium. Da machte man sich am besten gleich daran und sicherte sich genügend Hilfskräfte.

Sie biss die Zähne zusammen und schloss die Faust fest um die Orbusschatulle, hob sie hoch vor ihr Gesicht.

Ha, Banátrass. Jetzt kriegst du deine Ausbeute. Jetzt kriegst du, was du brauchst. Das wird dir dann wohl hoffentlich reichen, um uns in Ruhe zu lassen. Kein Rebellen-Scheiß mehr. Einfach nur die Straßen von Rhun sauber halten.

Damit sie endlich in guter, alter Manier ihre Arbeit weitermachen konnten.

10

War es noch ein Nieselregen, der beständig in der Luft hing, oder war das schon mehr?

Die Becken und Kanäle des Hafensystems von Rhun lagen in trübem Grau. Die Kälte kroch klamm durch alle Schichten der Kleidung und Panzerung. Nässe troff im Dunst von den Stahlteilen der Schleusentore.

Danak hörte das ungeduldige Stiefelscharren der anderen, die mit ihr im Schutz der Böschung hingeduckt lauerten, spürte, wie sie immer wieder nervös die Haltung wechselten. Sie schaute zur Seite, sah Sandros Regen aus dem Auge wegblinzeln, sah, wie es in einem Rinnsal seine Wangen herablief, hörte ihn schniefen, während er die herabgesunkene Waffe erneut mit Nachdruck anhob, prüfend den Spannhebel umfasste.

Ein weiterer kurzer Blick umher zeigte ihr, wo die anderen lagen. Gardisten mit ihnen zusammen in der Deckung der Böschung und Mauern am Kanalrand zum Wehr hin, weiter aufwärts hinter den Schuppen der andere Gardistentrupp unter Histan. Dann dort unten, der wesentlich kleinere, ohne ein Mitglied ihres Kaders als Leitung.

Vollkommen überfordert wahrscheinlich. Zu klein eben. Zu schwache Besetzung ihrer linken Flanke.

Sie schnaubte knapp mit grimmiger Befriedigung in sich hinein.

Aus dieser Richtung musste die andere Bande kommen. Die, mit der Verbindung zu den Marodeuren. Oder Marodeure selber. Was auch immer.

Sicher war, sie kamen vom Großwassertor her, dem Durchgang zwischen dem System der Kanäle und der Durne, dem Nadelöhr zwischen Fluss und dem Netz des Hafenlabyrinths. Sollten sie doch entkommen. Sollten sie sich doch davonmachen. Was wahrscheinlich war, bei der schwachen Besetzung ihrer linken Flanke. Sie waren schließlich keine Armee, die man gegen Marodeure einsetzte. Sie waren Miliz.

Wichtig war nur, der Homunkulus kam nicht davon. Und richtete keinen Schaden an. Wo auch immer. Gegen wen auch immer. Ob in Rhun oder bei einem Anschlag in einer anderen Stadt draußen im Protektorat. Und Banátrass bekam ihn und damit das, was er so dringend von ihr haben wollte. Das sollte ihm genügen. Mehr bekam er nicht.

Die Firnwölfe mussten von der anderen Seite zu dem Austauschpunkt kommen, von Norden her, unterhalb Derndtwalls, wo die äußersten Ausläufer der Kanäle in ihr Territorium hereinreichten. Um aus dieser Richtung zum Austauschpunkt zu kommen, mussten sie genau durch diese Schleusenkammer hindurch. Wenn die geschlossen wurde, saßen sie fest. Und mit ihnen der Homunkulus.

Der Homunkulus war wahrscheinlich jetzt und bis ihn ein Bannschreiber weckte, lediglich ein toter, kalter, schwer zu transportierender Körper. Da war der Wasserweg schon eine gute Lösung. Und einen zweiten Bannschreiber würden sie kaum dabei haben, nachdem Histan den ihren in den Katakomben erschossen hatte. Glatter, sauberer Bolzenschuss in die Stirn.

Die Schleusenkammer war eigentlich ein Relikt, längst geflutet, die Schleusentore weit geöffnet. Aber das Räderwerk des Schließmechanismus hatten sie wieder in Gang bringen können, nachdem sie mit Hämmern all den Rost und das verbackene Zeug abgeschlagen hatten und viel Öl über die Zahnräder und Hebelwerke gelaufen war.

Sie wandte den Kopf zu ihrer Linken hin, sah das scharfgeschnittene Profil, die Seite mit der Kinphaurentinte ihr abgewandt. Hätte fast einer von ihnen sein können, im grauen Zivil, den Küraß darüber.

Sollte Choraik sich die Operation doch genau ansehen und anschließend dem Herrn Hauptmann Vollzug melden. Die Sache mit der schwachen Besetzung der linken Flanke hatte er anscheinend nicht gespannt. Hatte jedenfalls kein Wort darüber verloren. Obwohl, bei ihm wusste man nie.

Choraik reckte, während sie ihn noch verstohlen musterte, plötzlich den Hals, verharrte einen Augenblick so. Dann wandte er sich abrupt zu ihr um, sah ihr mit seinem Gletscherblau direkt in die Augen. War das etwa ein Grinsen in seinem Mundwinkel? Freute sich der dürre Bastard etwa auf den Kampf? Ha, Kinphaure eben. In die Haut gebrannt.

„Sie kommen", flüsterte er.

Sie reckte ebenfalls den Hals, spähte über seine Schulter den Kanal hinab. Ja, da zeichnete sich ein dunkler Umriss durch die wehenden Schleier des Nieselregens ab. Dort kam durch das Kanalbecken ein Boot auf sie zu. Ein Fischerboot, so wie es aussah; ziemlich groß dafür.

Das mussten sie sein.

Wer kam sonst in diesen abgelegenen Teil der Kanäle. Und erst recht mit einem Fischerboot. Fischerboote hatten hier aber auch gar nichts verloren. Was hier im kalkig trüben Wasser herumschwamm, wollte sie nicht wissen und noch weniger auf dem Teller haben. Die ganzen Abwässer der Textilmanufakturen mit ihren Färbereien und auch von den Papiermühlen gingen in das Kanalsystem rein. Was hier drin schwamm hatte wahrscheinlich sieben Augen; oder gar keine.

Sie schnalzte laut und knallend mit der Zunge, dass alle auf sie aufmerksam wurden, deutet dann in Richtung des Fischerboots. Alle reckten sich in ihrer Deckung, entdeckten es dann, einer nach dem anderen, Sandros, Mercer, die Gardisten. Auch Histans Kopf sah sie dort drüben hochkommen.

Chik hing, für sie jetzt unsichtbar, an den Schleusenrädern, einer von Histans Gardisten auf der anderen Seite.

Langsam kam das Boot näher, und entlang der Reihe ihrer Leute rührten sich alle ungeduldig in der Deckung. Wurden zappelig in der Erwartung, dass es bald losging. Von der anderen Seite, von den Firnwölfen, bisher keine Spur. Aber die würden auch von Histans Truppe zuerst erspäht werden.

Sie war gespannt, wer auf dieser Seite dabei war. Wenn sie es überhaupt je erfahren würden.

Klamme Atemzüge, in nassem Aderwerk rann der Regen an ihrem Kürass herab und suchte sich den Weg in ihre Kleidung. Ihre Haare waren tropfnass und sie hatte das Gefühl sie müssten inzwischen wie Stacheln abstehen.

Sie strengte ihre Augen an, kniff sie kurz zusammen, um in den Nieselschleiern etwas zu erkennen. Wie alle anderen wahrscheinlich auch.

Zwei Gestalten standen an Deck, stakten das Gefährt mit langen Stangen voran. Sah soweit alles normal aus. Umhänge mit Kapuzen waren bei dem Wetter nicht ungewöhnlich. Obwohl, der eine musste ganz schön groß sein. Stieß die Stange mit langen Gliedern hinein, zog sie durch, beharrlich und stumm. War der andere der Hüne im grauen Mantel, der in den Katakomben die Truppe angeführt hatte? Wenn ja, dann musste der erste Kerl riesig sein.

Der kleinere der beiden rief etwas. Na ja, kleiner war gut.

Beide zogen sie die Stangen ein, blickten das Kanalbecken hinauf. Anscheinend befriedigt. Auf dem Fischerboot kam jetzt Bewegung auf. Leute kamen aus dem Deckaufbau. Fühlten sich anscheinend sicher jetzt. Eins, zwei, drei – sieben Leute. Mindestens eine davon, sah sie an der Gestalt und den Bewegungen, war eine Frau.

Der eine, der den Kahn gestakt hatte, kam jetzt nach vorne zum Bug. Es sah aus, als spähte er aufmerksam durch den Nieseldunst zum Wehr hin, dahin, wo sie lagen. Schaute sich die Sache an, ob die Luft rein war.

Dann rief er etwas nach hinten. Die riesenlange Gestalt setzte sich daraufhin in Bewegung und kam zu ihm an den Bug.

„Das muss ein Vastacke sein." Sie wandte sich zu Sandros, der neben ihr gesprochen hatte.

Richtig, so schlank und groß wie der war. Und Vastachi hatten scharfe Augen. Deshalb rief der Anführer ihn auch zu sich an den

– – –

Etwas irritierte sie am Rand ihres Blickfeldes. Ihr Kopf zuckte herum – eine Bewegung! Sie sah einen der Gardisten am äußersten Rand der Flanke, dort hinter dem kleinen Holzschuppen, mit den Armen schwenken. Das Zeichen! Die Firnwölfe näherten sich ebenfalls.

Mist, wenn jetzt nur nicht … Ihr Blick schoss wieder herüber zum Umriss des Fischerboots im trüben Grau.

Verdammt! Der Vastachi am Bug war erstarrt. Blickte direkt zu ihnen herüber. Der Mann neben ihm im grauen Mantel hatte ihm den Blick zugewandt. So als warte er auf eine Reaktion von ihm.

Könnte er von dort auf dem Boot, wo er stand, tatsächlich den Gardisten hinter dem Schuppen gesehen haben? Eigentlich doch nicht. Vielleicht den Schatten einer Bewegung; mit den scharfen Augen des Vastachi.

Oder er hatte Chik oder den zweiten Gardisten an den Schleusenrädern erspäht.

Der vermummte Vastachi spähte noch immer vollkommen erstarrt, wie eine Krähe auf dem Dachfirst in den Regen. Danaks

Zähne gruben sich in ihre Unterlippe. Verdammt, lass den dürren Dreckskerl bloß nicht …

Ah, er drehte sich zu seinem Anführer hin. Blickte wieder zurück. Direkt zu ihnen hin. Sie sog scharf die Luft ein.

Jaaa, langsam, ganz langsam wandte er sich wieder ab. Schien jetzt ein paar Worte zu ihrem Anführer zu sprechen.

Ihre Schultern senkten sich langsam aus der Anspannung. Ein kurzes Blitzen aus Choraiks Augen zu ihr herüber.

Was waren das nur für Leute? Von gemischten Meuten, die auch Vastachi in ihren Reihen hatten, wusste sie nichts. Es gab den Vastacken, in den Gärten, der war der Hauptmann der Rattenfürsten und Punkt. Und bei den Rebellen? Warum? Vastachi hatten mit alle dem nichts zu tun. Hielten sich an niemandem auf, hingen dort, wo man sie antraf, in kleinen Kolonien beieinander, die wenig Kontakt mit anderen Rassen hatten.

Ein seltsamer Haufen war das. Vielleicht eine Freie Schar.

Ein Blick zu ihrer rechten Flanke, zu Histans Abteilung hin, zeigte ihr, dass man sich jetzt auch dort ruhig hielt, trotz der Annäherung der Firnwölfe. Einer der Gardisten saß ja ebenfalls, genau wie Chik, an den Rädern des Schleusentores und wartete nur auf ein Zeichen, um es zu schließen.

Jenseits der Schuppen sah sie jetzt ebenfalls langsam einen dunklen Umriss in ihren Blick kommen. Ein schwerer Lastkahn kam in Sicht, plump der Rumpf, flach und breit, lang durch Planen abgedeckt der Mittelteil, ein Deckaufbau nach hinten raus. Drei Firnwölfe stakten auf jeder Seite.

Mussten Firnwölfe sein, obwohl auf die Entfernung kein graues Fell an ihrem Rock zu erkennen war. Trugen sie wahrscheinlich auch nicht. Das wäre bei einer solchen Übergabe ein wenig dreist gewesen.

Näher und näher kam der Kahn, das Fischerboot der anderen Truppe lag im Kanalwasser, das jetzt unter verstärktem Regen grünlich Blasen warf. Der Vastachi wie eine Statue starr am Bug, der Kerl im grauen Mantel wie ein kleinerer Schatten neben ihm, machte die Größe wett durch eine imposante Statur, das konnte man schon allein am Umriss erkennen.

Beinah war der Lastkahn der Wölfe bei der Schleuse. Dann konnten sich erst die Schleusenbacken vor ihm, dann hinter ihm schließen. Dann hatten sie ihn, den Homunkulus.

Der Kopf des Vastachi unter der Kapuze zuckte kurz hin und her. Dann schrie er etwas, das Danak nicht verstehen konnte.

Verdammt!

Er hatte etwas bemerkt.

Unruhe entstand auf dem Fischerboot. Alles lief umher. Der Vastachi und der Hüne im grauen Mantel berieten sich, der Vastachi deutete mit ausgestrecktem Arm nach vorne, direkt auf das alte Wehr.

Was hatte der Kerl nur gesehen?

Danak, Choraik und Sandros wechselten unruhige Blicke hin und her.

„Ich hoffe, die Gardistentruppe dort unten tut das Richtige", zischte Choraik zwischen zusammengebissenen Zähnen.

Ein Schrei! Von dem Fischerboot her.

„Zurück!" Der Mann im grauen Mantel schwenkte die Arme und brüllte über den Kanal, dem Lastkahn der Firnwölfe entgegen. „Umkehren! Das ist eine Falle! Zurück! Sofort zurück!" Er brüllte weiter, während der Vastachi und zwei andere zu Stangen griffen, sie durchzogen und das Boot zur Kanalmauer hin lenkten.

Danak sah, wie man auf dem Lastkahn, der sich von der anderen Seite her näherte, stutzte, schwieg, dann durcheinander rief. Jemand anderes kam aus dem Aufbau heraus und trat hinzu. War das Daek, Ebers Leutnant?

„Scheiße, und jetzt?" Sandros war kurz davor aufzuspringen.

„Fuck!" Ihre ganze Anspannung brach sich in der kurzen peitschenscharfen Silbe Bahn. Die Sache war geplatzt. Das beruhigte sich garantiert nicht wieder. Diese Chance kam nicht noch ein Mal. Jetzt – den Homunkulus sichern! Alles andere war zweitrangig.

Abrupt zog sie den Hebel am Schaft ihrer Armbrust herunter, die Spannarme schnappten ein. Sie sprang auf, warf sich die Schusswaffe am Gurt über die Schulter.

„Los, zur Schleuse runter! Schnell!" Schon im Laufen schwenkte sie heftig die Arme in Histans Richtung.

„Histan, die Schleuse schließen! Jetzt!"

Sie sah ihn noch halbgeduckt, wie er lauschte, kurz zögerte, dann in Richtung des oberen Schleusentores, zu Chik und dem anderen Gardisten herüberschrie.

„Die Enterhaken! Holt das Ding an Land!", brüllte sie noch hinterher.

Sie rannte den schmalen Pfad direkt am Rand der Kanalmauer entlang, ihr Blick auf das obere Tor schwankte im Rhythmus ihres Laufens. Ja, die Torbacken ruckten, Wasser gurgelte um sie herum, die Räder drehten sich, der schwere Arm mit dem massiven Gegengewicht kam in Bewegung. Der Gardist von Histans Trupp hatte reagiert.

Hinter sich hörte sie den harten Tritt der Stiefel, Rasseln und Klirren, wusste, dass ihre Leute ihr folgten. Da hinten, in ihrem Rücken ging etwas ab, beim Boot der zweiten Gruppe. Sie hörte Geschrei. Wahrscheinlich die Gardisten, die jetzt auch eingriffen. Keine Zeit dafür!

Sie spurtete weiter, am Kanalrand entlang, schon an den ersten der Reihe aus Histans Trupp vorbei, nur den Rhythmus ihrer Füße im Blick und das Schleusentor vor ihnen, das langsam vom Rand her in den Kanal schwenkte. Ein sich ausklappender Steg von beiden Seiten her.

Nah genug war es. Sie konnten es schaffen. Der Kahn der Firnwölfe war direkt davor.

Wie die Schwingen eines gewaltigen Vogels flog ihr eigener Schatten im diffus weichen Licht über sie hinweg.

Helligkeit überholte ihren Spurt wie eine bleiche Welle. Von weit hinter ihr hörte sie etwas wie ein lautes Zischen und Fauchen. Sie hörte die Rufe, „Scheiße, was ist das? – „Zur Hölle ...", war schon bei der Schleusenbrücke, streifte nur im Vorbeilaufen mit ihrem Blick Chik, der sich an dem Rad abplackte, die Torbacken zu schließen, gespannte Arme, Stöhnen und Schnaufen an den großen Speichen des Räderwerks.

Da war der Rand der Kaimauer, da war der Torflügel, der sich langsam in die Fahrtrinne klappte, das schwere, nässedunkle, hölzerne Tor, der schmale Steg darauf mit dem einseitigen, klapprigen Geländer. Da war die Steinfassung glänzend und schlüpfrig vor Nässe unter ihrem Tritt. Schwung holen, springen.

Sie flog durch die Luft – einen Moment, in Regenschleiern, kaltes, bleichgrünes Wasser unter ihr.

Das Tor, der Steg darauf. Mit beiden Füßen kam sie auf. Sie schwankte, das Ding bewegte sich. Gegen die Richtung ihres Schwankens, war drauf, lief weiter über den ausschwenkenden Steg des Tores. Der schräg auf den breiten Lastkahn wies. Wie viel? Drei Meter? Vier Meter? Im Sprung, abwärts – konnte klappen.

Die Kante, das Ende des Schleusenstegs.

Wieder flog sie durch die Luft. Die Männer auf dem Kahn, Firnwölfe, sahen sie, gestikulierten, rannten nach vorn zum Bug.

Sie fiel durch kalten Niesel dem stumpfen Bug entgegen.

Kam mit den Füßen auf. Stürzte nach vorn, Schatten vor ihr.

Sie rollte über Planken, die Armbrust prallte auf, grub sich in ihre Seite. *Hochkommen, gleich sind sie über dir!* Ein weiterer Aufprall auf den Planken hinter ihr.

Ein Tritt, schwerer Stiefel. Er streifte sie nur – weil sie schon mit dessen Schwung abrollte. Auf die Knie, sah einen Schatten, warf sich zur Seite.

Knapp, sie entging dem Stoß eines Fechtspeers, kam hoch und griff selber nach dem Holster über ihrer Schulter. Sah in der Bewegung, dass Sandros ebenfalls an Deck gelandet war. Sah Choraik durch die Luft auf den Bug zu fliegen.

Dann hielt sie ihre Waffe in der Hand und musste sich ihres Gegners erwehren. Ein weiterer Stoß, den sie abfing. Die Fechtstange jetzt vorgestreckt. Für einen Moment wünschte sie sich eine scharfe Waffe in ihre Hand.

Sie hörte Kampflärm hinter sich, während sie und ihr Gegner sich maßen. Sandros und Choraik waren auf dem Boot und griffen in das Handgemenge ein.

Ihr Gegner war ganz klar ein Firnwolf, wenn auch heute nicht in Meutenkluft. Er attackierte schnell, fühlte sich wohl überlegen mit der scharfen Waffe. Sie fing seine Angriffe mit kurzen Hieben ab, rechts, links, das Klingen der Eisenstange gegen seinen Stahl wie ein rascher Schmiedehammerhagel auf Klanns Amboss.

Der Wolf war verdutzt, wie mühelos sie die Hiebe abfing, kurzer Sekundenbruchteil nur, das reichte – dann wirbelte sie die Fechtstange aufwärts, und er hatte sie an der Schläfe und stürzte seitlich weg, ein ganzer Trupp von Firnwölfen praktisch im gleichen Moment über ihn hinweg. Und auf sie.

Sie tanzte herum, versuchte den Gegnern auszuweichen, damit sie sich selber in die Quere kamen auf dem engen Raum des Kahns.

Zu viert, zu viert waren sie jetzt auf dem Kahn gegen die Firnwölfe. Ihr Kader hatte es geschafft im Sprung, keiner vom

Rest der Gardisten. Und das Boot entfernte sich bereits von den Schleusenbacken.

Die Firnwölfe waren in der Überzahl und kreisten sie am Bug ein.

Wenn nur Histan jetzt reagierte.

Histan Vohlt hatte Danak hart an der Kante des Kanals an sich vorbeispurten gesehen, Sandros, Choraik und Mercer direkt auf ihren Fersen. Klar, bei den Gardisten fiel die Sautine nicht ganz so schnell. Sein Kader. Fühlte sich gut an, ein Teil davon zu sein. Wenn auch nur erst für die kurze Zeit. Er spürte, wie seine Mundwinkel sich zu einem Lächeln verzogen.

Weg damit. Pack das Gefühl weg. Lass dich nicht davon verwirren.

Hier liegen Aufgaben vor dir. Das hier ist eine kritische Situation.

Eine plötzliche Helligkeit durchflutete die Regenschleier. Sein Kopf zuckte herum in Richtung der Lichtquelle.

Den Kanal hinab. Zum Boot dieser zusammengewürfelten Schar.

Ein Nebel breitete sich dort schnell aus, wie ein sich blähender Ball. Direkt von der Stelle, wo die Besatzung des Fischerboots versuchte an Land zu gehen. Schwefelgeflacker sah er darin herumblitzen, wie von Wetterleuchten. Es tanzte durch die Nebelbank, welche die Kante des Kais entlangkroch und in unregelmäßig verzweigten Armen weiterwanderte, direkt auf die Front aufgestörter Gardisten zu, die gerade zuschlagen und sich die Schar auf dem Fischerboot greifen wollten.

Niemals unterschätzen. Es ging los.

Histan Vohlt nahm sich ein paar Atemzüge, die Situation zu taxieren.

Der Homunkulus war dort unten an Bord. Danak hatte ihm klare Anweisungen gegeben. Für Fälle wie jetzt hatte es vorher Absprachen gegeben. Es war klar, was man von ihm erwartete.

Ja, er sah gerade den letzten der vier, Mercer, über den Schleusensteg rennen, in einem Satz loshechten, Danak hinterher, auf den Lastkahn der Firnwölfe hinab.

Histan setzte hoch zum Böschungsrand, die Gardisten seines Trupps kamen ebenfalls aus der Deckung, hielten schon die

Enterhaken mit den Taurollen in der Hand. Die dort drüben würden sich schon etwas ausdenken. Waren schon dabei.

Die ersten Gardisten warfen bereits ihre Haken zu dem Boot der Firnwölfe herüber.

Ein wenig schwankend stoppte Histan an der Kante des Kanals ab, blickte hinunter auf das Schiff.

Es war tatsächlich schon dabei, sich allmählich vom Ufer und den zuklappenden Schleusenbacken zu entfernen. Die Wölfe stemmten sich mächtig in die Stangen. Vorne am Bug waren Danak und die drei anderen in ein hartes Handgemenge gegen eine Überzahl verwickelt. Drei Mann mit Fechtstangen, der Renegat mit einem Kinphaurenschwert. Die Fechtstange, der Fechtspeer, das waren für Choraik unbekannte Waffen, mit denen er keinerlei Übung hatte. Noch hielten sie sich ganz wacker. Das Terrain, der durch die Breite des Kahns begrenzte Raum am Bug, arbeitete für sie. Er sah Danak stolpern, fast stürzen, ihr Gegner setzte ihr nach, aber da war Sandros Fechtstange – das Keulenende fuhr dem Firnwolf dumpf vor die Stirn und der taumelte zurück. Sie waren gut, sie waren eingespielt.

Zwei der Enterhaken hatten sich bereits an dem Lastkahn verkeilt. Die Gardisten, die sie geworfen hatten, zogen die Leinen stramm. Weitere Haken wurden zur dunklen Masse des Kahns herübergeschleudert.

Danak hatte ihm klare Anweisungen gegeben. Es war klar, was man von ihm erwartete.

Danak und seine Kadergefährten waren da drüben auf dem Kahn. In einer gefährlichen Situation. Die, wenn er und die Gardisten hier nicht richtig handelten, für Danak und die anderen übel ausgehen konnte.

Lass dich nicht von Gefühlen verwirren. Entscheide. Behalte einen klaren Kopf.

Chik warf sich mit seiner ganzen Körperkraft in die letzte Umdrehung des Schleusenrads. Geschafft, die Schleusenbacken hatten sich jetzt vollständig geschlossen. Endlich konnte er selber in das Gefecht eingreifen. Er fieberte, zu sehen, was da vor sich ging. Dass nicht alles nach Plan lief, hatte er schon erkannt, als er Danak und danach die anderen über den Schleusensteg rennen sah.

Er stieg die Leiter zum Laufgang hinauf, verschaffte sich einen Überblick. Sah rasch, was vor sich ging. Wie Danak, Mercer, Sandros und Choraik auf dem Kahn in ein übles Gefecht verwickelt waren. Wie die Gardisten vom Ufer versuchten, mit Enterhaken den Kahn der Firnwölfe an Land zu ziehen.

Da war Histan. Er stand da, hart am Rand des Kais, beobachtete das Ganze. Arbeitete wahrscheinlich mal wieder zuerst an einem Plan. Was war da groß zu planen? Der Kahn musste an Land. So einfach war das.

Chik sah, wie Firnwölfe zur dem Ufer zugewandten Bootsseite eilten, Klingen zogen, um auf die Seile einzuhacken. Einer stand auf dem Aufbau, der an der Plane entlanglief, rief etwas. Das war Daek, Ebers Leutnant, der auch in den Katakomben dabei gewesen war. Dann stand die Operation also unter seinem Kommando. Auf seinen Befehl hin eilten weitere Firnwölfe zum Bootsrand, maßen kurz den Haufen von Gardisten oben auf der Kaimauer, der versuchte ihren Kahn zum Ufer zu ziehen, und hoben ihre Armbrüste.

Kinphaurische Sturmarmbrüste. Wahrscheinlich aus dem Raub.

Bolzen surrten durch den Nebel, Gardisten sprangen in Deckung, einer schrie auf, von einem der Geschosse getroffen. Hoffentlich nur Panzerung. Sie brachten sich in Sicherheit hinter Schutt- und Kieshaufen, in den Schutz der windschiefen Baracke und des Schuppens. Weiter den Kanal herab ertönte Waffenklirren und Kampfgeschrei.

In wabernden Schwaden krochen Nebelarme durch den Vorhang aus Regen, jetzt auch zu ihnen her, zwischen den Schuppen hindurch, sackten sacht wie Watte in das Kanalbecken und wanderten fast bis zur Schleusenkammer hin.

Kaum noch auszumachen, was dort weiter unten vor sich ging.

Die Gardisten unter Beschuss. Er musste etwas tun.

Er rannte über den Schleusensteg an Land und auf die Truppe der Gardisten zu.

Auf Histan zu, der dort noch immer starr an der Kante stand. Unser Denker, unser Planer. Man kann auch zu bedachtsam sein.

Chik gab ihm im Vorbeirennen einen Klaps auf die Schulter.

„Los, Histan, anpacken! Wir müssen den Kahn an Land bringen!"

Er sah vor sich einen der Gardisten, das Seil neben sich, dessen Haken er zuvor treffsicher auf dem Kahn ins Ziel gebracht hatte. Er lag knapp an der Kuppe eines Kieshügels.

„Die Seile straff ziehen!", rief er im Laufen, „Haltet sie fest!", und war schon bei dem Gardisten, der ihn verblüfft ansah, packte das Seil und stemmte sich dagegen. Der Kies brach unter seinen Stiefel weg und eine kleine Lawine polterte und rollte den Hang hinab. Der Gardist griff jetzt ebenfalls mit zu, und gemeinsam hingen sie am Tau, zogen es fester.

Histan war jetzt auch dabei, stemmte sich ins Seil. Na also, ging doch. Histan war ein guter Mann.

Eine neue Salve von Bolzen. Man musste sich die Schützen vornehmen. Und mehr Enterhaken hinüberwerfen. Um den Kahn an Land zu kriegen.

Danak und die anderen konnten das sonst nicht lange durchhalten. Sie brauchten Unterstützung.

Sandros bemerkte im Durcheinander des Handgemenges vage, dass Histans Trupp am Ufer gehörig Schwierigkeiten hatte, mit den Firnwölfen klarzukommen. Das sah für sie selber dann auch nicht so gut aus. Denn auch sie wurden hier gehörig von den Firnwölfen bedrängt. Diese ganze Homunkulussache war von Eber augenscheinlich unter Daeks Ägide gestellt worden. Und der hatte zum Schutz des Homunkuluskörpers eine zahlenmäßig starke Truppe auf den Kahn mitgenommen. Der Homunkuluskörper, das Objekt seiner Hochwürden Begierde – der musste wohl unter der Mittelplane sein. Dort, wo auch der Trupp von Firnwölfen herausgekrochen war.

Fast hätte einer der Kerle Danak erwischt. Wenn er ihr nicht beigesprungen wäre.

Sie kämpften jetzt Seite an Seite miteinander. Choraik auf ihrer anderen Flanke. Mehr gab die Breite des Kahns auch nicht her, wollte man sich nicht in die Quere kommen. Mercer hinter ihnen als Ausputzer für den Fall, dass einer von ihnen in Bedrängnis geriet.

Zwei Kerle drangen in diesem Moment auf ihn ein, einer versuchte über die Bordwand an ihn heranzukommen. Das hier ging nicht lange gut, das war klar. Er hörte ein Surren über sich. Armbrustbolzen. Sie standen unter Beschuss. Auch das noch!

Dann einen gellenden Schrei. Einer der Firnwölfe, da drüben. Mit einem Armbrustbolzen in der Schulter brach er zusammen.

„Halt nicht schießen! Wir treffen sonst unsere eigenen Leute!"

Daek war es, der das brüllte. Hatte es erfasst. Bei dem eng gepackten Getümmel. Wozu brauchten die auch Armbrüste. Die hatten doch die Übermacht auf ihrer Seite.

Verdammt, Danak, du Heißsporn, hätten wir das nicht vom Ufer aus ...

Er trieb den Gegner, der von außen an ihn herankommen wollte, mit einem ausladenden Schwung zurück – der wäre fast über die Bordwand gegangen. Ein Blitzen durch die Luft. Gerade noch wich er einer herabsausenden Fechtspeerklinge aus, schlug den Schaft von unten mit seiner eigenen Waffe hoch, von sich weg. Musste dadurch zurückweichen. Zack, und ein weiterer direkt in die Lücke; jetzt hatte er's mit dreien zu tun. Verflucht.

Ein Schrei. Einen der Schützen vorne warf es getroffen nach hinten.

Der gute Histan hatte seine Truppe wohl zur Räson gebracht und nahm sich seinerseits die Typen mit den Sturmarmbrüsten vor. Wozu hatten sie die Teile schließlich von den Kinphauren bekommen. War nicht alles schlecht.

Dann musste Sandros sich auch wieder seiner Gegner heftig erwehren, Danak neben ihm ebenfalls. Es flogen wieder Haken durch die Luft, in hohen Bogen vom Rand des Kais geworfen, keilten sich am Schanzkleid oder an der Brüstung des Lastkahns fest. Die Firnwölfe mussten unter dem gezielten Gegenbeschuss von Histans Trupp zurückweichen, aber der Druck gegen Danaks Trupp erlahmte dadurch keineswegs, wurde eher stärker, da die zum Bug drängenden Firnwölfe durch die Verwirrung des Handgemenges vor Schüssen vom Ufer her geschützt wurden.

Die Front der Vierergruppe unter Danak wurde in dem immer dichter werdenden Kampfgetümmel schnell durchbrochen; vielleicht war es auch Choraiks mangelndem Training geschuldet sich in dieses eingespielte Team einzufügen. Er trieb Firnwölfe mit kraftvollen Hieben seines Kinphaurenschwerts zurück, wagte sich dabei aber auch weit vor, fast bis zum Rand der Plane hin. Er kämpfte jetzt mit der stramm gezurrten Leine eines Enterhakens im Rücken. Sie drohten durch die Übermacht der Firnwölfe erdrückt zu werden.

Über mehrere Seile versuchten mittlerweile wieder die Gardisten unter Histan den Lastkahn der Firnwölfe an Land zu ziehen. Wie die Kettfäden eines Webrahmens, straff und dicht, spannten sich die Taue zischen dem Kahn und der Randmauer des Kanals hin.

Sandros am Bug war derweil umgeben von Gegnern, drehte sich um seine Achse, um niemanden ungedeckt an sich heranzulassen, wirbelte die Fechtstange in seinen Händen, mal hierhin, mal dorthin, brachte die ganze Kenntnis des ihm angediehenen Trainings am scharfen, tödlichen Bruder dieser Waffe, dem idirischen Fechtspeer, zum Tragen. Ein Firnwolf lag tot am Boden von Choraiks zweischneidigem Stahl gefällt. Danak musste sich erbittert zweier Gegner erwehren. Immer wieder in zerhackten Wahrnehmungsfetzen während des hitzigen Gefechts hatte er bemerkt, dass auf Daeks Befehl hin die Firnwölfe zum Bootsrand sprangen und die Seile trotz versprengten Beschusses durch die Gardisten am Ufer durchzuhacken versuchten.

Plötzlich ging ein Ruck durch den ganzen Kahn, fast wäre er dabei zu Boden gestürzt. Gerade noch entging er der zustoßenden Spitze eines Fechtspeers, kein besonders gezielter Stoß, sondern eher durch den Zufall des Schwankens in eine für ihn unerwartete, gefährliche Richtung gelenkt.

Er wehrte den Gegner ab, fand wieder festen Halt, versuchte aus den Augenwinkeln zu erspähen, was geschehen war, was diesen Ruck verursacht hatte.

Der Firnwolf vor ihm stieß mit gefletschten Zähnen mit der Klinge des Fechtspeers nach ihm. Der Hintergrund in seinem Rücken bewegte sich dabei gemächlich weiter. Die Kaimauer, die Schuppen und Baracken, wurden langsam von grauen Wehen eines Nebels eingehüllt und glitten langsam an ihnen vorbei. Darin sah er undeutlich Gestalten miteinander kämpfen. Schreie und Waffenklirren wehten zu ihm herüber.

Das war es also: Ihr Kahn bewegte sich vom Ufer, von ihren Leute fort.

Sie waren abgeschnitten und entfernten sich immer mehr von ihnen. Was war da schief gelaufen?

Mitten aus Regenschleiern und dem heranwehenden Dunst kamen sie ihnen entgegen, eine auseinandergezogenen Reihe von Gestalten. Und waren sofort über ihnen.

Sogar Histan hatte das kalt erwischt.

Zunächst sah es so aus, als würden nur Ausläufer eines schwachen Bodennebels von dem Tumult uferabwärts zu ihnen hinreichen. Chik hatte ihn aus seiner Starre gerissen, wie er da schwankend an der Kante des Kanals gestanden hatte, und dann waren sie so mit den Enterhaken und dem Schusswechsel mit der Besatzung des Lastkahns beschäftigt gewesen, dass sie dem nur wenig Beachtung geschenkt hatten. Ein feiner Dunst zog sich zu ihren Füßen hin, wie Bodennebel an einem diesigen Herbstmorgen. Klamm senkte er sich auf die Erde, das Geröll, die Kiesel und den Schutt.

Die Gardisten legten sich eifrig in die Taue, um den Kahn an Land zu ziehen, nachdem sie einen Teil der Armbrustschützen und der Wölfe, die die Taue durchhacken wollten, durch ihren eigenen Beschuss in Deckung getrieben hatten.

Dann ließ Histan plötzlich ein explosionsartiges Fauchen herumfahren, ein Geräusch ähnlich dem, das er gehört hatte, als der Tumult bei dem Fischerboot flussabwärts losging. Wieder ein sich blähender, aufstiebender Wolkenball, der sich nach erster Ausdehnung abflachte und wie die Wehen einer Staublawine am Boden entlang auf sie zukroch. Das was nichts Natürliches. Entweder hatten sie einen Magier in ihrer Truppe oder ... oder sie benutzten etwas anderes. Der Nebel suchte sich wie eine Flut seinen Weg zwischen Schuppen und Baracken hindurch und rollte auf sie zu.

Und zwischen Schuppen und Baracken hindurch sah man Gestalten auf sie zustürzen. Hörte, als sie herankamen, ihre Schreie wild und rau, das Blitzen von Klingen stumpf im Regen und Nebel.

Histan konnte gerade noch die Armbrust zur Seite schnappen lassen und seine Fechtstange aus dem Holster freiziehen, da wurde er auch schon wild mit einem Langschwert attackiert. Er schwenkte herum, ging fast unter dem Hieb in die Hocke, parierte aufwärts. Er kämpfte durch schweren, sich ausbreitenden Nebeldunst. Wirbelte umher, und die Wehen wurden von den heftigen Bewegungen seiner Gestalt beiseite getrieben. Einen Moment lang hatte er freien Blick auf seinen Gegner. Lange, dicke Haare, beide Hände am Griff des Schwertes, gute Haltung. Schwarzes Leder, rohe Weste darüber, Stirnband. Hohe Wangenknochen, dunkle Augen. Eine Frau!

Sie attackierte ihn hart, mit wildem Aufschrei auf den Lippen, drängte ihn zurück. Er versuchte sie mit ihrem eigenen Schwung zu schlagen, sie vorbeigleiten zu lassen. Sie durchschaute sein Manöver, klebte hart mit gnadenlosem Stahlgehämmer an ihm dran. Zwei erbittert kämpfende Geister zwischen Nebelschwaden, im strömenden Regen. Die Frau war gut; sie konnte es mit seinem Training aufnehmen. Er musste sich hart seines Lebens wehren.

Wilde Schemen um ihn herum. Die ganze Truppe von dem Angriff überrascht und überrannt.

Das Boot war vergessen. Danak war auf sich selbst gestellt.

Ein verrücktes Gewühl, gefährlich scharfe Klingen, die wild darin herumstoben. Hastende, stolpernde Füße. Ein Rückzugsgefecht.

Ein Firnwolf, der zur Seite spuckte, wusste, er hatte Zeit. Danak stieß mit Mercer zusammen, wich noch weiter zurück und spürte die Plattform am Bug in ihrem Rücken.

Der Halbkreis der Gegner um sie herum zog sich enger.

Choraik löste sich aus dem klirrenden Gewoge, schloss zu ihnen auf.

Fast gleichzeitig zogen sie sich auf das schmale Podest am Bug zurück, sie und Sandros. Choraik rechts, Mercer links bildeten die Flanken zu den Seiten hin.

Für einen kurzen Moment kehrte Ruhe ein, fast unheimlich. Die beiden Seiten maßen sich über die wenigen Schritte Distanz hinweg, gerade ausreichend, um außerhalb des Kampfkreises der anderen Seite zu sein.

Vierschrötige Firnwölfe, hartes Meutenvolk. Die Blicke gnadenlos und kalt. Sie wussten, dass sie und die anderen drei ihres Kaders in der Falle saßen. Grinsen zuckte auf den Lippen hoch.

Ein Ruf erscholl.

„Alle zurückziehen! Weg vom Bug!"

Oh Scheiße!

Kurzer Blickwechsel mit Sandros. Blut rann ihm die Wange herab. Er hatte etwas abbekommen, seine feine Frisur war unrettbar zerzaust, hing ihm in feuchten Strähnen in die Stirn. Auch ihm stand der Schrecken der Erkenntnis ins Gesicht geschrieben.

Die Firnwölfe vor ihnen beeilten sich dem Befehl nachzukommen und stolperten zurück. Hinter ihnen richteten sich bereits Armbrüste auf sie.

Verdammt! Sie gaben hier auf der Plattform die perfekten Zielscheiben für die Firnwölfe ab.

„Runter!"

Choraiks Stimme.

Keine andere Chance. „Runter vom Kahn!", hörte sie sich selber brüllen.

Ein Augenblick wie ein stummes Schnappen einer Peitsche, ein Surren in der Luft. Sie warf sich zur Seite, stieß sich mit den Beinen ab, sprang.

Ein Blick in eine blasig gurgelnde Brühe, von platzenden Regentropfen zerwühlt. Kalter Wasseratem haucht sie daraus an, lacht sie girrend aus.

Ein fliegender Schatten an ihr vorbei.

Die Leere des Falls.

Eisiges, wirbelndes Aufklatschen um sie herum. Sie geht im Kanalwasser unter.

Die Strömung des Schleusenhubs, vom Pegachtkanal her.

Dumpfes, weit Atem holendes Gurgeln. Dichtes, kaltes Strudeln.

Schräg über ihr eine schwere, dunkle Masse – der Kiel des Kahns, ein Balken im Kompass einer kalt taumelnden Welt unter Wasser. Ein, zwei wirbelnde Körper. Zappeln, drängen dort oben. Ihre Leute.

Nach oben!

Ihre Hand greift aus, packt etwas Festes, das ihr durch die Finger rutscht. Brocken, wie Geröll am Grund des Kanals. Grabbeln im Schlamm. Sie stößt sich mit den Beinen ab, prallt irgendwo an, weiß nicht, wo unten und oben ist. Will schreien, Mund auf, Wasser strömt in ihre Kehle. Ihr Husten bellt Blasen ins Dröhnen einer rotierenden Pauke.

Gischt – und Helligkeit platzt herein. Sie durchbricht die Oberfläche und schnappt gierig nach Luft. Strampelt, schnellt hoch, tanzt im Umeinandertaumeln kalter Massen.

Oben bleiben! Oben bleiben! Oben!

So schnell und unerwartet wie sie angriffen, so unvermittelt verschwanden sie auch. Lösten sich aus dem Gefecht und stürzten sich wieder in den Nebel hinein. Waren verschwunden wie Geister. Eben noch war Histan mitten im klirrenden Zweikampf mit diesem zähen, harten Rabenaas, dann löst sie sich, schnarrt sich mit dem Schwert aus einem Ringen in enger Bindung frei, er will parieren, in Erwartung des nächsten Schlages, den er als offensichtlich kommen sieht ... doch da kommt nichts mehr. Sie dreht sich um und rennt in den Nebel, ist nur noch eine rasch verschluckte Gestalt in dem dunstigen Gewoge.

Das Waffengeklirr war abrupt wie mit einem Schlag gekappt. Um Histan herum brandeten verblüffte Rufe auf. Den Gardisten war es genauso gegangen wie ihm. Gute Disziplin bei dieser seltsamen Schar. Er hatte nicht einmal ihren Befehl zum Rückzug mitbekommen.

Wo waren sie hin? Was hatten sie vor?

Was war mit Danak, Mercer, Sandros und dem Renegaten geschehen?

In welcher Richtung lag eigentlich der Kanal?

Er konnte die Schemen von Gestalten erkennen, wie Baumstümpfe in dunsttriefender Brache ragten sie um ihn auf. Da war eine Kante, da war eine dunklere Masse. Genau da musste der Kanal, musste das Ufer sein. Da war das Schleusentor. Er trat näher heran und sah am Umriss, dass sich die Schleusenbacken vollständig geschlossen hatten, so dass auch die beiden Stegteile an ihrer Oberkante sich berührten.

Wie eine Brücke zum anderen Ufer.

Wo war Danak?

Sie zog den Rest ihres Körpers auf den festen, harten Stein, spürte ihn rau und klamm an Kinn und Nasenspitze, als sie Schwall um Schwall, Röcheln um Röcheln kaltes Zeug aus allen Löchern auf den Boden erbrach. Schließlich kippte ihr der Kopf weg, und sie lag mit der Wange in der schaumigen Brühe. Egal, ging nicht, keine Kraft mehr. Einfach da liegen. Regen fiel herab auf die andere Seite ihres Gesichts, fast erfrischend, fast willkommen.

Ihre Lungen pumpten hart gegen Harnisch und Stein; ihre Brüste schmerzten. Sie wusste nicht für wie lange sie dort lag und Atemzug um Atemzug in die kalte, gallige Pfütze pumpte.

Schluss! Wo war sie?

Danak rappelte sich zunächst auf einen Ellenbogen, stemmte sich hoch. Da war die Kante, jenseits davon das gurgelnde Kanalwasser. Welche Seite?

Sie kam auf die Knie, blieb dort einen Moment, hievte sich schließlich mit Mühe ganz auf die Beine. Sie sah sich um.

Sie war auf der anderen Seite des Kanals an Land gekommen. Musste ein ganzes Stück abwärts von der Schleuse sein, so wie es aussah. Dort hinten zweigte der Pegachtkanal ein, zwischen hohen Backsteingebäuden und Lagerschuppen. Davor das Sturztor für die Nebenkanäle. Davor der Lastkahn.

War der nicht schon längst verschwunden?

Ja, verdammt, genau, das war der Lastkahn der Firnwölfe. Nur am anderen Ufer. Hatte dort angelegt. Hektische Betriebsamkeit auf dem Deck und dem Kai daneben. Leute kletterten von Bord, andere in den Kahn hinab.

Und wo war ihre Truppe? Wo war die Miliz? Sie blickte in die andere Richtung. Steter Regen fiel herab und erschwerte die Sicht. Die Schleuse war von hier aus nicht zu sehen. Zweigeschossige Gebäude, eine Brücke verdeckten die Sicht den Kanal hinauf. Nur vereinzelt tief über dem Boden treibende Nebelschwaden ließen vermuten, dass der ursprüngliche Ort ihres Zusammenpralls mit den Firnwölfen an der alten Schleusenkammer nicht allzu weit entfernt sein konnte. Vielleicht um die Biegung. Sie hatte die Orientierung verloren.

Sonst keiner da. Noch einmal warf sie einen Blick herum. Auch keiner ihres Kaders, der mit ihr auf dem Boot der Firnwölfe gewesen war. Nur grau strömender Regen ringsumher. Wahrscheinlich waren ihre Kadergefährten an einer anderen Ecke an Land getrieben worden. Hoffentlich.

Was war das überhaupt für ein Nebel gewesen? Diese andere Bande, die von dem Fischerboot, die den Homunkulus übernehmen sollte, hatte mit ihm angegriffen, so hatte es ausgesehen? Hatten die etwa einen Magier dabei? Der so etwas heraufbeschwören konnte? Vielleicht einen Abtrünnigen des Einen Weges? Sonst gab es schließlich keine Menschen, die Magie beherrschten. Außer über Spitzohr-Artefakte.

Sie humpelte in den Schatten einer Gebäudeecke und sah sich das Treiben dort drüben auf dem Kahn genauer an.

Ja, da gingen Leute an Land, andere wechselten auf das Boot.

Da, die lange Gestalt, die alle überragte. Das war doch der Vastachi. Genau, das waren die von der anderen Bande. Da, der große Kerl im grauen Mantel. Er führte das Kommando. Unterhielt sich gerade mit Daek.

Verdammt, die übernahmen den Kahn. Die wechselten die Mannschaft.

Mit dem Homunkuluskörper darauf. Die machten einen fliegenden Wechsel.

Und keine Sau aus ihrer Truppe weit und breit. Die hatten es geschafft, die Miliz abzuhängen. Irgendwie.

Die kamen davon. Mit dem Homunkulus. Die hatten sie gearscht.

Wie, war egal. Der Nebel, all dieses Zeug. Konnten sie später auseinanderdividieren.

Verdammt, die kamen davon. Ihre Leute waren kanalaufwärts, konnten nur da …

Außer …

Das Sturztor.

Sie humpelte über den vom beständigen Regen inzwischen zu einem Schlammfeld ausgewaschenen Randstreifen des Kais, riss sich zusammen, fasste Tritt, fiel in einen schnellen Trab.

Das Sturztor. Die Sicherheitsschleuse um den Rest des Kanalsystems vor den Strömungen zu schützen. Kein schweres Rad, das man drehen musste. Ein Sicherheitsmechanismus mit Gegengewichten. Einmal in Gang gesetzt schloss sich das Sturztor automatisch und schnell. Versperrte den Weg. Dann konnte diese Bande um den Kerl im grauen Mantel in diese Richtung nicht mehr entkommen.

Und in der anderen Richtung saßen ihre Leute. Da musste diese Schar erstmal durch. Dann saßen sie fest. Mit dem Homunkulus.

Noch gab es eine Chance für sie.

Sie lief durch den Regen, der inzwischen noch stärker geworden war, ein kalter Herbstguss, in dichten Sturzbächen strömte er herab. Er ließ Dampf von den Pflastersteinen dort vorne, den Randsteinen des Kanalbeckens aufsteigen. Ein Hagel von Blasen zerplatzte auf der Wasseroberfläche des Kanals. Die

Leute auf dem Kahn sahen sie nicht. Der Regen verschluckte die Geräusche, der Regen verwischte die Bewegungen.

Eine Gestalt trat ihr in den Weg. Fast wäre sie hineingelaufen.

Sie bremste ihren Lauf ab, schlitterte weg im rutschigen Schlamm, fing sich und wich einen Schritt zurück.

„Histan?"

Wie kam der hierher? Gut, so war sie nicht mehr allein.

„Histan, hilf mir", stürzte es atemlos aus ihr hervor. „Bevor sie mit dem Homunkulus entkommen."

Histan stand nur starr vor ihr und rührte sich nicht.

„Ich weiß, was du vorhast", sagte er.

Gute Auffassung. Natürlich, Histan blickte es sofort. Also los!

Er wich nicht aus ihrem Weg. Was sollte das?

Er sah sie mit einem seltsamen Blick an.

„Bevor du das tust, überleg dir gut, was du wirklich willst", sagte Histan.

„Histan, was soll das?"

„Willst du im Auftrag der Kinphauren Rebellen jagen? Willst du dich zu ihrem Instrument machen lassen, um gegen die Leute deines eigenen Volkes zu kämpfen?"

Histan sah sie mit eindringlichem Blick an, das ernste, reife Gesicht mit dem dunklen Kinnbart.

„Danak", sprach er weiter, streckte die Hand nach ihr aus, in der anderen hielt er seine Sturmarmbrust, „du wirst missbraucht. Man nutzt deine guten Absichten aus, um dich für ihre Ziele einzuspannen."

Histan? Ihr fehlten die Worte. Ihr fiel nichts ein, was sie in diesem Moment sagen konnte.

„Du willst die Menschen beschützen, Danak, aber du willst nicht Stellung beziehen. Nicht für die Kinphauren, nicht für dein eigenes Volk. Das geht nicht. Wir sind im Krieg."

„Wer bist du, Histan? Was willst du?"

„Wir wissen viele Dinge. Wir sind an vielen Orten."

Die Kutte. Histan war ein Agent der Kutte, des idirischen Geheimdienstes, der innerhalb des umkämpften Niemandslands in den Untergrund gegangen war. Sie hatte mit Sandros darüber gesprochen, neulich noch. Und die ganze Zeit hatten sie einen verdeckten Agenten der Kutte in den eigenen Reihen gehabt.

„Du warst gar nicht in der Provinzgarde. Das war eine Lüge."

„Doch, war ich", sagte Histan und sah sie gerade an. „Aber ich war auch dort schon ein Agent der Kutte. Als die Kinphauren das Land besetzten, bin ich einfach in meiner alten Identität geblieben. Ich habe mich nur zur Stadtmiliz Rhun versetzen lassen. Hier bin ich näher am Zentrum der Entscheidungen."

„Du hast uns alle belogen."

„Nein, habe ich nicht. Ich habe immer mit euch für die gleiche Sache gekämpft. Ich kämpfe auch jetzt mit dir für die gleiche Sache. Du weißt es nur noch nicht."

Dieses Gespräch beim Bilganen, nach Khrivals Bestattung, jetzt fiel es ihr wieder ein. Die merkwürdige Stimmung die Histan erfasst hatte. Wie seltsam er um den heißen Brei herumgeredet hatte. Histan hatte damals versucht, ihre Haltung auszutesten, um zu sehen, ob er sie auf seine Seite ziehen konnte.

„Du musst Stellung beziehen, Danak." Er sprach langsam und eindringlich, jedes Wort betonend. „Du kannst dich nicht aus allem heraushalten. Sonst wirst du gegen deinen Willen gegen deine eigenen Leute eingesetzt."

Sie sah ihn nur an, deutete durch den strömenden Regen hinüber zu dem Kahn, auf dem sich der Körper des Homunkulus befand, der gerade ihrem Zugriff entzogen werden sollte. Histan hielt in der Rechten die Armbrust. Die Spannarme waren ausgeklappt. Aber es lag kein Bolzen im Abschussschaft.

„Das ist ein Moloch-2", sagte sie, den Blick hart in dem Histans. „Weißt du, was der für einen Schaden anrichten kann? Wie viele Opfer der fordern wird."

„Auf der anderen Seite, Danak. Unter unseren Feinden."

„Was ist die andere Seite?" Sie spürte ihren schweren Atem, stoßweise schnaubte sie die Luft zwischen den Zähnen hindurch. „Ich sehe nur die Menschen, die wir beschützen müssen. Vor so etwas." Ihre Hand zuckte wieder in Richtung des Lastkahns. Sie waren bereit abzulegen. Sie legten gerade ab. Mit einem irre gefährlichen Homunkulus an Bord, einmal ins Leben gerufen eine mörderische Waffe. Sie sah die Toten vor sich, beim Angriff des Homunkulus auf den Heereskommandanten Vaukhan, das Gemetzel in der Vorhalle, all die zivilen Opfer, das Blut, das Massaker, das der Homunkulus unter den zufällig Anwesenden angerichtet hatte.

„Der Anschlag auf Vaukhan", sagte sie. „Die Opfer waren Zivilisten. Wenn sie dieses Vieh für einen anderen Anschlag einsetzen, in einer anderen Stadt da draußen, müssen wieder Unschuldige dran glauben.

Ihre Hand glitt zur Seite. Ihre Armbrust war da, am Riemen festgezurrt. Sie spürte ihre harte Kühle.

Histan wollte etwas sagen, sein Blick verschränkte sich mit ihrem. Sie kam ihm zuvor.

„Geh mir aus dem Weg, Histan."

„Danak." Er machte Anstalten die Arme zu heben. Beide Arme.

„Geh mir aus dem Weg, Histan Vohlt."

Die Arme kamen hoch. Ihrer beider Arme kamen hoch. Sie zog den Hebel durch, die Spannarme schossen heraus. Ein doppeltes hartes Klacken.

Sie standen sich gegenüber. Beinahe gleichzeitig hatten sie den Spannhebel der Armbrust durchgezogen. Jetzt lag ein Bolzen im Abschussschaft von Histans Waffe und auch einer bei ihr.

Über den Lauf der geladenen Waffe hinweg blickten sie sich beide an.

Ein hartes, grimmiges Grinsen zuckte in Histans dunklem Bart hoch. „Oder was? Willst du mich umbringen?" Er senkte seine Armbrust eine winzige Spur. Der Bolzen war immer noch auf ihren Kopf gerichtet, nicht mehr direkt auf ihre Stirnmitte aber immer noch auf ihren Kopf.

„Einen Kadergefährten", sprach Histan weiter. Seine Stimme war hart. Keine Spur der alten Wärme mehr darin. „Ich stehe auf deiner Seite, Danak. Und niemand wird dir das mit der Kutte glauben. Wenn du mich umbringst, hast du keine Beweise dafür. Einen Kadergefährten töten? Was glaubst du, was du dann noch in der Miliz ausrichten kannst? Wer dir dann noch traut?"

Hinter Histans Schulter sah sie, wie die Bande den Lastkahn mit dem Moloch-2 langsam durch das Regengeprassel immer weiter von ihr weg stakten, immer weiter, auf den Pegachtkanal zu. Durch das Sturztor.

Die Sehne der Armbrust, die auf sie angelegt war, war straff, die Bügel zum Anschlag gespannte Stahlschwingen, nur durch einen winzigen Hebel im Zaum gehalten. Histans Finger saß am Abzug, der diesen Hebel aufschnappen lassen konnte. Die Spitze des Bolzens deutete auf sie.

„Überleg dir, auf welcher Seite du stehst", sagte Histan.

„Geh mir aus dem Weg!", herrschte Danak ihn an. Ihr Blick halb an seinem Gesicht, halb über seine Schulter hinweg darauf gerichtet, wie sich ihre Möglichkeit zu handeln immer mehr verengte. „Jetzt. Sofort!"

Etwas zuckte an Histans Gestalt – sie nahm blitzschnell den Sekundenbruchteil wahr, in dem sich etwas an dem Bild verschob – Histan mit der auf sie gerichteten Armbrust, der Lastkahn der Bande, der dabei war sich ihnen durch das Sturztor hindurch zu entziehen. Die Armbrust, die Hand an ihr bewegte sich.

Es machte Twang!, der Bolzen verschwand in Histans Kopf und ließ ein einfaches hässlich rotes Loch zurück.

Ihr Blick zuckte zum Kanal hin.

Ihr wurde kalt. Sie hatte das Gefühl, ihr Geist sacke ihr aus dem Körper und sank zusammen mit dem eisigen Regen in den Boden ein.

Der Lastkahn war verloren. Er war beim Sturztor. War fast schon hindurch. Nie und nimmer konnte sie das noch rechtzeitig erreichen. Es war zu spät. Sie hatte versagt.

Danak starrte auf die Armbrust in ihrer Hand, blickte herab auf den Körper der dort im kalten Schlamm lag, sah wie der Regenguss das Blut schnell wegspülte, in Rinnsalen zuerst, dann vom Wasser verdünnt und nicht mehr sichtbar.

Was hatte sie getan?

Niemand wird dir das mit der Kutte glauben. Was glaubst du, was du dann noch in der Miliz ausrichten kannst?

Sie hatte einen Kadergefährten getötet. Sie war draußen. Histan hatte Recht. Keiner würde ihr jetzt mehr trauen. Nicht ihr eigener Kader. Sie hatte einen Kadergefährten getötet. Was gab es da zu erklären? Selbst, wenn ihre Leute es ihr glauben würden, es würde immer an ihr kleben. Glauben vielleicht. Aber trauen?

Der Schwur, den sie sich damals mit Khrival gegeben hatte. Die Unschuldigen zu schützen. Khrival war jetzt tot. Und sie ...?

Danak ließ die Spannhebel des kalten, toten Geräts in ihrer Hand einschnappen, zog sie sich mit dem Gurt an den Körper.

Sie senkte ihren Stiefel in den Fußabdruck im Schlamm, dort, wo Histan zuletzt gestanden hatte, als er noch am Leben war. Sie fuhr mit ihrem Stiefel in einem kleinen Halbmond um seinen Körper herum, wühlte den Schlamm zu einer Spur auf. Dann wiederholte sie den Vorgang mit dem zweiten Stiefelabdruck. Wer den Toten fand, musste die richtigen Spuren antreffen.

Sie blickte wieder über den Kanal. Nur noch grau und kalt herabströmender Regen.

Der Lastkahn mit der Schar aus dem Rebellenlager, mit ihm der Homunkulus, der Moloch-2, war verschwunden.

Dann erst kniete sie nieder, legte die Hand auf Histans kaltes, regennasses Gesicht, und schloss ihm die Augen.

So fand sie auch Sandros.

Er besah sich das Ganze. Brauchte einige Zeit, es zu verdauen.

Dann trat er zu ihr, legte ihr die Hand auf die Schulter, wie sie da über der Leiche im Schlamm hockte.

„Oh Mann", sagte er. Mehr wusste er nicht zu sagen. Als sie sich zu ihm hindrehte, sah er, dass ihr taffes Gesicht hart und bleich war. „Oh Mann. Histan."

Danak stand langsam und schwerfällig auf; ihr Blick ging über den Kanal.

„Wie ist das passiert?"

„Sturmarmbrust. Lange Reichweite. Vom Wasser aus." Ihre Worte kamen tonlos. Sie räusperte sich. Um die belegte Stimme frei zu kriegen. Jetzt schon den zweiten, nach Khrival. Wer konnte ihr da verdenken, dass ihr die Stimme versagte?

„Ich bin hier an Land gespült worden", sagte Danak. „Er kam kurz nachher. Muss genau gewusst haben, wie man sie aufhalten kann."

Sie deutete in den Regen. Er folgte der Richtung ihres Arms.

Ah, das Sturztor. Er verstand. Cleverer Histan. Bis zuletzt.

„Sie haben's auch verstanden", sagte Danak. „Es gab einen Schusswechsel. Hat ihn glatt herumgerissen."

Ihr Blick ging in den Dreck, wo Histan lag. Er sah die Spuren. Was für eine verdammte Scheiße.

„Histan, verdammt", sagte er. „Der zweite nach Khrival."

Diese Homunkulus-Sache brachte Kuidanak und ihrem Kader wahrhaftig kein Glück.

11

„Reden Sie nicht! Sie haben ihn verloren, den verdammten Homunkulus!"

Banátrass schrie Danak an, nur der Schreibtisch war zwischen ihnen beiden. Sie war auf ihrer Seite eng an die Kante gedrückt, kurz davor, ihn mit dem Ordensmann dahinter durch den Raum zu schieben, er beugte sich ihr wütend über die Tischplatte entgegen.

„Er ist nicht weg!", schnauzte sie zurück. „Die Rebellen wollten ihn klammheimlich aus der Stadt rausschaffen! Das hat nicht geklappt, und jetzt ist alles dicht!" Verdammt, so etwas von dämlich und die Hosen voll! Dem Kerl musste so was von der Arsch auf Grundeis gehen. Der Homunkulus, aus ihren Magazinen geklaut – da machten sie Banátrass Druck, die Kinphauren. Jetzt siehst du, Ordensmann, was euer scheiß Handel mit den Spitzohren dir bringt.

„Marodeure! Es sind keine Rebellen, es sind Marodeure!" Banátrass funkelte sie wütend an.

„Wie auch immer Sie sie nennen wollen, jetzt können sie den Homunkulus nicht mehr aus der Stadt rauskriegen." Sie rückte einen spaltweit von dem Schreibtisch ab. Die Hände umklammerten jedoch noch immer die Kante.

„Das Großwassertor ist gesperrt", fuhr sie fort. „Alle kleineren Ausgänge aus den Häfen zur Durne hin sind gesperrt. Alle Schiffe werden kontrolliert. Da kommt keiner raus. Auch der obere Flusslauf unterhalb des Hewartsberges ist abgeriegelt. Auf dem Wasserweg kriegen die den Homunkulus auf keinen Fall raus." Als ob man es einem Kind erklärt. Dabei hatte er doch vor kurzem noch selber behauptet, dass Rebellen auf keinen Fall in die Stadt gelangen könnten. So viel zu dem, was er sagte, und dem, was er dachte.

„Und ansonsten wird die Stadt doch von den Truppen und den Wächterketten ihrer feinen Verbündeten eingekesselt. Oder irre ich mich?"

Jetzt trat auch Banátrass einen Schritt zurück, sah sie an. Er war bleich, trotz seines dunklen Teints. Ein Muskel um seinen Mundwinkel herum zuckte unkontrolliert.

„Was soll das heißen, ‚ihre feinen Verbündeten'?" Sein Blick maß sie von unten herauf. „Sind sie nicht auch die ihren? Vergessen Sie nicht, mit wem Sie sprechen. Sind Sie etwa ein Aufrührer? Sind Sie scharf drauf, auf dem Richtblock zu landen?"

Sie dachte an den Dolch an ihrer Seite. Musste arg an sich halten, um ihren Atem zu kontrollieren. Fehler, die man mit tödlichen Waffen in der Hand begeht. Sie hatte gerade einen hinter sich.

„Meine – und Ihre feinen Verbündeten", belferte Banátrass weiter, „haben Methoden, bei denen Sie sich ganz schön lange die Seele und das Blut aus dem Hals kotzen können, bevor Sie dann endlich sterben. Wenn Sie das wollen – nur weiter so!"

Machte eine gezierte Pause, der Drecksack. Lang genug, um ein Messer, das auch Finger wie Butter abtrennen konnte, in die Kehle zu bekommen. Der Adamsapfel tanzte provozierend und verführerisch unter den letzten Borsten des dunklen Barts direkt unter ihrem Blick.

„Zwei Mann verloren. Einer aus ihrem Kader. Keine der Banden festgesetzt." Konnte einfach keine Ruhe geben, dieser verdammte bigotte Überläufer. „Der Homunkulus ist fort. Kann eine Aktion desaströser enden? Kuidanak … Enttäuschen ist gar kein Wort! Sie sabotieren mich! Sie bauen Bockmist in ganz großem Rahmen. Sie fahren den Karren so ganz im großen, riesigen, umfangreichen Stil in den Dreck." Er spuckte mit jedem Wort, es sprühte fein. Hatte fast schon Schaum vor'm Mund, der Kerl.

„Soll ich Sie fertigmachen? Wollen Sie das? Ihren Kader verlieren, Ihre Arbeit? Das ist nur das Geringste. So wie ich das im Moment sehe, können Sie froh sein, wenn Sie aus der Sache rauskommen mit dem Kopf noch auf Ihrem Hals."

Du, du kannst froh sein, wenn du hier mit heiler Kehle rauskommst, aus deinem feinen Arbeitszimmer mit dem Phanum-Panoramafenster. Und dafür geh ich dann gerne drauf. Was soll's; das ist es wert. Dann dachte sie an die Kinder, an Klann, und ihr wurde wieder kalt. War nicht wie mit Khrival.

Sie spürte wie ihre Oberlippe zuckte, während sie den gespreizten Gockel über den Schreibtisch hinweg niederstarrte.

„Ich kann nichts tun, was ich nicht tun kann", sagte sie dann langsam und prononciert. „Wenn Sie ein Skalpell nehmen, um gegen ein Breitschwert anzutreten, und das Skalpell bricht, dann ist das Ihre Schuld. Wenn Sie ein Milizkader in einen Kampf gegen … Rebellen schicken, den eigentlich die Armee … Ihrer feinen Verbündeten führen sollte, dann ist ein Versagen Ihre Schuld. Wir sind keine Armee. Aber Sie wollen uns führen wie eine Armee." Er hörte sich das an, zumindest. Musste er auch. Sollte er auch.

„Ich kann einen solchen Kampf nicht führen", fuhr sie fort, und wo sie schon einmal dabei war: „Ich führe nicht ihren verdammten dreckigen Krieg! Ich kämpfe nicht gegen Rebellen! Ich kämpfe nicht gegen Marodeure! Ist mir egal, wie Sie sie nennen!"

Das sollte er schlucken. Schlucken tat er auch. Das sah man an dem tanzenden Adamsapfel unter den Bartborsten.

Als er dann wieder sprach, tat er das ruhiger, gemessener, eine Spur leiser, seine Stimme eine Lage tiefer.

„Sie haben zuallererst einen Auftrag auszuführen.", sagte er. „Den ich Ihnen erteilt habe. Sie sagen, der Homunkulus ist noch in Rhun und kann nicht raus?"

Pause.

„Dann finden Sie ihn."

Wieder dieses feine maniküre Fingerchen, das sich so gut auf einen richten konnte. War erst das Gelenk draußen, dann machte der Rest keine Schwierigkeiten. Dann ging die Klinge durch, wie durch Butter.

„Finden Sie den Homunkulus. Bringen Sie die Banden zur Strecke." Deutete wieder auf sie. „Ihr Kopf."

„Oder Ihrer."

Sie sah, wie er erstarrte, eine Spur bleicher wurde. Fasste sich. Sah sie an.

„Wie – zur Hölle – meinen Sie das? Wollen Sie mir drohen, Leutnant Kuidanak?"

„Na ja, Hauptmann", spuckte sie ihm seinen Titel entgegen, „es dürfte … Ihren – feinen – Verbündeten … gar nicht gefallen, wenn jemand aus den Reihen Ihres Ordens sich auf die Gegenseite geschlagen hätte. Dann säßen Sie plötzlich nicht mehr so fest im Sattel. Dann dürften sich auch argwöhnische Augen auf alle Mitglieder des Einen Weges richten."

Banátrass legte den Kopf schief, kniff die Augen zusammen, musterte sie.

„Wie meinen Sie das? Einer vom Einen Weg auf der Gegenseite?"

Sie erzählte Banátrass, was sie während des Kampfes vom Lastkahn der Firnwölfe aus beobachtet hatte. Na ja, für mehr als knappe Worte reichten ihre Beobachtungen auch nicht aus. Sie war ziemlich beschäftigt gewesen. Wie so plötzlich und genau zur rechten Zeit für den Angriff der anderen Bande auf Histans Truppe der Nebel aufgekommen war. Wie die andere Truppe genau mit dem Nebel angegriffen hatte. Dass der Nebel nicht natürlich war, nur genau an der Stelle, wo er der anderen Truppe von Nutzen war. Ach ja, und jetzt wo sie sich wieder daran erinnerte, erzählte sie auch von dem seltsamen Licht aus der Richtung des Fischerboots der anderen Bande, gerade als sie losgelaufen war, um doch noch auf den Kahn der Firnwölfe springen zu können.

„Wenn das nicht nach einem Magiebegabten in den Reihen dieser Bande aussieht. Und meines Wissens verfügen unter Menschen nur die Kadermagier des Einen Weges über magische Fähigkeiten. Das Geschenk der Kinphauren an sie." Wobei man für Geschenke normalerweise nicht bezahlen muss.

Aber Banátrass hörte ihr schon gar nicht mehr zu. Er hatte nachdenklich die Finger seiner linken Hand um sein Kinn gelegt, fuhr mit dem Zeigefinger nervös durch seinen Bart. Schließlich wandte er sich wieder zu ihr hin.

„Das muss nicht unbedingt ein Magier gewesen sein. Die Kinphauren haben Artefakte, mit denen man so etwas bewirken kann, auch wenn man selber nicht unbedingt über magische Fähigkeiten verfügt." Er schaute sie ernst an, und es sah so aus, als würde er an der Innenseite seiner Oberlippe herumbeißen. „Das, was Sie beschreiben, die Kinphauren nennen es ... Wie übersetzt man so etwas am besten? Wie sagte Venach Idaz doch immer dazu?" Sein Blick ging weg, als hätte er ihre Anwesenheit halb vergessen. „Kobold. Ja, genau! Nebelkobold nannte er es. Oder das mit den Lichtern, das wird wahrscheinlich ein Nebel- und Schwefelkobold gewesen sein. Dann erhebt sich natürlich die Frage ..."

Sein Kopf drehte sich zu ihr hin. Fast schrak er ein wenig hoch, so als erinnerte er sich gerade daran, wer mit ihm in diesem Raum stand, mit wem er gerade sprach.

„Leutnant Kuidanak, haben Sie bei der Aktion jemanden gesehen, der besonders auffällig wirkte?"

In ihrem Blick musste wohl die Frage, die ihr durch den Kopf ging deutlich abzulesen sein. „Ich meine, war jemand unter dieser anderen Bande, der nach Kinphaure aussah?"

„Nein, ein Kinphaure nicht. Jedenfalls nicht, dass ich es bemerkt hätte. Aber ein Vastachi."

Banátrass schien das kaum zur Kenntnis zu nehmen, als wäre das nicht auch irgendwie bemerkenswert. Sein Blick sank herab ins Nebelhafte, irgendwo auf seinen Schreibtisch zwischen all die feinen dort aufgestellten Sachen. Ein vager Ausdruck des Bedauerns schien darin zu liegen. Eine ganze Weile stand er versunken da. Dabei schien er nicht besonders entspannt zu sein. Er schien weiter von innen mit den Zähnen seinen Mundraum zu bearbeiten.

Dann sah er erneut auf, als erinnere er sich plötzlich an ihre Anwesenheit.

„Finden Sie ihn. Sie sagen, er ist noch da, hier in Rhun." Sein Blick wollte nicht recht ihre Augen finden, er wirkte abgelenkt. „Dann bringen Sie mir diesen Homunkulus."

Jetzt erst sah er sie direkt an. Und es lag nackter Zorn in seinem Blick, nackter Zorn und noch etwas anderes.

„Ihre aller, Ihre allerletzte Chance. Dieser Homunkulus in meiner Hand. Es ist Ihr Leben, Ihr Kopf, den Sie auf's Spiel setzen. Ich habe auf Sie gesetzt, und Sie haben einen Riesenmist gebaut. Putzen Sie das aus. Machen Sie das gut. Allerletzte Chance. Jetzt."

Mit geballten Fäusten ging sie zur Tür heraus.

Als müsste er ihr sagen, was sie für einen Riesenfehler gemacht hatte.

Fehler, die man mit tödlichen Waffen in den Händen begeht.

Diesmal war es eine andere Art von Begräbnis.

Der Nebel war an diesem Tag natürlichen Ursprungs. Kein Zauber, kein kinphaurisches Artefakt war für die dicke, graue Suppe verantwortlich, die tief über den Grabsteinflächen des Laräusfeldes lag, sich zwischen den vereinzelten Baumgruppen verfing, die ganze, graue Welt mit ihrem nassen Samt auskleidete.

Der Regen des gestrigen Tages hatte die Erde satt mit Feuchtigkeit getränkt, so überreif war sie, dass ihr Balg sie nicht ganz fassen konnte, dass Wasserdunst schwer und abdampfend über allem Grund hing.

Sie standen schweigend um das Grab herum. Diesmal gab es auch kein Feuer, das sie zurücktrieb, nur eine schwarz vor Sattheit gluckernde, kalte Grube, die nur zu begierig den Leichnam willkommen hieß.

Danak, Mercer, Sandros, Chik. Die, die übrig geblieben waren. Choraik, klar, der stand daneben. Gardisten an der Zahl. Histan war beliebt gewesen. Hatte es sich zu seinem Geschäft gemacht, beliebt zu sein.

Danak schluckte schwer. Was hatte sie sich mit Khrival geschworen? Die Unschuldigen zu schützen vor der Verachtung der Mächtigen, Gewalttätigen und Kriminellen. Wie auch immer man da sauber trennen wollte. Histan hatte wohl einen anderen Eid geschworen. Offensichtlich.

Offensichtlich? Offensichtlich war das nur für sie. Die anderen wussten nichts von Histans Zugehörigkeit zur Kutte. Wie sollten sie auch? Sie schnaufte durch die Zähne; Sandros sah sie von der Seite an. Für alle anderen war Histan noch immer das loyale Kadermitglied. Vielleicht war er das ja auch bis zum Schluss gewesen. Und sie hatte ihn umgebracht.

Die anderen, sie durften das niemals erfahren.

Der Inaimspriester sprach seine Riten, sein Gewand so bleich wie der Tag. Kein Aidiras-Anhänger, einer vom Kult des Zweigesichtigen Inaim. Sie hörte seine Worte kaum. Der Sermon schwamm an ihr vorbei.

Es war ein langer Weg gewesen, heraus auf's Laräusfeld, durchs Idirische Quartier hindurch, bis dort, wo Revarnar begann. Sie wüsste nicht, dass Histan Vohlt irgendwelche Angehörigen in Rhun gehabt hätte, aber irgendjemand war für die Bestattung auf dem noblen Grabfeld aufgekommen, so dass er nicht auf dem Knochenacker begraben werden musste. Na ja, wahrscheinlich hatte er Freunde, die an vielen Orten waren. Und die viele Dinge wussten.

Das Begräbnis war bald vorüber. Banátrass wurde nicht gesehen. Hatte wohl andere Dinge zu bereinigen.

Anschließend traf man sich beim Bilganen. Aber es war nicht so wie nach Khrivals Brandbestattung, als man sich einfach die Beklemmung aus den Knochen trinken und reden musste. Auch hier hing klamme Stille über dem Ganzen.

„Es war ganz schön seltsam", meinte Chik. „Er war an dem Tag, an dem das passierte, als sei er nicht ganz bei sich gewesen. Als hätte er irgendetwas vorausgeahnt. Ich habe ihn gesehen, wie er am Rand des Kanals stand, ganz still, wie gelähmt, während es um ihn herum abging. Es war, als würde Histan irgendwie neben sich stehen."

Die Blicke senkten sich. Jeder starrte vor sich hin. Dachte sich das seine. Genauso wie Danak. Auch sie schwieg. Bald verlief sich die Gesellschaft dann auch.

„Morgen knöpfen wir uns Mirik vor", sagte Mercer beim Rausgehen.

Oh ja, Mirik, das dreckige Gunwaz. Die hatte sie beinahe über diesem ganzen Schlamassel vergessen.

Mirik, der Ex-Meutenhund der Anhänger dieses nordländischen Berserkerkults kam raus aus dem Laden, sah sie und erbleichte. Sich groß wieder zu fassen, hatte er auch gar keine Zeit mehr, denn Chik und Mercer packten ihn rechts und links und zerrten ihn flugs in die schwarze Roscha.

Mercer stieß ihn Danak gegenüber in den Sitz, Chik stieg selber auf den Bock und schon ging es los. Schnell vorgefahren, schnell weg.

„War ganz schön schwierig, dich mal allein zu erwischen", sprach Danak ihn an, während er noch hin und her rutschte und seine Meutentracht in Ordnung zu bringen versuchte. Das mordslange Schwert über dem Rücken machte es auch nicht gerade leichter. Das konnten sie ihm ruhig lassen.

Miriks Blicke ging von ihr zu Mercer und dann wieder zurück als wollte er sie damit aufschlitzen.

„Was wollt ihr von mir?"

„Die Braunfräcke verkaufen Gunwaz. Wo haben sie es her?"

Mirik starrte sie zunächst an, als hätten sie den Verstand verloren, dann wanderten seine Blicke wieder hin und her, als wollte er sie einschätzen.

„Denkst du jetzt an dein tolles Valgarenschwert. Bis du das hier im Wagen raus hast, haben wir dir die Ohren und die Nase abgeschnitten."

Er grinste sie verschlagen an.

„Ihr seid Gänsehüter. Ihr macht so was nicht."

„Dachte Hirak von den Firnwölfen auch. Dachte sein Bruder auch. Bis ich ihm zwei Finger abgeschnitten habe."

Mirik erbleichte erneut, versuchte sich aber nichts anmerken zu lassen.

„Neue Zeiten, neue Regeln. Wir sind nicht mehr die alten Gänsehüter. Schon gemerkt? Die bleichen Jungs sind in der Stadt. Und nichts ist mehr, wie es war. Was meinst du, wie viel Skrupel die wohl haben? Was meinst du, wie viel Skrupel die mir einreden wollen, was meinen Job angeht? Ich kann mit euch Jungs jetzt ganz anders umspringen. Ich kann euch mit Teer bestreichen, anzünden und dann brennend den Kupfergraben runterlaufen lassen." Sie zuckte die Schulter und zog die Brauen hoch. „Kräht kein Hahn danach."

Sie ließ einen abschätzenden Blick von oben nach unten an ihm herabgleiten. „Ist nichts zu sagen gegen so ein rennendes, brüllendes Feuerwerk. Bringt noch mal Leben in den alten Kupfergraben. Und ihr Valgaren seid doch so für Brandbestattungen." Sie schenkte ihm noch einmal einen taxierenden Seitenblick, sog Luft durch die Nase ein, als wollte sie seine Witterung schnüffeln. „Oh, Ehren-Valgare sollte ich wohl besser sagen."

Mirik ließ Zähne zwischen den schmalen Lippen sehen, als er sie mit hasserfülltem Blick ansah.

„Was wollt ihr von mir?"

„Ihr verkauft Gunwaz. Sag mir, wo ihr es herhabt. Dann lass ich dich laufen."

Die Roscha nahm langsam ihre Geschwindigkeit zurück. Danak blickte aus dem Wagenfenster. Sie waren fast da.

„Wenn ich es mir so überlege", fuhr sie fort, „dann könnte es sogar sein, dass ich dich vorher laufen lasse. Ja", sie nickte abschätzend, „es könnte sogar *gut* sein, dass ich dich vorher laufen lasse. Die Entscheidung liegt bei dir."

Er sah sie ungläubig an, Argwohn im Blick.

Rufe oben vom Bock herab, Mercers Stimme, der die Pferde beruhigte. Die Roscha hielt an.

Sie nickte kurz zu Mercer rüber.

Der packte Mirik ansatzlos im Genick, zwang seinen Kopf zu ihr hinüber, zur Seite des Wagens hin. Sie starrten sich gegenseitig in die Augen. Danak packte sein Kinn und drehte seinen Kopf zum Wagenfenster hin.

Vor einem Halbrund von älteren dreistöckigen Fachwerkhäusern stand eine ausladende Linde, ein paar Büsche darum, Kopfsteinpflaster. Eine Gruppe von fünf, sechs Gestalten lungerte im Schatten des Baumes herum. Schwere Fellmäntel um die Schultern, lange Schwerter auf dem Rücken. Wie man sich halt so das Berserkervolk aus dem Norden vorstellt, Thyrins eigener Hort.

„Wie gesagt", sagte sie freundlich zu ihm. „Du musst entscheiden. Ich lass dich auch raus, wenn du mir die Antwort schuldig bleibst.

Dann fahren wir da jetzt ganz gemütlich vor, ich mache dir den Wagenschlag auf, wir schütteln uns die Hände, und du gehst da raus. Als freier Mann."

Sie lächelte Mirik aufmunternd zu. Der erbleichte. Diesmal bis zu den Haarwurzeln.

„Hey, was ist denn?" Danak legte muntere Besorgnis in den Ton. „Das sind doch deine alten Meutenbrüder. Ihr seid doch in Frieden mit den Paladinen auseinandergegangen, du, Orik und die anderen. Dann macht's doch nichts, wenn ich dich bei ihnen abliefere."

Seine Augen suchten ihren Blick, während sie mit der Hand an seinem Kinn seinen Kopf zum Fenster hin zwang. Die Lider flatterten.

Er wusste, er war tot, wenn die Leute seiner alten Meute ihn aus einer Milizkutsche steigen sehen würden. Dabei war's dann egal, wer ihn kalt machte, Paladine oder seine neue Meute, die Braunfräcke. Es würde sich schnell verbreiten, dass er ein Spitzel war, und dann würde jeder danach gieren, ihm ein Messer zwischen die Rippen zu stoßen. Oder ihm Schlimmeres anzutun. Als Warnung für andere. Das Szenario, das sie vor ihm ausgebreitet hatte, dass er brennend den Kupfergraben runterlaufen würde, war nicht so unwahrscheinlich. So ging man eben mit Ratten um.

„Sag mir, woher ihr das Gunwaz habt", zischte sie ihm zu. „Oder ich lade dich mit Handschlag bei deinen alten Meutenbrüdern ab. Valgaren sollen ja eine herzliche Feierkultur haben. Werden dich bestimmt gerne in den Mittelpunkt einer kleinen Festivität stellen."

„Die werden wissen, dass du mich nur zur Ratte stempeln willst."

„Bist du dir sicher? Stimmt, Paladine denken viel und gerne nach, bevor sie irgendetwas Gewalttätiges tun. Und sie werden dir auch bestimmt ausreichend Zeit lassen, ausführlich deine Sicht der Dinge darzulegen."

Das arbeitete bei ihm. Es war deutlich auf seinem Gesicht abzulesen.

„Hey, schau mal! Jetzt sieht einer zu uns rüber."

Er versuchte krampfhaft, den Kopf aus ihrem Griff wegzudrehen. Sie ließ ihn los, er sank im Schatten des Schlages tief in die Polster. Dort ließ sie ihn schmoren. Und es in seinem Hirn arbeiten.

Schließlich blickte er unter tief herabgezogenen Brauen zu ihr hoch.

„Fahr hier weg", sagte er.

Sie öffnete die Tür einen Spalt, klopfte kurz gegen das Wagendach. Chik fuhr los.

Sie fuhren an der Gruppe Paladine vorbei, die unter der Linde herumlungerten. Die Kerle machten grölend obszöne Gesten in Richtung der vorbeifahrenden Roscha. Mirik versank noch tiefer in den Polstern.

Erst als sie ein ganzes Stück weit von der Linde entfernt waren, wagte er sich wieder aus der Ecke des Sitzes, in die er sich verkrochen hatte, hervor. Danaks Blick hatte währenddessen die ganze Zeit unablässig und gnadenlos auf ihm gelegen. Er hatte versucht, so zu tun, als bemerke er es nicht, und ihm auszuweichen.

„Rede", sagte sie schließlich.

„Na gut. Wir haben's von diesem Ordensmann."

Danak und Mercer wechselten eine kurzen, erstaunten Blick.

„Ordensmann? Du meinst den Einen Weg."

„Ja, genau. Ist einer dieser Magier."

Okay ... Für einen kurzen Moment hatte sie den irrwitzigen, furchtbaren Verdacht gehabt, Banátrass würde dahinterstecken. Ihr eigener Milizhauptmann.

„Ihr bekommt das Gunwaz von einem Magier?"

„Nicht direkt. Aber wir haben herausgekriegt, dass er dahintersteckt. Er und so ein merkwürdiger Pate. Der aber im Hintergrund bleibt. Geht alles über Mittelsmänner."

„Wisst ihr, das mit dem Gunwaz was nicht stimmt? Was es mit den Leuten macht?"

„Wir haben uns was denken können."

„Und ihr macht's trotzdem?"

„Wir werden gut bezahlt. Ist der eigentlich Grund, warum wir uns von den Paladinen gelöst haben."

„Ah ja, durften wohl nicht so viele die Nase dran kriegen."

Beim Thema Nase musste er schniefen und warf ihr einen hasserfüllten Blick und ein Lippenzucken zu.

„Ihr verkauft Killerdrogen? Und was ist, wenn einer Wind davon bekommt?"

„Bekommt keiner. Wir verkaufen auch anderes Zeug. Und wechseln es ab. Und wer weiß momentan schon, wo was herkommt. Und keiner weiß, was es ist, das die Bleiche auslöst. Nächstes Mal ist es dann eine andere Droge."

„Was heißt nächstes Mal?"

Er ließ die Blicke zwischen ihnen hin und her gehen. Wischte mit dem Finger an seiner langen, etwas krummen Nase entlang und richtet sich auf. Überlegte sich wohl, ob er nicht zu viel erzählt hatte.

Mercer verstand, packte sich ihn kurzerhand beim Kragen und brachte seine gerade mühsam hergerichtete Meutentracht endgültig aus der Fasson.

„Du hast uns schon genug erzählt, dass deine Brüder dich auf die langsame, schmutzige Art kaltmachen. Also raus damit, spuck's aus! Wenn du nicht willst, dass sie doch noch erfahren, dass du eine Ratte bist."

Beider Augen blitzten, Miriks unstet, ihre Gesichter nah beieinander.

„Also, was heißt nächstes Mal?", fragte sie ruhig und lehnte sich in ihren Sitz zurück, obwohl innerlich die Erregung mit ihr durchging.

„Dass er's wieder machen will. Der Magier. Was denn sonst?"

„Und?"

„Diesmal mit einer anderen Droge. Damit's nicht auffällt. Er ist nicht dumm. Und wir auch nicht. Wir wollen schließlich nicht, dass uns einer auf die Schliche kommt."

„Und das Geld soll weiter fließen."

Darauf brauchte Mirik keine Antwort zu geben. Etwas anderes ging ihr im Kopf herum.

„Du sagst, ihr werdet gut bezahlt."

Mirik nickte.

„Wir machen den ganzen Schnitt. Die anderen verdienen fast nichts dran."

„Und was ist dann für diesen Einen-Weg-Magier und seinen Paten dabei drin?"

Mirik zuckte die Schultern und schniefte.

„Keine Ahnung. Ist mir auch egal. Der Kerl macht was mit den Drogen. Das haben wir herausgekriegt. Irgendeine magische Scheiße. Wir holen danach die Ware an der vorgegebenen Stelle ab. Die Sache wirft für uns gut ab. Was will man mehr?"

Danak konnte nur den Kopf schütteln. Sie wollte den Kerl loswerden. Sie wollte einfach nicht mehr mit ihm zusammen in dieser Roscha sitzen.

Sie nickte Mercer zu.

Der legte los und bearbeitete Mirik. Machte ihn richtig stramm, in Richtung, was passieren würde wenn und so. Dass er ihnen, damit es nicht zu so was kam, alle Neuigkeiten zukommen lassen müsste.

„Du erfährst, wenn eine neue Drogenverwandlung stattfindet?"

„Wir holen den Stoff hinterher ab."

„Kannst du rauskriegen, wann die Verwandlung stattfindet?"

„Kann ich machen."

„Tu es. Sag es uns rechtzeitig."

Und dann legte Mercer noch einen drauf und stellte ihm noch einmal drastisch die Konsequenzen dar, falls er nicht spurte.

Danak saß derweil schweigend in ihrer Ecke des Wagens, halb abgewandt, blickte aus dem Fenster, und ihr gingen ein paar Gedanken der finsteren Sorte durch den Kopf.

Langsam mussten sie Mirik wieder rauslassen. Und zu Sandros zurückkehren, der inzwischen Choraik beschäftigt hielt.

Als sie gerade mit ihrem Kader im Gardehaus Ost-Rhun ihre Tagesabschlussbesprechung durchführte, klopfte es an der Tür.

Ein Bote trat ein, überreichte ihr einen Brief, sagte, es sei dringend.

Sie brachte die Besprechung zum Abschluss. Viele Hinweise waren ohnehin nicht eingegangen. Und die Gunwaz-Sache mussten sie ohne Choraik besprechen. Schließlich, während die anderen schon den Raum verließen, öffnete sie den Brief.

Von Klann. Wie viele Tage hatte sie den schon nicht mehr gesehen. Wurde Zeit, dass sie das zu Ende brachte und wieder normal abends nach Hause konnte. Die Kinder brauchten sie. Ihr Mann brauchte sie.

Dringend – was sollte das sein?

Sie überflog den Brief. Hielt ihn starr von sich.

„Was ist los?"

Sie schaute auf. Sandros stand noch in der Tür, hatte ihre Reaktion bemerkt. Sie riss sich zusammen.

„Ach, eine neue Warnung der Firnwölfe. Diesmal an einen anderen Adressaten."

Sandros kam rüber, schaute auf den Briefbogen. Sie senkte ihn, sah ihn kurz an.

„Sie haben bei mir zuhause eine tote Gans an die Tür von Klanns Schmiede genagelt."

Sandros legte ihr die Hand auf die Schulter. Sie wich seinem Blick aus.

„Klann tut so, als wäre alles in Ordnung. Aber ich weiß, dass es das für ihn nicht ist. Er macht sich Sorgen um mich. Er macht sich Sorgen um die Kinder."

Sie knüllte das Blatt unwirsch zusammen.

„Ich mach mir auch Sorgen um die Kinder. Ich mach mir Sorgen um ihn."

„Klann kann auf sich aufpassen. Und auch auf deine Kinder. Klann ist ein großer Junge. Genau genommen ist er eine ziemliche Kante. Mit dem sollte man sich besser nicht anlegen."

„Ja, ich weiß, aber die Firnwölfe sind viele. Was richtet einer schon gegen viele aus?"

Sandros Griff auf ihrer Schulter wurde bestimmter, drehte sie zu sich hin. Sie sah ihn an.

„Lass uns diese Sache zu Ende bringen. Es wird Zeit. Lass es uns hart und schnell tun."

Sie lachte einmal kurz und bitter.

„Das gibt Krieg."

„Das *ist* Krieg", sagte Sandros. Blickte sie unter halbgesenkten Lidern an. „Wie hast du gesagt, wie war das ...? Mercer hat's mir erzählt. Das sind neue Zeiten? Die Kinphauren werden dir dabei nicht im Wege stehen."

Aber ich stehe dabei im Wege. Das ist das Problem. Miliz, die einen Krieg gegen Meuten führte. Nicht nur, um ihnen ihr kriminelles Handwerk zu legen. Miliz die Blut in den Straßen von Rhun vergießt.

Wohin führte sie das alles?

Es hatte Twang! gemacht, und der Bolzen war in Histans Kopf verschwunden und hatte ein einfaches, hässlich rotes Loch zurückgelassen.

Sie hielt mit beiden Armen ihre Knie umfasst, die Schnapsflasche in der einen Hand und schaukelte in der Enge der Schlafkoje hin und her. Die Nacht draußen war kalt, aber sie fühlte sich heiß und klebrig vor Schweiß. Zum Glück war sie allein im Schlafraum des Gardenhauses. Alle anderen hatten ihr Zuhause. Und schliefen dort auch.

Sie fühlte sich spröde und leer, von einer bleichen Spannung ausgepumpt. Der Schnaps half ihr auch nicht, den Schlaf zu finden, schwer zu werden und die Bilder zu verdrängen.

Das Blut wurde vom Regen weggespült, und er lag da. Histan, der Besonnene. Der Verlässliche an ihrer Seite. Neben Khrival.

Eine Kutte. Ein Agent des idirischen Geheimdienstes im Untergrund.

Die Kutte weiß viele Dinge. Die Kutte ist an vielen Orten.

Offenbar war sie auch mitten in ihrem Kader gewesen. Wem konnte sie jetzt noch trauen?

Und? Wollte sie deshalb alle umbringen? Bolzen in die Stirn, Schluss?

Etwas hatte an Histans Gestalt gezuckt. Sie hatte es gesehen. Die Armbrust, die Hand an ihr hatte sich bewegt. Man sieht viel in einem solchen Moment. Hatte sie das wirklich in der Anspannung und der Aufregung dieses Augenblicks richtig erkannt? Oder hatte sie es sich nur eingebildet? Hatte Histan wirklich schießen wollen?

Sie hatte um die Leiche herum den Schlamm mit ihrem Stiefel aufgewühlt. Hatte falsche Spuren gelegt. Sonst würde niemand ihr mehr trauen.

Sie hatte sich hingekniet und Histan die Augen geschlossen. Leichen hatte sie schon viele gesehen. Bisher hatte sie gedacht, dass nur der Krieg so etwas mit einem macht.

„Das ist Krieg", hatte Sandros gesagt.

Sie hängte sich noch einmal, wider besseren Wissens die Pulle an den Hals, ließ die klare Flüssigkeit ihre Gurgel hinabrinnen und spürte kaum noch ein Brennen in ihren Eingeweiden ankommen. Nur eine helle, weiße Nacht um sich herum, auch wenn sie hier im Dunkel des Schlafraums saß, kaum Licht von der Straße her durch das hohe, schmale Fenster drang.

Sie wusste nichts mehr. Nicht um diese Zeit. Sie wusste nicht, welche Fehler sie in ihrem Beruf gemacht hatte oder gerade machte.

Fehler mit tödlichen Waffen in den Händen wiegen besonders schwer. Und die trug sie jeden Tag.

Im Krieg, ja im Krieg mochte so etwas normal sein.

Sie und Khrival hatten sich etwas geschworen und sich den Turm an den Rock geheftet.

Den Turm am Rock.

Blut in den Straßen von Rhun.

Wie ein Homunkulus, eine tödliche Waffe, von einem Bannschreiber auf einen Auftrag eingeprägt und dann in den Kampf geschickt. Welchen Schaden wohl so eine Waffe anrichten konnte. Moloch-2. Ein neuer, verbesserter Typ.

Erstaunlicherweise hatte es gar nicht lange gedauert, bis Daek sich wieder aus dem sicheren Meutenterritorium nahe bei Derndtwall und Firnhöhe herauswagte. Durch Glück hatten sie ihn entdeckt. So schien es.

Ebers Leutnant ließ sich von zwei Firnwölfen als Leibwächter begleiten, zwei echten Brechern, groß, breitschultrig, der eine mit langem wilden Haar, der andere mit kahlrasiertem Schädel. Und er machte einen seelenruhigen Einkaufsbummel. Ging mit seinen beiden Leibwächtern im Schlepptau ganz, ganz ruhig und gemütlich die Tempelstraße runter, schnurgerade durch die treibenden, ineinander und auseinander strömenden Trauben von Menschen, vorbei an dem unerschöpflichen Sammelsurium kleiner Läden und Handwerker-Buden, gerade wie das Musterbeispiel eines ehrbaren Bürgers mit zu viel Zeit. Schlenderte hier herein, schlenderte dort hinein. Plauderte mit den Geschäftsinhabern. Sah sich teure Ledermäntel und Jacken an. Ließ sich von Tintenwerkern ihre neuen Tattoo-Entwürfe zeigen.

Danak und Choraik folgten ihm in unauffälligem Abstand, immer an den Hauswänden entlang, im Schutz der zahlreichen Auslagen.

Lungerten auch schon mal an einer Ecke herum.

Das ging heute. Sogar unauffällig.

Danak blickte noch einmal an Choraik herab, der lässig neben ihr an einer Backsteinmauer lehnte.

Er hatte sich wirklich Mühe gegeben, das musste sie ihm lassen. Legte sich richtig ins Zeug. Er trug seine übliche dunkelgraue Kluft, die jetzt langsam auf eine gute Art anfing zerschlissen auszusehen. Zwei Gürtel trug er. Nur einer davon war ein Waffengurt. Einen Armreif, drei Armbänder darüber. Guter Geschmack. Sah nicht nach eitlem Stiesel aus, sondern wirkte locker, natürlich. Eine Halskette mit Kupferscheiben. Und eins von diesen überweit schlackernden, ärmellosen Oberteilen über der Jacke, das eigentlich überhaupt keinen sinnvollen Zweck erfüllte, auf dem in virkonischen Blutsrunen irgendein Slogan stand, der wahrscheinlich bedeutete „Ich habe allein keinen Plan und mich gibt's gar nicht". Würde zu dem passen, was sie von Dem Blut gehört hatte. Er machte sich also. Als hätte er kapiert, worauf es ankam.

Sie blickte wieder zu Daek und seinen beiden Gorillas rüber.

Stand da seelenruhig an der Ecke, schaute sich die Sachen auf einem Kleiderständer an und ging mit dem Verkäufer eine teure Lederjacke nach der anderen durch, hielt Ärmel hoch, zeigte auf Nähte, prüfte das Material. Besprach wahrscheinlich mit dem Mann, wie man das Teil auf meutenkorrekt umstricken konnte. Teures Teil zerschnippeln, dann wieder neu zusammensetzen. Kriminelle Geschäfte warfen anscheinend ordentlich was ab. Und sie selber schlief in Gardehäusern, in harten Schlafkojen. Mist, sie wollte wieder nach Hause, zu den Kindern und Klann.

Daek verabschiedete sich jetzt mit Handschlag und so. Insider-Brimborium. Wolfsrituale. Schlenderte weiter zum nächsten Laden. Ah, Pfeifen gab es da!

Wollte der Kerl sie an der Nase herumführen? Der Eindruck drängte sich ihr allmählich auf. Oder von etwas anderem ablenken? Okay, wenn das Choraik davon abhielt, dem nachzuspionieren, was die anderen gerade in Richtung Gunwaz anstellten, dann war ja zumindest schon ein Teil ihrer Mission erledigt.

Trotzdem wurmte es sie.

Das Pfeifengeschäft schien Daek nicht sonderlich zu interessieren. Weiter ging's.

„Was macht er jetzt? Hinterher?"

Sie warf Choraik einen Seitenblick zu.

„Hey, Jäger, halt die Hunde ruhig. Hast du den Eindruck, der Kerl will uns weglaufen?"

Choraik zog den Anflug einer Grimasse. Sollte das etwa ein Grinsen sein?

Daek setzte sich mit seinen Jungs in eine Straßenkneipe, Stühle, Tische quer übers Pflaster. Schien so, als ob er ein paar der anderen Gäste kannte.

War ein schöner Tag, um sich in der Sonne zu fläzen. Wahrscheinlich einer der letzten. Vielleicht hatte Daek sich das auch gesagt.

Danak zog Choraik in einen Stehausschank, schräg gegenüber, bestellte an der Theke zwei Kaffee und drückte sich mit ihm in eine Mauernische. Gemeinsam stierten sie über den Rand ihrer Kaffeetasse und den aufsteigenden Dampf zu Daek rüber.

„Hat der keine Angst, dass wir ihn einfach festsetzen?" Choraik raunte es zu ihr rüber, den Rand der Tasse an den Lippen. „Was Sie mit dem einen der beiden Brüder gemacht haben, das war doch ein klares Signal. In Rhun sind neue Zeiten angebrochen. Die alten Regeln gelten nicht mehr. Der Miliz sind nicht mehr länger die Hände gebunden."

Ihr Blick blieb an seinem Gesicht hängen. Neue Zeiten. Musste denn dieser Tage wirklich jeder in diese Kerbe schlagen? Oder war sie die Einzige, die groß getönt hatte, es aber noch nicht wirklich wahrhaben wollte?

Choraik bemerkte ihren forschenden Blick, erwiderte ihn. Sie sahen sich einen Moment lang beide ernsthaft an. Hageres Gesicht, tätowierte Wange.

Was hatte den Mann nur zu dem gemacht, was er heute war? Ein Mensch, der sich als Kinphaure fühlte. Warum nicht fragen? Fragen kostet nichts.

„Was ist das eigentlich, was Sie an den Kinphauren fasziniert?"

„Was ist es eigentlich, was *Sie* an den Menschen interessiert?
Wie ich schon sagte: Ich *bin* ein Kinphaure."

„Aber Sie waren doch nicht immer Kinphaure. Sie müssen doch … zumindest von einer menschlichen Mutter geboren worden sein oder einen menschlichen Vater gehabt haben."

„Beides. Menschliche Mutter und Vater. Und menschliche Erziehung. Ein gutes idirisches Elternhaus." Er schwieg eine Weile, blickte wieder quer über die Straße in Richtung der Stühle und des Tischs, wo der Leutnant der Firnwölfe saß. Zwischen seinen Augenbrauen formte sich eine steile Falte, so als müsse er die Nebel der Vergangenheit erst einmal wieder mit Mühe durchdringen.

Er seufzte leise. Der Blick in die Vergangenheit wirbelte wohl ein wenig den Schlamm in ihm auf.

„Dann bin ich von den Kinphauren gefangen genommen worden", sagte er schließlich, den Blick immer noch geradeaus, von ihr weg. „Nachdem ich vorher in der Armee meinen Dienst leisten musste wie ein guter idirischer Junge. Sogar in Offiziersrängen. War ja schließlich in einer Beamtenlaufbahn. Hat mir der gehobene Stand meiner Familie eingebracht. Braver Junge, der seinen Weg geht."

Er senkte den Kopf, die Augen auf den Boden vor seinen Füßen gerichtet, seine Aufmerksamkeit aber irgendwo anders. „Und bei dem sich schließlich der Ekel im Mund sauer sammelt, dass er laufend kotzen möchte."

Er schnaubte ein bitteres Lachen. „Na, gekotzt habe ich dann reichlich, in der ersten Zeit in kinphaurischer Gefangenschaft. Die ganze widerliche Geschäftelei und das Ränkespiel, in der Armee und außerhalb von ihr, habe ich mir rausgekotzt und ausgeblutet. Leute, die eine Truppe von grünen Jüngelchen für ein paar Garonnen oder einen besseren Posten in den Tod schicken. Kein Stolz, keine Ehre, nicht für einen Grütz. Verkaufen ihre Familie, ihren Stamm, ihr Land, alles. Alles ist egal, wenn sie nur Sautinen und Pragta klimpern hören und sich die Garonnen stapeln. Widerliches, verkommenes Verrätervolk."

Er murmelte vor sich hin, zwischen den Zähnen hindurch, vage in den zwei Meter entfernten unregelmäßig tändelnden Strom der Passanten hinein.

„Aha, ich bin also ein widerlicher, verkommener Verräter?"
Sein Blick fuhr zu ihr hin, er sah ihr in die Augen.

„Sie nicht", meinte er und nickte, sie über die Nasenspitze musternd. „Sie sind eine gerade Klinge."

Seine Augen lösten sich wieder von ihr, er schaute wieder zur Straße hinüber. „Sie ziehen das durch, woran sie glauben. Auch die Sache mit dem dreckigen Gunwaz. Auch hinter meinem Rücken."

Wow. Der Schuss kam aus dem Blauen heraus. Sie schaffte es, dass sich ihr nur eine Augenbraue hob.

Kurzer Blick zu ihr hin. „Sie sind eine Kinphaurin im Herzen. Sie wissen's nur noch nicht." Grinste, während er prüfte, wie der Treffer gesessen hatte. Die Augenbraue war schon wieder unten. Ihre Züge rasteten in die alte Zockermiene ein.

„Okay", sprach Choraik weiter, „ganz schön gelitten habe ich, als ich in Gefangenschaft der Kinphauren kam. An der Gegenwart, den Kerkern der Kinphauren – und an der Vergangenheit. Dann bin ich irgendwann in Blut und Kotze aufgewacht und habe durch die Stäbe meines Gefängnisses geschaut. Und mir wurde klar, dass ich das, was ich unter den Menschen bitter vermisst hatte, ausgerechnet hier gefunden hatte. Wenn ich nur einmal durch die Schmerzen hindurchblicken und die Wesen dahinter wahrnehmen konnte.

Ich fand jemanden, der mir dabei half. Durch die Schmerzen blicken. Ehre. Aufrechte, harte Klingen. Der auch eine Strafe verbüßte, für etwas, das er getan hatte. Und der später mein Eisenbürge wurde. Jemand, den ich heute meinen Vater nenne. Auch wenn er schon zu den Drachen gegangen ist."

Choraik schwieg. Das Profil ihr zugewandt, die tätowierte Seite, den Blick durch die Menschengruppen zur Straßenschenke hin. Seine Augen waren zu Schlitzen gekniffen.

Zu den Drachen zurückgegangen. Das meinte offensichtlich gestorben. Die Redewendung hatte sie bisher noch nie gehört.

„Wir wissen wohl ziemlich wenig von den Kinphauren."

Ihre Worte brachten ihn dazu, sie erneut musternd anzublicken.

„Sie wissen gar nichts", sagte er.

„Na ja …", wollte sie beginnen.

„Das Land der Kinphauren liegt hinter dem Saikranon", fuhr er ihr in die Rede. „Dort liegt auch das Kalte Meer. Am Kalten Meer liegt Abyddhon. Und weiter?"

„Bannerklingen. Die sind einem Stamm zugeordnet. Genauso wie Verschworene und Kreis der Messer. Klanschild ist den Familien übergeordnet und …"

„Organisationskram, militärische Strukturen, Armeezeugs. Aber wissen Sie, wie Kinphauren leben? Haben sie schon mal etwas von ihrem Familiensinn gehört? Kennen Sie die Bezeichnungen für die verschiedenen Ränge von Gatten und Gattinnen?" Er wartete erst gar nicht ab, ob sie antwortet. „Sie kennen nur das Militär, die Armee. Sie wissen gar nichts von der wirklichen Seele der Kinphauren. Kinphauren sind ränkesüchtig, und das reicht Ihnen auch schon. Aber aus welchem Ansatz, was für eine Seelenlage, was für tiefempfundene Grundsätze und Prinzipien dahinterstecken, davon wissen Sie gar nichts."

Sie schwieg, beobachtete ihn lieber.

„Ich wollte Sie nicht beleidigen", sagte er nach kurzer Pause. „Wenn Sie eine Kinphaurin wären, dann gehörten Sie gewiss zu den Ordenskriegerinnen der Virak-Shon." Er sah sie prüfend an. „Wissen Sie, was das heißt? Übersetzt bedeutet es ‚Eiserne Vagina'. Lachen Sie jetzt ruhig! Wissen Sie, auch Kinphauren haben Humor. Sogar eine ausgeprägte Selbstironie. Wissen Sie, was die Zeichen auf meinem Gesicht bedeuten?"

Er schaute sie an. Sie hatte den Eindruck, als führe er jede Spur auf ihrem Gesicht mit seinen Augen ab, als sei sie es, die mit Zeichen und Tätowierungen bedeckt sei.

Er stieß kurz und heftig die Luft durch die Nase aus, sagte, „Eines Tages verrate ich es Ihnen vielleicht mal." Pause. „Aber nicht heute."

Eine kurze Stille zwischen ihnen.

In die sie hinein fragte, „Sagen Sie, wie spricht man ‚Choraik' eigentlich korrekt aus?"

Er hielt ihren Blick, eine Spur amüsiert, dann sagte er, „Finden Sie's heraus. Lernen Sie Kinphaurisch." Zwinkerte ihr zu.

Ein Menschengesicht, in das Kinphaurenzeichen eingeprägt waren. Sah so die Zukunft für Rhun aus?

Sie wandte rasch den Blick ab, ließ ihn wieder in Daeks Richtung hinübergleiten.

Saß da frech mit seinen Brechern und trank Minz-Limonen-Tee. Redete mit den Leuten am Nebentisch.

Vielleicht hatte Sandros, vielleicht hatte Choraik Recht. Wozu die Skrupel? Wozu an den alten Beschränkungen festhalten? War sie nicht deshalb immer mit ihren Vorgesetzten aneinander gerasselt? Weil sie die Regeln nicht beachten wollte? Weil es ihr um die Sache ging? Und jetzt bekam sie plötzlich die Erfüllung ihres Wunsches auf dem silbernen Tablett serviert, und sie war unzufrieden?

Wenn nur dieser bittere Nachgeschmack nicht wäre.

Und sie hing hier mit einem Kinphauren rum.

Sie hob die Tasse zum Mund, nahm einen Schluck. Angewidert spuckte sie ihn in die Tasse zurück. Der Kaffee war kalt geworden. Blickte hoch ließ ihren Blick von der Stelle, wo Daek mit seinen Gorillas saß, die Straße hochschweifen, blieb an einem Gesicht in der Menge hängen.

War das nicht Sandros?

Hob die Hand, strich sich die Strähne zur Seite. Kurzer Blick hoch, verschwand in einer Seitenstraße. Sandros! Ihre Augen wanderten zurück, trafen Choraiks Blick.

„Sie haben ihn also auch gesehen, Danak?", sagte ihr der Kinphaure ins Gesicht.

„Was? Ja. Na und?" Dem Kerl entging aber auch nichts.

„Hinterher", sagte er.

„Was?", entfuhr es ihr. „Sind Sie völlig durchgedreht? Wir müssen Daek beschatten. Und was …"

„Hinterher."

Schaute ihm in die Augen. Sie musste den Kerl hier halten. Genau hier, an ihrer Seite.

„Auf keinen Fall", sagte sie entschieden. „Sie bleiben bei mir. Und wir bleiben beide hier."

„Wir gehen jetzt hinterher." Er sprach ruhig aber bestimmt. „Ich habe nämlich auch erkannt, wem er da so unauffällig ein Zeichen gegeben hat."

Irgendetwas blitzte in Choraiks Blick, was ihr Interesse weckte. Es sagte ihr, dass es um etwas anderes ging, als ihr in Sachen Gunwaz auf die Schliche zu kommen. Er wusste ja schließlich schon Bescheid.

Also stellten Sie schnell ihre Tassen auf einem Mauerbord ab und eilten in die Richtung, wo sie Sandros zuletzt gesehen hatten.

„Wen haben Sie erkannt?", rief sie Choraik zu, während er sich durch eine Menschentraube drängte.

„Später."

Sie fanden die Seitenstraße, in der Sandros verschwunden war. Von Sandros keine Spur mehr. Nur ein anderer Mann in einigem Abstand. Der sah sie nicht, entfernte sich rasch von ihnen.

Choraik klopfte ihr auf die Schulter, wies kurz auf diesen Mann, der gerade jetzt um eine Ecke bog, hastete schon hinterher.

Schnell, durch staubige, enge Gassen, voll mit Unrat und Ratten, der labyrinthartige Unterbauch hinter der Fassade der Tempelstraße. Heraus kamen sie auf einer Freifläche, einer kleinen Insel zwischen ringsumher sich drängenden Gebäuden. Vor ihnen verlief ein Graben, der aussah wie ein verschlammter ehemaliger Bachlauf, etwas weiter entfernt lag ein kleiner unordentlicher, verstaubter Hain von Eschen mit wucherndem Gestrüpp. Ein verwahrloster Park mitten im Gewirr der Stadt.

Choraik zog sie am Arm in den Schutz der Mauer zurück, obwohl sie es schon selber gesehen hatte. Da war Sandros, dort bei den Bäumen stand er und rauchte einen seiner südländischen Kräuterstengel. Bei ihm war der Mann, dem sie gefolgt waren.

„Ist er das? Der andere, dem er Zeichen gegeben hat?"

„Ja", antwortete Choraik knapp.

Danak sah sich den anderen Mann genauer an. Etwas beleibt, ansonsten unauffällig. Konnte Halbwelt sein, vielleicht auch nicht. Niemand den sie kannte. Aber sie kannte schließlich auch längst nicht alle von Sandros Informanten.

„Wer ist das?"

„Einer unserer Leute. Ein Bote."

Unserer …?

„Ein Kinphaurenspitzel?"

Wieder sein Blick zu ihr hin. Prüfend. „Ja."

„Was macht Sandros mit einem Agenten der Kinphauren?"

„Das habe ich mich auch gefragt."

„Weiß er es nicht? Weiß er nicht, mit wem er es da zu tun hat?"

„Finden Sie's heraus. Fragen Sie ihn."

Sie atmete ein, sie atmete aus. Den Blick auf die beiden Leute drüben bei den Ulmen gerichtet, eines ihrer Kadermitglieder mit einem Kinphaurenspitzel.

Verdammt. Bitte endlich mal wieder eine klare Linie. Hier das Problem, da ihre Truppe und ihr Auftrag.

„Wie heißt der Mann. Wissen Sie seinen Namen. Ich meine ihren ... Boten."

„Kennst du einen Firaik Estgairn?"
Sandros kniff die Augen zusammen, sah sie scharf an. Dann ließ er den Blick zur Seite gleiten, als müsse er seine Erinnerung durchforsten.
„Mmmm", brummte er. „Sagt mir nichts. Sollte ich ihn kennen? Wie hieß der noch gleich?"
Sie wiederholte den Namen.
„Läutet nichts bei mir. Wie kommst du an den Namen?"
„Ach, hab' ich irgendwo aufgeschnappt. Kannte ich auch nicht. Deswegen fiel er mir auf. Hätte was bedeuten können. Die Bande, die jetzt den Homunkulus hat, kommt schließlich von außerhalb."
„Wenn du meinst, dass es wichtig ist, kann ich mal nachforschen, Danak."
„Hör dich mal um. Kann nicht schaden."

„Also rundheraus geleugnet." Choraik schürzte die Lippen. „Das ist ja interessant."
Sie sah ihm beim Denken zu. Irgendwie machte nichts mehr einen klaren Plan. Wenn Choraik als faules Ei in ihr Nest gesteckt worden war, warum stieß er sie dann mit der Nase auf einen Kinphaurenspitzel? Und warum drückte der sich nicht mit Choraik sondern mit Sandros herum?
Sie war es leid.
„Hören Sie, Choraik, wenn Sie mir was zu sagen haben, dann sagen sie es. Und geben Sie es dran, hier eine Schau abzuziehen. Wissen Sie etwas? Wollen Sie mir etwas sagen?"
Er wandte sich ihr zu; milde Belustigung lag in seinem Blick. Mann, Kerl, mach jetzt bloß keine Fehler. Sie war gerade in der richtigen Stimmung ein paar Unklarheiten auch einmal handfest geradezurücken. Würde ihr wahrscheinlich guttun. Mit keinem konnte man sich dieser Tage mehr richtig prügeln. Wenn sie schon nicht mit Klann rangeln konnte.
„Könnte es sein, dass Moridian für Ordensmann Banátrass arbeitet?", fragte Choraik.
„Sandros?" Sie wich zurück. „Für Banátrass?" Für alles andere, aber für den? „Warum sollte er das?"

„Karrieregründe?" Er sah sie an, mit einen feinen Grinsen um die Mundwinkel, das war nicht bitter oder hart sondern eher süffisant. „So macht euer Volk das doch." Blickte an ihr herab.

„Vielleicht will er Ihren Posten."

„Sandros?" Ja, sie überlegte. Ehrgeiz war durchaus etwas, was mit Eitelkeit einherging und was sie ihm zutraute. Aber Sandros war immer loyal gewesen. Und sie kannte ihn schon seit Ewigkeiten. Sandros hatte sie überreden wollen, die Zurückhaltung fallen zu lassen; die Kinphauren hätten nichts dagegen, wenn sie mit neuer Härte vorginge. Das würde ins Bild passen.

„Vielleicht", sagte sie. „Aber wenn, muss da noch etwas anderes sein."

Starrte ihm direkt in die Augen. „*Sie* sind doch schon Banátrass Mann in unserem Kader."

Das Grinsen verblasste nicht, wurde eher eine Spur breiter. „Wenn ich eines sagen kann, dann ist es, dass ich ganz und gar nicht *Banátrass'* Mann bin." Und bevor sie noch etwas sagen oder fragen konnte, fuhr er fort. „Ich weiß, dass Banátrass etwas mit der Miliz vorhat. Dharkunt ..." Er stockte. „Ich meine var'n Sipach hat mir gegenüber etwas in der Richtung angedeutet. Und ich weiß auch, dass etwas zwischen Banátrass und var'n Sipach vorgeht. Vielleicht ist Moridian zwischen die beiden geraten und wird jetzt für etwas eingespannt. Vielleicht wird er von einem der beiden unter Druck gesetzt. Spielt er eigentlich noch?"

„Nein, so weit ich weiß, hat er dieses Laster drangegeben. Woher wissen Sie denn davon?"

Choraik zuckte die Schultern und schnaubte unbestimmt.

Choraik war also nicht Banátrass' Spitzel. Dann vielleicht der von var'n Sipach *Dharkunt.*

„Und was sollte er mit var'n Sipach zu tun haben?"

„Was sollte er mit einem – wie sagten Sie – Kinphaurenspitzel zu tun haben?", gab Choraik zurück. „Vielleicht wird er von Banátrass gegen var'n Sipach ausgespielt."

„Wie das?"

Er schnaufte. „Was weiß ich? Was weiß ich, was unser feiner Hauptmann plant?"

„Wenn nicht Sie, wer dann? Wenn er sich auf Kinphaurenränke einlässt. Auf dem Gebiet müssten Sie sich doch auskennen."

Sein Kopf zuckte ruckartig zu ihr hin, hielt ihren Blick mit dem seinen.

„So wie wir alle", sagte er. „Wir leben in Rhun, einer Stadt der Kinphauren."

Da hatte er wohl Recht.

Und sie dachte nach. Bei der nächsten Gelegenheit, bei der sie allein war und den Kopf dafür freihatte.

Wer hatte sie denn eigentlich in dieses Debakel bei den Häfen hereingeschickt? Sandros hatte ihr eine Orbus-Botschaft zugesandt. Von irgendwo. Hätte von irgendwem eine Information bekommen. Wollte weiter nachforschen. Und Ergebnis davon war, dass sie alle in die Häfen geschickt wurden, in eine Situation, die einem Krieg entsprach. Eine harte Truppe zum Eingreifen.

Sandros hatte tatsächlich niemals gesagt, von wem der Tipp mit der Übergabe des Homunkulus in den Häfen überhaupt kam. Sie hatte auch nicht hart nachgehakt, woher Sandros Informationen stammten. Er hatte nur behauptet, sein Netzwerk wäre dicht genug, als dass er mitbekäme, wenn irgendetwas passieren würde. Und sie hatte dieses Netzwerk erst gar nicht in Frage gestellt. Warum sollte sie auch? Sein System hatte sich immer bewährt. Warum also hinterfragen?

Vielleicht war ja diesmal der Tipp von einem Firaik Estgairn oder einem anderen Kinphaurenspitzel gekommen.

Und jetzt, wo sie darüber nachdachte: Wer hatte sie die ganze Zeit mit irgendwelchen Tipps subtil in eine bestimmte Richtung gelenkt?

Wenn das stimmte ...

Dann hatten die Kinphauren oder Banátrass sie gar nicht für die eigentliche Ermittlungsarbeit gebraucht. Nur für den dreckigen Teil, nur um den Krieg zu führen.

Aber dafür waren sie nicht geschaffen. Das hatten die Ergebnisse gezeigt.

Und dafür war sie nicht zu haben.

Sie führte nicht die Kriege anderer.

12

Da stand der Kerl wieder, lehnte diesmal im Türrahmen eines Ladeneingangs. Aufreizend wie beim letzten Mal, schmaler Schnurrbart, beide Daumen im Gürtel eingehakt, Füße überkreuz. Diesmal winkte er sie sogar knapp mit der linken Hand zu sich heran.

Also klopfte sie kurz Chik ab, schlenderte hinüber und tat so, als ob sie sich für Schals und Halstücher interessieren würde. Der Rattenfürst, der Botenjunge des Vastacken, wich, als sie nähertrat, zurück in das Dunkel des schmalen Ladens; sie folgte ihm nach einem Moment des Stöberns in der ausgehängten Ware. Der Laden war schließlich direkt an einer belebten Straße, wo sie wer weiß wer sehen konnte.

Das Ladenlokal war leer, der Inhaber hatte sich wohl auf einen Wink des Rattenfürsten in den Hinterraum verzogen.

„Vai Gau Nan, lässt ausrichten, dass er dich sehen möchte."

Wenn's nur das war. „Okay, ich komme in die Gärten."

„Nein, nicht in die Gärten. Direkt ab an die Arbeit." Und grinste sich eins.

Arbeit anderer Leute? Die Kriege anderer Leute? Das feiste Grinsen und ein wunder Punkt in ihrem Inneren – es ging augenblicklich mit ihr durch.

„Was soll das heißen …" Sie hatte ihn schon am Kragen gepackt, da hob der Rattenfürst beschwichtigend die Hände. Und dämpfte sein Grinsen dann doch eine Spur ab. Wollte dieser Tage denn einfach keiner eins in die Fresse von ihr?

„Ho, Danak. Kein Hass", warf Botenjunge ihr entgegen, sein Gesicht nah bei ihrem, während sie ihn zu sich heranzog. „Vai Gau Nan hat mitbekommen, wie sehr du dich abgeackert hast. Das hat seinen Respekt. Die Firnwölfe sind hartnäckig. Die kriegen wir später. Jetzt müssen wir sie von ihrer Unterstützung abschneiden. Willst du den Homunkulus?"

Sie ließ den Kragen des Rattenfürsten los.

„Was soll das heißen?"

„Der Kontakt der Firnwölfe zu dieser Schar, die jetzt den Homunkulus hat, kam über ihren ehemaligen Mann Lenk zustande. Über diese Truppe ergibt sich ein Netz zu allen möglichen Verbindungen. Auch zu den Rebellen. So wie wir über unsere Netze mitbekommen haben, dass ihr wie die Hölle hinter diesem Homunkulus her seid, kriegen wir auch einige andere Sachen mit, an die ihr Gänsehüter nicht die Nase kriegt.

Vai Gau Nan gibt dir etwas, was dich zu dem Homunkulus führt. Dafür hilfst du ihm, wenn es gegen die Firnwölfe geht."

„Was heißt das? Informationen kannst du mir doch auch schon direkt geben. Oder lässt dich der Vastacke an so was nicht ran?"

Botenjunge überging das mit einem einseitigen Nasehochziehen und einem Lippenraunzer. „Es geht nicht um Informationen. Direkter Einsatz."

Na gut? Was sollte das? Da musste sie schon mehr wissen.

„Wo?"

„Marnak-Ställe."

Gottverlassene Gegend also. „Fein. Wenn's um eine Mission geht, komme ich mit meinen Kader und zwei Zwölfschaften Gardisten zu dem Treffpunkt."

Der Rattenfürst grinste.

„Ich weiß, was du denkst", sagte er. „Aber Vai Gau Nan will dir nichts. Das hier ist keine Falle für dich. Er will schließlich, dass du ihm gegen die Firnwölfe hilfst. Und außerdem …" Der Schnurrbärtige schürzte die Lippen. „Du hast ihn doch nicht verärgert. Vai Gau Nan ist zufrieden damit, was du bisher im Bereich deiner Möglichkeiten getan hast. Er möchte weiter mit dir arbeiten."

Danak schniefte hart, maß ihn mit kaltem Blick. Sagte Na gut! mit einem Schlenker ihres Kinns.

„Kleine Truppe", sagte der Rattenfürst. „Heute Abend, um zehn Glocken. Marnak-Ställe. Schnelle, unauffällige Sache. Bring deinen Kader mit. Das wird reichen. Das ist genau richtig."

Sicher. Würde sie. Dann aber gepanzert und schwer bewaffnet.

Sie drehte sich um und ließ den Rattenfürsten in dem Laden stehen.

„Richte Vai Gau Nan meine Grüße aus", sagte sie schon im Herausgehen.

Die Marnak-Ställe lagen auf einer größeren Freifläche am stadtauswärts gerichteten Ende von Ost-Rhun. Das Umfeld bestand aus Koppeln; ein Teil davon war einmal Übungsfeld der idirischen Armee gewesen, als es noch eine idirische Armee in Rhun gab. Darum herum erstreckten sich Lagerhallen, zum Teil von den Textil- und Papiermühlen, die Rhun einst groß gemacht hatten, dann noch die Gebäude von Manufakturen, Hallen von Viehhändlern, das Übliche.

Nachts war diese Gegend menschenverlassen. Ein fetter Mond hing am Himmel und brütete den Nachtwolken ihre letzte Bläue aus dem Leib. Es war noch einmal ein warmer Tag gewesen. Staub hing in der Luft.

Von weitem schien alles in Ordnung zu sein, also rückten sie im bleichen Mondlicht über den Pfad zwischen den Koppeln vor.

Sandros war mit dabei; sie hielt ihn im Auge. Er zog klackend den Spannhebel seiner Sturmarmbrust durch, als sie zwischen den Koppeln hervortraten und sich eine Gestalt aus dem Schatten des kahlen, hohen Gebäudes löste.

Auch im Dunkeln konnte sie schon erkennen, dass es nicht der schnurrbärtige Botenjunge des Vastacken war, der sie da in Empfang nahm. Der Kerl war kleiner und ein wenig schief gebaut. Auch als er näher heran kam, erkannte sie ihn nicht. Die Nase saß wie ein kleiner, schräger Haken im Gesicht, die Brauen standen an einem platten Schädel stark vor. Sie war sich ziemlich sicher, dass sie ihn noch nie gesehen hatte. Er trug auch keine Meutenkluft.

Sandros ließ noch einmal die Waffe in seiner Hand scharf aufklacken.

Der Kerl grinste nur schief.

„Danak, richtig? Ich sollte euch erwarten."

Danak sah sich um. Das Freifeld lag verlassen.

„Wo ist Vai Gau Nan?"

„Der Große mit dem blau angelaufenen Gesicht? Ich kenne keine Namen. Ich soll euch zu dem Treffen bringen."

Der Rest ließ noch einmal die Blicke und die Waffen im Kreis nach außen schwenken. Dann folgten sie dem Mann.

Die Marnak-Ställe waren von innen ein verwirrendes Gedränge von Lattengängen und Abzäunungen. Als sie eintraten, stieg ihnen der Gestank nach kotigem Stroh und Pferdepisse scharf in die Nase. Von oben her fielen fahle Bahnen von Mondlicht in das trüb vergraute Dunkel. Faseriger Staub tanzte darin wie Algenschwirren in den warmen Schichten eines Tümpels.

Von irgendwo aus dem hinteren Teil kam leises Wiehern. Dort nahm man auch vage Bewegung wahr. Es stapfte, scharrte, klopfte gegen Latten. Kaum etwas klar zu sehen in dem Gewirr der Balken und Gänge.

Der Schiefe führte sie durch einen Mittelgang, kaum breit genug für drei Mann nebeneinander, der von Lattenreihen eingezäunt war. Rohes Holz von oben nach unten, im engen Abstand. Man kam sich fast wie in einem Käfig vor.

Ein Seitenblick zeigte ihr, dass auch die anderen argwöhnisch ihre Blicke ins Dunkel schweifen ließen. Sie behielt den Schiefen vor ihr im Auge.

Der Kerl kannte anscheinend *gar* keinen. Nicht den Vastacken, sie nicht. Keine Meutenkluft. Warum ein kompletter Außenseiter?

Der Gang war lang und schmal und endete an einer Gattertür, die gleiche Machart, wie die Lattenreihen zu den Seiten hin.

Der Schiefe beschleunigte plötzlich seine Schritte.

„Hey", schrie sie ihm zu.

Da lief er auch schon los. Durch die Tür. Sie lief ihm hinterher, da knallte die Tür zu, ein Schloss rastete ein.

„Scheisse!"

Eine Falle, sie hatte es doch gewusst.

Sie warf sich gegen die Tür. Sah nach rohem Holz aus, aber es hielt. Der Schiefe wich rückwärts zurück. Grinste irgendwie. Aus sicherer Entfernung, dachte er wohl.

Sie hob ihre Armbrust.

„Komm her", sagte sie und legte auf ihn an. „Komm her, oder ich jage dir einen Bolzen in den Leib."

„Nichts machst du. Du hast schon zu viel gemacht."

Die Stimme kam vom anderen Ende der Lattengasse, aus ihrem Rücken.

Fast gleichzeitig mit den anderen ihres Kaders fuhr sie herum.

Aus dem Dunkel näherten sich ihr den Gang herab breite Gestalten. Keine darunter, die sie alle überragte, wie etwa ein Vastachi.

Sie traten aus dem Dunkel in einen Streifen einfallenden Mondlichts. Breite Schultern, vierschrötige Gesichter, dunkles Leder. Voran ein Koloss, groß und breit, wie ein Schrank. Sie kannte ihn. Sie hatte ihn gesehen, vor kurzem noch. Unter dunklen, buschigen Brauen hervor schaute er sie an, kahler Schädel, breite Nase, mächtiger Bart. In einer Gasse, hatte sie ihn das letzte Mal gesehen, im strömenden Regen, zwischen Lagerhäusern, Hintereingängen; seine Leibgarde hatte sich wie eine Wand vor ihm aufgebaut.

Eber.

Der Hauptmann der Firnwölfe.

Aber der Botenjunge des Vastacken ... Was hatte der ...?

Eber schenkte ihr ein sardonisches Grinsen. Hob die Hand und deutete dann mit dem Finger auf sie, visierte sie an wie über den Lauf einer Armbrust. Dann hob er seine echte Waffe, die er in der anderen Hand hielt.

Die Armbrüste ihrer Leute schossen mit trockenem, gestaffeltem Klackern hoch. Die der Firnwölfe auch. Wie ein zerrissener, gestreuter Trommelwirbel im hohen Hallraum der Ställe.

Sie sah Staubkörnchen durch die Luft schweben, zwischen ihr und den Firnwölfen, bleiche, treibende Späne vom Licht des Mondes abgespleißt. Die Armbrüste einer kleinen Armee sah sie auf sich gerichtet.

Ein Pferd wieherte im Hintergrund der Halle auf.

Wie viele waren das?

Sie versuchte über die Schultern von Eber und seiner Leibwache zu blicken. Noch mehr dahinter in den Schatten des Lattengangs. Wie viele, zur Hölle, waren das? Hatte er die ganzen Firnwölfe aufgefahren? Oder doch beinahe?

„Zähl nur nach", sagte Eber, ihren Blick richtig deutend. „Ihr fünf gegen ... wie viele? Ihr habt uns eine ganze Menge Arbeit gemacht, da sollten wir euch auch alle den Respekt zollen."

Sie standen sich gegenüber, Waffen im Anschlag. Füße scharrten, verkniffene Auge visierten über den Armbrustlauf, Gesichtsmuskeln zuckten. Nervöse kurze Blicke hin und her.

„Waffen runter", sagte Eber. „Einmal kann jeder von euch schießen. Fünf Bolzen insgesamt. Dann seid ihr tot."

Sie, ihre Truppe, wechselten knappe Seitenblicke.

Dann ging sie bedächtig in die Knie. Legte ihre Waffe zu Boden.

Langsam taten es ihr ihre Kadermitglieder nach, Sandros, Chik, Mercer, Choraik.

„Und jetzt?", fragte sie zu Eber hinüber.

Sein Lächeln war kalt. Er nahm sich Zeit dafür.

„Jetzt wird gestorben", sagte er.

In diesem Lattengang wie in einem Gefängnis.

„Mit Armbrüsten", fuhr Eber fort, schürzte seine Lippen, „macht es doch gar keinen Spaß. Dafür gibt es Besseres."

Keine Chance hier rauszukommen, von allen Seiten eingeschlossen, wie Vieh in einem Schlachthaus.

„Und du hast dir Besseres verdient", sprach Eber genüsslich, schwerfällig weiter. „Mit all dem Ärger, den du uns gemacht hast. Als sei *eine* klare Warnung nicht genug. Aber du musst ja trotzdem weitermachen."

Verdammt, sie hatte ihre Truppe in den sicheren Tod geführt. Wie zur Hölle kam sie ... „Eber, lass uns reden! Kannst du dir vorstellen was passiert, wenn du jetzt hier ..."

„Genug geredet", blaffte ihr der kahle Bulle, den man Eber nannte, ins Wort. „Jungs!", nach hinten gerichtet.

Blitzender Stahl rasselte aus Scheiden. Schwerter, Langdolche, Fechtspeere. Kalt spiegelndes Dorngebüsch zum Hacken, Stechen und Spießen geschmiedet.

Zuerst nur ein vereinzelter Ruf. Dann Klappern. Weitere Schreie erschollen. Dann Stampfen und Trappeln. Wieder vereinzeltes Gewieher, von mehreren Tieren diesmal.

Stiefelgetrappel über den kahlen Boden hallte flach zu den Seiten weg. Da waren plötzlich Männer die eine Bretterwand trugen. Zwei davon. Zugleich. Sie wurden im raschen Laufschritt auf sie zu geschoben. Die Bretterwände mit den Männern dahinter schossen von den Seiten heran. Und wurden unter Gerassel und Gebrüll gezielt durch einen Schlitz zwischen den Lattenstäben des Laufgangs geschoben.

Die Bretterwand sauste an Danak vorbei, über die Breite des Gangs, blockierte ihn augenblicklich und somit den Ausblick auf die verdutzten Firnwölfe dahinter. Nur noch Bretter vor ihr.

Sie sah hinter den Latten die Leute, die die Bretterwand im Laufschritt getragen hatten. Die standen auf der gleichen Seite des Hindernisses wie sie selber. Eber, die Firnwölfe dagegen waren auf der anderen Seite der hineingeschobenen Wand nicht mehr zu sehen. Eingeschlossen.

Sie hörte einen Aufschrei hinter sich, ein verröchelndes Keuchen.

Danak drehte sich um, sah, dass der Schiefe, der sie hier hereingeführt hatte, schlaff im Griff eines anderen Mannes hing, der ihn von hinten hielt. Eine kurze Klinge glitzerte im Mondlicht, Blut troff herab. Von der Klinge und aus der Kehle des Schiefen.

Die Gestalt hinter ihm trat zur Seite, ließ den Körper mit der durchgeschnittenen Kehle zu Boden fallen.

Es war der Schnurrbärtige. Der Botenjunge des Vastacken.

Hinter der Bretterwand, bei Ebers Truppe ging jetzt das Geschrei los. Und Poltern und Hämmern gegen das Holz.

Und dann geschah ganz viel beinahe gleichzeitig.

Durch weiteres Geklapper wurde sie auf eine Bewegung in der staubigen Düsternis der Ställe aufmerksam. Sie sah genauer hin. Eine Wand bewegte sich, zerfiel.

Sie zerlegte sich vor ihren Augen in einzelne Segmente.

Sie brauchte einen Moment, um zu begreifen, was dort geschah, musste dazu zuerst genauer hinschauen.

Was sie, was alle anderen anscheinend auch in der Dunkelheit des Raumes für eine geschlossene Wand gehalten hatten, spaltete sich auf in Einzelteile. Mannshoch, zwei Mann breit. Dicke Holzplatten. Füße schauten darunter hervor. Sie wurden von Männern getragen. Vor sich her wie Schilde. Schnell auf die Abtrennung des Lattengangs zu. Schnell dicht heran an den Abschnitt, in dem sich Eber und seine Firnwölfe befanden.

Noch eine Wand. Noch eine Schildfront. Diesmal von der anderen Seite.

Bolzen schwirrten durch die Luft. Sie wurden von den Firnwölfen durch die Stäbe hindurch abgeschossen und blieben mit einem trockenen Laut im Holz der übergroßen Schildplatten stecken.

Weiteres Schwirren von Pfeilen. Von oben her.

Wie Blitze surrten sie von den hohen Fensterschlitzen herab. In die Mitte, in den Lattengang. In den Pulk der Firnwölfe hinein.

Schreie. Einige darunter gellend. Männer in Schmerz und Todeskampf.

Und dazwischen wieherten dort hinten im Dunkel die Pferde auf.

„Raus jetzt!"

Erst durch die Stimme wurde sie darauf aufmerksam.

Der Bote des Vastacken hatte ihnen die Gattertür geöffnet, stand jetzt im Rahmen und winkte sie heraus.

„Los jetzt!"

Zögern ihrer Leute ringsumher. Was ging hier vor? Choraik klopfte ihr auf die Schulter, schob sie sanft voran.

„Na los", sagte sie. „Ihr habt es gehört, raus!"

Licht flammte in diesem Moment ringsumher auf. Laternen wurden angezündet.

Sie liefen an dem Rattenfürsten vorbei, der ihnen die Tür geöffnet hatte.

Er führte sie um die Ecken des Gewirrs von Lattenspalieren.

Plötzlich schienen die eben noch so verlassen wirkenden Ställe voll mit Menschen und Schreien zu sein.

Von hier aus, durch die Lattenreihen hindurch, sah sie jetzt auch genauer, was geschah.

Es gab nicht nur dicke Schildplatten aus zusammengezimmerten Brettern, die von rechts und links gegen den Mittelgang geschoben wurden, in dem die Firnwölfe eingeschlossen waren. Die Träger der Wände waren außerdem mit überlangen Speeren ausgestattet. Keine Fechtspeere sondern regelrechte Spieße, wesentlich länger als ein Mann groß war. Zum Zustechen und Durchbohren gedacht. Und genauso handhabten die Männer sie auch. Selber durch die dicke Bretterschicht der Schildplatten geschützt, trieben sie die Spieße von beiden Seiten zwischen den Latten hindurch in die Masse der hilflos eingeschlossenen Firnwölfe. In dem engen Raum gab es kein Ausweichen. Wie sie sich auch wanden, die Firnwölfe wurden regelrecht gepfählt. Spieße blieben in Körpern stecken, verhakten sich zwischen den Latten, vereitelten vollends die verzweifelten Bemühungen der Eingeschossenen, den tödlichen, nach ihnen zielenden Spitzen auszuweichen.

Zerrissen aufschrillendes Wiehern von den hinteren Ställen her, Gepolter. Pferde warfen sich gegen ihre Umzäunung.

Das Brüllen, das zur hohen Decke der Halle aufstieg war markerschütternd. Das war kein Kampf, das war nur noch ein einziges, gnadenloses Abschlachten. Zwar konnte in dem zusammengedrängten Gewühl aus Körpern ein Stoß nirgends anders hingehen als ins Fleisch der Opfer, doch war so auch kein gezielter Gnadenstoß möglich. Selbst wenn die Angreifer Experten des Tötens, gut ausgebildete Soldaten gewesen wären, hätten sie in dem Gewimmel keine zielgerichteten Todesstöße ausführen können. Die Speerspitzen bohrten sich willkürlich ins Fleisch, wo sie gerade trafen. Auf diese Art konnte es lange dauern, bis ein Mensch starb. Schrill und grell wie Messer, kaum erträglich, stachen die Schreie der hingemetzelten Firnwölfe in Danaks Ohren.

Ein einziges widerliches Massaker.

Ihre Leute standen starr neben ihr.

In dieser ganzen Hölle aus unerbittlichem Morden und gedrängtem, ersticktem Sterben, aus Gebrüll und Blut fing eine herannahende Gestalt ihre Aufmerksamkeit ein.

Groß. Übergroß. Hager. Im Pelzumhang.

Der Vastacke, begleitet von einem halben Dutzend Leibwächter, trat auf sie zu. Der Rattenfürst, der ihr seine Botschaft überbracht hatte, stellte sich an seine Seite.

„Er hat dir doch hoffentlich bei eurem letzten Treffen übermittelt, dass du mir helfen würdest, wenn es gegen die Firnwölfe geht", sagte der Vastacke. „Ist schon ziemlich bald dazu gekommen."

Sie merkte wie ihre Zähne mahlten und ihre Kiefermuskeln bebten. Sie war ein Köder gewesen. Der Vastacke hatte sie dazu gebracht, hierher zu kommen, als Köder, und dieser Köder hatte die Firnwölfe hierher gelockt. In einen Hinterhalt. Genau wo der Vastacke sie haben wollte. Der Chor des grausigen Gebrülls aus dem Hintergrund schwoll mit einem Mal wieder an.

„Du ...", war alles, was sie herausbekam.

Schwertspitzen saßen ihr auf der Brust und am Hals, bevor sie sich dem Vastacken auch nur einen Schritt nähern konnte.

Sie fauchte ihn tonlos über die Länge der Schwerter hinweg an. Tiefe, heftige Atemzüge, rasselnd und schnaubend aus der Kehle, bevor sie wieder in der Lage war etwas zu sagen.

Was dann herauskam, war nicht das, wovon sie gedacht hatte, dass sie es sagen würde.

„Der Homunkulus. Du hast gesagt, ich bekomme ihn dafür."

Das langgezogene auberginefarbene Gesicht des Vastacken zeigte eine Spur lakonischen Bedauerns. „Ich fürchte, das liegt nicht in meiner Macht. Aber ich gebe dir etwas anderes dafür. Die Auslöschung deines Feindes. Der auch zufällig meiner ist."

Sie sah, wie der Vastacke sich umschaute, dann die Hand hob, einen Wink gab. Bretterwände zogen sich schnell wieder zurück.

Die Männer dahinter, mit den Spießen jetzt wieder angehoben, rasch rückwärts eilend. Aus dem Verhau, in dem die Firnwölfe zerstochen worden waren, kamen nur noch abgerissene Schreie und Stöhnen, unterlegt von dumpf mahlendem Gebrüll. Dort stand niemand mehr. Der Boden war rot und glitschig vom Blut.

Eine Flamme bleckte hoch. Eine Lampe landete klirrend auf dem Boden. Feuerzungen flammten empor.

„Und jetzt raus hier", sagte der Vastacke. „Oder wollen die Gänsehüter mit draufgehen?"

Sie lief in einem Pulk von Leuten zwischen Latten und Bretterwänden hindurch.

Pferde wieherten schrill und bäumten sich dahinter auf, traten mit den Hufen um sich.

Sie preschten alle miteinander ins Freie. Die Nacht war kühl und roh. Lichter schwammen in der Ferne über der Stadt.

„War mir ein Vergnügen mit dir zu arbeiten", sagte der Vastacke und lief an ihr vorbei im Schirm seiner Leibwächter in das flache, weite Feld der ahnungslosen Dunkelheit.

Mehr Leute des Vastacken, mehr Rattenfürsten noch mit den Spießen hoch in die Luft gereckt, strömten in Gruppen an ihnen vorbei, flohen und verloren sich im Dunkel.

Danak stand da mit ihrem Kader.

Von drinnen hörte sie das panische Wiehern der Pferde. Choraik lief auf das Stallgebäude zu, Chik hinter ihm.

Sie sah, wie schon Flammen an Ritzen und Fenstern herausleckten.

Das erste Pferd kam herausgaloppiert.

Choraik und Chik kamen jetzt rennend wieder hervor.

Ein Pulk von Pferdeleibern dicht hinter ihnen. Sie brachten sich eilig aus ihrer Bahn in Sicherheit. Staub stieg im Pfad der Masse trommelnder Hufe auf.

Flammen sprangen rasch an der hölzernen Front des Gebäudes empor, züngelten höher, streckten sich empor in die Nacht, die sie bald mit einer orangeroten weiten Aureole erfüllten. Schwärme von Funken stoben hoch.

Bald brannten die Marnak-Ställe lichterloh.

Pferde galoppierten wild wiehernd in die Nacht.

13

Seine verdammte Opfergabe. Ein Blutopfer, das Massaker an einer Bande. Sie würde es ihm vor die Füße werfen, sie würde es ihm ins Gesicht spucken, und dann war es hoffentlich genug.

In dieser Nacht hatte sie wenig Schlaf gefunden. Es hatte in ihr gewühlt, während sie sich in der Schlafkoje des Gardehauses gewälzt hatte. Und das alles hatte nicht dazu beigetragen, dass sie sich jetzt am Morgen ruhiger fühlte, ganz im Gegenteil. Sie hatte, wie die Meutenhunde sagten, Blut in den Augen. Diese Augen hatten in der letzten Nacht ja auch genügend an Blut zu sehen bekommen. Blut, das über den kahlen Boden der Marnak-Ställe geströmt war.

Aus dem Innenhof des Milizpräsidiums stürmte sie durch die Tür, die Treppen hoch, zwei Stufen in einem Schritt. Sie biss die Zähne zusammen, spürte dabei, wie weit sie die Lippen gebleckt hatte. Na gut, dann würde sie also mit diesem Raubtiergesicht zu ihm hineinstürzen. Und Banátrass Sekretär sollte sich vorsehen, wie er ihr kam. Der wäre ihr gerade recht.

Das musste ihm doch reichen, diesem Lackel von Ordensmann, er hatte was er wollte, bis auf den letzten Mann, eine Bande zur Strecke gebracht, na, wenn das kein Blutpreis war, den Banátrass seinerseits seinen Kinphaurenherren zu Füßen legen konnte, der wieselnde, intrigante Drecksack!

Sie stürmte in Banátrass Vorzimmer. Kein Sekretär zu sehen.

Sie wollte die Klinke packen, die Tür zu Banátrass Arbeitszimmer aufreißen, als gedämpfte Stimmen sie davon abhielten.

Im Zimmer ihres Milizhauptmanns sprach jemand. Zwei Stimmen. Sie blieb stehen und lauschte. Irgendetwas, ein scharf aufblitzender Instinkt in ihr, ließ sie trotz ihrer rasenden Wut innehalten.

Die eine Stimme, das war Banátrass, eindeutig. Und die andere? Sie lauschte; sie konnte die Worte verstehen.

„Ich hatte Sie gewarnt, dass Sie mir Erfolge bringen sollen. Dass Sie sie antreiben, ihrer Arbeit nachzugehen. Dass Sie mir den gestohlenen Homunkulus herschaffen sollten."

Jemand der gegenüber Banátrass Drohungen aussprach? Die sie nur allzu gut kannte? Jemand der Banátrass seinerseits mit diesen Dingen unter Druck setzte?

Sie kannte sie, diese Stimme. Das konnte nur einer sein. Var'n Sipach Dharkunt. Bevollmächtigtes Beil des Roten Dolches. Richter und Exekutor des Heereskommandanten von Rhun.

Aha. Das war allerdings mehr als interessant.

Aber sie hatte doch keine Kutsche im Hof gesehen. War sie in die Ställe der Druvernsburg gefahren worden? Um kein Aufsehen zu erregen?

Jetzt wieder Banátrass' Stimme. „Der Homunkulus ist noch in der Stadt. Sie können ihn nicht herausschaffen. Alle Wege sind gesperrt. Und Kuidanak ist ihm auf den Fersen. Es kann sich nur noch um …"

„Ich will diesen Homunkuluskörper haben", unterbrach var'n Sipachs Stimme ihn jäh. „Und Sie werden ihn mir beschaffen. Ich ziehe Ihren Hals aus der Schlinge. Ich helfe Ihnen zu verhindern, auf diesem Spielfeld, das wohl etwas zu groß für Sie ist, eine Kinphaurenklinge zwischen die Rippen zu bekommen. Morgen ist Ihre Chance. Und dafür will ich Erfolge sehen. Ich will den Homunkuluskörper in meiner Hand."

Eine Pause entstand hinter der Tür.

In der Banátrass es anscheinend nicht wagte, das Wort zu ergreifen.

„Das ist Ihre letzte Chance, Banátrass. Nach der Sache im Tragent. Eine weitere werden Sie nicht bekommen. Ich habe zugestimmt, dass Sie hier Ihre Pläne in die Tat umsetzen können, die Miliz in eine Waffe gegen die Marodeure umzuformen. Ein etwas ungewöhnliches Vorgehen, aber Sie haben mich so weit überzeugt, dass ich Sie einen Versuch wagen lassen wollte. Bisher habe ich nichts gesehen, was für den Erfolg Ihrer Pläne spricht."

Danak erstarrte am ganzen Körper. Die Miliz zu einer Waffe gegen die Rebellen umformen? Das heißt, es steckte System hinter dem, wozu man sie in den letzten Wochen getrieben hatte. Das alles war Banátrass Plan.

„Ich gebe Ihnen diese einmalige Waffe in die Hände, um Ihre Probleme zu lösen. Ich gebe Ihnen einen Ort. Eine Sache, eine einzige Sache verlange ich dafür …"

Var'n Sipachs Stimme schwoll weiter an. Es schien, als würden sie sich dem Abschluss des Gesprächs nähern. Sie hatte genug gehört. Sie hatte mehr als genug gehört. Und sie hatte mehr Glück als Verstand gehabt. Dass der Sekretär gerade nicht anwesend war. Dass der Ankchoraik wahrscheinlich mit im Zimmer war und nicht vor der Tür als Wache stand.

Jetzt schnell weg. Raus aus dem Vorzimmer. Bevor sie jemand bemerkte. Zurück in den Hof. Raus aus der Druvernsburg. Bevor hier noch etwas Unerfreuliches und Blutiges geschah.

Davon hatte sie in dieser Nacht genug erlebt. Davon hatte sie genug in den Augen.

Var'n Sipach verließ seine Amtsstube, der Koloss des Ankchoraik gleich hinterher.

Banátrass beobachtete, wie sich die rot-silberne hünenhafte Gestalt durch den Türrahmen duckte, die Lagen seiner Kleidung eine blutrote Fahne, die hinter ihr herwehte. Dann fiel die Tür ins Schloss und sein Besuch war fort.

Endlich. Wieder allein in seiner Amtsstube mit dem weiten Blick über Rhun hinweg.

Zunächst atmete er einmal ruhig und tief durch, um sich wieder in den Griff zu bekommen und Klarheit zu erlangen. Er stand aus seinem Lehnstuhl auf, in den er während der Unterredung gesunken war, wandte sich um, fühlte mit seinen Händen hinter sich die Tischplatte und setzte sich auf ihre Kante.

Rhun lag unter einem wild dahintreibenden Meer von Wolken da, die Stadt am Grund in seiner Tiefe versunken, dunkle, spitze Türme, die sich aus dem weiten Feld aus Giebeln, Schindelflecken und Mauern emporreckten. Versunken. Stachelspitze Grate und Korallenriffe. Traufenüberwucherte Labyrinthe. Über die eine Schicht von bauchigem Grau hinwegwälzte.

Den Homunkulus, den musste er kriegen. Das war die Grundbedingung. Das musste zu schaffen sein. Danak hatte ihm versichert, er müsste noch in der Stadt sein. Kein Grund, warum sie Unrecht haben sollte. All die Absperrungen, all die Kontrollen standen. Die Wächterketten erledigten den Rest.

Auch sein eigenes Netzwerk aus Angehörigen des Einen Weges sowie aus Assoziierten und Verbindungen der Klans Mar'n-Khai und Khivar hatte keinen Hinweis gefunden, dass ein

Versuch gemacht worden wäre, die Barriere um die Stadt zu durchbrechen.

Moridian, sein zweites Ass im Ärmel, gegenüber Danak. Neben dem Hass auf diejenigen, die einen ihres Teams ermordet hatten, und der Danaks Kader für den tieferen Sinn ihres Auftrags blind machen sollte. Zwei von Danaks Kader hatten sie jetzt auf dem Gewissen, nachdem auch Histan Vohlt bei dem Kampf in den Häfen getötet worden war.

Trotzdem hatte es diese Kuidanak nicht blind für alles gemacht, was in ihrem Weg lag. Dann musste er eben Moridian noch einmal in die Zange nehmen und anleiten, was zu tun sei. Und ihm Druck machen. Wenn der Karriereanreiz nicht reichte, dann in ihm die Angst schüren, dass man ihm auf die Schliche kommen könnte und diese kleine Sache, die er am Laufen hatte, von interessierter Seite ganz und gar nicht so gnädig gesehen wurde. Faszinierend, in was für Schwierigkeiten Frauengeschichten jemanden bringen konnten.

Gut, dass er davon erfahren hatte und seine Quelle über diesen Umstand gegenüber anderen Schweigen bewahrte. Weil sie selber von Geheimnissen profitierte. Dieses Netzwerk von Kinphaurenintrigen. Wenn man es einmal verstand, konnte es sehr nützlich sein.

Und Kuidanak müsste mit ein paar Hinweisen und Stupsern in die richtige Richtung mühelos zu lenken sein. Außerdem sollte var'n Sipach ihm zunächst einmal helfen, seinen eigenen Kopf aus der Schlinge der Blutsfehden des Vhay-Mhrivarn-Klan zu ziehen. Das war das Wichtigste.

Heute Abend verließ Vhay-Mhrivarn Kutain Veren den Schutz des Kastells der Vhay-Mhrivarn und begab sich zu dem Entrückten Raum. Heute Abend würde Vhay-Mhrivarn Kutain Veren sterben. Von der Hand einer tödlichen lebenden Waffe. Und dann hatte er seine Botschaft dem Klan der Vhay-Mhrivarn übermittelt. Dass er eine wehrhafte Klinge war. Dass er unberührbar war.

Und var'n Sipach hatte zugesagt, ihm diese Waffe in die Hand geben.

Wenn das erledigt war, würde er weitersehen.

Er warf noch einmal einen Blick über das wolkenüberwogte Häusermeer von Rhun.

Ja, er fühlte sich schon besser.

Nichts als eine Waffe in Kylar Banátrass Händen. So sah er sie. So benutzte er sie. Sie sah es jetzt ganz klar.

Hoch oben an der Mauerkante sitzend, das steile, dunkle, schindelgedeckte Dach in ihrem Rücken, die Knie an ihre Brust angezogen, Füße gegen die niedrige Brüstung gestemmt, schaute sie über die Dächer von Rhun hinweg, und ihr Blick verlor sich in der Ferne, ohne wirklich etwas von dem Panorama wahrzunehmen, das sich da unter ihr ausbreitete.

Sie war heraufgeklettert, durch ein enges, verlassenes Stiegenhaus in einem der Türmchen, das kaum jemand noch benutzte, war in einem heißen, stickigen, von bitter riechendem Vogelkot beschmutzten Söller durch ein enges Fenster auf das Dach des Gardenhauses Ost-Rhun hinausgestiegen und hatte dann erst einmal tief durchgeatmet.

Hier war sie allein. Hier kam sonst niemand hinauf. Hier konnte sie in Ruhe versuchen, Klarheit in ihre verwirrten, blutrot zerwühlten Gedanken zu bringen.

Banátrass wollte die Miliz zu einem Werkzeug gegen die Rebellen umgestalten. Jetzt war es heraus. Kein vager Verdacht mehr, kein Rumoren in ihrem Inneren, kein bloßer sich im Zuge ihres Vorgehens ergebender Konflikt von Interessen. Ein klarer Plan stand dahinter, den sich ihr neuer Hauptmann in den Kopf gesetzt hatte, um sich in der verzweigten Hierarchie der Kinphaurenherrschaft einen höheren Platz zu erkämpfen.

Die Miliz als Waffe im Kampf der Besatzer gegen die ursprünglichen Herren dieses Landes. Auf der einen Seite die neuen Kinphaurenherrscher in den leeren Hallen auf dem Engelsberg – auf der anderen Seite Einauges Rebellenheer und dessen Handlanger und Sympathisanten, die kleine Armee der Kutte, die dort draußen im Niemandsland noch immer die Sache des Idirischen Reiches mit ihren Guerillaaktionen verteidigte, und dann noch die Freien Scharen, die bald mit diesem, bald mit jenem assoziiert waren, aber vor allem die Kinphaurenheere als ihre Feinde sahen, die ihre selbstgewählte Lebensweise bedrohten.

Die Miliz wurde dadurch Teil der Phalanxspiele der Herrschenden. Ein Teil des Krieges.

Das wovon abzuwenden, sie und Khrival sich damals geschworen hatten. Um stattdessen etwas Sinnvolles zu tun und die Unschuldigen zu verteidigen.

Die Unschuldigen. Die Kinphauren gehörten bestimmt nicht dazu. Schließlich waren sie mit ihrer gewaltigen Invasionsarmee in dieses Land eingefallen. Und jetzt sollte sie deren Arbeit tun? Jetzt sollte sie diese aggressiven Invasoren verteidigen und für deren Zwecke eingespannt werden?

Wie konnte sie unter diesen Umständen ihr eigentliches Ziel, die Straßen von Rhun sauber zu halten, die Unschuldigen zu schützen, überhaupt noch weiter verfolgen? War das überhaupt noch möglich? Bisher hatte sie das immer gedacht, und deshalb war sie, auch nach dem Herrschaftswechsel, in ihrem Job geblieben.

Schmutziges Gunwaz von den Straßen bringen, das Menschen in leere, ausgehöhlte wiedergängerähnliche Wracks verwandelte, bevor es sie am Ende schließlich tötete. Eine Substanz angeblich geschaffen von einem Magier des Einen Weges. Den Verbündeten der Kinphauren. Das war eine Aufgabe, für die sie einstehen konnte. Und natürlich pfiff ihr Hauptmann, der Kinphaurenscherge sie genau davon zurück. Vielleicht hatte er gute Gründe. Vielleicht wusste er sogar mehr darüber als sie. Das würde sein Verhalten erklären.

Sie zog ein Knie an, stützte ihr Kinn in die Hand, schloss für einen Augenblick die Augen. Ihre Finger streiften hoch zur Nasenwurzel, kniffen sie zusammen, massierten dort leicht.

Was war nur geschehen? Ihre ganzen Ziele und Prioritäten hatten sich heillos verwirrt. Und dazu klebte auch noch das Blut eines Freundes an ihren Händen. Immer wieder tauchte das Bild von Histan vor ihr auf. Wie plötzlich der Bolzen in seiner Stirn verschwunden war. Wie er stumm und tot zu Boden gesunken war.

Und sie konnte einfach nicht aufhören, sich zu fragen, warum sie das getan hatte. Wie ein Mühlrad lief diese Frage um und um in ihrem Kopf. Und ob sie es wieder tun würde. Es drehte und drehte sich knarrend und unablässig, und sie fand keine Antwort. Sie, die sich immer so sicher gewesen war.

Als wäre der Untergang einer ganzen Meute nicht schon genug.

Schattenflackern ließ ihre Aufmerksamkeit aus ihren Gedanken hochfahren. Wolken trieben über die Stadt, gaben kurz die Sonne frei, verhüllten sie dann wieder in schneller Folge. Wie Signalketten von Leuchtfeuern von einem weit entfernten Ort her. Wolkenschatten spülten über sie hinweg, an ihrem Platz hoch oben auf dem Dach.

Wie eine Welle an einem Strand krochen sie unter ihr über das Relief der Dächer und Türme, Straßenzug um Straßenzug, Viertel um Viertel. Sie folgte mit den Augen ihrem Lauf, ließ sich von ihm dazu verführen ihren Blick in die Ferne schweifen zu lassen, weit hinweg über die Stadt, die sie beschützen wollte, in einem abschätzenden Rund.

Ganz zu ihrer Linken, weit zum Horizont hin, ragte die helle Kuppe des Engelsbergs über das Dächermeer, mit den Parlamentsgebäuden darauf wie eine dunkle, stachelige Krone.

Seine linke Seite wurde für sie verborgen von den Zinnen der Aidiras-Kathedrale, fast in Deckung mit einer anderen Formation von Türmen davor, denen eines Kastells, dem ehemaligen Stammsitz einer Adligenfamilie. Es war die Druvernsburg, das Hauptquartier der Miliz. Dahinter die wuchernde Masse der Gans mit dem Fluss dahinter, dem wimmelnden Gewirr des Gänsebauchs zur Rechten hin. Wenn sie von dort aus den Blick weiter am Lauf des Flusses entlangwandern ließ, kam sie schließlich zum Labyrinth der Wasserwege und Kanäle der Häfen. Immer wieder wurde dieser weite Ausblick durchbrochen von ansteigenden Buckeln, die von der Masse der Gebäuden einfach überwachsen worden waren, und den über die Stadtfläche verteilt aufragenden Riffen der Stadtburgen, den Kastellen, die jetzt Kinphaurenklans als Festungen dienten, in die sie sich zu ihrem Schutz, vor allem vor ihren eigenen Fehden, zurückzogen.

Dann, am Fuß der Häfen, an ihrem rechten Rand, erhob sich jäh der Galgenbug, die Klippe, die den Anfang des lang sich ziehenden Hügeldamms von Derndtwall markierte. Dort direkt an seinem Anstieg, ragten dunkle, scharfkantige Umrisse auf, die hier aus der Ferne wie zerbrochene Stummel erschienen und fast die Höhe des Galgenbugs erreichten. Zerborstene Türme, die Stümpfe von mächtigen Gebäudezügen, eingestürzte Gewölbe erhoben sich dort. Die Überreste einer älteren Welt.

Die Zinnen der Ruinen vor dem Galgenbug stammten noch aus jenen Tagen, bevor es überhaupt eine idirische Provinz

Vanareum gegeben hatte, sogar noch vor den Anfängen des Landes Vanarand. Hier an diesem Ort, an der gleichen Stelle wie die heutige Stadt Rhun, hatte einmal eine Stadt aus der Zeit der alten Reiche gestanden. Man sagte, es sei die sagenhafte Stadt Tryskenon gewesen. Und diese Ruinen am Fuße des Galgenbugs waren das Letzte, was noch von ihr erhalten war. Alles andere war vom Moloch Rhun verschlungen worden. Es ruhte in Schichten unter den jetzigen Gebäuden. Steine davon, Grundmauern waren in die Züge und Gebäude der jetzigen Stadt eingebaut, waren zu ihren neuen Mauern und Adern hochgezogen worden.

Danaks Blick glitt an der Höhenkette von Derndtwall entlang, die zur Firnhöhe hin an Masse und Gewalt gewann. Sie folgte ihrem Verlauf, wie sie zu einem Felsklotz mit Klippenstürzen anwuchs, von Häusern, Türmen und Wällen bedeckt, bis dieser schließlich allmählich auslief, wieder den Wellen und Ballungen einer eng gepackten Siedlungsebene Raum gab. Hinter ihr, in einer dunstverhangenen Ferne, lag ein schwer und grün sich dehnender, wuchernder, zuweilen in Höckern sich aufbäumender weiter Kranz, der dort die Stadt umschloss.

Das war der Luuternwald. Sein nördliches, von der Biegung der Durne begrenztes Ende wurde von der Masse der Firnhöhe verdeckt, aber dort, hinter Wallardsbruch, so wusste sie, wurde er von den Ausläufern der Vlichten durchzogen, in einem schlammigen, zerwühlten Irrgarten, der so tückisch, so gefährlich, wie unkontrollierbar war.

Beim Gedanken an die Vlichten, stieg das idyllische Bild einer Schmiedeburg am Rande des kleinen Wasserlaufes in ihr auf.

Ein Gutes gab es doch in all dem. Sie schnaubte bitter.

Auch wenn es dafür ein Massaker hatte geben müssen, dessen Blut an ihren Händen klebte. Selbst wenn sie nur als Köder benutzt worden war.

Heute Abend konnte sie endlich wieder nach Hause zurückkehren.

Die Firnwölfe gab es nicht mehr. Sie waren von den Rattenfürsten des Vastacken ausgelöscht worden. Der Weg durch das Territorium, das sie einst unter ihrer Kontrolle gehalten hatten, zurück nach Hause, zurück zu ihrer Familie, war frei.

Kein einsames sich Wälzen in den Schlafkojen der Gardenhäuser mehr. Heute Abend ging sie zurück zu Liova, Bernim und zu Klann.

14

Er musste zu ihrer Klansburg, ob er wollte oder nicht.

Er musste sich seine Waffe für die Aktion dieser Nacht im Kastell des Klan Khivar abholen. Var'n Sipachs Amtszimmer auf dem Engelsberg, mit den Bildnisfriesen, deren Steingesichter einen mit den Augen zu verfolgen schienen, war dagegen noch ein angenehmer Ort. Aber er verstand natürlich, warum die Übergabe nicht an einem so hervorgehobenen Platz stattfinden konnte. Er wollte es nur einfach hinter sich haben. Und diese Nacht am besten gleich auch. Der Mord begangen, Vhay-Mhrivarn Kutain Veren tot, er wieder von der über seinem Haupt hängenden Last eines unmittelbar drohenden Anschlags auf sein Leben befreit.

Seine Hände griffen zu beiden Seiten nach der Kante des Sitzpolsters; er atmete schwer durch. Er hörte den Kutscher auf dem Bock mit der Peitsche knallen, spürte wie er selber seinen Mund wie eine Wolfsschnauze spitzte und seine Vorderzähne aufeinander biss. Der Wagen fuhr durch meist menschenleere Gassen. Der Umriss eines Passanten flog am Wagenfenster vorbei, dann wieder nur Mauern, Fenster und Türen.

Zwei Mal war Banátrass in einem Kastell gewesen, das von den Kinphauren nach ihrer Übernahme des Landes in Besitz genommen worden war. Jedes Mal war es ein Erlebnis gewesen, das man als keineswegs angenehm beschreiben konnte. Die Treffen draußen im Feld, in den Lagern oder provisorischen Unterkünften, das war etwas anderes gewesen. Aber zu sehen, was das Hausen der Kinphaurensippen aus den Räumen und Hallen der Stadtburgen gemacht hatte, das war schon etwas, das tiefer ging … Das konnte schon die Seelenlage eines Menschen ein wenig aus dem Gleichgewicht bringen.

Nun ja, was sollte er sonst schon tun? Er war schließlich nicht mit der Gabe gesegnet, die einige seines Ordens zu den Auserwählten machte, welche von den Kinphauren und ihren Verbündeten in die Kunst der Magie eingeweiht wurden. Er konnte keine Feuer aus der leeren Luft herbeizaubern. Er konnte keine Blitzgewalten mit seinen bloßen Händen und mit der Kraft seines Verstandes zügeln.

Aber dieser Verstand war zu anderem gut. Er konnte sich in die Intrigenwelt der Kinphauren hineindenken und sie für seine Zwecke nutzen.

Var'n Sipachs Ankchorai-Leibwächter, Milizleutnant Vorna Kuidanak – die würden ihm helfen, aus dieser Misere herauszukommen und doch noch seine Pläne zu verwirklichen. Seine Chance.

Zu den Seiten hin hellte es sich jetzt um die Wagenfenster auf. Sie kamen aus der engen Gasse heraus und auf den Vorplatz des Kastells der Khivar. Er blickte aus dem Fenster und sah den Gebäudeklotz in der engen Begrenzung der umgebenden Häuser und Gassen steil aufragen. Die Schatten des späten Nachmittags zogen sich zusammen, verwandelten die Häuserzeilen fast in Schattenwürfe, ließen den sich türmenden Mauerberg nur umso schroffer erscheinen. Erste Lichter brannten in den Fensterschlitzen.

Die Kutsche fuhr vor das Tor, er hörte die Pferde schnauben.

Banátrass öffnete das Wagenfenster und lehnte sich hinaus. Sie waren bereits in die dunkle Höhle des Torbaus eingefahren. Kinphaurenwachen standen an seiner Seite aufgereiht, die Zeremonialschwerter blankgezogen.

„Wer will in Bann und unter Schild des Klans Khivar eindringen?", fragte ihn die erste der Wachen.

„Kylar Banátrass steht unter dem Schild der Khivar. Sein Füße gehen die Wege des Klans", sprach er die Worte, die von ihm erwartet wurden. „Ich bin mit Khi var'n Sipach Dharkunt verabredet und werde von ihm erwartet."

Banátrass sah im Dunkel der Durchfahrt Lichtzeichen vor der Gestalt des Kinphauren aufscheinen. Er hörte einen Laut, als schraube man im Klangraum einer mächtigen bronzenen Glocke zwei Metallteile ineinander. Die in den Torweg eingebauten Schriller waren für seine Durchfahrt entschärft worden. Ihre Präsenz hatte sich in tiefere Gründe zurückgezogen.

Er spürte mit einem Ruck, wie die Kutsche wieder anfuhr und sich die Dunkelheit des Torbaus zu den Schatten des Innenhofs hin öffnete. Erleichtert sah er var'n Sipach aus einem der Tore treten, hinter ihm die turmhafte Gestalt seines Leibwächters.

Er atmete auf. Der Weg durch die Familientrakte der Kinphauren, vorbei an den in die alten Kastellgemäuer eingebauten Artefakte würde ihm diesmal also erspart bleiben.

Die Kutsche des Ordensmanns fuhr in den Hof ein und var'n Sipach ging ihm die Treppe hinab entgegen. Je schneller die Übergabe verlief, je weniger Zeit für einen Beobachter zwischen der Einfahrt der Kutsche in die Klansburg und ihrer Ausfahrt lag, umso besser.

Aus gutem Grund traf er sich mit dem Ordensmann weder in seinen Amtsräumen auf dem Engelsberg, noch besuchte er ihn in dessen eigenen neuem Sitz, dem Milzhauptquartier. Er ließ ihn sich die Waffe, die er ihm auslieh, im Kastell seines Klans Khivar selber abholen. Meist verzichtete er wegen der ihm aufgrund seines Amtes auferlegten Neutralität darauf, irgendeine Handlung von hier ausgehen zu lassen, doch für den Fall, dass sie unter Beobachtung vom Klan Vhay-Mhrivarn standen, wollte er diesmal, dass sie wussten, von wem die Tat ausging. Auch – und besonders – weil sie nichts daran machen oder ihm beweisen konnten.

Er sah Kylar Banátrass der Kutsche entsteigen, trat auf ihn zu. Der Schatten des Leibwächters, der ihm folgte fiel dabei vor ihn auf das Pflaster.

Ihre Begrüßung fiel sachlich und knapp aus. Der Ordensmann war sichtlich nervös.

„Mein Ankchorai kennt alle wichtigen Details", wies er Banátrass an. „Er kennt den Ort, er kennt die Gewohnheiten Kutain Verens. Er ist mit den Gegebenheiten des Gebäudes vertraut. Kutain Veren wird mit seinem Idarn-Khai-Leibwächter die verlassene Kirche des Duomnon-Mysteriums betreten. Sie beide werden sie dort stellen und mein Ankchorai wird sein Werk vollstrecken. Folgen Sie einfach seinen Anweisungen, und zeigen Sie sich dabei im geeigneten Moment."

Banátrass nickte nur stumm.

„Und ich erinnere Sie noch einmal daran", fuhr er fort, „dass der Homunkulus unter allen Umständen in Gewahrsam zu bringen und mir zu überantworten ist. Nicht zuletzt, weil es Teil der Probe ist, ob Ihr Plan, die Miliz im Kampf gegen das Rebellentum einzusetzen, wirklich greift. Der Homunkulus sichergestellt, die beteiligten Banden zur Rechenschaft gezogen."

„Eine davon, die Firnwölfe, wurde ausgelöscht. Man hat ihre Leichen im Morgengrauen gefunden. Es muss ein furchtbares Massaker gewesen sein. Man vermutet, dass die Rattenfürsten, eine rivalisierende Meute, dafür verantwortlich sind. Damit wären die, die für den Raub ..."

„Ich weiß sehr wohl, wer die Firnwölfe sind", fuhr er barsch dem Ordensmann übers Maul. „Dass dadurch jetzt auch zufällig das Eindringen in ein Magazin eines Klans geahndet scheint, dürfen Sie sich ja wohl kaum als Verdienst ankreiden. Rivalisierende Meuten ..."

„Na ja, es ist wahrscheinlich, dass ohne das Eingreifen von Leutnant Kuidanak die Situation nicht so weit eskaliert ..."

„Schenken Sie sich das!" Banátrass schwieg betreten, als er ihn so anblaffte. „Durch welchen Einfluss auch immer. Nicht die Miliz war für die Auslöschung der Bande verantwortlich. Ich will ebenfalls die Gegenseite in dem Handel zur Rechenschaft gezogen sehen. Von der Miliz. Und ich will den Homunkuluskörper. Ist das bei Ihnen angekommen?"

Banátrass schaffte es, ihm trotzig in die Augen zu blicken.

„Sie unterstellen mir den Ankchorai", sagte er, nach knappem Schweigen, „um den Klan Vhay-Mhrivarn aufzuhalten. Ich liefere Ihnen den Homunkulus, und die Miliz wird die Probe bestehen. Sie werden sehen, meine Pläne gehen auf. Die Miliz ist das geeignete flexible und vielseitig einsetzbare Instrument, um solche Stiche gegen die Marodeure durchzuführen und deren Einfluss gezielt auszumerzen."

„Gut." Er fasste den Ordensmann scharf ins Auge, nickte dann bedächtig. „Das will ich für Sie hoffen. Wir haben uns verstanden. Ich bin zu der Zeit, zu der sie die Tat gegen den Klan Vhay-Mhrivarn ausführen, anderweitig beschäftigt. Wenn alles erfolgreich getan ist, werden wir uns treffen und Sie werden mir wieder meinen Leibwächter übergeben. Er kennt ebenfalls den genauen Ort und wird Sie dorthin führen. Wundern Sie sich nicht. Er ist etwas außerhalb gelegen."

Eine knappe Verabschiedung. Der Ordensmann hatte es eilig, ihm aus den Augen zu treten und die Klansburg wieder zu verlassen. Ihm sollte es recht sein. Genau die richtige Botschaft für Augen unter deren Beobachtung die Klansburg der Khivar wahrscheinlich stand.

Er beobachtete wie sein Ankchoraik sich hinter Banátrass in das Wageninnere zwängte, musste grinsen als er sich vorstellte, wie der Ordensmann in dem engen Raum mit dem Ankchoraik, mit all seiner bedrohlichen Körpermasse und dem ganzen Eisen seiner Gestalt, Blut und Wasser schwitzen würde.

Für jeden gab es Wesenheiten, in deren Nähe man lieber nicht geriet. Vor seinem geistigen Auge erschien eine gespenstische Gestalt, deren Kopf fast vollständig von einer Knochenkappe verborgen war, spiralig verlaufende Runen auf der noch sichtbaren Haut um die Mundpartie. Verborgen glimmende Augen hinter in den Knochen gefrästen kreisrunden Öffnungen.

Der Birgenvetter.

Heute Abend, zu der Zeit, wenn Vhay-Mhrivarn Kutain Veren starb und sein Idarn-Khai-Leibwächter schwer verwundet wurde, würde er das Aufzeichnungsartefakt dieses Sirith-Drauk-Magiers einsetzen.

Und dann, wenn alles getan war, wenn das Artefakt das aufgezeichnet hatte, was der Birgenvetter so dringlich wissen wollte, was ihn an den Handhabungen von Bek Virdamian, dem Magier des Einen Weges so sehr beunruhigte, stand ihm eine weitere Begegnung mit dem Birgenvetter bevor, um ihm das Artefakt mit den Aufzeichnungen wieder auszuhändigen. Etwas, dem man gewiss nicht mit Gefühlen der Erwartung und Vorfreude entgegensah. Zumindest würde er dem Magier geben können, was dieser von ihm verlangt hatte.

Er beobachtete, wie die Kutsche mit dem Ordensmann und dem Ankchorai darinnen wieder im Torbogen der engen Durchfahrt verschwand.

Bei Kylar Banátrass würde man sehen müssen, wie viel seiner Versprechungen er einlösen konnte. Wie immer es ausgehen würde, seine eigenen Vorkehrungen in dieser Richtung waren bereits getroffen.

Sandros stieg die steilen, engen Stufen des weißgekälkten Treppenhauses herauf, das inzwischen schon fast in Düsternis lag. Ein feiner Blütenduft stieg ihm in die Nase. Im Vorbeigehen sah er aus dem schmalen Stiegenfenster in die Krone des Kirschbaums davor. Die Schatten des frühen Abends hingen in seinen Zweigen und er war dabei, nun seine Blätter zu verlieren; von ihm strömte in diesem Jahr kein Blütenduft mehr aus. Seine

Vermieterin allerdings achtete sehr darauf, dass die Flure und das Treppenhaus ständig angenehm rochen. In den Ecken hingen Aromasäckchen und bald würde die Stunde anbrechen, in der sie die Duftkerzen auf den Treppenabsätzen anzündete. Das war auch einer der Gründe gewesen, die Sandros sofort für diese Wohnung eingenommen hatten.

Er liebte es, nach seiner schmutzigen Arbeit in den Straßen hierher zurückzukehren, zwar in kein weitläufiges Herrenhaus, wie es seine Familie bewohnte, aber doch sein eigenes luftiges Reich am Kopf der Treppe, sein klarer Horst über den Dächern von Rhun.

Er erreichte den oberen Treppenabsatz, trat vor die Tür und ein Lächeln zog sich um seine Mundwinkel, denn er wusste, wer ihn dahinter erwarten würde.

Er trat in die Wohnung, schloss die Tür hinter sich, warf den Blick ringsumher. Er sah sie nicht, er hörte sie nicht. Sein Lächeln wurde breiter.

Zu seiner Linken lag sein Wohnbereich, nicht allzu groß, doch klar. Keine Vorhänge hingen an den Fenstern; das wunderbare blau durchstrahlte Licht, bevor der Tag endgültig in die Dämmerung abkippt, drang frei und ungemildert zu den Fenstern herein.

Er hatte die Wohnung nicht mit Möbeln überfrachtet. Es waren wenige nach ihrer schlichten, klaren Schönheit ausgewählte Stücke. Ein paar Erinnerungsstücke, ein wenig Dekor war darauf platziert. Nur hinten in der Ecke wucherte die Unordnung ein wenig hervor. Viele Bücher stapelten sich dort oder quollen aus Truhen.

Er wandte sich zur Rechten, zu seinem Schlafzimmer hin. Die Tür hatte er aus dem Rahmen entfernt. Stattdessen musste er nun einen schweren Vorhang zur Seite schieben, um hineinzugelangen.

Hier drinnen war man dann in einer komplett anderen Welt als in der schlichten Klarheit seines Wohnbereichs. Seit er sie kannte, hatte er angefangen, seine Wände mit schweren, ornamental verzierten Stoffen zu verhängen. Außerdem hatte er Bahnen von farbigen, luftigen Schleiern drapiert, die dem ganzen Raum etwas Lebendiges, Verhangenes, schwer in seiner Ganzheit Einzuschätzendes gaben. Sie fühlte sich so wohler, sagte sie, und ihn hatte eine tiefe Zufriedenheit erfüllt, ihren Wesenskern so erfasst und ihren Vorlieben gerecht geworden zu sein.

Halb von einem aufgespannten Schleier verdeckt, sah er sie jetzt dort unter mehreren leichten farbigen Decken hingestreckt auf seinem großen, breiten Bett liegen. Ihr Kopf war aufgestützt auf den Ellbogen. Sie hatte ihr Haar, bis auf zwei dünne Zöpfe geöffnet. Wie eine dunkle Masse fiel es über die Kissen.

Er spürte, wie sich erneut ein Lächeln auf seinem Gesicht ausbreitete.

„Wie lange willst du dort stehen?", sagte sie. „Komm zu mir."

Mit ein paar Schritten war er bei dem Bett, setzte sich zu ihr hin. Sie fasste seinen Kopf im Nacken, zog ihn zu sich herab. Sie trafen sich zu einem langen, leidenschaftlichen Kuss.

Seine Hände glitten über ihre glatten, schlanken Schultern, zu ihren Armen, zu ihrer Seite herab, streiften dabei nur die nachgiebigen Wölbungen ihrer Brüste. Ihre Finger streiften ihm bereits Weste und Hemd hoch. Schon kurz darauf, hatte sie ihn im Taumel der Körper und Gliedmaßen vollständig entkleidet.

Die Decken waren fort. Die Luft des Abends war kühl, doch nicht unangenehm. Sie bemerkten sie kaum. Er fühlte nur den Schweiß auf seiner und ihrer Haut, die ihren Teint, das Gefühl der Berührung noch reizvoller machte.

Wie liebte er ihre schlanken, bleichen Glieder. Wie liebte er ihre Wildheit und Kraft.

„Meine Saphirgattin", hauchte er, den Mund auf dem weichen Fleisch ihres Halses, nah an ihrem Ohr.

Er spürte wie ein kurzer Ruck durch sie ging.

„Scherze nicht mit so etwas", hörte er ihre leicht raue, rauchige Stimme sagen. Ihr Ton war mit einem Mal hart geworden. „Nie. Niemals."

Doch dann war der Moment vorbei, und sie verloren sich vollständig im Gewühl ihres Liebesspiels. Alles andere, der Raum, die Schleier, die Decken, sanken um sie weg.

Konnten sie nicht einfach fort von hier?

Sandros lag auf dem Rücken neben ihr, lauschte ihrem Atem und dachte an das, was sie nicht wusste, was sie auch niemals erfahren durfte, wollte er sie weiterhin sehen.

Ihr Leben in seiner Hand.

Und er hoffte nur aus tiefstem Herzen, dass Banátrass Recht hatte, wenn er sagte, dass der Kinphaure, von dem er über ihre Treffen wusste, darüber Stillschweigen bewahren würde. Aufgrund von Kinphaurenränke, wie Banátrass sagte. Damit kannte der Ordensmann sich ja anscheinend aus. Und nicht nur bei Kinphauren.

Hatte ihr neuer Hauptmann geahnt, dass der Karriereanreiz als Motiv für ihn gerade zerbröckelte und unter nagenden Zweifeln mürbe wurde, als er dieses neue Druckmittel bei ihm zur Anwendung gebracht hatte? So oder so hatte ihn die Drohung, was passieren würde, wenn die Kinphauren erführen, dass er ein Verhältnis mit einer von ihnen hatte, ihn wieder in die Spur gebracht.

Mieser Intrigant.

Um sich selber hatte er keine Angst. Er würde schon irgendwie durchkommen. Er fürchtete allein um Ranaiks Wohlergehen und Leben.

Wenn es doch nur einen Weg aus all dem raus gäbe.

Manche von ihnen reisten doch direkt aus ihrem Land hinter dem Saikranon hierher. Die Wesen, die das ermöglichten, sie waren nicht menschlich, so wie er gehört hatte. Es war ein verrückter Gedanke.

Er wandte den Kopf zur Seite, sah sie neben sich liegen. Ihre Augen trafen sich.

„Bist du jemals mit einem Kyprophraigen gereist?", fragte er. Er selber hatte niemals eines dieser monströsen Geschöpfe gesehen; er hatte nur von ihnen gehört. Und dass sie auf unsichtbaren Pfaden augenblicklich von einem Ort zum anderen Reisen und dabei Dinge und Personen mitnehmen konnten.

Ihre Augen verengten sich ein wenig, die Brauen darüber zogen sich schräg zusammen. Etwas Dunkles, Hartes lag in ihrem Blick.

„Ja, das bin ich", sagte sie. „Und wünsche dir nicht, es auch einmal zu tun."

Ihr Blick wurde noch eine Spur ernster.

„Woran denkst du?", fragte sie.

„Vielleicht kann eines dieser Wesen gewonnen werden. Sie sind nicht menschlich. Sie sind keine Kinphauren. Hast du nicht einmal gesagt, man weiß eigentlich gar nichts über die Motive, warum sie überhaupt mit den Kinphauren zusammenarbeiten. Wenn nun …"

„Man kann mit Kyprophraigen nicht verhandeln", unterbrach sie ihn. „Du weißt nicht, worüber du sprichst. Ihnen gegenüberzutreten, ohne Schutz, ist vermessen genug."

Sie nickte noch einmal kurz und hart, sah ihn ernst an. Dann legte sie sich auf die Seite, platzierte die Hand auf seine Brust.

„Hast du noch welche von deinen Kräuterstengeln?", fragte sie.

Er drehte sich herum zur Bettkante, tastete in dem Kleiderwust nach seiner Weste, nach dem Etui darin.

Du weißt nicht worüber du sprichst, hatte sie gesagt. So war es wohl.

Anscheinend wusste er noch immer kaum etwas, von der Welt, in der sie lebte, wenn sie nicht bei ihm war.

Als sie hinüberging, um sich ein Pferd für den Nachhauseweg zu satteln, traf sie Choraik in den Ställen.

Zunächst hatte sie ihn gar nicht bemerkt. Erst nach einer Weile nahm sie eine Bewegung im Dunkel des Hintergrundes wahr. Sie nickte ihm zu und beobachtete eine Weile, wie er die Pferde striegelte.

„Sie mögen die Tiere", sagte sie schließlich.

Er sah kaum von seiner Arbeit auf. „Sie sind so anders als die Kinphaurenpferde."

Ja, sie hatte auch schon von diesen unheimlichen Reittieren der Kinphauren gehört, von denen man nicht wusste, waren es wirklich Pferde oder entstammten sie einer anderen Rasse, die nur mit Pferden zufällig große Ähnlichkeit hatte. Hier in der Stadt hatte sie allerdings noch keins von ihnen von Nahem gesehen. Hier benutzten die Spitzohren für ihre Wagen und zum Reiten herkömmliche Menschenpferde. Ihre eigene Reittierrasse wurde wohl für das Feld nötiger gebraucht.

„Sie sind … milder, sanftmütiger", sprach jetzt Choraik fast selbstverloren weiter. „Obwohl sie stark sind."

Er blickte jetzt auf, bemerkte, was sie tat, sah kurz dabei zu, wie sie das Pferd sattelte.

„Sie wollen fort, wollen nach Hause", sagte er dann.

„Ja. Jetzt wo der Weg frei ist."

„Ist er das? Wissen Sie, ob nicht welche von den Firnwölfen überlebt haben? Die Ihnen jetzt umso mehr nach dem Leben trachten. Oder Vasallen von ihnen. Oder eine andere Meute."

„Feinde hatte ich schon immer. Das ist nichts Neues. Und ich bin trotzdem jeden Abend nach Hause zurückgekehrt."

Er gab dem Pferd, das er gerade gestriegelt hatte, einen sanften Klaps auf den Hals, kam dann hinter ihm hervor und auf sie zu.

„Wissen Sie was? Ich begleite sie. Und wenn es nur ein Stück des Weges ist."

Danak sah ihn verwundert an, wie er zielstrebig zum Sattelhalter ging und sich einen davon herunternahm.

„Woher die plötzliche Sorge um mich?"

Choraik drehte sich zu ihr um.

Ein kurzer Blick an ihr auf und ab. „Sie sind mein Leutnant", sagte er. „Sie sind der Anführer meines Kaders."

Choraik überredete sie, nicht die direkte Route über Derndtwall zu nehmen. Das sei geradewegs durch den Kern des alten Meutenterritorium der Firnwölfe hindurch. Stattdessen wählten sie einen Weg, der zunächst in Richtung der Häfen hin verlief, um von da aus am Galgenbug vorbei nach Sinterfarn zu gelangen. So würden sie das heikle Gebiet des Höhenzugs umgehen.

Sie ritten eine lang Zeit schweigsam nebeneinander durch die Straßen. Es fiel ihr zunehmend schwer Choraik einzuschätzen. Immerhin hatte er ihr eine Menge Anhaltspunkte geliefert, die ihr ein bloßer Spitzel niemals an die Hand geben würde.

Sie betrachtete ihn eine Weile von der Seite, wie sie sich im Rhythmus der trabenden Pferde nebeneinander herbewegten. Choraik bemerkte es wohl, blickte aber weiterhin nicht seinerseits zu ihr hin, hielt ihr nur beständig seine Gesichtsseite mit der Kinphaurentinte darauf zugewandt.

„Sie wollen mich etwas fragen?", meinte er schließlich, die Augen noch immer geradeaus auf den Weg gerichtet.

„Sie haben Recht gehabt" erwiderte sie. „Banátrass hat etwas mit der Miliz vor. Ich konnte zufällig ein Gespräch belauschen, das er und var'n Sipach miteinander hinter der Tür von Banátrass' Arbeitszimmer geführt haben."

„Ah", Choraik grinste lakonisch, „Sie haben gelauscht. Das sieht Ihnen gar nicht ähnlich." Dann wurde sein Gesicht wieder ernst. „Ich wusste davon, dass Banátrass bestimmte Pläne hat. Über var'n Sipach. Allerdings habe ich nicht erfahren, worum es sich dabei genau handelte."

„Er will die Miliz zu einem Instrument im Kampf gegen die Rebellen ausbauen."

„Aha." Choraik schwieg. Er schien zu überlegen, doch wenn er überrascht war, so ließ er sich das nicht anmerken.

„Da mache ich nicht mit", setzte sie mit Bedacht hinterher. „Das ist nicht meine Aufgabe. Ich lasse mich nicht in diesen Krieg hineinziehen."

„Das kann ich nachvollziehen."

Verwundert zuckte ihr Kopf zu ihm hin. Er erwiderte ihren Blick trocken, sagte aber nichts.

Dann plötzlich, als sie schon glaubte, er hätte das Thema fallengelassen, sagte er plötzlich, „Darum habe ich diesen Posten bei der Miliz angenommen. Weil ich ebenfalls aus diesem Krieg herauswollte."

„Was?" Dieser Kerl schaffte es in letzter Zeit tatsächlich immer wieder, sie zu überraschen. Allmählich fragte sie sich, was noch alles hinter dieser Fassade aus hageren Zügen, eisblauen Augen und Kinphaurentinte vorgehen mochte. „Ich dachte, Sie *sind* ein Kinphaure. Sie gehen ganz in diesem Volk und seinem Ehrenkodex und all dem auf. Dann müsste doch dieser Krieg ganz Ihr Ding sein. Endlich schließt sich Ihr selbsterwähltes Volk zusammen und schafft das, was ihm bei all den vielen, wiederholten Invasionsversuchen niemals gelang. Die Kinphauren setzen sich im Idirischen Reich fest. Sie überrollen es und machen den gesamten Norden zu ihrem Territorium. Gegen die korrupten, heuchlerischen Mainchauraik, die Rasse ihrer Eltern. Da müssten Sie sich doch eigentlich darum reißen, ganz vorne mit dabei zu sein."

Sein Kopf wandte sich im Reiten zu ihr hin, doch noch immer blickte er ihr nicht direkt ins Gesicht.

„Wissen Sie", sagte er, „etwas hat sich mit den Kinphauren verändert, seit sie diesen Krieg führen. Seit sie unter einem Banner marschieren. Seit sie ihrer Führerin Kinphaidranauk folgen, die alle Klans vereinigt hat. Ich weiß nicht, was mit ihr ist … Aber sie verkörpert etwas ganz anderes, als das, was mich ursprünglich am Volk und am Wesen der Kinphauren angezogen hat."

„Ja, man hört so einiges über diese geheimnisvolle Anführerin, die es geschafft hat, ihr Volk unter einem Banner zu vereinigen. Sind Sie ihr je begegnet? So wie var'n Sipach von Ihnen gesprochen hat, waren Sie ja so etwas wie ein Kriegsheld."

„Ja, einmal habe ich sie gesehen. Nur kurz. Das war genug." Choraik verstummte.

„Ihr Name, er bedeutet 'Zorn der Kinphauren'. Wussten Sie das?", begann er schließlich wieder. Und dann wiederum nach einer kurzen Pause, „Zuerst schien es, als würde sie dieses Herz des Kinphaurentums verkörpern. Als sei sie das, worauf wir alle gewartet haben. Aber je länger dieser Krieg geht, umso mehr denke ich, dass an ihr etwas ... Merkwürdiges ist. Erst recht seit ich ihr persönlich begegnet bin. Ich kann es nicht wirklich benennen. Aber dieses andere Wesen färbt auf all das ab."

Er wandte sich ihr zu. blickte ihr direkt in die Augen. „Das ist nicht der Krieg der Kinphauren. Dies ist in erster Linie der Krieg von Kinphaidranauk. Und an dem wollte ich keinen Anteil mehr haben. Und wenn die Miliz jetzt in diesem Krieg als Instrument gegen die Rebellen eingesetzt werden soll, so ist das genau das, vor dem ich mich zurückgezogen habe."

Sein Blick wandte sich wieder von ihr ab, richtete sich auf den Weg vor ihnen.

„Var'n Sipach ist zwar mein Pate, aber er weiß nicht alles von mir."

„Und warum erzählen Sie es dann ausgerechnet mir?"

„Sie?" Er schaute ihr in die Augen, und ihre Blicke hielten einander in forschendem Austausch. „Sie sind eine gerade Klinge. Sie sind ein freier Geist. Ich glaube, wir sind uns gar nicht so unähnlich." Sie sah ihn gemächlich ein und ausatmen. „Jedenfalls wollte ich, dass Sie wissen, ich stehe in diesem Punkt ganz auf Ihrer Seite, Leutnant Kuidanak. Wenn das, was Sie über Banátrass' Pläne mit der Miliz belauscht haben, der Wahrheit entspricht, dann ist das auch nicht mein Weg."

Sie schwieg einen Moment, ordnete die Gedanken in ihrem Kopf.

„Und?" fragte sie schließlich. „Können Sie sich vorstellen, warum var'n Sipach ausgerechnet so sehr hinter diesem Homunkuluskörper her ist?"

Choraik runzelte die Augenbraue, schwieg aber und schien nachzudenken.

„Var'n Sipach hat Banátrass gehörig unter Druck gesetzt", fuhr sie fort. „Das war selbst durch das Türblatt deutlich zu hören. Er hat ihm gedroht. Für den Fall, dass er diesen gestohlenen Homunkulus nicht in seine Hände liefern würde. Und anscheinend hat er das nicht zum ersten Mal getan. Danach zu schließen, wie sehr mein Hauptmann mir selber auch schon vorher in dieser Sache Druck gemacht hat. Dieser Homunkulus scheint ja von großer Wichtigkeit zu sein. Können Sie sich irgendwie seine Bedeutung erklären? Über eine bloße, gefährliche Waffe hinaus?"

Choraik hob das Gesicht hoch zum Himmel und schürzte die Lippen.

„Es gab da diesen Fall vor einiger Zeit", sagte er schließlich, „wo ein Angehöriger des Klans Khivar durch einen Homunkulus getötet wurde. Es heißt zwar, dass der Kunaimrau – Entschuldigung, der Homunkulus – irgendwie durchgedreht sei und in seiner Raserei diesen Mann getötet habe, weil er ausgerechnet das Pech hatte, ihm in diesem Moment in den Weg zu geraten, aber es gab auch solche, die Zweifel an dieser Darstellung angemeldet haben. Man sprach von einem Fehdemord. Aber das konnte niemals bewiesen werden, da der Homunkulus in seinem angeblichen Wahn floh und niemals gefunden werden konnte."

Er sah sie an, seine Augen zu schmalen Schlitzen zusammengekniffen. „Das war ein Moloch-2."

„Sie denken ..."

„Dass es genau der Moloch-2 war, der aus den Magazinen der Kinphauren gestohlen wurde."

„Und darum will var'n Sipach ihn in die Hand bekommen." Sie wandte den Blick von ihm ab, ließ ihn ins Ungefähre gleiten, während sie weiter nachdachte.

Dann suchten ihre Augen wieder die von Choraik. „Kann var'n Sipach durch diesen Homunkulus etwas über den Mord erfahren? Kann er Beweise in die Hand bekommen? Was kann ein guter Skriptor da ausrichten?"

Choraik musterte sie, ein anerkennendes Grinsen huschte eine Sekunde lang über seine Lippen. Na, auf die Idee zu kommen, war nicht so schwer, wenn man nicht irgendwelchen abergläubischen Vorstellungen über diese künstlich geschaffenen Wesen nachhing, sondern ein wenig darüber wusste, wie sie eingesetzt und gelenkt wurden. Dann war das Grinsen wieder fort, wie weggewischt. „Ein guter Bannschreiber könnte die Informationen aus dem Seelenstein des Homunkulus herauslesen. Und sie aufzeichnen."

„Dann hätte var'n Sipach damit die Beweise in der Hand, dass es sich bei dem angeblichen Amoklauf des Homunkulus um einen gezielten Fehdemord gehandelt hat."

„Genau. Und die könnte er gezielt gegen den Klan Vhay-Mhrivarn einsetzen. Eine starke Waffe." Choraik schürzte nachdenklich die Lippen. „Oder er könnte jemand anderen benutzen, um sie einzusetzen. Var'n Sipachs Möglichkeiten sind in einer Klanfehde ziemlich eingeschränkt. Als Bevollmächtigtes Beil ist er zu strenger Neutralität in Klanfragen verpflichtet. Aber die Tatsache ist, Klan Vhay-Mhrivarn geht gegen var'n Sipachs Klan und dessen Verbündete, den Klan Mar'n-Khai vor. Das ist bekannt. Wenn var'n Sipach eingreifen will, so muss er das über andere tun."

„Und er benutzt Banátrass, um an den Homunkuluskörper heranzukommen."

„So viel scheint klar", erwiderte Choraik. „Die Frage ist, wozu var'n Sipach den Ordensmann Banátrass sonst noch benutzt. Etwas geht zwischen den beiden vor. So viel kann ich sagen."

Er schwieg, wandte sich von ihr ab und starrte auf den Weg vor ihnen. Gab dem Pferd dann sanft die Schenkel und ließ es schneller laufen, kurz nur. Nur bis er leicht schräg vor ihr ritt und sie von der Seite her nicht länger sein Profil sehen konnte.

So viel konnte er sagen. Damit war offensichtlich nicht gemeint, dass er nicht mehr wusste. Deutlicher hätte er ihr nicht zu verstehen geben können, dass er nicht bereit war, ihr mehr in dieser Angelegenheit zu erzählen. Damit musste sie sich dann wohl zufriedengeben.

Aus der Nebenstraße kamen sie unversehens auf der Nord-Marginale heraus, aus den schattigen, häusergefassten Rinnen mitten hinein in einen lärmenden Trubel. Auf der breiten zweispurigen Straße mit dem Grünstreifen in der Mitte war eine Unzahl an Wagen und Reitern unterwegs, entweder zum Kern der Stadt hin oder von dort in ihre äußeren Bereiche, nach Sinterfarn oder Wallardsbruch hinaus. In der Ferne, nachdem die breite Ausfallstraße die Kupfergrube gekreuzt hatte und sich eigentlich schon den Blicken verlor, trat ihr Verlauf plötzlich erneut hervor, dort wo sie den Hügelkamm an der Grenze zwischen Derndtwall und Firnhöhe anstieg, wie zur besseren Einsicht in die Schräge geklappt.

Da lag jetzt, nachdem die Firnwölfe ausgelöscht worden waren, von keiner Meute beanspruchtes Territorium. Dieser Zustand würde aber nicht lange anhalten. Es würde nicht lange dauern und eine der anderen Meuten würde in diese Leere mit Gewalt hineindrängen. Wahrscheinlich der Vastacke mit seinen Rattenfürsten, nachdem er den Untergang der Firnwölfe so geschickt arrangiert hatte. Mit ihrer Hilfe, wie es bitter in ihr aufstieg.

So war es. Und der Kampf ging weiter. Ein Rhun ohne Meuten, das würde es wohl niemals geben. Und damit würde ihre Arbeit niemals aufhören. Aber immerhin konnte man diesen ganzen Hexenkessel ruhig halten, konnte Vereinbarungen eingehen, wie jene, die sie mit dem Vastacken getroffen hatte, Vereinbarungen, die dann dafür sorgten, dass die Gefahren für die normale Bevölkerung eingedämmt wurden.

Hah, ihre Arbeit würde niemals aufhören. Wenn man sie nicht davon abzog und für etwas wie den Kampf gegen Rebellen missbrauchte. Wenn man sie nicht von dem, was sie und Khrival sich zu tun geschworen hatten, wegzerrte und sie in die Machtspiele der Kriegsparteien einspannte.

Noch immer schweigend überquerten sie die Marginale und fädelten sich wieder in das Netz der Nebenstraßen ein. Vor ihnen erstreckte sich ein Gewirr von Wohngebäuden, die sich allmählich zum Labyrinth der Häfen hin ausdünnte, um dort von Lagerhäusern und Manufakturen ersetzt zu werden.

Sie starrte auf die schräg vor ihr reitende Gestalt und fragte sich, wo Choraiks Platz im Gewebe all dieser Machtspiele und Intrigen wohl lag. Er war nach eigenem Bekunden Kinphaure; er musste schon deshalb mittendrin stecken in diesen Kinphauren-ränken. Und auch er hatte offensichtlich Geheimnisse vor seinem Unterstützer var'n Sipach.

Warum hatte er ihr überhaupt so viel erzählt? Warum gab er ihr diese Hinweise, wenn er doch offensichtlich aus dem anderen Lager kam? Nur weil sie einander angeblich gar nicht so unähnlich waren? Weil sie ein freier Geist war? Meinte er das ehrlich? Und wie viel war davon nur Gerede? Auf wessen Seite stand dieser Mann wirklich? Laut seinen Aussagen auf der der Kinphauren.

Ha, sie eine gute Kinphaurin?

Was für ein Bild hatte dieser Mann nur von ihr? Und was für ein Bild hatte er von der Rasse, die er als seine eigene ansah? Was ging in diesem Krieg da draußen vor, und wie hatte ihn das alles verändert? Sie als Außenseiter würde das wohl kaum jemals verstehen.

So ritt Danak, tief versunken in ihre Gedanken und Mutmaßungen und bemerkte dabei zunächst nicht, dass Choraik inzwischen wieder zurückgefallen war und erneut an ihrer Seite ritt. Sie spürte zwischendurch seine Blicke auf sich ruhen, und allmählich, während sie die Randbereiche der Häfen passierten, entspann sich zwischen ihnen wieder eine Unterhaltung.

„Ihre Kinder, wie alt sind sie?" Die Frage kam überraschend für sie.

„Meine Tochter, Liova, ist vier. Bernim ist jetzt anderthalb." Er wurde unter Kinphaurenherrschaft geboren, dachte sie und war erstaunt darüber, mit diesem Gedanken zum ersten Mal bewusst eine gewisse Bitterkeit aufsteigen zu fühlen.

Choraik nickte sinnend, fragte weiter. Er schien wirkliches Interesse an ihrem Leben zu zeigen.

Sie hatte mit Choraik bisher nie über Privates gesprochen. Natürlich nicht. Er war das Kuckucksei, das sie ihr ins Nest gesetzt hatten. Sie würde den Verheerer tun und ihm mehr Informationen als nötig geben. Und Privates …? *Darüber rede ich, wenn überhaupt, mit anderen*, hatte sie gedacht – aber dann gestockt. Und hatte überlegt.

Wer blieb ihr denn noch, von denen, mit denen sie sich in ihrem Kader am nächsten stand, mit dem sie über Privates sprechen konnte? Khrival war tot. Damit war alles losgegangen. Das war ein erster Stein in einer langen Kette umstürzender Kenan-Steine gewesen. Vom ersten Homunkulus getötet, in den Katakomben. Sie konnte noch immer nicht daran denken, ohne dass sie statt des Bodens unter sich nur die Leere eines tiefen, dunklen Schacht fühlte. Histan war tot. Sie selber hatte ihn umgebracht. Und Sandros war ein Verräter. Er war Banátrass' Mann. Lenkte sie dorthin, wohin der Ordensmann sie haben wollte, spitzelte sie aus. Und sie ritt jetzt neben dem Mann, der eigentlich der offensichtlichste Kandidat für einen Spitzel der Gegenseite war. Er stellte ihre Eskorte, weil er um ihre Sicherheit besorgt war und fragte sie nach ihrer Familie.

„Verraten Sie mir Ihre Überlegungen, wohin diese Bande, die den Homunkuluskörper in den Häfen übernommen hat, ihn jetzt geschafft haben könnte?", unterbrach Choraik die Pause, die in ihrer Unterhaltung eingetreten war. „Sie sind sich sicher, dass er noch in der Stadt sein muss. Sie glauben, die Sperren greifen. Wo könnten diese Rebellen dann wohl mit dem Homunkulus sein?"

Sie sah ihm scharf ins Gesicht. Wollte er lediglich Informationen ziehen, oder war er wirklich daran interessiert, dass ihr Kader den Auftrag erledigte? Egal. Wenn var'n Sipach hatte, was er wollte, würde der Druck von dieser Seite her wahrscheinlich nachlassen. Das war es doch, was sie wollte. Nur dann waren sie und ihr Kader wieder in der Zange von Banátrass' geheimen Plänen.

Sie war rettungslos in diesem Netz unterschiedlicher Interessen und Intrigen verheddert. Es war für sie kein Weg erkennbar, wie sie sich irgendwie daraus befreien sollte. Ohne die Miliz zu verlassen und mit ihrer Familie ins Niemandsland zu fliehen. Choraik schien zumindest auf seine Weise bei dem, was er sagte, aufrichtig. Auch wenn er ihr Dinge verschwieg.

Also, was soll's schon?

Sie wandte sich von ihm ab, blickte linkerhand im Rund umher. Das Gebiet der Häfen hatten sie beinahe hinter sich gelassen. Die Sonne stand im Westen hinter der Durne und dem welligen Land von Wellskaern und Hillardsend, das schon in abendlichem Dunst in der Ferne versank. Der ansteigende Buckel jenseits des Flusses, rechts von ihnen war der Hewartsberg. Die Durne bildete die Grenze zu den Gebieten nach Westen hin. Dorthin konnte niemand ungesehen aus den Häfen gelangen.

„Vielleicht verstecken sie sich noch immer im Gewirr der Hafenanlagen. Da ist viel wild durcheinander gebaut worden, und da gibt es viel Platz, sich irgendwo zu verkriechen. Das Großwassertor ist gesperrt. Alle anderen Tore zum Fluss hin werden kontrolliert." Sie seufzte. „Aber das glaube ich nicht. Das wäre zu schön für uns. Dann müssten wir nur das gesamte Hafengebiet durchkämmen und hätten sie."

Ein freudloses Lachen kam über ihre Lippen. Als ob das so einfach wäre. Das Hafengebiet war wahrhaftig ein wuchernder Irrgarten aus Wasserwegen, unkontrolliert errichteten Gebäuden und Speicherkammern, Gängen und labyrinthischen Hinterhöfen und Gassen.

Choraik zog ebenfalls die Mundwinkel zu einem säuerlichen Grinsen hoch. Er hatte die Situation anscheinend ebenfalls richtig eingeschätzt. Er war nicht aus Rhun, aber er war clever.

„Es hängt alles davon ab", fuhr sie fort, „wo in der Stadt sie Unterschlupf finden können, wo sie hier Verbündete haben."

Sie beschrieb mit der Hand einen weiten Bogen durch die Luft.

„Sie können den Homunkuluskörper eigentlich nur auf dem Landweg aus den Häfen herausgeschafft haben. Wenn sie wissen, wo sie damit hinkönnen. Das ginge allerdings ohne große Probleme. Vielleicht gerade genau auf dem Weg, wo wir jetzt in diesem Moment reiten."

Sie grinste Choraik zu, doch der verzog nur das Gesicht.

„Schließlich kann man keinen dichten Kordon um das gesamte Hafengebiet ziehen, durch den niemand hindurchschlüpfen kann." Nach einer Pause: „Und wir haben so etwas erst gar nicht versucht."

„Er kann also theoretisch überall sein."

Sie zog die Augenbrauen hoch und hob die Hand, Handfläche nach oben.

„Überall, wo man einen Homunkulus unterbringen kann."

Sie erhob sich kurz im Sattel und drehte sich um, warf einen letzten Blick auf den Weg, den sie gekommen waren und über die angrenzenden Häfen. Ja, überlegte sie, auf genau diesem Weg hätte diese Truppe, die für die Rebellen arbeitete, den Homunkulus aus den Häfen fortschaffen können. Auf einem abgedeckten Karren etwa. Oder in einem geschlossenen Wagen. Genauso, wie man auch den Homunkulus für das versuchte Attentat zum Gouverneurspalast geschafft hatte.

Choraik war ihrem Blick gefolgt. Gemeinsam wandten sie sich wieder dem Weg zu, der vor ihnen lag.

Zu ihrer Rechten erhob sich jetzt über die Dächer der Häuser hinweg der Galgenbug. Unmittelbar vor ihm ragten dunkle Umrisse schroff und gebrochen auf, riesenhaft. Steile, mächtige Mauersplitter, Turmtrümmer, wie geborstene Pfähle einer versprengten Bollwerksanlage. Sie hoben sich wie Schattenrisse gegen die hellere Klippe des Galgenbugs ab. Schwärme von Vögeln stiegen von den geborstenen Schalen einer älteren Welt auf. Sie sammelten sich hier in den Gemäuern wahrscheinlich vor ihrem Zug in den Süden.

Sie hatte diese Ruinen früher am Tag von weitem gesehen, als sie auf dem Dach des Gardenhauses Ost-Rhun gesessen und über die Stadt hinausgeblickt hatte.

Jetzt von Nahem konnten einem diese wuchtigen Steinzacken ganz gehörig Ehrfurcht einflößen. Vor ihren dunkel aufragenden Riesengestalten, deren himmelsreckendste Spitzen an Höhe mit dem Galgenbug wetteiferten. Und vor den Erbauern dieser Trümmer, die längst in den bodenlosen Abgrund der Vergangenheit gestürzt waren. Die Alte Welt, sagte man, wenn man über diese Zeit sprach. Oder die alten Reiche. Aber die meisten redeten gar nicht mehr über diese Zeit. Nicht in den Kreisen, in denen Danak verkehrte. Nicht mehr, seit mit dem Einfall der Kinphaurenarmee Rhun nicht länger eine der bedeutendsten Provinzhauptstädte des Idirischen Reiches war und Gelehrte mit Studenten aus aller Welt durch die Flure ihrer Universität schritten. Es wurde überhaupt nicht mehr so viel über Geschichte und Glanz und Prunk und was weiß ich und über alte Zeit gesprochen. Die Menschen hatten heute andere Sorgen.

Wollte man den Höhenzug von Derndtwall und Firnhöhe umgehen, musste man durch diese Ruinen hindurch.

„Rhun ist nicht nur groß, sondern auch alt", sagte Choraik an ihrer Seite.

„Damals hieß die Stadt noch anders."

„Tryskenon, so sagt man. Und auch damals haben Ihr Volk und mein Volk um diese Stadt gekämpft."

„Ist das so?"

„Lesen Sie die alten Geschichten."

„War das tatsächlich Ihr Volk und mein Volk? Gehen uns diese alten Geschichten noch irgendetwas an? Wie kann so was", – sie deutete auf den Weg nach vorn und die Umrisse der titanischen Ruinen –, „noch irgendetwas mit uns zu tun haben?"

Choraik kniff die Augen zusammen und sah sie mit eindringlichem Blick von der Seite her an.

„Wir alle wurzeln in der Vergangenheit", sagte er schließlich. „Ich bin heute ein Kinphaure, aber ich bin unter Menschen aufgewachsen. Die Vergangenheit zu vergessen, hieße, auf keinem festen Grund zu stehen."

„Choraik", sprach sie seinen Namen aus und nahm sich dann erst einmal Zeit für eine Pause, „langweilen Sie mich doch nicht mit so was. Ich dachte, Sie wären etwas ganz Besonderes mit Ihrer Menschenvergangenheit und der Kinphaurentinte im Gesicht. Und jetzt kommen Sie mir mit so einem banalen Zeug. So was spuckt jeder aus, dem Sie ein paar Sautinen für etwas Hinterhofphilosophie vor die Füße werfen. Ja ja, ohne Vergangenheit kann man nicht leben. Geschenkt. Aber ohne Gegenwart existiert man überhaupt nicht. Geben Sie mir ein Hier und Jetzt und keine alten Geschichten."

„Alte Geschichten, sagen Sie?" Choraik lachte. „Alte Geschichten haben die Welt geformt. Als Kinphaure kann man das nicht vergessen. Und die Welt holt sie überall ein. Selbst in dieser Stadt. Selbst in dem Kreis ihrer Mauern."

Er deutete über die Dächer hinweg auf die düster aufragenden Turmtrümmer.

„Schauen Sie sich diese Ruinen an. Diese Stadt war einst etwas anderes, sie trug einen anderen Namen. Und diese ältere Stadt durchwuchert heute Rhun, egal ob Sie das noch sehen oder nicht. Diese Ruinen hier sind noch der deutlichste Zeuge. Hier tauchen die alten Scherben aus dem Untergrund auf. Und diese versunkene Stadt war Teil von etwas Altem, Größeren, von einer älteren Welt. Sie sehen, die Welt, Sie holt sie immer ein, selbst wenn Sie beschließen sollten, sich niemals aus dem Kreis der Straßen von Rhun hinauszubewegen."

Sie waren um die letzten Häuserfronten herumgeritten und hatten den Ausblick auf die Ruinen jetzt ganz und unverstellt vor sich.

Wie das Maul eines zackigen, gewaltigen Hohlwegs lagen sie vor ihnen. Oder wie die Schale eines gewaltigen Eis, das in der Mitte geborsten und dessen Hälften zu den Seiten weggebrochen waren. Der Weg, den sie nahmen, war wie eine breite Scharte darin hineingehauen, der kleinere, niedrigere Teil der Ruinenformation zu ihrer Linken, die großen zerbrochenen Türme und Anlagen rechts von ihnen, vor dem Sturz des Galgenbugs.

Danak suchte nach etwas, was sie Choraik erwidern sollte, aber jeder mögliche Gedankenfetzen entglitt ihr vor dem Anblick der Ruinen. Sie sprachen für sich, und, ach was soll's, sie musste nicht immer das letzte Wort behalten. Sollte der Renegat doch seine Ansichten hegen. Ihr war es egal.

Langsam und schweigend ritten sie auf den Hohlweg zwischen den Ruinen zu. Dies war die Passage nach Dinterfarn, das Maul der alten Zeit, das derjenige passieren musste, der den Anstieg über den Wall der höher gelegenen Stadtviertel vermeiden wollte.

Schatten zogen sich in den sie riesenhaft überragenden Scherbenresten des alten Tryskenon zusammen, dunkle Dämmerseen, von der Präsenz des sich türmenden, uralten Mauerwerks angesogen. Das Krächzen von Vögeln zog seine Schleier um die Schalen zerbrochener Steintitanen. Flügelschlag stieg von den Mauerresten auf, sammelte sich in grauem Strudel und zog unter hundertfachem Flattern und Kreischen über sie hinweg, wie ein wimmelnder, bebender Rauchschwaden.

Choraik sah mit ihr dem fliehenden Vogelschwarm nach.

Wie der Rauch, der von Khrivals Scheiterhaufen aufstieg und vom Wind weggetrieben wurde.

Bei der Erinnerung senkte sich der Schatten erneut über sie, legte sich wie eine Klammer um ihr Herz. Der Schmerz war dumpf und drückend, nicht länger so schrill und roh, wie an den Tagen danach. Doch lag er jetzt umso schwerer auf ihr. Wie die sich vertiefenden Schatten dieser riesenhaften, vorgeschichtlichen Stadt. Er lag auf ihr wie die Last eines ganzen toten Lebens.

Der Weg durch diese Ruinen war der Weg zu Klann und ihren Kindern. Sie waren jetzt geradewegs in ihrer Mitte. Die Dunkelheit von uraltem, zerborstenen Mauerwerk bedrängte sie von beiden Seiten her und schien auf sie einzustürzen. Die letzten Häuser lagen für sie unsichtbar in ihrem Rücken, die ersten Lichter von Sinterfarn waren dort hinter der Klippe noch nicht sichtbar. Sie kam sich vor wie weit entrückt von der Welt, die sie kannte, in einem auf sie eindrängenden Schattenmaul, ohne einen Zeugen als die Wolkenfetzen an einem ausdunkelnden Himmel, aufflatternden Vögeln und der selbsternannten Eskorte an ihrer Seite.

Histan tot, Sandros ein Verräter. Wen hatte sie? Wem konnte sie es mitteilen, der noch zählte. Auf wem konnte sie es abladen?

Was war sie kurz davor zu tun?

Was machte es für einen Unterschied?

Sie blickte zur Seite und sah Kinphaurentinte, die über die von den Wangenknochen gespannten Haut abwärts verlief. Wer könnte ihr schon fremder sein?

„Sie haben mich nach meiner Familie gefragt. Nach meinen Kindern. Nach meinem Mann."

Der Mond hing bleich und noch ohne Glanz im allmählich sich zur Nacht hin entfärbenden Dunst. Wie der Rauch seines Scheiterhaufens. Choraik erwiderte ihren Blick und wartete. Geduldig.

Sie schluckte, versuchte damit die Enge in ihrem Hals wegzudrücken, damit ihre Stimme nicht farblos und flach klang und ihr wegsackte.

„Der Mann, der starb, am Tag bevor Sie in unseren Kader kamen", sagte sie. Der Satz kam zügig und forsch hervor. So wie der Anfang eines wohldurchdachten Einsatzplans. „Er hieß Khrival Nemarnsvad, und er kam aus Vorsekk."

Seine Augen hielten ihr hohles Starren.

„Ich war nicht als sein Ersatz vorgesehen", erwiderte er. „Aber ich habe gehört, dass sie am Tag vorher jemanden aus ihrem Kader verloren haben. Was ist mit ihm?"

„Er war ein Söldner, als ich ihn getroffen habe. Ein Mann, der das Kriegshandwerk verstand." Der Satz war aus ihrem Mund und hing in den Schatten zwischen ihnen. „Genau wie ich." Es kamen keine Bilder aus der Zeit, nichts stieg vor ihrem inneren Auge auf. Die Bilder waren alle versiegt.

„Wir haben beide im Krieg gekämpft. Und wir haben die Gräuel gesehen." Es war nicht mehr etwas, was nachts unversehens über sie hereinbrach, es war nur noch etwas Formloses, Würgendes. „Unschuldige." Das Wort kam aus ihr heraus, oft in Gedanken geformt, oft ausgesprochen. Es wollte jetzt gerade nicht mehr in einen Satz passen. Nur nackt und roh ließ es sich herauswürgen.

Sie suchte nach Worten, nach dem roten Faden ihrer Gedanken. Sie dachte nur noch an den Rauch von Scheiterhaufen.

„Wir wollten etwas anderes tun. Keine Werkzeuge in diesem dreckigen Spiel der Verachtung sein. Etwas anderes."

Sie schwieg, versuchte das zu fassen, was sie damals empfunden hatte. Was so unendlich weit weg schien. Jetzt, da es Liova und Bernim in ihrem Leben gab.

„Nicht nur mit Waffen", kam schließlich aus ihr heraus. „Zwischendurch hatte ich etwas ganz anderes im Kopf. Etwas mit Kindern, einem Haus." Sie sprach es aus. „Einem Mann." Und schnell hinterher: „Khrival hatte nur Krieg gelernt."

Sie selber hatte sich damals gefragt, ob sie denn danach noch in der Lage war, etwas anderes zu lernen. Nach all dem, was sie erlebt hatte. Mit all dem Blut an den Händen. Sie selber war es, die diese Entscheidung dann für Khrival getroffen hatte. Die dieses Urteil gefällt hatte. Sie hatte über Khrival gerichtet, das sah sie jetzt. Aber sie hatte dabei eigentlich nur sich selber gemeint.

„Wir kamen beide nach Rhun und haben uns gemeinsam den Turm an den Rock geheftet. Wir beide in der Stadtmiliz Rhun. Hier in Rhun habe ich dann Klann getroffen."

Ihr sanftmütiger Schmied. Ihr Turm von einem Mann. Auch als die Brandung der Kinphaurenbesatzung über Rhun hereinbrach.

„Ich habe mich für den Schmied und gegen den Krieger entschieden." Sie ließ davon ab, ohne Fokus auf den Weg vor sich zu starren und blickte jetzt Choraik direkt ins Gesicht. Sie sah nichts darin, was über sie geurteilt hätte, nur Augen, die sie gerade und klar anblickten. Wer konnte ihr schon fremder sein?

„Ich und Khrival", sagte sie und merkte, wie die Worte jetzt besser kamen, wie etwas oft Dahergesagtes, „wir sind gute Freunde geblieben. Neben meiner Familie war er der Mensch, der mir am nächsten stand."

Sie schnalzte mit der Zunge, nickte abschließend. Das war es, es war heraus. Sie hatte es vor sich selber ausgesprochen. Sie hatte sich entschieden. Vor langer Zeit. Fünf Jahre war es her. Und seitdem mit ihrer Entscheidung gelebt.

„Sie haben Ihre Entscheidung getroffen." Sie zuckte zusammen, als sie seine Worte hörte, so deutlich ein Widerhall ihrer eigenen Gedanken, bohrte sich mit dem Blick in seinen Augen fest. Kein Spott, kein Urteil. Ein Fremder.

„Ich hoffe, dieser Mann ist direkt zum Drachen gegangen."

Sie schnaubte.

„Wohin auch immer Khrival Nemarnsvad gegangen ist, Sie können sich darauf verlassen, dass er es so direkt wie irgend möglich getan hat. Er war kein Freund der Ausflüchte und Umwege." Auch damals bei ihnen nicht, als er genau gewusst hatte, was er wollte, und genau gewusst hatte, sie würde ihm mit ihrem Körper antworten.

Schluss. Weg damit.

„Und jetzt weiß ich nicht, warum ich Ihnen das alles erzählt habe", sagte sie schnell, und hielt dabei bewusst seinen Blick. Sah den Renegaten, den Kinphauren mit der Hautfarbe eines Menschen und warf rasch hinterher, bevor noch etwas Ungebetenes in die Stille treten konnte: „So, Sie wissen jetzt etwas von mir. Nun, müssen Sie mir aber auch eine Frage beantworten."

„Fragen Sie", kam es von Choraiks Lippen.

Eigentlich war es nur eine Ausflucht gewesen, um nicht mehr dem einen Gedankenstrang nachhängen zu müssen. Aber jetzt, wo sie einmal dabei war ... Jetzt, wo sie ihn hier so hatte. Die Frage nach dem, was ihr die ganze Zeit im Kopf herumging.

Konnte er haben. Sie musterte ihn, sein hageres Gesicht, die Züge hart wie eine Klinge und fragte dann: „Warum hat man Sie eigentlich in diesen Kader gesteckt? Welche Rolle hat man Ihnen hier in der Miliz und in meiner Truppe eigentlich zugedacht?"

Er stutzte merklich. So ganz ohne Nerven war er anscheinend doch nicht.

Er sah sie kurz einen Moment schweigend an – fast hatte sie ein feines Lächeln erwartet, doch das kam dann doch nicht –, und dann sagte er es ihr.

Die Schatten öffneten sich um sie, als die Umrisse der Ruinen zu beiden Seiten hin zurückfielen. Abgeschnitten durch die dunkle Wand des Klippenfalls zur Rechten breiteten sich die ersten Straßenzüge von Sinterfarn vor ihnen aus.

Den Rest des Weges ritten sie schweigend. Choraik begleitete sie noch bis zu den ersten Häusern. Dann nahmen sie Abschied und Choraik ritt die Straße, die sie gekommen waren, wieder zurück, wieder auf den Hohlweg der Ruinen zu.

Sie blickte ihm noch eine Weile nachdenklich hinterher, und nahm dann schließlich ihren Weg wieder auf.

15

Es war ein leeres Gebäude. Das sah sie jetzt.

Die große Halle der Schmiede, heute zum größten Teil ungenutzt, das kleine Wohngebäude klebte eigentlich nur daran wie ein kleiner Auswuchs.

Und doch war es das Heim ihrer Familie. Mit deren Seele war es ausgefüllt.

Sie hatte ihr Pferd angehalten, um in ihrer Vorfreude den Anblick der Schmiedeburg für sich auszukosten. Sie sehnte sich danach, ihre Familie zu sehen, sie sehnte sich danach mit Klann zu reden, sich mit ihm auszutauschen. Er war ein guter Zuhörer. Und das, was er sagte hatte immer Hand und Fuß. Es ging so viel mehr hinter dieser hohen, kantigen Stirn vor, als sein Mund nach draußen dringen ließ. Das arbeitete und ordnete, und wenn etwas von diesen Gedanken über seine Lippen drang, dann in einer knappen, verdichteten Form, wie dicker, eingekochter Sud. Klann war ein guter Ratgeber. Seine Meinung, so wie er sie äußerte, hatte Gehalt. Sie wollte all dieses wirre Zeug in ihrem Inneren herauslassen, all ihre Gedanken über diese ganze verdammte Zwickmühle, in der sie saß. Banátrass, var'n Sipach, die Pläne mit der Miliz, die Sache mit den schmutzigen Drogen und dass man sie davon fernhalten wollte. Was sie in diesem Job überhaupt noch machte. Was das alles noch mit dem zu tun hatte, was sie sich damals mit Khrival geschworen hatte. Ob es einen Weg gab, da irgendwie herauszukommen. Klann würde Rat wissen. Oder ihr zumindest einen Hinweis auf etwas geben, das sie bisher übersehen hatte. So war das immer.

Ihr Schmied würde wissen, was zu tun ist. Er würde ihr etwas Kurzes, Knappes sagen, und sie würde eine Stunde drüber rumgrübeln, aber dann würde sie den Sinn sehen. Ihre Entscheidung vor fünf Jahren war die richtige gewesen.

Als sie den Weg zwischen den vereinzelt liegenden Gebäuden, den Obstgärten und Brachen im vergrauenden abendlichen Licht entlanggeritten war, hatte das unbändige Verlangen erst wirklich Gestalt angenommen, das sich über die ganze Zeit, während sie in harten Kojen in Milizquartieren ihre Nächte verbracht hatte, allmählich in ihr geformt hatte. Das sie registriert hatte, als ihr klar wurde, dass jetzt mit dem Untergang der Firnwölfe der Weg zurück frei war, das sie aber zu diesem Zeitpunkt noch nicht wirklich erfüllen konnte.

Jetzt, wo sie durch den Norden von Sinterfarn ihren Weg nahm, griff es in ihr Raum. Mit jeder bekannten Wegmarke, jeder halb verdeckt hinter Bäumen zurückliegenden Kate, jedem alten backsteinernen Manufakturgebäude, das von seinen Betreibern verlassen worden war und nun Familien ein Heim bot, mit jedem Tor eines Hofes, spürte sie mehr das Verlangen, das sie wie an einem langsam sich aufspulenden Faden auf das Bauwerk zuzog, von dem sie wusste, dass ihre Familie dort auf sie wartete. Vorbei an den Segarian-Höfen, vorbei an dem baumgesäumten Pfad, der zu Kestarns Haus führte. Wahrscheinlich hatten Bernim und Liova heute wieder gemeinsam mit Kestarns Kindern den Tag mit wunderbaren, abenteuerlichen Spielen zugebracht. Kestarns Erstgeborener war etwas älter als Liova und er war sehr fürsorglich und gewissenhaft, so dass man ihm die Aufsicht über die kleine Rotte von Unterhüfthohen übertragen konnte. Mit jedem Wegstück, das sie ritt, wurde das Verlangen und gleichzeitig die Erleichterung größer.

Sie war auf dem Weg nach Hause. Sie konnte wieder zu ihrer Familie zurück.

Und jetzt lag der schroffe Klotz der Schmiedeburg vor ihr, fast nur noch ein Umriss im versiegenden Licht.

Beide Hände auf das Sattelhorn gestützt blickte sie zu ihm hinüber. Die Bäume, die sich eng zu beiden Seiten an die Flanke der Schmiedehalle anschlossen, bildeten einen dichten, kleinen Hain, der den Blick auf jenen Flussarm der Vlichten abschirmte, der unmittelbar entlang des Hauses verlief, doch spürte man trotz der Vegetation den kühlen Hauch vom Wasser her. Dahinter, jenseits des Flusslaufs, dehnte sich das verhaltene Schattenrauschen des weiten Waldlandes, das vom Aderwerk der Vlichten durchzogen wurde. Licht kam einzig noch von der farblosen Tiefe des Himmels und von dem Lichtschein, der aus den Fenstern des Wohnhauses nach draußen fiel.

Sie ließ das Pferd für das letzte Wegstück wieder antraben. Sie hatte es schon öfter für den Nachhauseweg genommen, es kannte ihr Ziel, und die Erwartung von Wasser und Hafer ließ es in freudiger Erregung aufschnauben.

Sie band das Pferd am Gatter an, versorgte es rasch, selber ungeduldig. Sie würde sich später sorgfältiger darum kümmern. Jetzt erst einmal hinein ins Haus. Durch die Fenster war nichts zu sehen. Keine Gestalt, kein Huschen. Sie hörte Geräusche von hinten her, durch Mauern gedämpftes Klirren. Klann war wohl noch mit den Kindern in der Schmiede.

Sie trat ein in die Küche. Warmes Öllampenlicht leuchtete die Flächen aus, warf tiefe Schatten in die Ecken und Nischen. Niemand da.

Sie rief seinen Namen.

Das Klirren von der Schmiede her verstummte. Ein kurzes Rumpeln. Er hielt wohl inne bei dem, was immer er dort mit den Kindern gemacht hatte. Einen Moment später stand er in der Tür. Hoch und breit duckte er sich unter dem Rahmen durch und stand vor ihr. Er trug keine Mütze heute, um sein Haar zu bändigen. Es fiel in einer dichten Matte um seine Schultern herab.

Ihr Blick fand sein bärtiges Gesicht, glitt an seiner Gestalt abwärts. Da war nichts; niemand drängte sich an ihm vorbei oder zwischen seinen Beinen durch.

„Wo sind die Kinder?"

„Bei Kestarn. Wollten dort auch übernachten."

Sie wollte auffahren, vom Stachel der Sorge hochgeschreckt, doch da fiel ihr ein, dass die unmittelbare Gefahr ja vorbei war.

„Na, das geht ja jetzt wieder." Sie atmete ruhig durch, senkte die Schultern und spürte das Feuer in ihren Augen erlöschen. Er musste es bemerkt haben, doch er ließ sich nichts anmerken. „Die Firnwölfe gibt es nicht mehr. Von denen geht keine Gefahr mehr für uns, für die Kinder aus."

„Bernim und Liova haben die Gans nie gesehen." Er sagte es ruhig, die Worte wie ein sachtes Kerzenflackern. Ja, Klann, die Umsicht selber. Natürlich hatte er dafür gesorgt, dass die Kinder erst gar nicht das tote Tier zu Gesicht bekamen, das man ihm und ihr zur Warnung an das Schmiedetor genagelt hatte. Eine Warnung an den Mann der Gänsehüterin.

Die Distanz war mit ein paar eiligen Schritten überwunden, und sie umarmten sich. Ihre Arme um Klann fühlte sie sich mit ihm wie ein einziger Menschenturm, fest im Raum verwurzelt. Ihr Kopf lag an seiner Schulter, an seiner speckigen Lederjoppe. Sie fühlte, wie ihr kurzes, struppiges Haar sich mit seinem Bart verwucherte, genoss die vertraute Berührung des wolligen

Busches. Der Bart strich ihre Schläfe, ihre Wange hinunter, als sie den Kopf hob, seinem Gesicht entgegen. Ihre Lippen trafen sich zu einem festen Kuss. Seine Nase streifte wie ein starrer Keil die ihre.

Als ihre Lippen sich fürs erste einmal nichts mehr zu sagen hatten, lehnte er den Kopf zurück und sagte, „Komm, setzen wir uns an den Tisch. Und reden. Es ist Elstermühle da."

Während er zur Klappe der Kühlgrube ging, ließ sie sich auf einem der Stühle nieder, zog den Gurt des Armbrusthalfters über den Kopf und hängte es über die Stuhllehne. Sie hatte die Waffe sicherheitshalber während des ganzen Ritts so getragen. Das Ding war ihr in der letzten Zeit so vertraut geworden, dass sie es kaum noch spürte. Dann lehnte sie sich zurück, den Kopf in den Nacken und schloss für einen Moment die Augen.

Sie hörte Klann in der Kühlgrube umherkramen, das Klirren von Krügen aneinander.

Sie wurde sich ihrer müden Füße und der Stiefel daran bewusst. Schnaufend zog sie sich den einen mit einem Ruck vom Fuß. Der zweite folgte rasch und polterte in die Ecke. Ja, so war es besser. Sie legte erst das eine, dann das andere Bein auf einen zweiten Stuhl hoch.

Klann kam zu ihr, eine Flasche in jeder Hand einladend gehoben.

Schweigend brachen sie zusammen die Siegel und stießen miteinander an. Das Bier lief herrlich kühl ihre Kehle herab, mit dem perfekten herben Biss und einer reichen Hopfennote. Wieder zuhause.

Sie setzte den Krug hart auf den Tisch ab, sie sahen sich an. Danak grinste. Klanns Stirn und Bart kräuselten sich: Er grinste also zurück.

Sie nickten und seufzten beide, genügte sich eine Weile damit, sich anzublicken und Atemzüge verstreichen zu lassen.

Dann, nach einer Weile zogen sich seine dichten Brauen zusammen, ruhten seine Augen eine Spur ernster und forschender auf ihrem Gesicht.

„Was ist mit dir?"

Er sah es; er bemerkte es. Er sagte nicht viel, ihr Schmied, aber er konnte Menschen lesen. Jedenfalls sie konnte er lesen. Immer noch.

Sie hielt ihren Blick einen Moment mit seinem verschränkt, schnaufte.

„Klann, ich weiß nicht, was ich tun soll", sagte sie schließlich.

Was ist los? – Nur das Rucken seines bärtigen Kinns sagte das, so deutlich, als hätte er es tatsächlich ausgesprochen.

„Man setzt uns gegen die Rebellen ein." Ihr Arm lag schwer auf der Tischplatte, der andere hing ihr schlaff an der Seite herab. Die Worte kamen ihr schwer über die Lippen. Sein Blick war nur scheinbar träge; all seine Aufmerksamkeit war bei ihr.

„Nicht nur jetzt, nicht nur dieses eine Mal. Sie wollen uns, sie wollen die Miliz zu einer Waffe gegen die Rebellen machen. Unser neuer Hauptmann Banátrass will das. Ich habe zufällig ein Gespräch belauscht. Ich habe es schon seit einiger Zeit befürchtet. Aber nun weiß ich es. Ich habe es mit eigenen Ohren gehört. Das ist seine Strategie, die von den Kinphauren bewilligt wurde."

Sie blickte in seine Augen. Immer lag dieser leichte Anhauch von Trauer darin, als sehe er ständig einen Bruch, der durch die Welt und durch alle Herzen der Menschen ging.

„Klann, was mache ich hier eigentlich?" Und plötzlich brachen die Schranken und ihre ganze Unsicherheiten, all ihre Verwirrtheiten und sich verzweigenden, wild wuchernden Gedankengänge kamen heraus, in einem langen Redeschwall. Mal stockte sie, um wieder nach Fäden zum Anknüpfen zu fischen, nach Gedanken, die ihr im Gestrüpp der Verwicklungen entglitten.

Er hatte sie gefragt, am letzten Abend, an dem sie zuhause gewesen war, ob sie sich sicher war, dass sie den Krieg für die Richtigen führte. Jetzt ließ sie all ihre Unsicherheiten heraus. Und die Sicherheit, dass sie für einen Krieg eingespannt werden sollte, an dem sie ganz gewiss keinen Teil haben wollte.

Sie wusste nicht, ob das alles für den Zuhörer irgendwie Sinn ergab, ob das Bild irgendwie rund wurde. Aber das war egal, es kam heraus. Sie hatte längst selber kein klares Bild dieses ganzen Schlamassels mehr. Ihr fehlte der Ankerpunkt. Klann hatte ihr gefehlt. Und die Kinder. Schade, dass sie die erst morgen sehen würde.

Dann war es vorbei. Das, worüber sie reden konnte, war erschöpft. Und sie sahen sich wieder stumm an.

Sie war dankbar für seine Schweigsamkeit, für jenes „Ich habe es dir gesagt.", das nicht über seine Lippen kam. Sein Blick sagte nichts. Sein Blick war warm und voller Verständnis, aber er konnte alles bedeuten.

Wenn er schließlich etwas sagen würde, dann hatte das Bedeutung.

Sie sah schon, wie sein Bart sich krauste, wie der Mund sich öffnen wollte.

Ein scharfes Klirren gedämpft durch eine Wand. Ein kurzes Poltern, das dem folgte.

Sie war instinktiv aufgesprungen. „Was ist da in der Schmiedehalle?"

Er schob den Stuhl zurück, stand ebenfalls langsam auf. Wandte aber nicht den Kopf in die entsprechende Richtung, sondern hatte die Augen noch immer auf sie gerichtet.

„Ist da jemand drin?"

Sie wollte zur Tür, er trat ihr in den Weg. Sie blickte an seiner massiven Gestalt empor, direkt in seine Augen. Schwere Lider, die seinem Blick etwas Trauriges gaben.

„Klann, was soll das?"

Er stand vor ihr, wie ein Block, verwehrte ihr den Weg durch die Tür. „Willst du da reingehen?", fragte er sie. „Wirklich?"

Ein Augenblick der Stille, in der ihr der Atem stockte.

„Wenn du da reingehst", fuhr ihr Mann fort, „musst du dich entscheiden."

Klann, was soll das? Was tust du? Was machst du da nur? Keins der Worte kam über ihre Lippen. Nichts wollte in diesem Moment über ihre Lippen kommen.

Sie sah nur in seine Augen, als könnte sie dort die Wahrheit hinter all dem finden. Die blickten träge und mild und vielleicht eine Spur melancholisch, so wie immer. Als ob nichts wäre.

Sie setzte mit einem Sprung zum Tisch hinüber, zu dem Halfter mit der Armbrust, das dort hing, aber er war schon da und packte ihren Arm.

Hielt ihn einfach fest, hielt ihn starr mitten in der Bewegung. Und sah ihr dabei gerade in die Augen.

Sie ließ ihre andere Hand vorschnellen. Er wollte sie ebenfalls packen, sie wich ihm aus, blockte den Abwärtsschwung, konterte mit einem Hieb zur Seite, doch da hatte er sie.

Für einen Moment hielten sie sich gegenseitig an beiden Händen, die Arme im Ringen überkreuz. Er war stark, das wusste sie. Sie spürte jetzt seine Stärke. Sie wusste aber auch, dass sie es mit Gegnern, die stärker als sie waren, aufnehmen konnte. Wenn sie es wollte.

Das hier war der Mann, zu dem sie nach Hause gekommen war, um seinen Rat zu hören.

Ihre Blicke hingen ineinander, während sich für einen Moment die Stärke ihrer Arme maß.

Dann spürte sie mit einem Mal den Druck seiner Muskeln nachlassen. Seine Hände umfassten ihre Arme immer noch, doch die Kraft des Griffs war fort. Er hielt sie nur noch. Und ließ sie einen Moment später ganz los.

Sie löste sich von ihm, blitzschnell, packte das über dem Stuhl hängende Halfter, setzte zur Tür. Er ließ sie vorbeitreten. Im Hindurchhechten riss sie die Armbrust heraus und ließ das leere Halfter achtlos fallen.

Die Spannarme schnellten heraus in dem Moment in dem sie das Innere der Schmiedehalle mit einem Blick wahrnahm.

Die beiden Flügel der Bodenluke über dem Verschlag standen sperrangelweit offen. Die mächtige Grube darunter gähnte dunkel. Die Kettenzüge darüber schlenkerten noch sanft in der Luft hin und her. Die große Grube, in der man auch bequem einen kleinen Karren hätte unterbringen können, sie war jetzt leer.

Hinten, an der Rückseite der Halle, mühten sich eine Reihe von Gestalten mit Klanns großem einachsigen Karren ab. Sie schoben und zogen ihn mit vereinten Kräften durch das weit geöffnete Schmiedetor. Fast nur als Umrisse zeichneten sie sich vor dem einströmenden Dämmerlicht ab.

Klann trat vor sie hin, der schwere Schatten seiner Gestalt, genau in dem Moment, wo Danak die Armbrust heben wollte. Trat dann rückwärts gehend ein paar Schritte von ihr weg, blockierte dadurch stärker den Ausblick auf das Geschehen dahinter.

Aber sie hatte schon genug gesehen. Sie hatte die schwere, wuchtige Gestalt bemerkt, die leblos auf dem Karren lag. Anders als die, die sie bisher kennengelernt hatte, aber von ihrem Charakter und ihrer Art dennoch unverkennbar.

Homunkulus.

„Er war die ganze Zeit hier in der Grube?", stürzten die Worte aus ihr heraus.

„Nicht die ganze Zeit. Nur seit ..."

„Ich weiß – Ich war dabei", schnitt sie ihm das Wort ab. Wie ein Peitschenschlag hallten ihre Worte durch die Halle, durchschnitten scharf den gedämpften Lärm der sich am Karren Mühenden, die jetzt, wo sie entdeckt worden waren, mit einem Ruck verstärkter Anstrengung zu Werke gingen.

Die ganze Zeit. In der sie nicht zu Hause war.

Der Karren rollte jetzt mit hartem Schwung über den Boden durch das Tor aus der Halle hinaus. Die Köpfe der daran sich mühenden Gestalten gingen zu ihr hin. Gestalten, die sie nur zu gut erkannte. Die am Karren und die dort draußen, vor dem Gebäude. Bei dem Kahn, auf den sie den Homunkulus verfrachten wollten.

Ein Hüne im grauen Mantel stand am Rand der Böschung zu dem Flussarm hin, der direkt hinter der Schmiede verlief, eine Stange zum Staken des Bootes in seiner Hand. Auf dem Boot selber sah sie eine lange schlanke Gestalt herüberwanken, noch hochgewachsener als der Hüne, auch er mit einer Stange bewaffnet – der Vastachi. Eine weitere Gestalt war dort auf dem Kahn sichtbar – sie glaubte, es war eine Frau –, sie brachte eine Armbrust in Anschlag.

Sie sah ein weißes Aufblitzen im angestrengt ackernden Knäuel um den Karren. Weiße Haut, knochenbleich. Ein Kinphaure unter ihnen? Dennoch blieb da kein Zweifel: Das war die Truppe aus dem Hafenlabyrinth, die Truppe, die von den Firnwölfen den Moloch-2-Homunkulus übernommen hatte und damit entkommen war. Die Truppe aus den Katakomben unter der Haikirion-Kirche.

Sie wollte vorbei an Klann, ihnen nach, sie aufhalten, doch seine Hand fasste sie hart auf die Brust. Schob sie zurück. Mit kräftigem Druck.

Ihr Busen schmerzte leicht an der Stelle, wo er sie fortgeschoben hatte.

So standen sie sich gegenüber.

„Klann, was hast du getan?", war das einzige, was sie sagen konnte.

„Das da?" Sein Kopf ruckte leicht zur Seite hin, zu dem, was da in seinem Rücken vorging. Sie waren aus der Schmiede heraus, mit dem Karren am Rand der Uferböschung und schickten sich jetzt an, den Homunkulus zu verladen.

„Das da", wiederholte Klann die Worte, langsam, schwerfällig, „das ist etwas, wofür es sich zu kämpfen lohnt."

Sie starrte ihn fassungslos an. Das konnte nicht Wirklichkeit sein. Klann konnte dies nicht zu ihr sagen, während das alles im Hintergrund geschah. Das hatte etwas von einem Traum, aus dem sie jeden Moment aufwachen musste.

„Du und Khrival", – sie hörte, wie die Worte aus Klanns Mund kamen – „ihr wolltet für etwas kämpfen, was das Richtige ist. Etwas, das einen Unterschied macht. Für die Menschen, auf die es ankommt." – Die Unschuldigen. Ein Wort, das ihr wohl unbedingt im Hals steckenbleiben wollte. – „Darum bist du mit ihm zur Miliz gegangen."

Eine trockene kurze Klann-Pause. Die Worte kamen also tatsächlich aus dem Mund ihres Schmiedes, ihres Mannes.

„Damals war das richtig", fuhr er fort. „Die Zeiten haben sich geändert." Dann mit einem Heben der buschigen Augenbraue und einer tiefen einseitigen Furche in der kantigen Stirn: „Jetzt wirst du wieder für die Kämpfe anderer eingespannt. Nicht für deine Leute. Gegen deine Leute."

„Klann …" Seine Hand fuhr hoch, gebot ihr Einhalt.

„Ich habe damals meine Arbeit als Waffenschmied aufgegeben. Weil sich die Zeiten geändert haben. Weil es nur noch Aufträge von Kinphauren gab. Und denen, die mit ihnen verbündet waren. Weil mit den Waffen nur noch unsere eigenen Leute getötet worden wären."

Wieder eine Klann-Pause. Diesmal sah sie, dass er schwer schluckte.

„Ich wusste damals nicht, was ich dagegen hätte tun können. Jetzt haben sich die Zeiten wieder geändert."

Das war eine lange Rede für Klann.

„Klann, das sind Rebellen."

„Sind sie nicht. Sie arbeiten für die Rebellen."

„Egal. Sie wollen eine gefährliche Waffe zu den Rebellen schaffen. Eine Waffe, die viele Menschen das Leben kosten kann."

„Viele Kinphauren. Viele Eroberer. Viele Mörder unseres Volkes."

„Woher weißt du das? Beim Anschlag eines Homunkulus im Gouverneurspalast sind Menschen gestorben. Welche von unserer Seite. Ich war dabei. Unschuldige. Das war ein Massaker. Das war deinen Rebellen egal. Und was, wenn dieser Homunkulus wieder für einen Anschlag eingesetzt wird? Draußen, in einer der Städte des Protektorats? Oder bei etwas anderem, bei dem Unschuldige draufgehen? Bei so etwas gehen immer Unschuldige drauf." Als diese Bilder der Gewalt wieder in ihr aufstiegen, kam auch das Wort wieder glatt heraus.

„Wie viele Unschuldige sind gestorben, als die Kinphauren mit ihrer Armee über unser Land hergefallen sind?" Klanns Worte kamen jetzt stoßhaft und erbittert. „Willst du dich weiter für die Zwecke dieser Mörder einspannen lassen? Nach allem, was du gesagt hast?"

„Klann, geh mir aus dem Weg." Sie waren dabei, den Homunkuluskörper auf das Boot zu verfrachten, mit vereinten Kräften hievten sie ihn über den Rand des Kahns. Danak sah es über Klanns Schulter hinweg.

Klann fing ihren Blick mit seinen Augen.

„Nein."

Sie spürte die harte Kühle in ihrer Hand. Die Armbrust zuckte hoch, die Spannarme bereits ausgefahren, ein Bolzen auf dem Lauf. Die Waffe war auf seine Brust gerichtet.

„Oder was? Du bringst mich um?" Hatte Klann die Worte ausgesprochen oder hatte sie sie nur in ihrem Geist gehört.

Wie ein Echo.

Sie sah ihm ins Gesicht, musterte es. Eingerahmt von der Matte, kräftiger langer Haare. Der krause Busch des Bartes. Die gleiche undurchdringliche ruhige Miene wie immer.

Wie ein Echo.

„Geh mir aus dem Weg!" So hatte sie Histan angeschrien, als der ihr den Weg verstellte, während die Truppe nach ihrem fliegenden Wechsel mit den Firnwölfen sich davonmachte, um mit dem Homunkuluskörper zu verschwinden, es hatte Twang! gemacht, der Bolzen war in Histans Kopf verschwunden und hatte ein hässliches rotes Loch zurückgelassen. Und jetzt drohte ihr der Homunkulus ein zweites Mal zu entgehen. Von der gleichen Truppe fortgeschafft. Vor ihren Augen. Der Homunkulus, er war das, was Banátrass wollte, dann würde er Ruhe geben. Seine Pläne, was immer er für Pläne hatte, die konnte er ohnehin nicht durchziehen. Die waren nichts als Bullenscheiße; das würde sich schnell zeigen. Aber der Homunkulus war eine gefährliche Waffe. Ein Mordinstrument. Einer von der Sorte hatte Khrival ermordet. Einer hatte beim Attentat auf den Gouverneur ein Massaker unter Unschuldigen angerichtet. Und dieser hier war zu Schlimmerem fähig. Ein zweites Mal ihr durch die Lappen ...

Die hatten ihn schon auf dem Kahn. Die waren schon dabei abzulegen, und dann war ...

„Verdammt, Klann, geh mir aus dem Weg!"
„Nein, ich stehe hier."
„Geh mir aus dem Weg oder ich muss ..."
„Welche Seite, Danak? Was ist deine Seite?"

Ihr Finger am Abzug der Sturmarmbrust zuckte leicht. Ihre Kiefermuskeln zitterten. O mein Gott, was war sie gerade im Begriff zu tun? *Einen Freund töten, einen Verräter töten, den eigenen Mann töten. So leicht geht das.* Wenn sie das tat, so war ihr in diesem Moment klar, dann würde sie sich in ein fremdes Land begeben. *Ja, Danak, du bist gerade dabei eine Schwelle zu überschreiten.* Wenn sie das tat. Sie sah in die Augen von Klann, die wie ungerührt zurückblickten. Sie sah über seine Schulter durch das weit geöffnete Schmiedetor. Die Spitze des Bolzens auf dem Schaft ihrer Armbrust deutete auf Klann. Die Sehne der Armbrust, die auf sie angelegt war, war straff, die Bügel zum Anschlag gespannte Stahlschwingen, nur durch einen winzigen Hebel im Zaum gehalten. Da war eine betäubende Kälte, die ihren Körper hochkroch. Sie spürte ihn nicht länger. Er war wie taub. War sie dazu bereit? Würde sie über diese Schwelle treten?

Etwas zuckte in Klanns Gesicht. Als sei er im Begriff etwas zu sagen. Ein Beben seiner Nasenflügel. „Danak." Sein Arm ...

Ihre Hand zuckte.

Eine Tür öffnete sich.

16

Sie hatten das Tor nur angelehnt vorgefunden.

Banátrass sah den silber-roten Koloss neben sich den Flügel des schweren Kirchentors mit einer beiläufigen Mühelosigkeit aufschieben und warf einen Blick zurück zum Schatten der Kutsche hin. Das gespenstische, raubvogelhafte Pferd davor wieherte jetzt schrill mit starr aufgebäumtem Kopf in die Nacht, zum ersten Mal. Als sie an dem Wagen vorbeigeschlichen waren, hatte es nur tief und dröhnend geschnaubt, aus jenen seltsam schmalen, schrägen Nüstern.

Ein Kinphaurenpferd, nur eines genügte, um den schweren metallverstärkten, kinphaurischen Wagen von Vhay-Mhrivarn Kutain Veren und seinem Leibwächter zu ziehen. Die Kinphauren setzten nur selten eines seiner Art innerhalb der Stadtgrenzen ein, erst recht war es ungewöhnlich eines davon vor eine Kusche zu spannen.

„Hinein. Jetzt."

Banátrass Blick fuhr zurück zu der Gestalt des Ankchorai neben ihm. Jedes Mal wenn der Gewappnete zu ihm sprach, war das wie ein Schock für ihn. Bisher, vor diesem Ausflug mit ihm, hatte er ihn nur als vollkommen stummen Wächter erlebt. Kalt blaue Augen aus dem auftätowierten Dämonengesicht fixierten ihn in der Dunkelheit. Ein scharfumrissener Streifen eines vagen Glimmens war direkt hinter ihm. Er hielt ihm den Türspalt auf.

Was? Er sollte vorausgehen? Mit dem Krieger der Idarn-Khai und Kutain Veren die schon irgendwo dort drinnen waren? Sollte nicht der Ankchorai als erstes hinein, um das Terrain zu sichern?

Doch die Geste, mit der der Ankchorai ihn erneut aufforderte, war unmissverständlich. War das der Anflug eines Grinsens in dem durch Narben verzogenen Gesicht des Ankchorai? Sicherlich würde Var'n Sipach doch niemals zulassen, dass man ihn direkt ins Messer laufen ließ. Und der Ankchorai, sein Leibwächter, musste das ebenfalls wissen. Ein Stich des Zweifels durchfuhr ihn. Würde das Bevollmächtigte Beil es tatsächlich niemals zulassen? Oder …

„Jetzt."

Das Wort war von dem Ankchorai nur leise gesprochen worden, aber es durchschnitt die Stille mit einem Klang als scharre Stahl scharf aufeinander und traf ihn bis ins Mark.

Er blickte dem Ankchorai ins Gesicht, sah das zerfetzte Ohr auf der einen, den Ohrstummel auf der anderen Seite und versuchte sich nichts anmerken zu lassen. Unter dem ausgestreckten Arm des Ankchorai schob er sich durch den Türspalt in das Innere des Gebäudes.

Zunächst sah er nichts in der unbeleuchteten Kirche, nur einen dunklen, weiten Raum, aber dann, als seine Augen sich darauf einstellten, konnte er allmählich Einzelheiten ausmachen: die hohen Fenster an der Seite, durch welche die diffuse Helligkeit der Lichter der sie umgebenden Stadt einfiel, die Säulenreihen, die den Bau gliederten und eine Masse von Bankreihen, einige gerade, einige wirr durcheinander und umgekippt wie eine angetippte Kette von Kenan-Steinen.

Wo war Vhay-Mhrivarn Kutain Veren? Wo war sein Idarn-Khai-Leibwächter?

Ein paar vage Umrisse ragten in der düsteren Weite auf. Ein Nebenaltar. Das mochten mannsgroße Kerzenleuchter, Ständer mit Opferschalen, was auch immer sein.

Einer der Umrisse bewegte sich. Banátrass zuckte zusammen, und seine Hand fuhr zu dem Kurzschwert an seiner Seite. Eine Gestalt löste sich aus dem Schatten einer Säule, das Huschen eines Körpers, dann schoss etwas mit blitzartiger Geschwindigkeit auf ihn zu.

Der Idarn-Khai!

O mein Gott! Der Leibwächter, er hatte ihn erspäht, griff ihn an, und jetzt war er so gut wie ...

Er wollte sein Kurzschwert aus der Scheide ziehen, erkannte aber in gleichen Moment, dass er es nicht mehr rechtzeitig in eine Verteidigungsposition hochbekommen würde, bevor ...

Ein gewaltiger Schatten schob sich rasend schnell vor ihn. Er hörte ein Klirren und Scharren von Stahl. Und taumelte zurück.

Da standen der Ankchorai und Kutain Verens Leibwächter vor ihm, einander gegenüber. Der Idarn-Khai war gegen var'n Sipachs hünenhaften Wächter geprallt. Sie hatten einen Schlagabtausch ausgeführt und sich wieder getrennt. Jetzt maßen sich die beiden mit ihren Blicken. Kein Wort wurde dabei gewechselt.

Der Umriss, der sich vorhin bewegt hatte, er stand jetzt wieder starr dort hinten in der Halle des Kirchenschiffs. Beinah unbeweglich. Doch Banátrass bemerkte eine langsame, nur leichte Bewegung an ihm. Das musste Kutain Veren sein, auf seinem monatlichen Weg in den Entrückten Raum plötzlich von einem ihm unbekannten Angreifer gestellt.

Ein helles Sirren lenkte Banátrass Aufmerksamkeit wieder zu den sich gegenüberstehenden Kombattanten hin. Der Idarn-Khai ließ seine beiden kurzen, geraden Schwerter aneinander vorbeistreifen, veränderte leicht seinen Stand und ließ seine beiden Waffen in eine Angriffshaltung gleiten. Der Ankchorai dagegen veränderte seine Haltung nicht im Geringsten; er stand starr wie ein Turm, eine Statue aus Stahl, Klingen und rotem, flammengleichen Stoff, der an seiner Gestalt herabfiel. Die Kinphaurenklinge beinahe lasziv lässig zur Seite weggestreckt.

Dann plötzlich, aus der Starre heraus, ein entfesselter Wirbel von Bewegung, ein Klirren von Stahl, ein blitzartiger Tumult von Körpern. Der Kampflärm stieg empor zur hohen Decke der Kirche. Staub stieg von dem Gewühl der beiden Kämpfer auf und legte sich vor das schwache, diffuse Licht, das durch die Fenster fiel.

Banátrass wich atemlos einen weiteren Schritt zurück. Es hatte begonnen. Wie immer das auch ausgehen mochte, jetzt ließ es sich nicht mehr aufhalten.

Die Ruinen lagen vor ihr. Umgeben von brodelnden Schatten. Man fühlte sich in ihrem Umkreis, als habe man ein fremdes Land betreten.

Das Brodeln, das kam nicht von den Schatten, das kam nicht von den Ruinen her. Das war allein in ihrem Geist.

Zu welchem Ende war sie eigentlich hier? Aus welchem Grund, zu welchem Ziel?

Zu tun, was noch zu tun blieb. Was sonst?

Ihre eigenen Gründe waren für Danak nicht länger spürbar. Wenn es die noch gab, dann waren sie irgendwo in für sie unerreichbaren Tiefen versunken. Sie war sich nichts mehr bewusst. Sie spürte nur noch dieses weiße Feuer einer taubmachenden Raserei, eine bleiche Wut, die alles andere auslöschte. Gut so, sollte sie alles auslöschen. Her damit! Mehr davon!

Hin! Rein! Tun, was noch zu tun blieb.

Danak schwang sich vom Pferd und band es an einem dürren Baum fest, der zwischen zwei Trümmerbrocken hervorwuchs. Keine Ahnung, was sie dort drüben erwartete, beim Eingang der uralten, zerfallenen Bauten. Also lieber zu Fuß hin und vorsichtig. Vorsichtig? In ihrem Zustand? Sie merkte, mit welchem Tempo, mit welchem Druck, sie dabei war, vorwärtszustürmen, in die Dunkelheit hinein, und sie bremste sich mühsam.

Versuch klar zu denken!, sagte sie sich. Versuch dich auf das, was vor dir liegt, auszurichten! Du brauchst einen klaren Ort, eine Kammer, in der sich die Gedanken und Erwägungen sammeln können, das hier gut durchzuziehen. Versuch, verdammt noch einmal, ein paar klare Gedanken zu fassen.

Auch wenn es weh tut, geh es noch einmal durch, krieg einen klaren Strang in deine Gedanken. Zieh dir die Dornenkette durch die Finger. Und dann lass es los, lass es wegsinken, und dann stell dich auf das ein, was vor dir liegt.

Liova. Bernim.

Eine Tür hatte sich geöffnet.

Sie und Klann hatten sich in der Schmiedehalle gegenübergestanden, er wie ein unverrückbares Hindernis vor ihr, das verhinderte, dass sie einschritt, während diese mit den Rebellen im Bunde stehende Truppe den Moloch-2-Homunkulus ihrem Einfluss entzog, sie die Armbrust auf seine Brust gerichtet. Im Begriff etwas Furchtbares zu tun. Im Niemandsland vom weißen Sausen des Blutes, das sie durch ihre Adern pulsen hörte, sirrenden Nervenenden und Gedanken, die wie ein Mahlstrom nur immer wild in einem rasenden Zirkel drehen wollten.

Ein Zucken in Klanns Gesicht, ein Beben seiner Nasenflügel. „Danak." Ihre Hand zuckte. Sein Arm, er wollte nach links hin deuten.

Ihr Blick folgte dem.

Eine Tür öffnete sich ganz. Und Liova und Bernim standen im Rahmen.

Liova und Bernim standen in der Tür zur Schmiedehalle und sahen sie aus großen, starr aufgerissenen Augen an.

„Papa? Mama?"

Was macht ihr da? – Unausgesprochen stand es in den entgeisterten Kindergesichtern geschrieben.

Ja, was machten sie hier?

Sie blickte hinab auf die Armbrust in ihrer Hand, blickte zu Klann hinüber, ließ den Blick an seiner großen Gestalt hinauffahren. Sie sah, dass seine Augen und sein Kehlkopf zuckten.

Sie spürte ein kaltes Pochen, ein kaltes Pochen an ihrer Hüfte. Einen Moment, im wegstürzenden Taumel der Situation gefangen, wusste sie es nicht einzuschätzen. Es war etwas, das sie spürte und auch wieder nicht spürte.

Dann begriff sie. Der Orbus. Eine Orbus-Botschaft. Kinphaurenzauber.

Sie blickte hinüber zu ihren sie bestürzt im Türrahmen anstarrenden Kindern, dann fuhr ihr Blick zu Klann zurück, dann wieder zu ihren Kindern hin.

Ihre Hand ging zur Hüfte, ihre Augen zuckten wieder zu Klann, fixierten ihn. Ohne hinzusehen ließ sie die Schatulle an ihrer Hüfte aufschnappen, nahm den Orbus heraus. Sie sah Klanns Gesicht voller Verachtung zucken. Kinphaurenzauber. Die Mörder unseres Volkes.

Sie hielt den Orbus hoch, ging wie im Traum die Sequenz der Glyphen durch, und eine rote schwebende Lichtperle erschien. Ein Blick zu Klann – der fixierte sie weiterhin aus trägen, schweren Augen. Sie schickte der Kugel die Initialsymbole entgegen.

„Danak." Das war Mercers Stimme. „Mirik hat sich gemeldet. Die Braunfräcke haben die Botschaft bekommen, sie sollen morgen eine Marge umgewandelten Jinsais abholen. Die Verwandlung findet in dieser Nacht statt. Wir müssen uns beeilen. Wenn du das hörst, dann komm sofort."

Und Mercers Stimme hatte ihr den Treffpunkt und den Ort der geplanten Verwandlung genannt.

Die Ruinen von Tryskenon, im Schatten des Galgenbugs.

Wie die geborstenen Schalen einer älteren Welt ragten sie nun rings um Danak auf, gewaltige, stumme Turmstümpfe, im Dunkel nur Umrisse, die den Rest der Welt verdeckten: die Lichter zur schweigenden Durne hin und des Landes jenseits davon, die Lichter des diesseitigen Teils der Stadt hinter Derndtwall. Ein zackiger Ausschnitt nur zeigte sich im Durchbruch der Ruinentrümmer; es war als schwämmen die Lichter von Rhun auf einer Ölschicht, stellenweise leicht verschwommen und verweht vom Rauch der Kamine und Schlote.

Und dort hinten sah sie nun auch Bewegung bei den Ruinen. Sie ging darauf zu und erkannte bei ihrer Annäherung, dass ihre Vorsicht überflüssig gewesen war. Drei, vier Roschas zählte sie dort, ein Pulk von Leuten um sie herum. Eine Gestalt löste sich daraus und kam auf sie zu. Sie erkannte Sandros.

„Dann hat dich der Ruf von Mercer erreicht. Wir dachten schon ..." Er stockte beim Blick in ihr Gesicht. „Ist alles in Ordnung mit dir?"

„Tut nichts zur Sache. Weiter."

„Gut, dass wir diesen neumodischen Zauber haben", fuhr Sandros fort. „Auf die Art haben wir schnell alle zusammentrommeln können."

„Und die Nachricht kam von Mirik?" *Und nicht von einem deiner Kinphauren-Agenten? Oder vielleicht von überhaupt niemandem? Vielleicht hält irgendjemand es gerade nur für notwendig, uns durch dich genau an diesen Ort, genau in diesen Einsatz zu schicken.* Es gab keine Sicherheiten mehr.

„Ja. Mirik hat's gemeldet", hörte sie Sandros sagen. „Kam von Mercer. Mirik hat ihn kontaktiert."

Stimmt, der Ruf kam von Mercer, nicht von Sandros. Also war's nicht manipuliert. Wahrscheinlich.

„Was wissen wir?"

Mercer trat, als sie sich mit schnellen Schritten den Roschas näherten, von der Seite an sie heran. Gut, dann konnte Sandros keinen Unsinn verzapfen. Verdammt, war sie denn nur von Verrätern umgeben? Ihr Leben war wohl auf Verrätern gebaut.

„Mirik hat eine Botschaft von einem Kontakt erhalten. Sie sollen morgen früh vor Tagesanbruch eine verwandelte Marge Jinsai abholen. Sollen Material mitbringen, um sie abzupacken und abzutransportieren. Er schließt daraus, dass die Verwandlung heute Nacht stattfindet."

„Weil sie's abpacken sollen", mischte sich Mercer ein, „ist ziemlich offensichtlich, dass das Zeug nach der Verwandlung nicht mehr transportiert wird. Also findet's auch hier statt. Und Bingo! – wir haben zwei Wagen der Kinphauren hier wartend vorgefunden."

„Und?"

„Alles klar, Danak. Wir haben die Wache überwältigt. Sitzt in der Roscha dort hinten, verschnürt und geknebelt."

„Also hier in den Ruinen. Wissen wir den genauen Ort?"

„Wissen wir", antwortete ihr Mercer. „Hat Mirik alles angegeben. Sandros konnte sogar auf die Schnelle einen Führer auftreiben, der das Terrain kennt."

Ihr Blick fuhr zu Sandros rüber.

„Ist ein alter Bekannter von mir", bemerkte der. Geraden Blicks. „Hat sich früher sein Geld damit verdient, dass er hier aus den Ruinen alten Ramsch rausgeholt hat, als alle drauf standen, ihre Wohnungen mit" – er schnalzte mit der Zunge und gab seinen nächsten Worten eine ironische Note – „Artefakten aus der Alten Welt zu schmücken. Er kennt jedenfalls diese ganzen Gemäuer hier wie seine Westentasche. Sagt, er weiß auch schon genau, welchen Ort Mirik gemeint hat."

Jetzt waren sie bei den Roschas angekommen. Sie blickte sich abschätzend um, schätzte, dass vielleicht zwei Zwölfschaften Gardisten mit erschienen waren, um ihre Kaderreihen zu unterstützen.

„Okay, drüben steht unsere Roscha", sagte Sandros mit einem Deuten des Kopfes in die entsprechende Richtung, „Da drin findest du Waffen."

„Okay."

„Unser Kinphaurenfreund war es, der vorgeschlagen hat, wir sollten diesmal scharfe Klingen einsetzen. Ausgerechnet der. Wir haben abgestimmt und uns dafür entschieden. Über deinen Kopf hinweg. War keine Zeit, auf dich zu warten."

„Ist schon okay. Ich denke, scharfe Waffen sind angebracht." Scharfe Waffen waren genau richtig. Auch nach ihrer Erfahrung beim Gefecht in den Häfen und ihrem Kampf auf dem Kahn der Firnwölfe. „Der Vorschlag kam von Choraik?"

„Ja, er war im Gardenhaus. Komisch um diese Zeit. Und hat sofort gespannt, was abgeht, als er uns reinrauschen sah. Schien für ihn aber vollkommen okay zu sein. Der Kerl überrascht einen noch dieser Tage. Da macht man all diese Geheimniskrämerei wegen ihm und ..."

„Er wusste von Anfang an, dass wir ihn von der Sache nur ablenken wollen. Er hat's mir neulich gesagt." *Ja, und für Überraschungen ist der Kerl allerdings dieser Tage gut.*

„Na ja", meinte Mercer, „vielleicht ist unser Herr Kinphauren-Tinte doch nicht so unrecht."

„Wir werden sehen." *Ihr werdet sehen. Allerdings.*

Sie ging zu der bezeichneten Roscha rüber, und da war Choraik.

„Wer hätte gedacht, dass es noch in dieser Nacht passiert", meinte Choraik, als er sie erblickte. Wer hätte noch früher am Abend so vieles gedacht?

Choraiks angedeutetes Grinsen erstarrte, als er ihr ins Gesicht sah. Sie wechselten kurze Blicke, und Choraik war so klug, daraufhin zu schweigen. Sie würde das hier durchziehen. Sie hatte solche Einsätze immer durchgezogen. Was gab es schließlich sonst zu tun?

Choraik griff nur stumm in das Innere der Roscha und reichte ihr einen Fechtspeer heraus. Die lange Klinge fing beim Weiterreichen von Hand zu Hand in der Drehung einen Splitter Licht auf, der kalt die Schneide hinabfunkelte. Sie nahm die Waffe in festem Griff, wog sie. Gut ausbalanciert. Fühlte sich gut an in der Hand. Der Unterschied zur Fechtstange war, dass der hier statt des verdickten Schlagstockendes eine lange, gerade Klinge hatte. Sie drehte sie um ihre Achse, und die Waffe folgte federleicht den Bewegungen ihrer Hand. Sie ließ sie blitzartig vorschnellen, ging durch ein paar Paraden und Schwünge. War einige Zeit her, dass sie einen scharfen Fechtspeer und nicht nur die stumpfe Fechtstange in der Hand gehalten hatte. Aber die Erinnerung kam augenblicklich zurück.

Choraik reichte ihr das Halfter hinterher, und sie schnallte es sich über den Stahlkürass, steckte schließlich mit geübtem Schwung die Waffe über die Schulter hinweg hinein.

Die traditionelle Waffe des idirischen Reiches. Zwischen Speer und Schwert. Viele, die aus anderen Kulturen kamen, taten sich zunächst mit so einer Waffe schwer, aber sie hatte ihre Vorzüge, war sehr flexibel in der Handhabung und äußerst gefährlich. Es war eine Prestigesache gewesen, selbst in angeschlossenen, weit entfernten Provinzen, von sich sagen zu können, dass man in der Lage war, diese Waffe mit Meisterschaft zu führen.

In den alten Tagen, in den Tagen des Idirischen Reiches. Als Rhun noch eine blühende Metropole und Provinzhauptstadt dieser Kulturnation gewesen war. Was jetzt mit dem Idirischen

Reich war? Dem, was davon übrig war. Man hörte kaum davon. Nur wenige Kriegsberichte drangen von der Front im Süden nach Rhun, und die waren zweifellos verzerrt. Choraik hätte ihr gewiss Genaueres erzählen können.

Vieles hatte sich verändert und änderte sich ständig.

Der Mond war jetzt am Nachthimmel nur mehr eine gelblich gärende Präsenz hinter schweren Wolkenschichten, als sie sich auf der weiten Fläche vor dem turmartigen Gebäude sammelten, in dem die Verwandlung laut Miriks Angaben stattfinden sollte. Es war in dem spärlichen Licht wenig mehr auszumachen als die dunkle, säulenartig aufragende Masse des Gebäuderelikts, ihre Basis breit wie ein Palast der heutigen Zeit, und ein paar gewaltige Trümmerbrocken ringsumher, so als hätte ein Riese Teile aus dem Ruinentorso herausgerissen und wild in die Umgebung geworfen.

Nicht einmal wo der Zugang zu diesem Turmbauwerk des alten Tryskenon sein sollte, war von hier aus zu erkennen.

Um ihren Kader herum scharten sich die restlichen Milizionäre, etwas weniger als zwei Zwölfschaften, das sah sie jetzt, eben die, die ihre Leute zu dieser späten Stunde hatten zusammentreiben können.

„Weiß man, wer bei der Verwandlung anwesend sein wird?", fragte sie. „Ich meine, außer diesem Magier des Einen Weges. Was ist mit diesem Paten der ganzen Aktion? Wird er dabei sein?"

„Na, der Magier muss ja wohl dabei sein", meinte Mercer. „Von dem Paten wusste Mirik nichts. Auch sonst nicht viel. Außer dass sie vor Morgengrauen alles hier abholen, verpacken und abtransportieren sollen."

„Wir wissen also nicht, mit wem wir es da drinnen zu tun haben? Nicht wer? Nicht wie viele?"

„Nicht den geringsten Schimmer, wer uns da drinnen erwartet." Sandros hob abwägend die Handflächen. „Sie denken, es ist eine Aktion, die geheim bleibt. Und vom Ort her ist es so gewählt, dass niemand durch Zufall darüber stolpern kann. Dürften sich also ziemlich sicher wähnen. Also wird es nur eine kleine Truppe zum Schutz der Aktion geben."

„Und wer soll das sein?"

„Schätze mal, welche von der Hausarmee des Einen Weges. – Wenn's schon ein Magier aus ihrem Haufen ist." Sandros zuckte die Schultern. „Das ist das Problem. Wir wissen nicht, wer letztendlich hinter dieser ganzen Sache dahintersteckt. Also wissen wir auch nichts über die Hintergründe und Motive."

War ja nichts Neues. Hatten sie in den Katakomben unter der Haikirion-Kirche auch schon gehabt. Und damit hatte die ganze Sache angefangen.

Sie wog die Armbrust in ihrer Hand, schob ein Bolzenmagazin in den Schlitz und ließ es klackend einrasten. „Okay, dann lasst uns keine Zeit verschwenden sondern jetzt da rein gehen. Dann erfahren wir's."

Und erfahren hatte sie heute schon eine ganze Menge. Sie spürte, wie sie heftig mit den Zähnen knirschte, als eine neue Welle der Wut sich in ihr aufbaute.

Klarer Kopf, sagte sie sich. *Den brauchst du, wenn du da rein gehst. Zumindest eine Spur davon.*

„Wo ist der Führer?" Sie schaute über ihre Schulter. "Wenn er uns führen will, sollte er auch nach vorne kommen."

Sandros schob einen Mann vor. Danak sah in ein knochiges, hohläugiges Gesicht.

Der Mann nickte ihr zu, sie deutete ein knappes Antwortnicken an.

Und wer war das jetzt? Alter Bekannter hatte Sandros gesagt. Aus welchem Lager? Ein alter Bekannter von vor oder nach Sandros Verrat. Was für eine morsche Welt. *Klann ...*

„Na, dann los."

Ihr Führer ging ihnen voran ins Dunkel hinein.

Sie merkte, wie Sandros ihm folgen wollte, an ihr vorbei. Eine heiße Wut glomm in ihr in diesem Moment hoch, stieg auf aus dem weidwunden, zerrissenen Gewebe, das ihre Seele war. Sie packte ihn mit einer Hand an der Schulter, hielt ihn auf.

Ihr Gesicht kam dem seinen so nahe, dass sie seinen Atem auf ihrer Haut spürte, kam ihm so nahe, dass sie nur noch seine fragend mit den ihren verschränkten Augen sah.

„Und? Können wir ihm trauen?" Ein Flackern in Sandros Blick. „Oder wird er uns auch nur gezielt dorthin führen, wohin man uns haben will?" Und weil die Wut in ihr kochte, zwischen zusammengebissenen Zähnen hervor: „Wird er auch in kinphaurischer Münze bezahlt?"

Sie sah ihm an, wie bei ihm die Sautine fiel. Er sah sie aus Wolfsaugen an, etwas zuckte um seinen Mund.

Sie ließ ihn abrupt wieder los, stieß ihn von sich weg und folgte dem Schatten ihres Führers, der bereits auf den dunklen Umriss des Gebäudes zuging. Stiefelgetrappel zeigte ihr an, dass die anderen ihr folgten. So drangen sie in den Schatten des geborstenen Titanen ein. Tryskenon, ein alter Name. In ihm hallte nur noch ein Versprechen an das Erbe alter Zeiten. Eine wirkliche Bedeutung hatte er nicht mehr. Dies waren die Ruinen unter dem Galgenbug.

Sie nahten heran und im Dunkel schien es ihr, als träten sie ein unter den Schatten eines gewaltigen Überhangs. Der gleichmäßige, fast geometrisch anmutende Umriss einer riesigen Türöffnung klaffte darin, weit in die Höhe reichend. Die bleiche Welle, die sie in sich fühlte, brannte ihr auch die Ehrfurcht aus. Ihr Einsatz erwartete sie da drinnen. Vielleicht die Aufklärung des Rätsels um die Bleiche. Jemand legte dort erneut den Samen für das gleiche Verbrechen, das eine Unzahl unglücklicher Rhuner Bürger in ausgebrannte Wracks verwandelt hatte, die dann elend verreckt waren. Ein tödlicher, den Geist zerfressender Samen. Sie kam sich gerade auch nicht viel anders vor.

Dann waren sie drinnen. Der Hauch der Nacht und das kühle Draußen verloren sich in ihrem Rücken, und die steinernen Kiefer der Dunkelheit schlossen sich um sie. Jemand zündete eine abgeblendete Ölfackel an.

Sie gingen vorsichtig, an jeder Ecke spähend, um etwaig aufgestellte Wachen rechtzeitig zu entdecken. Sie fanden keine. Anscheinend hatte sich, wer immer diese Verwandlung durchzog, auf die Verschwiegenheit dieses Ortes verlassen und nur den Kutscher als Wache bei den Wagen zurückgelassen.

Dafür fanden sie eine Menge verwinkelter Gänge und Kammern, die in der Düsternis nur die erodierten Geheimnisse der räumlichen Geometrie ihrer längst zu Staub gewordenen Erbauer für sie bereithielten. Sie bogen um gigantische Pfeilerecken und vorkragende Formen, die in ihren Umrissen dem Bug eines gewaltigen Schiffes, in ihrer Durchgestaltung eher einer Kathedrale glichen.

Der Boden war eben und glatt, von gelegentlichen Schutthaufen und Trümmerbrocken abgesehen. Es war feucht hier drin und sie hörten während der ganzen Zeit das Tröpfeln von Wasser von den Wänden. Wie das beständige Tropfen einer Wasseruhr hallte es hohl in die himmellose Schwärze hinein und spickte das uralte Schweigen mit seinen unerbittlichen Nadelstichen.

Ein Schein beleuchtete die Gegenseite einer Gangbiegung, die sie gerade umrunden wollten. Danak hob warnend die Hand.

Da vorne war jemand. Jemand, der den Ort seines heimlichen Tuns beleuchtete.

Ihr Kader und die Gardisten drängten in ihrem Rücken zusammen. Sie hob erneut warnend die Hand, blickte sie über die Schulter an und deutete nach vorn. Allen war klar, dass ab jetzt absolute Stille einzuhalten war. Den Führer schickte sie mit einem Blick und einem Winken der Hand nach hinten.

So drangen sie langsam vor, Schritt für Schritt, vorsichtig, immer um die Krümmung des Ganges spähend. Das Licht wurde heller und trat dann klar in einem hellen Rechteck hervor, in dem der Gang endete.

Er öffnete sich zu einer weiten, hohen Halle hin, fast so etwas wie eine Kathedrale im Gestein der Ruinen. Allein der begrenzte Ausblick durch das Rechteck der Gangöffnung ließ die Ausmaße des Raumes jenseits erahnen.

Helligkeit waberte darin. Bewegung war zu erkennen, weit hinten, in der Tiefe der Halle.

Vorsichtig schob sie sich eng an die Wand gedrückt zur Öffnung hin. Sich jetzt bloß nicht vorzeitig verraten. Nicht bevor man sich einen Überblick über die Örtlichkeit verschafft hatte und darüber, was dort eigentlich vorging.

Der Raum schien riesig. Reihen von tief in den Raum gehenden Pfeilern ragten bis hoch zur Decke auf und machten das Terrain unübersichtlich. Zu was dieser Ort ehemals gedient haben mochte, ließ sich nicht erkennen. Sein Charakter deutete jedoch auf irgendetwas Sakrales hin. Braungrauer Stein, auf den gelbes Mondlicht durch Schächte in der Decke fiel. Nur im Hintergrund der Halle herrschten andere Farben vor.

Dort öffnete sich eine Art Nebenschiff, etwas erhöht, durch beidseitige Freitreppen zu erreichen, wie eine von der Haupthalle abgehende Grotte. Dort gab es Bewegung. Dort waren Gestalten zu erkennen. Altarähnliche Steintrümmer zeichneten sich gegen flackerndes Licht ab. Auf ihnen thronte eine gigantische bronzene Schale.

Eine Gestalt in weißer Robe stand über dieser Schale, mit ausgestreckten Händen gestikulierend. Weitere Personen waren in einem Halbkreis um sie herum versammelt.

Das Erstaunlichste aber war das Licht, von dem diese Szene beleuchtet wurde.

Ein glosendes, farbiges Wabern lag über der Höhlung dieses Nebenschiffs. Es wölbte sich, verdichtete sich über den Köpfen der Versammelten zu so etwas wie einem Baldachin, wie ein durchscheinendes, aufgebrochen hohles Edelsteinnest, das dem Herzen eines Berges entrissen worden war. Danak hatte schon einmal eine riesige Amethystdruse gesehen, ein fast hüfthohes Stück Stein, in dessen Inneren die violetten Kristalle glitzerten. Genauso blähte sich hier diese Wolke ins Purpurne, genauso funkelten Lichtpunkte wie Reflexionen darin. Sie wanderten und schwebten umeinander, als hätten am Nachthimmel die Sterne ihre festen Bahnen verlassen und führten einen Tanz umeinander auf.

Etwas Unheimliches ging hier vor. Etwas dunkel Magisches.

Obwohl dieses weiße Feuer in ihr raste, spürte sie deutlich, wie etwas Kaltes sie in ihren Eingeweiden berührte.

Das Cluster des Schwarms war gerade dabei sich über ihren Köpfen zu bilden. Aus den Untiefen heraus glühten die Werlichter des Gewebes in die materielle Welt hinein. Vermutlich zeigte das Geistergeflecht auf diese Weise an, dass es für seine Aufgaben bereit sei.

Er sah Bek Virdamian, den Magier des Einen Weges, in die Gewänder seines Ordens gekleidet über der Schale stehen und die Kräfte herbeirufen, die bis tief in den Grund der Materie hinein wirken und sie verändern sollten. Auf seinem langen, weißen Gewand war das Zeichen des Einen Weges zu erkennen: ein stilisierter Bolzen mit Inaimskreuz auf der Mitte des Schaftes, der erste Buchstabe des idirischen Alphabets an der Spitze, der letzte Buchstabe am Ende des Schafts

Um ihn herum gruppierten sich die Verschworenen des Klingensterns, ihre Gesichter unsichtbar hinter den rotgefärbten, glatt das Gesicht und den Kopf umfassenden Drachenhautkappen, die nur einen Sehschlitz für die Augen ließen. Ihre langen Haarsträhnen und geflochtenen Zöpfe fielen über die Schultern ihrer Rüstung.

Nur er selber trug die Drachenhautkappe schwarz und ungefärbt. Und er trug sie, anders als die Verschworenen des Klingensterns, ohne die verschlungenen Glyphen, die über beide Gesichtshälften bis hin zu den Ohrenschalen verliefen. Er wusste, sie alle waren zum Schweigen verpflichtet, über alles was sie hier sahen, über alles, was hier in dieser Nacht vor sich ging. Über all das, was Bek Virdamian auf sein Geheiß hin mit dem Jinsai anstellte. Was immer das von der Natur der Sache her auch sein mochte.

Selbst der Birgenvetter hatte es nicht gewusst. Aber es hatte ihn dringlich interessiert. Wir sind beunruhigt, hatte er gesagt. Und ihm aufgetragen, der Sache auf seine Anordnung auf den Grund zu gehen. Darum musste er in dieser Nacht bei der Verwandlung der Droge anwesend sein. Obwohl er sonst eigentlich nur am Ausgang der Sache interessiert war.

Nun, der Anweisung des Birgenvettern wollte er nachkommen. Es würde ihm schlecht bekommen, wenn er sich den Wünschen und Anweisungen eines Mitglieds der Magierkaste der Sirith-Drauk widersetzte.

Es sah hinauf in das violette Wabern, den hohlen Baldachin des Schwarmclusters, der sich über ihren Köpfen bildete. Ja, es war an der Zeit. Die eigentliche Verwandlung hatte noch nicht angefangen, musste aber bald beginnen. Jetzt musste er es tun, sonst verpasste er den Anfang.

Var'n Sipach griff in die Falten seines Umhangs, fühlte den Saum der Innentasche und schob seine Hand hinein. Er spürte die metallene Kühle der Kugel unter seinen Fingern. Dort war es, das Artefakt, das ihm der Birgenvetter anvertraut hatte. Von dem er gesagt hatte, dass es die Prozesse und Verrichtungen bis hinein in die Untiefen aufzeichnen würde. Damit er darüber erfuhr, wie Bek Virdamian, Magier des Einen Weges, eine Verwandlung hinein in den chemischen Kern der Substanz vollzog. Wodurch ihm Verrichtungen möglich wurden, die die Grenzen des ihm zugeteilten Wissens überschritten.

Var'n Sipach ertastete den Knopf, direkt an einer Naht, wo zwei der ineinander verzahnten Kugelteile aneinander stießen, und drückte ihn durch, bis er mit einem leisen Klicken einrastete. So, das wäre getan. Das Gerät würde jetzt alles, was Bek Virdamian in die Untiefen hinein wirkte, aufzeichnen.

Der Magier wandte sich jetzt gerade um, zu ihm und seinen Verschworenen des Klingensterns hin und von der riesigen bronzenen Schale weg, die mit dem zimtfarbenen Pulver des Jinsai fast bis zum Rand angefüllt worden war. Das wabernde, violette Glühen des Schwarmbaldachins über ihnen flackerte über die glattrasierte, bleiche Haut seines Schädels. Bleich für einen Athran-Mainchaure, einen Menschen. Fast so hell wie man es den Nianchaik nachsagte, die sich in ihre abgelegenen Festungen zurückgezogen haben sollten. Eine auffällig lange Nase ragte aus diesem Gesicht hervor. Wenn er den Mund öffnete, so wie jetzt, während er die Formeln intonierte, die ihm halfen, die Symbolketten zu aktivieren, wurde der Blick von den auffällig großen oberen Schneidezähnen angezogen, die in der Mitte eine charakteristische Lücke aufwiesen. Schweißtropfen perlten über die eiglatte Haut seines Gesichts hinab.

Abrupt wandte sich var'n Sipachs Blick vom Studium der Physiognomie des Menschenmagiers ab. In dessen Rücken hatte eine plötzliche Bewegung seine Aufmerksamkeit auf sich gezogen.

Eine Bewegung und ein Schrei.

Was war das? Gestalten. Menschen. Die in den Ruinendom stürmten. Auf sie zu.

Was, in des Drachen Namen, geschah hier?

Die vermummten Verschworenen hatten es ebenfalls bemerkt. Sie griffen zu ihren Waffen.

Bek Virdamian sah ihre Reaktion, die Verwunderung darüber zeichnete sich auf seinem haarlosen, bleichen Antlitz ab. Langsam, zögernd drehte er sich um seine Achse, um zu sehen, was dort in seinem Rücken vor sich ging.

Das war ein Haufen von Milizionären, der da über den Boden der Halle hinweg, über Trümmerbrocken hinwegsetzend, auf sie zustürmte.

Sie schossen ihre Armbrüste ab, und die Bolzen schossen über ihre Köpfe hinweg, prallten klackernd von den Wänden ab.

Die Verschworenen seines Klingensterns gingen in Deckung und erwiderten das Feuer.

Var'n Sipach duckte sich rasch nieder, kroch die wenigen Schritte geduckt vorwärts, in den Schutz der Formation von Steinbrocken hinein, welche die altarähnliche Basis bildeten, auf der die riesige Schale mit dem Jinsai ruhte.

Ausgerechnet, überlegte er, die Knie angezogen und mit dem kantigen Stein im Rücken. Er durfte sich auf keinen Fall entdecken lassen. Vor diesen Menschen hatte er keine Furcht. Aber es durfte, nicht einmal über einen dummen Zufall, ein Wort über seine Beteiligung an diesen Vorgängen nach draußen dringen. Das war der heiklen Stellung seines Amtes geschuldet, seiner Exponiertheit und der damit verbundenen Neutralität, die ihm das abforderte. Wenn ruchbar würde, dass er dieses kleine Geheimprojekt hier verfolgte – auch wenn es zum Besten für das gesamte Kinphaurentum und einer gemeinsamen Zukunft der beiden Rassen in Rhun war –, dann machte ihn das angreifbar.

Und er wusste, wie sehr alle um ihn herum nur auf eine Blöße warteten, eine Bresche, in die sie die Klinge ihrer Ränke treiben konnten. Das käme äußerst ungelegen, gerade in einem Moment, wo er dabei war, an zwei Fronten gegen den Klan Vhay-Mhrivarn einen entscheidenden Schlag zu führen.

Nur sein Klingenstern war zu unbedingter Loyalität gegenüber seiner Person, gegenüber dem Ersten ihres Klans verschworen. Alle anderen waren Gegner und Instrumente.

Er wollte sich aus reiner Gewohnheit seine Haare zur Seite streifen, und die Finger seiner Hand berührten dabei die glatte Oberfläche der Drachenhautkappe, die sein gesamtes Gesicht bis auf den Visierausschnitt bedeckte. Fast hätte er vergessen, dass er vermummt war. Er war unter dem Drachenhauthelm nicht zu erkennen. Genau wie die Verschworenen seines Klingensterns.

Nun dann.

Er drehte sich in der hockenden Stellung, erhob sich und spähte über den Rand des Steinbrockens hinweg.

Seine Leute lieferten sich noch immer mit den Angreifern einen Schusswechsel über die Entfernung hinweg. Das war Miliz. Die meisten trugen Uniformen. Der rotblonde, kurze Schopf da vorn. Eine Frau. Sie rief Befehle. Das konnte nur diese Kuidanak sein. Wie kam die hierher? Wie hatte sie hiervon Wind bekommen können. Hatte er nicht Kylar Banátrass mehrfach ultimativ aufgefordert, sie von den Ermittlungen in dieser Sache abzuziehen.

Egal. Jetzt war sie hier. Und kam ihm in die Quere.

Und egal, welche Sympathien er ansonsten für sie hegen mochte, hier und jetzt musste er sie davon abhalten, seine Pläne zu durchkreuzen.

Wer ihm in die Quere kam, musste sterben.
Egal ob durch seine Hand oder die eines anderen.

Kutain Veren lag tot in seinem Blut.

Banátrass starrte auf die reglose Gestalt hinab, tat sich den Anblick an, die leeren, blutigen Augenhöhlen, die klaffende Brustwunde aus der das Blut noch immer herausströmte, weil ihn das von dem ablenkte, was der Ankchorai mit dem Leibwächter des Toten machte.

Der war ein Idarn-Khai, und von denen hatte er viel gehört: dass sie eine Kriegerkaste oder vielmehr ein Kriegerkult waren, deren Angehörige auf vielfältige und geheimnisvolle Arten ihren Körper vervollkommneten und stählten. Doch anscheinend hatte das den Mann nicht gegen das immun gemacht, was der silbernrote Hüne ihm antat. Er hörte seine Schreie, irgendwo zwischen dem Versuch sie zu unterdrücken und einem brüllenden Gurgeln, das dennoch zwischen mahlenden Zähnen hervorbrach.

Was immer es war, es durfte den bereits besiegten Leibwächter des toten Kutain Veren nicht das Leben kosten.

Es war vorbei. Kutain Veren war tot. Die Botschaft war in seinen Leichnam eingegraben. Sein Leibwächter war besiegt.

Er hörte ein Flattern irgendwo hoch oben unterm Kirchendach und blickte nach oben. Ein Flattern wie von Vogelschwingen, hektisch und unkoordiniert. Das Tier musste sich dort im Gebälk des Dachstuhls verfangen haben. Er strengte seine Augen an, aber er konnte den Vogel in der Düsternis nirgends entdecken. Keine Schatten nichts, nur das Geräusch panischen Flügelschlags im Dunkel.

„Komm jetzt hierher!" Die scharrende Stimme des Ankchorai riss ihn aus seinen Gedanken. „Zeit, deine Botschaft abzusenden."

Widerstrebend wandte er sich um und stapfte zu der Stelle hinüber, wo der Idarn-Khai in seinem letzten Fall eine weitere Reihe von Kirchenbänken umgerissen hatte. Sie lagen wirr und verkantet übereinander. Spinnweben flatterten noch immer in einem kühlen Luftzug von ihren Kanten weg, und das Gebröckel des im Wirbel des Kampfes verteilten Unrats knirschte beim Gehen unter den Sohlen seiner Schuhe. Bis es abrupt aufhörte und er spürte, wie er seine Schritte in eine feuchte, glattschmierige Substanz setzte.

Mondlicht fiel jetzt von oben ein, und in dessen Schein ragte der Ankchorai wie eine Statue über den im Schatten der Kirchenbänke Gestürzten auf. Die Schatten, die das bleiche Licht warf, nahmen auch ein Gutteil des Grauens, das der Gewappnete dort angerichtet hatte. Wenn man nicht zu genau hinsah, war da nur ein feuchtes Glitzern und darüber das Gesicht des Idarn-Khai mit nur wenigen verstreuten Blutspritzern darauf. Und dann ragten aus dem Schatten, den die Bänke warfen, die hingestreckten Beine des Idarn-Khai heraus. Und endeten abrupt. Zwei Teile mit Stiefeln daran lagen irgendwo herum, vom Ankchorai achtlos weggetreten hatten sie eine Spur von Blutgeschmier hinter sich hergezogen.

Die Stümpfe hatte der Ankchorai ausgebrannt – mit Hilfe irgendeiner kinphaurischen Apparatur – damit der Idarn-Khai nicht an dem Blutverlust starb. Der Besiegte sollte schließlich überleben. Er musste eine Botschaft überbringen. An seinen Klan. Erstaunlich, dass der derart Behandelte noch bei Bewusstsein war. Es war also einiges an den sagenhaften Dingen dran, die man sich über die Idarn-Khai erzählte.

Banátrass trat an den Liegenden heran und sah herab, sah in sein Gesicht. Der Blick glasig und starr. Ein feuchtes Keuchen kam aus seinem leicht geöffneten Mund.

Er legte alle Kälte und Härte, die er aufbringen konnte, in den Ausdruck seines Gesichts. Er wusste, was er jetzt tat, würde übermittelt werden. Der Idarn-Khai würde gefunden werden oder würde, Stümpfe oder nicht, Grausamkeiten des Ankchorai oder nicht, sich zu der Kutsche dort draußen schleppen.

Mit einem sauren Geschmack im Mund blickte er herab und sprach die Worte.

„Ich habe den Angriff des Klans Vhay-Mhrivarn gegen meine Person und die, die mir nahestehen, erkannt und benannt, und ich habe zurückgeschlagen. Meine Waffe hat sich in den Leib des Klans Vhay-Mhrivarn gebohrt. Ich bin eine wehrhafte Klinge."

So das war getan. Er wandte sich ab und blickte direkt in die grinsende tätowierte Fratze des Ankchorai. Beim Anblick des verzerrten Gesichts, der hämischen Miene darin, des flatternden Ohrfetzens zuckte er unwillkürlich zusammen.

Er hielt an sich, straffte seine Schultern. Egal. Sich nichts anmerken lassen. Es war getan. Sein Hals war aus der Schlinge.

Jetzt musste er nur noch diese Waffe, die sich in den Leib des Klans Vhay-Mhrivarn gebohrt hatte zu seinem Besitzer, zu dem Bevollmächtigten Beil var'n Sipach zurückbringen.

Hektisches Laufen, tödliches Surren ringsumher.

Armbrustbolzen durchsiebten plötzlich die Luft und Danak warf sich hinter einem hüfthohen Mauerbrocken in Deckung. Das war nah. Sie atmete tief durch, lud ihre eigene Armbrust nach und sah sich kurz um.

Das hier erinnerte sie viel zu sehr an Krieg. Kein Milizjob. Kein gezielter Einsatz irgendwo in der Stadt, kurz und schnell und hart; hier gab es eine offene Front. Dort war der Gegner, hier waren sie, sie mussten auf ihn drauf und ihn besiegen. Zunächst einmal über freies Feld mit nur vereinzelter Deckung. Okay, Krieg konnten sie haben. Diesmal dann nicht gegen Rebellen. Diesmal gegen diese drecks-verdammten Spitzohren selber.

Die Erregung des Angriffs, die durch ihren Körper ging, die Aufregung, der rohe Moment des Handelns, verdrängte alles andere, auch jedes noch verbleibende Hintergrundrauschen von dem, was geschehen war. Und das war verdammt noch Mal etwas Gutes. Sie konnte drauf gehen dabei, aber es fühlte sich zur Abwechslung mal verdammt gut an.

Chik war hinter einem weiteren Mauerbrocken ebenfalls in Deckung, direkt neben ihr. Ihre Blicke trafen sich. Sie nickte ihm zu. Gemeinsam sprangen sie auf. „Drauf auf die Dreckskerle! Macht sie alle!" Sie brüllte es aus roher Kehle, wusste nicht, ob sie jemand hörte, scherte sich nicht darum. Sie rannte, im Zickzack. Nicht mehr weit. Nur noch ein Stück. Durch.

Das Sirren der Bolzen in der Luft, zuweilen das Geräusch ihres Aufpralls, irgendwo am Rand über dem Geräusch ihres Atems und dem Auftreffen ihrer Füße auf dem unebenen Boden. Einen Gardisten riss es herum. Ein Treffer. Wahrscheinlich am Kürass, vielleicht ein Durchschlag – selbst wenn nicht, der Aufprall war enorm.

Sie waren nicht gerade ein gutes Ziel für die Rotgepanzerten da vorn. Rennend, Zickzackkurs, weit verstreut über den Raum der riesigen Halle. Danak feuerte ihre Armbrust ab, sah das Ergebnis der Schüsse nicht. Hauptsache, die Roten dort gingen ebenfalls in Deckung. Nur gelegentlich jemand, der vorkam oder sich aufrichtete und die Armbrust abfeuerte, dort in diesem erhöhten, grottenähnlichen Nebenschiff. Unter diesem unheimlichen violetten Glühen. Das nichts Natürliches an sich hatte.

Dort, genau vor diesem durchscheinenden Wabern, fast nur wie ein Nebel, richtete sich jetzt jemand auf. Jemand im weißen Gewand. Das war der Magier. Sie sah im Laufen, wie er die Hände hob, verschwommen glaubte sie zu sehen, wie etwas dazwischen flirrte und sich plötzlich in Flammen verwandelte.

Etwas loderte hoch, etwas zuckte durch die Luft.

Ein Donnern fuhr in den Boden.

Die Wucht traf sie wie eine Bö. Ihr Körper dröhnte, sie war von grellem Licht geblendet.

Direkt neben ihr! Zwischen ihr und Chik. Was war das?

Ein neuer Lichtblitz. Wie ein Geschoss durchschnitt er die Luft und schlug donnernd ein. Und ein Körper ging kurz in einer Flammenexplosion auf und wurde dann auseinandergerissen. Zerplatzte einfach in einer Glutexplosion. Ein Treffer! Wen hatte es erwischt?

Keine Zeit für Gedanken. Weiter im Zickzackkurs. Hin und her. Kein klares Ziel bieten.

Was zur Hölle ...? Der Zauberer? Sie hatte gedacht, dieser Kerl sei so etwas wie ein Alchemist, einer der auf magischem Wege in die Zusammensetzung von Stoffen eingreift, aber kein –

Weitere Einschläge, in schneller Folge. Der Boden dröhnte. Grelles Licht loderte hoch. Schreie gellten durch den weiten Raum. Links vor ihr sah sie eine Pfeilerreihe, sie hechtete drauf zu. Gleißendes Licht warf ihren Schatten auf die Seite eines Pfeilers, ließ ihn in einem Sekundenbruchteil ins Groteske anwachsen, dann in einem weiteren Sekundenbruchteil wieder verblassen. Sie tauchte ein in das Schattendunkel, grausiges Geschrei in ihren Ohren.

Dann, im Schutz der Deckung, hörte sie zuallererst ihren eigenen abgerissenen Atem, alles andere nur im Hintergrund. Entsetzen stieg ihr girrend unter die Kopfhaut, während sie sich gegen die Seite des Pfeilers sinken ließ, fürs Erste sicher vor diesen wütenden Gewalten. Entsetzen, aber auch etwas anderes. Etwas Rasendes, das ihr keinen klaren Moment gönnte. Das einfach nur ein gewaltiges immenses Gefühl, eine ungeheure Wut, die sie trug und sie ausmachte, hochlodern ließ. Und es wusch alles weg. Wie ein Glas harter Fusel auf Ex. Es machte alles besser. Es war das Klarste, was ihr in letzter Zeit passiert war.

Die Gedanken rasten in ihr. Ein Magier. Kein Bastler im stillen Labor, kein verschrobener Gelehrter, der über unnatürlichen Methodiken brütete. Eine furchtbare, lebende Waffe. Sie waren damals aus der Deckung gekommen, die Magier des Einen Weges, bei der Invasion der Nichtmenschen und hatten im Rücken der Verteidigungsfront furchtbare Schäden angerichtet. Mit so einer Waffe hatten sie es hier zu tun.

Staubwolken stiegen vom Boden der Halle auf, Steinsplitter flogen durch die Luft. Sie sah vereinzelt ihre Leute in dem Chaos herumlaufen, im Zickzack, von Deckung zu Deckung. Jetzt waren es keine weißblendenden Blitzgeschosse mehr, die mit ihrem Sperrfeuer die Halle durchzogen, jetzt flammte Feuer auf, stob plötzlich mit einem Flammenschweif empor, als hätte eine erste Angriffsfront sich erschöpft, als müsse für den Magier jetzt eine neue Waffe her. Während sie noch aus ihrer Deckung hinsah, wurde einer der Milizionäre von einem solchen Flammenbrand erfasst und loderte plötzlich im Laufen wie eine Fackel auf. Seine schrill gellenden Schreie durchschnitten das Wummern und Hochfauchen der Feuerbrände und sägten hart an ihren Nerven.

Lebende Waffe.

Sie würde den verschissenen Bastard alle machen!

Dort hinten sah sie Sandros, dort Mercer. Da hinten war auch Choraik, kurz in Deckung gegangen. Durch! Leben oder sterben. Dieses grelle, klare Gefühl. Dann gab es eben einen kurzen Flammenblitz. Ihr Leben ein Scheiterhaufen. Wenn schon ...

Kurzes, tiefes Atemholen, die Luft rau in ihren Lungen, dann stürzte sie hinter dem Pfeiler hervor, auf das Podest mit dem Magier, mit den Rotgewappneten, den altarähnlichen Steintrümmern mit der Bronzeschale darauf zu. Sie sprang über ein paar Gemäuerbrocken hinweg, und ein Gluthauch traf sie.

Ein heißes, flatterndes Glühen streifte ihre Seite. Sie hatte das Gefühl ihre Haut würde dort verdorren. Dann war sie vorbei, und da war nur wieder kühle Luft und Staub. Die Richtung wechseln. Kein leichtes Ziel bieten. Sie war schon näher. Wie viele Milizionäre hatte es erwischt, wie viele waren noch bei ihr? Da vorne war schon die Treppenflucht.

Jemand von rechts, Mercer, fast wäre sie in ihn hineingerannt. Mehr rennende Gardisten, sie war nicht allein. Keine nahen

Einschläge mehr. Vielleicht konnte dieser Magier nur auf weite Distanz ...? Vielleicht hatte er Angst die eigenen Leute ...?

Fast zur gleichen Zeit erreichte sie mit Mercer die Treppenflucht. Da war Sandros direkt hinter ihr. Sie stürmten die Treppe hoch. Eine Gestalt in Drachenhautrüstung wuchs vor ihnen empor. Eine Sturmarmbrust im Anschlag. Das peitschenartige Sirren der Armbrustsehne. Ein metallenes Schnappen. Mercer riss es nach hinten weg. Sie sah verwischt einen Bolzen im Metall seines Kürass stecken. Kurze Distanz. Der Rotgewappnete riss den Spannhebel durch, der Bolzen surrte. Sie warf sich nach vorn, stürmte geduckt wie ein angreifender Stier auf ihn zu und prallte in ihn hinein. Scharfer Schmerz in ihrem Schädel. Hatte ihn zum Glück größtenteils mit der Schulter gegen den Drachenhautpanzer erwischt. Sie stürzten gemeinsam zu Boden, sie über ihn. Die Armbrust hoch, den Schaft mit Wucht mitten auf den Gesichtsschutz. Ein Brüllen und ein Gurgeln unter der roten Drachenhautkappe. Und noch einmal drauf, und noch einmal. Und noch einmal. Es knirschte unter ihren Hieben. Fühlte sich taub und rot und klar an. Die Gestalt fiel schlaff zurück. Kurzschwert raus, unter den Kappenrand gestemmt, ein harter, fester Schnitt. *Das ist Krieg. Nur wer tot ist, kann dich nicht mehr töten.* Blut pumpte in spritzenden Stößen unter dem Helm hervor.

Hoch. Umschauen. Armbrust einklappen, mit einem Schwung des Gurts an den Körper ziehen. Ein Rotgewappneter stürmt mit blankem Stahl auf sie zu, will ihn ihr in den Körper rammen. Nur das Kurzschwert. Sie springt zur Seite und das Schwert schrammt haarscharf an ihr vorbei, der schwere Schatten des Körpers mit ihm. Sie nutzt den Moment, sticht mit dem Kurzschwert zu. Ein Scharren über Drachenhautpanzer. Die Waffe wird ihr fast aus der Hand gerissen. Der Rotgewappnete jedoch schwingt das Schwert in einer blitzschnellen Körperdrehung um die eigene Achse, gibt ihm dabei einen mörderischen Schwung. Keine Chance, es abzuwehren.

Etwas kracht wie ein Dreschflegel in die Gestalt des Rotgewappneten, wirft ihn aus dem Gleichgewicht und zurück. Die blitzende Klingenspitze geht knapp vorbei.

Der Rotgewappnete fängt sich, will mit dem Schwert nachsetzen, da kommt erneut ein Schlag. Sie sieht, es ist Sandros, der ihren Angreifer attackiert. Hat seinen Fechtspeer rausgeholt und geht den Rotgewappneten hart an. Alter Stil, gute Lehrer. Es ist ein kurzer, gnadenloser Schlagabtausch, dann geht der Rotgewappnete nach einem Doppelschlag – Klinge aufwärts, Keulenende – zu Boden.

Sandros dreht sich um, ihre Blicke treffen sich. Sein Blick sucht ihre Augen, sieht sie stetig an. Ein fester gerader Blick. Hätte sie nicht retten müssen. Dann wäre der Weg für seinen Ehrgeiz frei gewesen. Wenn es Ehrgeiz war. Der Blick, mit dem er sie ansah, war fest und gerade. Kein Ausweichen, kein Gewiesel.

Da greift auch schon der nächste an, und der Moment zerbricht. Sandros nimmt den Angriff an. Sie wirft das Kurzschwert beiseite, langt über die Schulter und zieht ebenfalls den Fechtspeer blank – die bessere Waffe. Gerade rechtzeitig; ein weiterer der Rotgewappneten stürmt auf sie ein und bedrängt sie. Aus den Augenwinkeln bemerkt sie Choraik, der ebenfalls mitten im Gefecht steht.

Wer von ihren Leuten überlebt hat, ist wohl inzwischen hier oben. Das geht ab hier. Ein übles Handgemenge. Irgendwie nimmt sie die weißgewandete Gestalt des Magiers wahr, der um das Gefecht herumschleicht, wohl auf seine Chance wartet, was schwierig ist bei dem verschlungenen Kampfknäuel. Da ist noch eine weitere Gestalt, die raussticht, immer wieder, zwischen Phasen des Schlagabtauschs sieht sie sie. Gleicher Drachenhautpanzer wie die anderen, nur schwarz.

Sie hat schwer mit dem Kerl zu tun, mit dem sie kämpft. Der hat ein kinphaurisches Langschwert. Schwert gegen Fechtspeer. Und sie kommt allmählich wieder rein. Mit jeder Sekunde kehren die alten Instinkte zurück. Das ist Krieg. Wie im verdammten Krieg.

Dann sieht sie's, hat ihn, wie er die Lücke lässt, die ein Schwert nicht nutzen könnte. Sie aber kann's. Sie lässt den Fechtspeer herumwirbeln, die Schlagachse ändert sich. Tiefer Sonnenschwung aus der Zwei heraus. Die Klinge des Fechtspeers gleitet durch die Abwehr – da ist nichts – und trifft den Rotgewappneten, gleitet in die Ritzen zwischen den Panzerplatten und findet satten Halt. Sie hat ihn auf der Klinge hängen, zieht sie mit Schwung wieder frei und der Kerl taumelt hinterher. Sie macht seitwärts einen Ausfallschritt, schwingt den Fechtspeer herum und drischt ihm das Keulenende hart an die Kappe, dass er wie ein nasser Sack zu Boden geht. Den Todesstoß in den Hals setzt sie schnell und effizient hinterher.

Zunächst frei. Also nochmals umschauen. Wo ist der Kerl? Sie wollten doch den Magier kriegen.

Weißes Aufblitzen hinter dem Tumult des Handgemenges. Da. Da ist er. Das weiße Gewand. Sie hält sich mit der Fechtstange zwei miteinander ringende Kombattanten vom Hals, tritt heraus, ist im freien Raum. Den verdammten Kerl alle machen. Dann bricht das hier auseinander.

Da ist er. Jetzt wieder vor der riesigen Bronzeschale. Sie sieht eine Gestalt neben sich treten, aus dem Augenwinkel. Rascher Blick hin, es ist Sandros. Der lässt den Fechtspeer fallen und hat schon die Hand an der Sturmarmbrust. Zieht den Gurt durch, in einem einzigen eleganten Schwung, lässt die Spannarme ausfahren.

Richtig. Besser nicht nah an den Kerl ran. Ein Magier. Man hat gesehen, was der anrichten kann. Antworten von ihm wären nett – aber wenn man es hier einfach stoppen kann, mit einem Bolzen. Keine verwandelten Drogen, keine Bleiche mehr.

Sandros Armbrust kommt hoch, der Magier murmelt was und fuchtelt in der Luft. Da fliegt der Bolzen schon, direkt auf's Ziel zu.

Was dann passiert, Danak kann es nicht wirklich verstehen, sie sieht nur eine Andeutung.

Da war ein verwischter Wirbel, ein violettes Huschen zwischen den Händen des Magiers, das hochflattert, wie ein Blatt in einem Windstoß. Der Bolzen wird aus der Luft zur Seite gefegt. Der zweite, den Sandros hinterherjagt, ebenfalls. Irgendetwas, irgendeine Gewalt erwischt Sandros und drischt ihn zu Boden, als hätte ein wesentlich stärkerer Bruder dieser Bö, ein Orkan, auf kleinen Raum komprimiert, ihn erfasst. Danak fühlt die Wucht des Stoßes, sie steht nah genug. Es erwischt sie noch so stark, dass auch sie in die Knie geht. Sie spürt die Wucht des Stoßes und hört zur gleichen Zeit das Klirren, als ihr Fechtspeer den Boden berührt. Nicht länger in ihrer Hand. Denn die hat sich längst um das kalte Metall geschlossen und zieht den Bügel durch, der die Spannarme ausklappen lässt, ein Bolzen liegt schon auf dem Lauf. Sie will sich aufstützen, um dem Schuss mehr Sicherheit zu geben, und da ist nur Sandros Leib direkt vor ihr. Sie hängt mit den Ellbogen auf seinem Brustkorb, auf dem glatten Stahl des Kürass und ist sich bewusst, dass Sandros, der unter ihr liegt, ihr von der Seite direkt ins Gesicht schaut, lässt sich aber nicht ablenken. Sie hat nur diesen Schuss.

„Wir kriegen dich", sagt sie, sowohl zu sich selbst als auch irgendwie zu Sandros. „Du Dreckskerl bist dran."

Der Schuss geht los, und da ist nichts, kein verwischter Wirbel, nur das verblüffte Gesicht des Magiers. Sie sieht den geöffneten Mund, eine auffällige Zahnlücke zwischen den Schneidezähnen. Hätte so schnell hinterher keine zweite Attacke mehr erwartet. Es holt ihn von den Füßen, und Blut spritzt aus dem Mund, als der Bolzen ihn in die Brust erwischt.

Sie springt auf, stürzt hinüber, dorthin, wohin er gefallen ist, steht über ihm. Das sich auf dem weißen Gewand ausbreitende Blut löscht beinahe das Rot des Zeichens des Einen Weges aus. Ein Zucken im Gesicht, lässt ihr keine Wahl. Lebend, oder halbtot, mit einem Funken Leben in sich ist ein Magier immer gefährlich. Wie gefährlich hat sie gerade gesehen. Die Fechtspeerklinge saust abwärts, fast hat sie schon Übung. Durchs Auge, das hat sie gelernt, in diesem Winkel ist der sicherste Weg. Damals, zu einer Zeit, als sie solche Sachen gelernt hat.

Sie dreht sich um, und da steht Sandros, ist wieder auf den Beinen und sieht sie an.

„Kinphaurenmünze? Oder dein Kader?"

„Es ist alles nicht so einfach, Danak."

„Ist es nie, Sandros. Aber für manches gibt es Lösungen."

Später. Da passiert etwas am Rand ihres Blickfelds, das ihre Aufmerksamkeit auf sich zieht.

Der Schwarzgewappnete. Der in der ungefärbten Drachenhautrüstung. Er ist auf der anderen Seite des Kampfgetümmels. Bei dem Treppenaufgang. Rennt darauf zu. Ein Schwarzer unter all den Rotgewappneten. Und der Magier. Der jetzt tot ist. Der Pate? Könnte er das sein? Derjenige, der hinter all dem steckt? Oder zumindest jemand, der sie zu ihm führen konnte?

Ein Blick umher. Wie steht es mit dem Rest des Kampfes?

Diese Kuidanak war vollkommen außer Kontrolle! Wie eine Irre! Wie ein Berserker!

Eine echte Furie, eine rasende Ordensschwester der Virik-Shon. Hatte sich nichts aus dem Bolzenhagel, hatte sich nichts aus den Magieattacken des Ordensmannes gemacht. Hatte mit ihrer Raserei ihre Leute da durch getrieben, ungeachtet der Verluste, bis sie so nah waren, dass der Ordensmann nichts mehr ausrichten konnte. Hatte ihre Milizionäre gegen die Verschworenen seines Klingenkreises geworfen. Var'n Sipach hatte gesehen, wie der Ordensmann Bek Virdamian fiel. Und was er für unmöglich gehalten hatte, sie hatten mit diesem außer Kontrolle geratenen Dämon an ihrer Spitze seine Verschworenen zurückgeworfen. Var'n Sipach konnte es nicht fassen. Sie gingen nieder, sie wurden bezwungen.

Der Kampf war gerade dabei, sich gegen sie zu wenden.

Diese Kuidanak würde ihm natürlich nichts anhaben können; da brauchte er keine Befürchtungen zu haben. Er war Kinphaure, sie Milizionärin in einer Stadt, die den Kinphauren gehörte. Er war das Bevollmächtigte Beil des Heereskommandanten Vaukhan.

Und das war es gerade: Er war das Bevollmächtigte Beil des Heereskommandanten Vaukhan. Nichts hiervon durfte ruchbar werden. Niemand durfte ihn sehen und erkennen. Nicht einmal um von ihm danach eingeschüchtert und zurück ins Glied gebracht zu werden.

Es war zu risikoreich. Gerade zu diesem Zeitpunkt. Wo er dem Klan Vhay-Mhrivarn zwei Treffer beibrachte. Die um ihre Wirkung zu entfalten, der Unantastbarkeit seiner Person bedurften.

Er musste sich dem hier entziehen, musste unerkannt bleiben.

Er umrundete das Kampfgetümmel, allen miteinander Ringenden weit ausweichend.

Als er fast an der Treppenflucht angelangt war, die von dem Nebenschiff in den Hauptraum hinabführte, rief var'n Sipach den Befehl. Die kurze Silbenfolge in der Kampfsprache seines Klans. *Nur so lange, bis ihr meinen Rückzug gedeckt habt. Zwei zu mir.* Die Miliz würden den Rest von ihnen freilassen müssen. Es gab Mittel und Wege für ihn, dass niemand von diesen unwissenden Athran-Mainchauraik herausfand, welchem Klan die Verschworenen überhaupt angehörten. Sie aus dem Gewahrsam zu bringen, bevor die Miliz etwas erfuhr und bevor vor allem die Aufmerksamkeit eines Kinphauren darauf fallen konnte. Nur Choraik, er würde es sofort wissen. Nun, dem konnte er die Order zukommen lassen, er möge mit seinem Wissen hinter dem Berg halten. Choraik war schließlich sein Protegé und stand unter seinem Schutz. Lösbare Probleme. Nur durfte er jetzt nicht identifiziert werden.

Verfluchter Birgenvetter mit seinem Auftrag an ihn. Ohne ihn wäre er gar nicht hier gewesen. Was er hier für den Birgenvetter durchführen sollte, war nun ohnehin hinfällig, da der Magier die Verwandlung des Jinsai nicht hatte abschließen können und daher auch nichts aufgezeichnet werden konnte, noch der Magier in der Lage war, jemals wieder diese Verwandlung durchzuführen.

Zwei der Verschworenen waren auf seinen Befehl hin in der Lage, sich aus den Kampfhandlungen zu lösen. Zuerst einer, dann ein weiterer. Der erste stellte sich bereits schützend vor ihn, bereit für den zweiten an die linke Flanke zu weichen. Sie waren jetzt direkt an der Treppe abwärts, bereit sich aus diesem ganzen Tumult hier abzusetzen.

Var'n Sipach sah den zweiten Verschworenen, schon auf dem Weg zu ihm, sich plötzlich umwenden. Ein Klirren von Klingen, ein Zweikampf – er wurde angegriffen. Sein Angreifer trug Milizkürass, rotblonder, kurzer Schopf. Diese Kuidanak! Verdammt, ausgerechnet sie. Die gerade Klinge unter all den weichlichen Flachgesichtern.

Zeit zu verschwinden. Ein Verschworener würde reichen. Egal.

Er klopfte dem Verschworenen vor ihm auf die Schulter des rotgefärbten Drachenhautpanzers. Ein knapper Befehl in der Kampfsprache.

Sie drängte den Rotgewappneten mit weitgestreuten, rasch aufeinander folgenden Schwüngen des Fechtspeers zurück, dabei die ganze Wendigkeit dieser Waffe nutzend. Der – sollte – sich nicht – in ihren Weg stellen. Der parierte, hieb mit dem Schwert zurück. Obwohl sie dem Hieb entging, schlitzte die Klinge ihren ungeschützten Ärmel. Ein kleiner Kratzer. Ein große Verzögerung. Verdammt, dieser Rotgewappnete hielt sie nur auf. Und der Kerl in schwarzer Drachenhaut entkam in der Zwischenzeit.

Da sah sie aus den Augenwinkeln Sandros, der ihren Gegner in großem Bogen umging. Der Rotgewappnete bemerkte ihn; sie sah es an der Bewegung des durch die Schutzkappe bedeckten Kopfes. Konnte deshalb Sandros gegen ihn geführten Stoß abwehren.

„Los, hinterher!", rief Sandros, während er mit dem Rotgewappneten focht. „Ich hab ihn. Verfolg' du den schwarzen Kerl!"

Zur Treppe hin. Sie sah die beiden über den weiten Boden der Haupthalle fliehen, zwischen verstreuten Trümmerbrocken hindurch, an zerborstenen, schwarzgefärbten Bodenplatten und Kratern vorbei, dort wo vorher die Blitze des Magiers eingeschlagen hatten, über genau das Feld zurück, das sie zuvor mit ihrer Truppe unter magischen Sperrfeuer überwunden hatte. Ihr Blick streifte blutige, halbverkohlte Leichenreste. Hinterher! Sie stürzte die Treppe hinab. Nicht entkommen lassen. Rutschte auf den mit Gebröckel und Staub übersäten Stufen aus, schlidderte herab. Kam hart auf dem Hintern auf, spürte irgendwo den scharfen Schmerz im Becken, den Stoß die Wirbelsäule hoch, raffte sich auf, sprang weiter die Stufen herab, immer mehrere zugleich. Wie einen Hang hinab, nur Vorwärtsmoment, nur im Gleichgewicht bleiben.

Unten! Die Weite der Halle vor ihr. Scharfer, widerlicher Geruch in der Luft; sie kannte ihn von den Schlachtfeldern. Wenn es den Sack, der all das, was im Körper eines Menschen vorgeht, zerreißt, dann roch das so. Wenn Leben zu Schlachtresten und Exkrementen wird. Die Opfer ihres Sturm auf diese Drogenverwandlung. Durch. Umso mehr. Für sie. Für all die Opfer.

Da hinten waren sie. Alles stürzte wild schwankend an ihr vorbei im Taumel ihrer Hatz, Trümmer, verkohlte Krater, Leichenreste. Ihr eigener Atem hart in ihren Ohren. Sie holte auf; sie selber trug nur den Kürass, keine komplette Rüstung wie die Fliehenden, wenn auch aus Drachenhaut. Drachenhaut war leicht, aber noch immer Rüstung. Sie sah, wie die beiden von ihr Verfolgten den Gang erreichten, durch den sie selber den kathedralenähnlichen Raum betreten hatten.

Sie erreichte ebenfalls die Öffnung des Gangs, umrundete die erste Biegung und sah, sie holte deutlich auf. Wie weit war das? Zehn, zwanzig Meter? Der Gang vor ihr öffnete sich zu einem größeren Raum. Jemand trat den Fliehenden vor ihr in den Weg. Sie sah den Aufruhr, ein hastiges Handgemenge, während sie immer näher herankam. Ihr Führer. Der hier zurückgeblieben war. Ein Blitzen, ein Schrei; der Mann ging zu Boden. Aber sie holte auf. Fechtspeer in der einen Hand, gelang es ihr mit der anderen, den um sie geschlungenen Riemen zu fassen, die

Armbrust zu packen. Mit einer Hand, aber sie hatte inzwischen Übung. Fand den Hebel, Schnappen der ausklappenden Spannarme; sie wusste, ein Bolzen lag jetzt in der Führung. Lauf hoch, möglichst grade, im Rennen fast unmöglich irgendwie genau zu zielen, dann auch noch mit einer Hand – aber auf die kurze Distanz. Musste klappen. Lauf grade halten, Lauf grade halten, Ziel anvisieren.

Sie zog den Abzug durch.

Die rote Gestalt stürzte mitten im Laufen, nach vorn geworfen. Sie war bei ihr, sprang über sie hinweg, ließ die Armbrust los, kehrte den Fechtspeer um – der fliehende Schwarzgewappnete jetzt direkt vor ihr –, schwang im Lauf den Fechtspeer mit dem Keulenende vorwärts. Sie erwischte ihn mit vollem Schwung an der Schulter, der Schwarze kippte im Laufen weg, stolperte gegen eine Wand und stürzte zu Boden.

Da lag er, und sie war über ihm. Die Spitze der Fechtspeerklinge fand seinen Hals unter der Schutzkappe, der Gestürzte erstarrte. Sie beugte sich nieder, griff mit ihrer Hand den Rand der Schutzkappe. Die Panzerung fühlte sich seltsam an, leicht, starr, trotzdem sehr hart; sie hatte noch nie vorher Drachenhaut berührt. Wie ging das Ding nur ab? Sie wollte wissen, wer unter der Maske steckte. Ja, das Ding ließ sich anscheinend nach oben ... Sie zog daran und die das Gesicht bedeckende Kappe klappte nach oben.

Sie fuhr zurück.

Dunkle Augen schauten sie aus einem bekannten Gesicht gerade und hart an.

„Sie?", brach es fassungslos aus ihr heraus.

Die Augen fixierten sie furchtlos und scharf. Einer der Herren dieser Stadt, von keinerlei Schuldgefühl belastet. Einer der Herren. Er blickte sie nur stumm an, abwartende, blinde Sicherheit in sein Gesicht geschrieben.

Die Erkenntnis und die Zusammenhänge darum kamen bei ihr an. Warum ihr Hauptmann sie von der Verfolgung der für die Bleiche verantwortlichen Droge zurückgepfiffen hatte.

„Du ...!" Sie keuchte, würgte es hervor, ihre Stimme roh vor Wut.

Den Schatten, sie sah ihn und konnte daher rechtzeitig der Klinge ausweichen. Wirbelte herum und stand dem Rotgewappneten auf kurze Distanz gegenüber. Der, auf den sie mit der Armbrust gefeuert hatte, der, welcher var'n Sipach auf seiner Flucht vor ihr begleitet und gedeckt hatte. Die bleiche Welle war wieder mit aller Macht da und füllte sie aus, die kalte Wut. Das Bevollmächtigte Beil des Heereskommandanten. Sie hatte den Rotgewappneten wohl nur schlecht mit ihrem Armbrustbolzen getroffen. Kein Wunder bei einem Schuss aus dem Laufen heraus. Hatte wahrscheinlich nicht einmal den Panzer durchschlagen, oder nicht hart genug, um ihn mehr als zu ritzen.

Ein kurzer Moment, in dem sie sich mit Blicken maßen, dann griff der Rotgewappnete an, schwang sein Schwert zu einem mittelhohen Hieb. Sie wich aus, konterte mit der Fechtstange. Ein Abtausch von Hieben und Schwüngen, bei dem sie seinen Attacken entgehen konnte. Sie kämpften mit sehr unterschiedlichen Waffen, nach unterschiedlichen Schulen gegeneinander. Sie schenkten sich nichts, und die Wut trieb Danak nach vorn. Ihr Gegner wehrte ihre Hiebe ab, versuchte zu kontern. Ein weiterer Konter, diesem gab sie zum Schein nach, wich zurück, gab sich bedrängt. So dass der Rotgewappnete einen Vorstoß wagte, als er eine Blöße zu sehen glaubte. Sein Hieb kam schräg abwärts. Statt zu versuchen, ihn zu parieren, sprang sie vorwärts, ließ den gegnerischen Stahl vorbeiziehen, nutzte den Moment des Durchgangs und führte das Keulenende des Fechtspeers rückwärts in einem harten Schwung. Sie spürte, wie ihr Schlag traf, schnellte herum, im Rücken des Rotgewappneten, setzte sofort mit einem Schlag des Keulenendes gegen dessen Schädel nach. Der Rotgewappnete ging wie ein nasser Sack zu Boden.

Und schnell. Keine Gnade. Den Stiefel auf den Gefallenen; sie trat brutal und hart zu, warf ihn herum, auf den Rücken. Den Fuß auf die Brust, bevor er sich rühren konnte. Den Fechtspeer gewendet, die Klinge an den Hals ...

„Halt!"

Var'n Sipachs Stimme hallte in dem hohen, steinumschlossenen Raum.

Danak stand über dem Gefallenen, wandte sich zu var'n Sipach hin.

Er hatte nicht einmal die Gelegenheit genutzt zu fliehen, er hatte sich lediglich dort, wo er gestürzt war, aufgerichtet. Und sah sie herausfordernd an.

„Warum?" Etwas anderes kam nicht über ihre Lippen.

„Weil ich es sage. Weil ich der bin, der ich bin." Das hatte sie schon zur Genüge verstanden; er aber wohl nicht, was sie mit ihrer Frage gemeint hatte. „Und weil Sie eine gerade Klinge sind, die es in dieser Stadt weit bringen kann."

Sie war fassungslos, was da aus dem Mund dieses Kerls kam. „Wie?"

„Dies ist eine neue Zeit." Ja, wie neu und anders diese Zeit war, begann sie gerade erst wirklich zu begreifen. „Sie können alles erreichen, was Sie wollen. Was Sie schon immer wollten. Ihnen werden keine schwachen Vorgesetzten mehr im Weg stehen. Sie können vorgehen, wie Sie wollen. Mit Ihrer ganzen Klarheit." Was redete dieser Mann, dieser Kinphaure, dieses Spitzohr da.

Var'n Sipach schwieg, ließ einen Moment verstreichen. Einen Moment, in dem er sie von oben bis unten maß, diese Kuidanak, wie sie mit blankem Fechtspeer über seinem gestürzten Verschworenen stand. Er sah, dass er jetzt ihre Aufmerksamkeit hatte. Vielleicht konnte er diese Sache doch für sich nutzen und eine wertvolle Klinge für sich gewinnen.

„Sie sind hart, Leutnant Kuidanak", sagte er. „Sie sind zielstrebig. Wenn Sie einmal ein Ziel ins Auge gefasst haben, dann verfolgen Sie es bis zum Ende. Effektiv wie ein Kunaimrau. Bisher wurden Sie darin von Ihren alten Vorgesetzten immer nur behindert. Mit ihren ganzen weichlichen Regeln und Skrupeln. Aber in dieser neuen Welt haben Sie ganz andere Möglichkeiten, Leutnant Kuidanak. Sie sind die neue Version, die stärkere Version. Die Version der neuen Zeit. Jemand wie Sie kann in hohe Positionen aufsteigen. Er kann die Straßen in dieser neuen Welt anlegen. Er kann diese Straßen sauber halten; die Wahl der Methoden steht ihm dabei frei. Ganz neue Möglichkeiten."

Er sah, wie sie sich aufrichtete, ihr Blick sich in den seinen bohrte. Ja, sie war aus dem richtigen Stahl. Sie griff hart durch. Sie war wie geschaffen für den Auslesekampf einer Kinphaurenwelt.

„Sie und ich, wir haben die gleichen Ziele. Wir können es weit miteinander bringen." Mit welch eiserner Konsequenz sie die Straßen ihrer Stadt hatte sauber halten wollen. Genau wie er. Ein Miteinander der geraden Klingen im Blick, eine Stadt der Klarheit unter Herrschaft der Kinphauren. Die Menschen, die in diese neue Zeit passten, und die Kinphauren gemeinsam.

„Schauen Sie sich als Beispiel an, was hier vorgeht. Was Sie attackiert haben, weil Sie es nicht durchschaut haben. Weil Sie geglaubt haben, im alten Verständnis Ihrer Aufgaben, wie Ihre alten Vorgesetzten Sie Ihnen aufgezwungen haben, dass es Ihre Pflicht sei, dies zu verfolgen. Aber sehen Sie den tieferen Sinn dahinter."

Nein, ihr Blick war frei von Verständnis, das sah er. Er musste es ihr erklären.

„Ich wollte – genau wie Sie – durch all das die Straßen von Rhun sauber halten." Ja, etwas bewegte sich bei ihr. Erkläre es weiter!

„Diese verwandelte Droge unter all die Abhängigen verteilt – die ‚Bleiche', wie sie es nennen –, all das dient dazu, den ganzen kranken Bodensatz auszudünnen, all den stinkenden Schlick am Boden des Fasses. Die sich windenden Verbrecher, die Unwerten, das krummgewachsene und hinterhältige Volk, das ohnehin nicht bestehen könnte, wenn man es nicht mit falscher Milde am Leben – –"

Kuidanaks Schrei zerriss die Luft. Sie sperrte weit den Mund auf und röhrte los. Dann stürzte sie auf ihn los, und bevor er sich versah hatte sie ihn gepackt und er spürte die Klinge des Fechtspeers an seiner Kehle. Er spürte, wie die Klinge seine Haut ritzte und das Blut an seinem Hals herablief.

„Unwert." Sie fauchte ihn an; er fühlte ihren heißen Atem in seinem Gesicht. „Krummgewachsen. Hinterhältig."

Ihre Augen blitzten wie der kalte Glanz auf einer Klinge. „Jetzt fährst du zur Hölle."

Der Milizionär bei den Kutschen war ihnen wacker entgegengetreten, hatte ihnen seiner Pflicht folgend den Weg verstellt, trotz der gewaltigen Gestalt des Ankchorai, die in der Dunkelheit wie ein furchteinflößender Schatten an seiner Seite aufragen musste. Die Klinge seines Fechtspeers blitzte in der Dunkelheit. Keine Fechtstange? Eine Klinge? Eine scharfe Waffe bei einem Milizionär? Natürlich hatte er ihn nicht erkannt, zwei Gestalten, die mitten in der Nacht einer rasch heraneilenden Kutsche entstiegen. Wie hätte er in einer von ihnen seinen eigenen Hauptmann vermuten können.

Hier also hatte sich var'n Sipach mit ihm treffen wollen. Die Ruinen unter dem Galgenbug. Jetzt war Banátrass schon so lange in Rhun, aber hier war er noch niemals gewesen.

„Die Waffe runter, Gardist!", hatte er den Mann vor ihnen angerufen und seinen eigenen Namen genannt. „Hauptmann Kylar Banátrass. Was geht hier vor?"

Der Gardist hatte es ihm erzählt, immer mit einem halb argwöhnischen, halb verstörten Blick auf den riesenhaften Ankchorai-Leibwächter an seiner Seite. Schon bevor er geendet hatte, ging mit einem Mal ein Ruck durch die bis dahin bildnisgleich starre Gestalt des Ankchorai, und ohne ein Wort zu sagen, rannte dieser los, auf den Schatten der gewaltigen Turmruine zu. Banátrass stutzte kurz, dann stürzte er ihm hinterher, den Gardisten einfach unverrichteter Dinge zurücklassend. Die Erkenntnis der Tragweite, dessen, was hier vor sich ging, machte sich, während er noch lief, rasch in ihm breit.

Ein Miliztrupp sollte hier unter Leutnant Kuidanaks Führung einen Schlag gegen den Drogenhandel ausführen. Und var'n Sipach wollte sich genau hier zur Übergabe des Ankchorai mit ihm treffen, weil er, so hatte er gesagt, in dieser Nacht anderweitig beschäftigt war. Anderweitig beschäftigt? Darum also hatte var'n Sipach ihn gedrängt, Kuidanak von der Verfolgung des Ursprungs all der Drogentoten, dieser ominösen Bleiche, abzuziehen. Weil var'n Sipach selber darin verwickelt war. Weil er selber, aus irgendeinem Grund, dahinterstand. Was immer das auch war. Was konnte das Bevollmächtigte Beil von Heereskommandant Vaukhan zu so etwas veranlassen? Welche Ziele verfolgte er damit? Und diese Kuidanak erwischte ihn dabei auch noch auf frischer Tat! Ha, geschah ihm gar nicht so unrecht. Auf seinem hohen Ross zu sitzen. Ihm drohen zu wollen. Vollstrecker vom Roten Dolch des Krähenbanners.

Ein gewaltiger Eingang öffnete sich im Dunkel vor ihnen. Der Ankchorai war schon darin verschwunden. Ihn bloß nicht aus den Augen verlieren. Diese Mordmaschine kannte den Weg im Dunkel dieser Ruine, er nicht. Vor sich sah er in der Düsternis nichts als das Huschen des roten Stoffs, in den der Ankchorai gehüllt war, und das Blitzen von Stahl dazwischen. Sein eigener angestrengter Atem, das Geräusch seiner Schritte, sie hallten in dem dunklen Hohlraum wieder. Er brachte seine ganze Kraft auf, lief so schnell er konnte, um die Entfernung zwischen sich und dem Ankchorai nicht größer werden zu lassen. Trotz seiner Größe und Masse legte var'n Sipachs Leibwächter eine geradezu unheimliche Geschwindigkeit an den Tag.

Vorne vor ihnen, das waren Stimmen. Leute, Geschrei und Klirren von Stahl.

Er spürte, dass er die Schwelle eines weiten Raumes passierte. Lichtschein fiel hier von oben her ein, durch irgendwelche Löcher oder Schächte in der Decke.

Trotzdem war es schwer genug zu erkennen, was hier vor sich ging.

„Jetzt fährst du zur Hölle."

Zwei Gestalten, dicht beieinander an einer Wand, wie im Ringen miteinander, das Glitzern einer Klinge zwischen ihnen. Eine weitere Person, anscheinend in eine Art von Rüstung gehüllt, die sich gerade vom Boden aufrappelte.

Und der Ankchorai, eine turmhohe Erscheinung vor der Szene. Der kurz innegehalten hatte.

Die eine der ineinander verkrallten Gestalten − − − das war Kuidanak! Die Stimme, die Haare. Die Reaktion des Ankchorai auf den Anblick ... Dann war der andere var'n Sipach.

Der Ankchorai stand kurz davor, sich in das Geschehen zu stürzen. Dann gab es Tote. Wer das sein würde, war klar. Bevor der Ankchorai handelte, musste er selber ...

„Leutnant Kuidanak!" Ihr Gesicht wandte sich ihm zu. „Lassen Sie die Waffe fallen. Sofort! Oder dieser Ankchorai wird Sie töten!"

Das Weiße in ihren Augen blitzte. Da war etwas Irres in ihrem Blick; er konnte es selbst im spärlichen Licht sehen.

Der Ankchorai schoss auf sie zu.

Danak erkannte die Stimme. Selbst in ihrer weißglühenden Rage.

Banátrass. Dieser Lackel. Das Wiesel.

Dann stürzte der gewaltige Schatten auf sie zu, und dann ging alles schneller als sie begreifen konnte.

Ein harter Schlag gegen ihren Arm − sie schrie auf. Etwas schloss sich wie eine kalte, stählerne Klaue um ihre Kehle. Sie spürte ihre Beine in der Luft unter sich schlagen. Sie wurde regelrecht von var'n Sipach herabgepflückt und hochgehoben. Eine eiserne Fessel hatte sich um ihre Kehle geschlossen. Sie rang schnappend nach Atem, blickte über den Rand der Klaue hinweg in ein grauenhaftes Gesicht.

Eine Dämonenfratze, schwarz auf knochenbleicher Haut. Eine tätowierte Maske. Wie grotesk verzogen über den Schädel drübergespannt. Das Gesicht darunter zu einem Raubtiergrinsen verzerrt, eine entstellte Visage. Auf dem Schädel struppiges, wie abgefressenes Resthaar, die zerfetzten, deformierten Ohren.

Der Ankchorai! Var'n Sipachs Leibwächter.

Genau so hatte er den Homunkulus bei der Kehle gepackt. Sie hatte es gesehen, von der Treppe herab, im Gouverneurspalast. Etwas wie scharfkantige Haken, war aus den Armen des Ankchorai herausgeschnellt, hatte sich in den Körper des Homunkulus verkantet und vergraben.

Und jetzt hielt er sie bei der Kehle, als wäre sie leicht wie eine Puppe, hielt sie in der Luft, dass ihre Beine unter ihr in der Leere wild und haltlos austraten.

„Ich habe Sie gewarnt, Leutnant Kuidanak." Wieder die Stimme von Banátrass.

Dann sah sie eine Gestalt um den riesenhaften Leib des Ankchorai herum auf sie zutreten.

Es war Var'n Sipach, der sie wie mit klinischem Interesse musterte, wie sie da hilflos im Griff seines Leibwächters hing, mühsam nach Luft ringend.

„Sie haben eine Grenzlinie überschritten, Kuidanak." Seine Augen zogen sich bei diesen Worten zu Schlitzen zusammen. „Ich habe viel von Ihnen gehalten, Kuidanak. Sie sind eine gerade Klinge. Aber eine Klinge, die versucht einen selber ins Fleisch zu schneiden, ist keine gute Waffe. Sie ist gefährlich. Und darf nicht geduldet werden."

Var'n Sipachs Blick wandte sich von ihr ab, dem Ankchorai zu, der ihn nun ebenfalls anblickte. Als warte er nur auf dessen Befehl. Der Atem ging ihr schwer, und sie hatte den Eindruck als explodierten kleine Blitze in ihrem Schädel. So als sei es mit einem Mal heller geworden um sie herum.

Ein plötzlicher zuschnappender Druck um ihre Kehle, ein verschlingender Schmerz, wenn alles brach, und das Licht würde für einen Moment noch heller, gleißender werden. Und dann wäre alles vorbei.

„Jede gute Waffe ist auch gefährlich."

Eine Stimme von irgendwo.

„Und sie *ist* eine gute Waffe. Zerbricht man deshalb jedes Schwert, nur weil es schneiden und töten kann?"

Jetzt erkannte sie sie, die Stimme. Das war Choraik.

„Ist sie das? Ist sie eine gute Waffe?" Var'n Sipachs Stimme jetzt. „Bisher hat sie nicht viel davon gezeigt. Außer mich töten zu wollen."

„Na ja, eine Attacke gegen einen Klingenkreis. Der noch dazu einen Magier zur Unterstützung hatte."

„Choraik d'Vharn, überspannen Sie ihren Bogen nicht."

„Und die Firnwölfe? Sie hat dafür gesorgt, dass an ihnen gnadenlose Vergeltung statuiert wurde."

„Opfer einer rivalisierenden Bande. Kaum ihr Verdienst."

„So scheint es. Aber zuvor sind diese Rivalitäten angeheizt worden. Bis zu einem Siedepunkt. Von wem wohl?"

Schweigen. Nur ihr eigener ringender Atem in ihren Ohren. Choraik. Ausgerechnet er. Und gerade nach dem, was er ihr an diesem Abend eröffnet hatte.

„Und wie konnte man die Firnwölfe überhaupt in eine Falle locken? Wer hat dafür den Köder gespielt? Nicht ihr Verdienst?"

Sie sah über die Klauenhand hinweg, die sie bei der Kehle hielt, wie var'n Sipach näher an sie herantrat und sie nachdenklich und eindringlich musterte.

„Die alten Regeln, sie haben sich ihr tief eingeprägt", hörte sie Choraik jenseits ihres starren Blickfelds fortfahren. „Wie hätte sie gegenüber einem ihrer alten Vorgesetzten eingestehen können, dass sie zu solchen Mitteln greift, um ihre Ziele zu erreichen. Bei ihr war noch nicht wirklich angekommen, wie durchgreifend die Veränderungen in dieser neuen Zeit sind."

Sie sah var'n Sipachs Augenpaar, seinen Blick, der sich in den ihren bohrte.

„Spätestens jetzt", sagte er, „dürfte sie die Tragweite der Veränderungen begriffen haben. Und sie hat nicht gerade gut darauf reagiert."

„Es war etwas plötzlich, oder? Geben Sie ihr Zeit. Sie ist eine gute, eine gerade Klinge."

Var'n Sipach sah sie mit zweifelndem Blick an.

„Ein Bevollmächtigtes Beil sollte sich nicht angreifbar machen." Choraiks Stimme war ruhig aber eindringlich. Er kämpfte um ihr Leben.

„Wollen Sie mich etwa kritisieren Choraik d'Vharn?", gab var'n Sipach gereizt zurück.

„Ich denke lediglich über das größere Bild nach, über Folgen und Konsequenzen." Choraiks Stimme war ruhig geblieben. Die Ruhe gab ihr eine Hoffnung, die sie vorher schon erstorben geglaubt hatte. „Die ... restlichen Kämpfenden haben sich ergeben", fuhr er fort. „Unmittelbar nachdem Sie verschwunden waren. Sie sind im Gewahrsam der Miliztruppe. Noch maskiert und unerkannt. Jetzt lassen Sie Leutnant Kuidanak töten? Dafür wird es eine Begründung geben müssen. Ob Kinphaure oder nicht. Und die Augen anderer Kinphauren, besonders der Angehörigen bestimmter Klans, richten sich mit großer Neugier auf alles, was Sie betrifft. Außerdem bezweifle ich, dass Sie die Angehörigen dieser Miliztruppe, die Leutnant Kuidanak so loyal in den Kampf und zum Teil in den Tod gefolgt ist, derart einschüchtern können, dass sie alle Fragen einstellen oder über das, was sie hier in dieser Nacht gesehen haben, uneingeschränktes Stillschweigen bewahren werden. Sie werden sie ebenfalls töten müssen. Die Frage ist, was ist einfacher und besser für Sie? Jemand, der so so hartnäckig und effizient ist wie Leutnant Kuidanak ... wie hoch sind die Chancen, dass Sie für sie den Körper des Moloch-2 sicherstellen wird? Wie viel bedeutet Ihnen das?" Choraik wusste noch nicht alles. Choraik wusste nicht, was geschehen war, seit er sie auf ihrem Weg nach Hause verlassen hatte. Aber Choraik kämpfte gut. „Und wie leicht ist es dem richtigen Mann – und der richtigen Frau – die Spuren all dessen zu verwischen. Die ... nennen wir sie Rotgewappnete. Sie werden diesen Ort verlassen. Augenblicklich. Niemand wird Fragen zu ihrer Identität stellen."

Choraik setzte eine Pause.

„Und Sie hätten", fuhr er dann fort, „nicht eine, Sie hätten zwei starke Waffen in den Reihen der Miliz."

Sie hing steif im Griff des Ankchorai. Dieser Kerl mit Kinphaurentinte auf den Wangen hatte sie so weit gebracht, dass es ihr etwas ausmachte, wenn sie jetzt hier ihr Leben verlor. Verdammt!

Sie sah, wie var'n Sipachs Blick zu dem Ankchorai wanderte. Dann wieder an ihr vorbei. Zu Choraik hin offensichtlich. Der noch immer für sie unsichtbar in seinem Rücken stand.

Die Zeit dehnte sich. Sie hatte den Eindruck, es würden Minuten vergehen. Ihr Körper schmerzte, ihre Wirbelsäule knackte, während sie in den Klauen des Ankchorai wie an einem Galgen hing.

„Hauptmann Banátrass." Var'n Sipachs Stimme. „Sie werden wohl noch ein kleines bisschen länger mit einer gefährlichen, schwer handhabbaren Waffe in den Reihen ihrer Miliz leben müssen.

Sie spürte, wie der Arm des Ankchorai sich langsam senkte. Ihre Füße berührten wieder den Boden. Aber ihre Beine waren schwach, als wären sie aus Hirsebrei.

Die Milizionäre waren natürlich zunächst fassungslos als ihnen befohlen wurde, die Rotgewappneten – Verschworene des Klingenkreises, wie Choraik Danak zugeflüstert hatte – unverrichteter Dinge laufen zu lassen.

Chik sah von Banátrass fort, der den entsprechenden Befehl gegeben hatte, blickte sie entgeistert an, dann den durch die Halle entschwindenden Verschworenen hinterher, die ihrem Herrn var'n Sipach folgten, der bestimmt jetzt schon wieder bei seiner Kinphaurenkutsche war.

Sie blickte nicht zu ihrem Hauptmann Banátrass schräg hinter ihr hin, ließ nur gegenüber Chik ein geringschätziges Schnauben hören und deutete einen Blick zu Banátrass hinüber an.

Wirklich direkt ins Gesicht schauen, wollte sie ihm nicht. Alle Blicke, die zwischen ihnen für den Moment zu wechseln waren, waren gewechselt worden. Vorher in jenem anderen Raum des Ruinenbaus. Nachdem der Ankchorai sie auf var'n Sipachs Geheiß hin verschont hatte.

Sie hatten sich, als var'n Sipach und sein Leibwächter schon durch den Gang ins Freie und zur Kutsche hin verschwanden, beide in die Augen geschaut. Sie hatte ihn sich genau und gründlich angesehen, so als müsse sie sich sein Bild noch einmal präzise einprägen. Sein Blick war düster und hämisch gewesen. Komm mir zurück in meine Reihen, hatte dieser Blick gesagt. Tritt mir im Dienst unter meine Augen. Komm in mein Arbeitszimmer, und du wirst sehen, was dich erwartet. Du wirst sehen, wie sich dein Dienst in der Miliz weiter gestalten wird. Das hatte seine Miene gesagt.

Offener Hass und kaum verhohlene Grausamkeit hatten im Blick ihres Hauptmanns gelegen. Die Karten lagen auf dem Tisch. Das Zukunftsszenario schien für ihn klar.

Ihr Blick war gerade und klar auf ihn geheftet geblieben, bis sie ihn dann mit einem knappen Nicken von ihm gelöst hatte und ihm in die Halle, in der der Kampf stattgefunden hatte, vorausgegangen war.

„Was ist mit dir passiert?"

Chiks Stimme holte sie in die Gegenwart zurück. Sein Blick war auf ihren Hals gerichtet. Wahrscheinlich zeigten sich dort jetzt schon deutlich die Verfärbungen von Würgemalen.

Sie legte ihre Hand darauf, spürte die geschundene Haut. Sie wusste Banátrass neben sich, knapp außerhalb ihres Blickfeldes. „Ein Preis", sagte sie. „Ein Preis, den ich zahlen musste."

„Sieht so aus, als hätten wir gehörig draufgezahlt diese Nacht."

„Das wird sich zeigen."

„Wir hatten viele Verluste auf unserer Seite."

„Sie werden ihre Toten bergen" mischte sich Banátrass unwirsch ein. „Die Toten der Gegenseite lassen sie unangetastet. Jemand anderes wird sich darum kümmern."

„Ah ja. Ist das so?" Chik hob das Kinn und sah ihren Hauptmann von oben herab an.

„Mäßigen Sie sich, Milizionär!", fuhr ihn Banátrass heftig an.

„Kümmern wir uns um die unseren." Danak trat auf ihn zu, packte ihn bei der Schulter und zog den sich zunächst schwach Sträubenden mit sich fort.

„Scheiß Kinphaurenbande", flüsterte er an ihrem Ohr, drehte sich dann erst endgültig um und lief beinahe in Choraik hinein, der ihnen entgegentrat.

„Anwesende ausgenommen", bemerkte Danak mit Blick auf den Renegaten.

„Na, ganz so schlecht ist unsere Bilanz dennoch nicht ausgefallen", sagte Choraik und blickte zunächst Chik ins Gesicht, dann zu ihr hoch. „Das Jinsai, das verwandelt werden sollte, ist bei dem Kampf in Flammen aufgegangen."

Und wie auf ein Zeichen schlug gerade in diesem Moment im Hintergrund Feuer hoch. Etwas flammte grell in der riesigen Bronzeschale auf. Sie hörte Banátrass in ihrem Rücken aufschreien. Dann sahen sie den Milizhauptmann an ihnen vorbeistürmen, auf die Schale zu.

Choraik blickte ihm hinterher und zuckte die Schultern. „So etwas passiert. In einer Kampfsituation. Da fliegen auch schon einmal Funken. So etwas kann man schwer kontrollieren." Er drehte sich wieder zu ihnen hin. „Sieht so aus, als kämen keine neuen Drogen, die Menschen in ausgehöhlte Wracks verwandeln, mehr auf die Straßen von Rhun. Keine gesteuerte Auslese, keiner mehr, der Gott spielt."

Sie blickten gemeinsam zu der riesigen Bronzeschale hinüber, aus der die Flammen hochloderten. Banátrass tänzelte darum herum, ohne aber irgendwie eingreifen zu können. Niemand machte Anstalten etwas zu tun. Die Drogen verbrannten. Warum sollten Milizionäre so etwas verhindern wollen.

„Klar", meinte Chik mit Blick auf ihren vom Feuer grell beleuchteten Hauptmann. Von hier aus, wo sie standen, sah es aus, als stünde er selber inmitten der Flammen. „Klar, wir haben gegen Kinphauren gekämpft, wir werden vom Kinphaurenknecht abgezogen. Damit wir nichts mitkriegen, was uns nach Meinung der Spitzohren nichts angeht."

„Aber mit der Bleiche hat es damit wohl Gott sei Dank ein Ende. Was ist mit Mercer?", fragte sie Chik.

„Sandros hat sich um ihn gekümmert", kam stattdessen die Antwort von Choraik. „Gehen wir rüber."

Sie fanden Sandros an Mercers Seite, genau wie Choraik es angedeutet hatte. Er hatte ihn mit halb aufrechtem Körper gegen ein paar Steinbrocken gebettet. Der Armbrustbolzen hatte seinen Küraß durchschlagen und sich anscheinend in die Lunge gebohrt. Seine Augen waren geschlossen, doch als hätte er ihre Annäherung gespürt, flatterten seine Lider, er bemerkte sie, sah sie mit schwachem Blick an.

„Ihr seht besser zu, dass ihr mich durchbringt", brachte er keuchend und mühsam hervor. „Ihr kommt ohne mich ja doch nicht klar."

Choraik kniete bei ihm nieder, untersuchte ihn.

„Wir werden Sie wieder zusammenflicken", sagte er. „Sie sind mit diesem Kader noch nicht durch. Ich werde sehen, dass ich Ihnen einen kinphaurischen Heiler besorgt kriege."

„Spitzohren?", fuhr Mercer auf und verfiel gleich darauf in einen Hustenanfall. „Von denen rührt mich keiner an", würgte er mühsam zwischen Röcheln und Husten heraus.

„Ruhig", sagte Choraik. „Wenn Sie schneller genesen wollen, dann tun Sie's besser. Ich werde dafür sorgen, dass Sie die beste Pflege erhalten."

Sie nutzte die Gelegenheit, trat Sandros zur Seite, legte ihm die Hand auf die Schulter und zog ihn mit sich ein paar Schritte beiseite.

„Ich wollte dir sagen, was immer Banátrass gegen dich in der Hand hat, es kann gelöst werden." An seinem Blick, der zu ihr hochging, sah sie, dass sie ins Schwarze getroffen hatte, dass Choraik richtig vermutet hatte, was die beiden anging. „Was immer es ist, nimm ihn für dich aus der Gleichung raus."

Er sah sie verblüfft an.

„Was meinst du damit?"

Sie blickte gerade und hart zurück. „Eine Bedingung. Du arbeitest ab jetzt nur noch für uns. Und sonst niemanden."

„Leutnant Kuidanak."

Sie drehte sich um und sah Banátrass auf sie zustürmen.

„Leutnant Kuidanak", fauchte er sie an. „Das wird Konsequenzen haben, das, was heute Nacht geschehen ist."

Sie sah ihm ruhig entgegen, wie er sich da vor ihr aufbaute.

„Klar wird es das.", sagte sie. Sie drehte sich um und ließ ihn dort stehen. „Kommen Sie mit mir, Choraik?", meinte sie über die Schulter hinweg.

Ließ ihn einfach so da stehen. Diese verdammte Kuidanak-Schlampe!

Banátrass bebte vor Wut. Doch dann dachte er: *Denkst du etwa, du kommst davon? Da hast du dich gewaltig geirrt.*

Var'n Sipach hatte sich getäuscht. Leutnant Vorna Kuidanak taugte nicht als Waffe. Sie war gefährlich für jeden, der versuchte, sie zu führen; sie gehörte zerbrochen.

Var'n Sipach hatte ihr Wesen fundamental missverstanden. Und das hätte ihn beinahe das Leben gekostet. Nur dass er, Banátrass, mit dem Ankchorai zur rechten Zeit aufgetaucht war, hatte dem Bevollmächtigten Beil das Leben gerettet. Var'n Sipach würde das würdigen müssen. So war der Kodex der

Kinphauren. Er kannte sich damit inzwischen aus. Kinphauren funktionierten so.

Diese Kuidanak-Schlampe, sie würde für ihn den Homunkulus sicherstellen, hinter dem var'n Sipach her war, und dann würde er selber nach dem Kinphauren-Kodex noch besser vor var'n Sipach dastehen.

Und dann, wenn sie ihm den Homunkulus gebracht hatte, dann war Vorna Kuidanak dran. Sie war zu gefährlich; sie gehörte zerbrochen.

Er hatte ihr in die Augen gesehen, und es war klar gewesen.

Diesen Kampf konnte nur einer von ihnen überleben.

Choraik und Danak stiegen Seite an Seite die Treppenflucht hinab, hinunter in die Haupthalle.

Sie erreichten miteinander den Fuß der Stufen, und ein klingenfeines Lächeln stahl sich in Danaks Mundwinkel.

Sie dachte zurück an den Zeitpunkt an diesem Abend, bevor sich all die Ereignisse überstürzt hatten. Kurz bevor Choraik sich von ihr verabschiedet hatte und sie ihren Weg zur Schmiedeburg allein fortgesetzt hatte.

Sie hatte es wissen wollen. Und so hatte sie ihn direkt gefragt.

„Warum hat man Sie eigentlich in diesen Kader gesteckt? Welche Rolle hat man Ihnen hier in der Miliz und in meiner Truppe eigentlich zugedacht?"

Nachdem er kurz über ihre Direktheit gestutzt hatte, hatte er es ihr gesagt.

Seine Erklärung war so einfach wie verblüffend.

„Ich", so hatte Choraik gesagt, „bin der Nachfolger von Banátrass, sollte dieser sich ein Versagen erlauben."

Sie hatte wohl ihre Überraschung nicht ganz aus ihrem Gesicht bannen können. Choraik hatte es ignoriert und war fortgefahren: „Var'n Sipach hat mich unter seine Fittiche genommen. Er ist mein Bürge geworden, und als ich mich aus dem direkten Kriegsgeschehen zurückziehen wollte, hat er mit mir über diesen Posten gesprochen. Ich habe mich über die Miliz erkundigt, und ich habe mir Ihren Kader ausgewählt. Var'n Sipach hat dem zugestimmt und mich zu Ihnen versetzt. Damit ich schon einmal in der richtigen Stellung bin, sollte der Fall von Banátrass' Versagen eintreten. Und ich habe den Eindruck, var'n Sipach wartet nur auf irgendeinen Vorwand, denn ich glaube, er benutzt Banátrass für einen Schachzug und will sich danach seiner entledigen."

Diese Worte Choraiks gingen ihr durch den Kopf, als sie und Klann sich in der Schmiedehalle mit gespannter Waffe gegenüberstanden. Als sich für einen Moment ihre Gedanken geklärt hatten.

Auf Klanns Ruf hin, war sie seinem Blick gefolgt und hatte Liova und Bernim, ihre beiden geliebten Kinder in der geöffneten Tür der Schmiedehalle stehen sehen.

„Papa? Mama?"

Dann war die Orbusbotschaft von Mercer gekommen und hatte sie zunächst einmal aus dieser Situation herausgeholt. Doch danach war ihr Blick zu den Gesichtern ihrer Kinder zurückgekehrt, hatte sich in ihren Augen verfangen. Und in diesem Moment, mit diesem Anblick, war eine seltsame Ruhe über sie gekommen, wie ein Auge des Sturms in all diesem Aufruhr, der drohte ihr Leben mit sich zu reißen.

Und sie hatte darüber nachgedacht, was das, was sie jetzt hier tat, welche Konsequenzen ihr Handeln für das Schicksal von Banátrass haben würden.

„… ich habe den Eindruck, var'n Sipach wartet nur auf einen Vorwand, denn ich glaube, er benutzt Banátrass für einen Schachzug und will sich danach seiner entledigen." Das hatte Choraik gesagt. „… sollte der Fall von Banátrass' Versagen eintreten …"

„Ich will den Homunkuluskörper in meiner Hand", hatte var'n Sipach ihrem Hauptmann gedroht. Sie hatte es gehört, durch das Blatt der Tür zu Banátrass' Arbeitszimmer hindurch. „Das ist Ihre letzte Chance, Banátrass. Nach der Sache im Tragent. Eine weitere werden Sie nicht bekommen."

Banátrass letzte Chance. Var'n Sipach hatte ihm gedroht, dass er seinen Posten verlieren würde, dass er kaltgestellt würde, wenn er den Homunkulus nicht sicherstellte. Und Danak wusste inzwischen nur zu gut, was das bei Kinphauren bedeutete. Besonders nachdem sie durch Choraik erfahren hatte, was die Sicherstellung des Homunkulus für var'n Sipach bedeutete. Ein Punktesieg in einer Klanfehde. Ein Beweis gegen einen verfeindeten Klan in var'n Sipachs Hand, dass es sich bei dem angeblichen Amoklauf eines Homunkulus um einen gezielten Fehdemord dieses Klans gehandelt hatte. Wenn jemand so einen

Zug durchkreuzte, dann nahm ein Kinphaure so etwas nicht auf die leichte Schulter.

Wie hatte Choraik gesagt: „Die Frage ist, wozu var'n Sipach den Ordensmann Banátrass sonst noch benutzt." Vielleicht war da noch viel mehr. Wahrscheinlich wollte er sich eines Beweises entledigen.

Sie hatte die Waffe sinken lassen.

Und dann hatte sie ihre beiden Kinder im Arm gehalten, während eine wild zusammengewürftelte Schar, die für die Rebellen arbeitete, mit dem auf ihren Kahn verfrachteten Homunkuluskörper ablegte und das Fahrzeug in die Mitte dieses Armes der Vlichten hinausstakte, hinein in das Labyrinth aus Wasserarmen, einen schlammigen, zerwühlten Irrgarten, der so tückisch, so gefährlich wie unkontrollierbar war. Ein Terrain, auf dem man ein vom Bevollmächtigten Beil dringend gesuchtes Beweismittel gegen einen verfeindeten Klan sicher aus der Stadt heraus und in das Niemandsland schaffen konnte. Wenn man die richtigen Wege und Tricks kannte.

Eine wild zusammengewürfelte Schar aus Männern und Frauen – Lenk dabei, ein ehemaliger Firnwolf, außerdem ein Vastacke und ein Kinphaure.

Sie ging neben Choraik her zum Ausgang, der aus der kathedralenartigen Halle in den Ruinen des ehemaligen Tryskenon herausführte, und sie spürte, wie das Grinsen auf ihrem Gesicht breiter und breiter wurde. Es lag nicht viel Humor darin.

Sie musste unwillkürlich an das grotesk verzerrte Gesicht des Ankchorai denken. Die Haut wie verzogen über den Schädel gespannt.

Choraik drehte sich zu ihr hin. „Warum grinsen Sie von Ohr zu Ohr wie ein kinphaurischer Verschwörer? Haben Sie jemanden ermordet?"

Danak sah ihm ins Gesicht, fühlte, wie der Zug um ihre Mundwinkel hart wurde. „Ja", sagte sie, „aber er weiß es noch nicht."

Der Kinphaurenrenegat zog die Braue hoch. „Was soll das bedeuten?"

„Das werden Sie sehr bald erfahren ...", machte eine kurze Pause und fügte hinzu, „Hauptmann Choraik d'Vharn."

17

Es war eine leere Hülle. Das konnte sie jetzt erkennen.

Sie hatte ihr Pferd angehalten und blickte auf den dunklen Klotz der Schmiedeburg, in deren Fenstern kein einziges Licht glomm. Alles lag noch immer in nächtlicher Dunkelheit und die Formen ringsherum waren eher zu erspüren als zu erkennen. Die Dämmerung würde jetzt immer länger auf sich warten lassen. Die dunkle Jahreszeit lag schwer über dem Land. Eine aufkommende Brise pfiff um die Gebäudeecken und ließ die spärlichen Blätter an den Bäumen wispern. Der Wind kam von den Vlichten her und brachte den Geruch von Herbst und modrigem Land mit sich.

Es war spät geworden, fast Morgen, bis alles erledigt war. Bis Mercer und die anderen Verwundeten versorgt waren, die Toten geborgen. Mehr war erst zu tun, wenn die Gegenseite ihre Leute über den Ort des Kampfes geschickt hatte, um das ihre zu erledigen.

Sie war müde bis auf die Knochen. Jetzt kehrte sie in die Schmiedeburg zurück.

Sie band das Pferd an, ging in die Küche.

Niemand.

Was hatte sie erwartet?

Durchschritt den Durchgang zur Schmiedehalle.

Leere, staubige, dunkle Weite empfing sie dort. Die Kette über dem Bodenverschlag klirrte leise in einem jähen Luftzug, der durch die sperrangelweit offenen Hallentore hereinwehte.

Hier hatten sie gestanden.

Liova und Bernim dort in der Tür, Klann ihr gegenüber.

Ihre Augen waren wieder zu ihren Kindern im Eingang zurückgekehrt, nachdem sie die Orbusbotschaft von Mercer erhalten hatte, und der Anblick der beiden hatte ihr den einen ruhigen Moment gegeben, der ihr geholfen hatte die Situation und ihre Möglichkeiten zu erfassen. In diesem Moment hatte sie ihre Entscheidung getroffen.

„Was willst du tun?" Klann hatte sie noch immer mit seinem träge erscheinenden Blick angesehen.

„Den Unschuldigen ihre Unschuld bewahren."

Sie sah zu Bernim und Liova hin, ließ die Armbrust sinken, die sie bis jetzt auf ihn gerichtet hatte, klappte den Spannbügel ein, zog sie sich mit dem Gurt an den Körper. Sie trat zu ihren Kindern hinüber, ging vor ihnen in die Hocke und breitete ihre Arme aus. Beide sanken sie hinein.

„Ich habe euch lieb", sagte sie, ihre Wangen an denen der Kinder.

„Was war das da? Das mit Papa?" Liova fragte es.

„Das war eine von den dummen Sachen, die deiner Mutter passieren, weil sie die Arbeit tut, die sie tut."

„Du jagst Verbrecher. Ist Papa ein Verbrecher?"

„Nein, Papa ist, was immer euer Papa beschließt zu sein."

„Und warum …?"

„Hört mir zu", unterbrach sie Liova. „Hört mir zu. Eure Mama muss heute Nacht noch einmal weg. Weil sie noch etwas zu Ende bringen muss. Dann kommt sie zurück. Vielleicht bleibt sie danach für immer bei euch."

Sie drehte sich ein wenig in ihrer Umarmung mit den Kindern und ihr Blick ging über ihre Schultern zu Klann hin.

„Glaubst du das?" Sie war sich nicht sicher, hörte sie die beinah nur geflüsterten Worte aus Klanns Mund, verstand sie sie wirklich, oder glaubte sie nur ihren Sinn zu erraten?

Würden sie sie in Ruhe lassen, wenn sie einfach ihren Dienst quittierte? Früher wäre das möglich gewesen. Aber unter den Kinphauren? Würde man ihre Familie danach in Ruhe lassen?

Sie schmiegte ihre Wange an Bernim, an Liova, gab beiden einen kleinen Kuss darauf.

„Hört ihr, eure Mama kommt wieder. Nur noch ein bisschen Arbeit diese Nacht. Dann bin ich für euch da."

Und jetzt, ein paar Stunden später, war die Schmiedeburg verlassen, eine leere Hülle.

Sie verließ die große Halle, ging durch die Zimmer, erwartete niemanden dort vorzufinden, fand nur die Leere und das Schweigen, mit denen sie auch gerechnet hatte. Staubiges Dämmerlicht kroch durch die Fenster.

Sie riss die Schränke auf. Zum Teil ausgeräumt.

Dann hatte er sich also nicht direkt der Truppe angeschlossen, die den Homunkulus aus der Stadt und zu den Rebellen schaffen wollte. Vielleicht hatte er gezögert, vielleicht hatte er sich Zeit gelassen für seinen Entschluss. Nach all den Jahren hatte sie sich schließlich zumindest dieses Zögern verdient.

Sie sprang auf, trat hart gegen einen Stuhl, dass er in die Ecke krachte und ein Stuhlbein dabei zerbrach.

„Du Bastard!"

Ihr Schrei hallte unerwartet schrill und laut durch die leeren Räume.

Wie willst du mit Kindern leben, dort draußen im Niemandsland? Dass er genau dorthin geflohen war, daran bestand für sie kein Zweifel. Klann kannte die Vlichten gut genug, um sich auf eigene Faust durch den Sperrring um die Stadt zu stehlen. Natürlich, die Vlichten. Das war tatsächlich eine Möglichkeit, den Wachen und Kontrollen zu entgehen. Und die Wächterstreifen dahinter? Sicher würde er Möglichkeiten finden. Es war nicht unmöglich. Es wurden immer wieder Leute durch die Wächterstreifen geschmuggelt, in die eine oder andere Richtung. *Was für ein Leben willst du dort mit den Kindern führen?*

Sich irgendwie unter die Bevölkerung mischen, die dort unter dem Kinphaurenjoch lebte? Von der Protektoratsgarde drangsaliert, von Duerga-Patrouillen eingeschüchtert. In den dunklen, düsteren Dörfern und Städten, die der Krieg zurückgelassen hatte.

Sicher, nicht jeder lebte unter der Knechtschaft der Kinphauren, dort in dem weiten Niemandsland, in den ehemaligen idirischen Provinzen des nördlichen Niedernaugariens und in den ehemaligen Ostprovinzen des Idirischen Reiches. Große Flächen dieser Gebiete waren nach wie vor umstritten. Die Kinphauren benötigten den Großteil ihrer Truppen um weiter im Süden weiterhin ihren Krieg gegen das Idirische Reich zu führen. Ein so weites Gebiet konnte man mit den restlichen zur Verfügung stehenden Kräften nicht flächendeckend kontrollieren.

Die Freien Scharen lebten dort, versuchten, in dem vom Krieg gezeichneten Land weiterhin ein Leben zu führen, bei dem sie sich weder den neuen Herrschern noch sonst jemandem beugen mussten.

Die Truppen der Rebellen konnten sich dort hartnäckig immer wieder dem Zugriff der kinphaurischen Kräfte entziehen. Es sollte ganze Landstriche geben, um die sich niemand scherte, die

die meiste Zeit vollkommen unangetastet blieben. Man hörte so einiges.

Aber es war auch klar, dass niemand wirklich im Niemandsland sicher war. Nicht so sicher wie in den ehemaligen Provinzen des Idirischen Reiches.

Vor den Kinphauren. Bevor alles anders wurde.

Sie ging zurück in die Küche, ließ sich kraftlos auf einen der Stühle fallen, starrte herüber zur Klappe der Kühlgrube. Überlegte, sich mit den Resten an Krügen der Elstermühle haltlos zu besaufen. Bis nichts mehr in ihrem Kopf war als nur noch ein dumpf kreisender, tumber Schmerz. Und Selbstmitleid.

Was sollte sie tun?

Hier bleiben? Das Haus verkaufen? Weitermachen wie vorher? Solange sie auf ihrer Arbeit keinen Aufstand machte oder aus der Miliz austrat, würde sich niemand darum scheren, was sie tat. Um ihr Privatleben krähte kein Hahn.

Oder sie konnte jetzt auf der Stelle ihre Sachen packen und ihnen folgen. Durch die Vlichten, durch die Wächterstreifen, hinein ins Niemandsland.

Doch wie groß waren dann ihre Chancen, sie zu finden?

Verdammt, sie hatte ihren Kindern ein Versprechen gegeben. Sie hatte sich entscheiden wollen. Klann hatte ihr diese Entscheidung entrissen.

Verdammter Dreckssack!

Sie packte die Tischkante, kippte den Tisch um, trat ihn wild durch den Raum, dass die verstreuten Dinge darauf, ein Teller, Geschirr, Krimskrams ihrer Kinder scheppernd und klirrend durch die Küche flogen. Dann trat und warf sie noch weiteres Mobiliar durch den Raum, bis ihre Kehle und ihre Augen von dem Wüten brannten.

Schließlich sank sie wieder auf den letzten noch stehenden Stuhl und tat das, von dem sie sich nicht erinnern konnte, wann sie es zum letzten Mal so ausgiebig getan hatte. Ein paar Tränen nach Khrivals Tod. Davor? Es musste wohl irgendwann in ihrer Kindheit gewesen sein. Jetzt weinte sie. Sie schluchzte haltlos, und ihr von dem Ankchorai malträtierter Hals brannte und schmerzte dabei vor sich hin. Sie barg den Kopf in ihre Hände, die Ellbogen auf die Schenkel gestützt, und ließ ihr ganzes Elend auf den nackten Stein des Küchenbodens herabströmen.

Sie hatte ihre Kinder in ihren Armen gehalten und hatte nicht gewusst, dass es zum letzten Mal war.

Eure Mama kommt wieder. Ein bisschen Arbeit noch, dann bleibt sie bei euch. Was für ein Hohn! Im Innern hatte sie es gewusst.

Klann, du mieser, dreckiger Bastard!

Ihnen folgen? Wie sollte das ausgehen? Was redete sie sich da ein. Alles, was sie tun konnte, war sie finden, ihn stellen und ihm die Kinder fortnehmen. Und das würde nicht ohne Kampf und Blut gehen.

Den Unschuldigen ihre Unschuld bewahren. Wenn es das war, hatte sie keine Wahl. Sie kannte sich. Sie wusste, wozu sie fähig war. Sie wusste, worauf das nur hinauslaufen konnte.

Erst Khrival. Dann Klann.

Alle Männer, die in ihrem Leben eine Rolle gespielt hatten, fingen mit K an. Khrivals sowohl im Runenalphabet seiner Heimat als auch in der idirischen Schrift.

Sie saß da auf ihrem Stuhl, breitbeinig, und starrte mit verheulten, verschleierten Augen in die Leere. Bis sie merkte, das etwas an ihrer Hüfte kalt pochte.

Der Orbus. Schon wieder. Verdammte Faxen der Kinphauren.

Noch eine Botschaft. Wer wollte etwas von ihr? Jetzt nach dieser Nacht? Zu dieser Stunde?

Sie klappte die Schatulle an ihrer Hüfte auf, nahm den Orbus heraus, hielt ihn vor sich hin. Ging durch die Kodeketten, bis die rote Lichtperle vor ihr schwebte. Sie sandte ihr die entsprechenden Symbole entgegen.

„Leutnant Vorna Kuidanak." Das war Choraiks Stimme. Dann folgte irgendetwas, das sie nicht verstand. Ein Satz in Kinphaurisch. Ein langer Satz. Sie hörte den Namen Banátrass, dann ... was? Hieß das Choraik? Sprach man das so aus? Schließlich wieder Worte in Idirisch. „Und wenn Sie sich jetzt fragen, was das heißt ..." Sie hörte. wie er eine Pause ließ. „Finden Sie es heraus. Lernen Sie Kinphaurisch."

Sturer gerissener Bastard. Kinphaurentinte in die Haut seiner Wangen gestochen.

Sie spürte, wie ihre Mundwinkel sich zu einem Grinsen verzogen.

„Warum grinsen Sie von Ohr zu Ohr wie ein kinphaurischer Verschwörer?", hatte Choraik gefragt. „Haben Sie jemanden ermordet?" Sie schätzte, spätestens jetzt wusste er es.

In der Miliz würde sich wohl einiges ändern. Blieb abzuwarten, wie sich das darstellen würde. Von all ihren Vorgesetzten hatte Banátrass sich am Ende als der schlimmste herausgestellt. Der seine ureigenen Pläne mit ihnen hatte. Der sie alle benutzen und hintergehen wollte.

Es hatte immer Reibereien mit Vorgesetzten gegeben.

Blieb abzuwarten, wie der neue sich machen würde.

Sturer gerissener Bastard.

Wie viele Krüge Elsternmühle wohl noch in der Kühlgrube waren? Ob man es wohl schaffte, auf das Dach der Schmiede zu klettern? Sie hatte es noch nie versucht. Das war verdammt hoch. Und gefährlich.

Aber von dort hatte man bestimmt einen guten Blick über Sinterfarn zum Derndtwall hin. Und über den Fluss zum jenseitigen Teil von Rhun. Mit den Vlichten im Rücken. Die Vlichten wollte sie nicht sehen müssen.

Es wurde langsam grau draußen. Bald würde die Sonne endgültig aufgehen. Sie musste sich beeilen.

Leseprobe aus „NINRAGON"

Da war dieses Wispern, das allgegenwärtig in der Luft hing.

Fast wie unter einem inneren Zwang lauschte er wieder in die Nacht. Er horchte auf das mahlende Vibrieren, das immer wieder unverhofft auf beirrende Weise seine Präsenz von jenseits der Hörschwelle bemerkbar machte und das doch, wenn man dann seine Aufmerksamkeit darauf richtete, nirgends zu vernehmen war.

Auric war in dieser Nacht der zweiten Wache zugeteilt, und immer wieder blickte er über die nächtlichen Schatten struppigen Baumwerks zu dem massiven Schattenriss hinüber, dessen Masse das östliche Blickfeld zu beherrschen schien und der dagegen alles andere unter der Himmelsdecke zu geisterhafter, verwaschener Unwirklichkeit herabwürdigte.

Im Licht des Vollmondes wirkte die verlassene Elfenfestung noch zyklopischer als bei ihrer Annäherung am Vorabend.

Am größten Teil des Himmels waren die Wolkenbänke zu einem tiefhängenden, kompakten Dach zusammengeschoben. Wo Himmelslicht dort spärlich und abgedämpft durchdringen konnte, trat es lediglich in purpurnen Schwelkanten gegen die Dunkelheit hervor. Nur am Standort des Mondes ließ sein bleicher, bohrender Mahlstrom die Wolkendecke ringsherum aufbrechen wie Eisschollen um ein Wasserloch.

In der Mitte der Nacht ragte die Elfenfeste empor wie ein massiver kantiger Zentralpfeiler, eine pfählende Nabe im Bauch des Ungetüms der Nacht.

Jetzt, nur vom Mondlicht beleuchtet, erschienen die Kanten ihrer in steiler Neigung aufsteigenden Wälle nur noch glatter und gerader, so unheimlich glatt und regelmäßig, dass sie unmöglich von menschlichen Wesen gestaltet sein konnten, so als könnten sie nur von einem übernatürlichen, titanischen Wesen aus einem vom Himmel gefallenen Meteor herausgeschnitten worden sein, mit einem Messer, das hartes, schwarzes Felsgestein wie Butter durchdrang.

In den zyklopischen Wänden der Festung gab es nur einen einzigen tunnelartigen Eingang. Alles andere schien eher an einen in die Weite der Landschaft gerammten Klotz als an ein für die Bedürfnisse menschlicher – oder menschenähnlicher – Wesen geschaffenes Bauwerk zu erinnern.

Einer seiner Mitkämpfer aus dem Trupp hatte am Vorabend gefragt, ob schon einmal jemand in der Festung gewesen sei.

„Ich meine, sie ist doch seit ewiger Zeit verlassen. Hat niemand nachgeschaut, was ihre Bewohner da drin zurückgelassen haben?"

„Dort im Torweg ist irgendetwas", gab Kaustagg ihm mit bedeutungsschwangerem Blick hinüber zu der Drohung aus dunklem Stein zur Antwort, „der Wächtergeist eines Monstrums oder irgend-etwas wesenlos und empfindungslos Wirkendes aus Höllentiefen, was in diese Festung hineingebaut wurde, um ihren Eingang zu schützen. Viele tapfere Männer wollten durch den Torweg in die Festung hinein, aber sie brachten es nicht fertig, weil ihnen das Blut gefror, und vielen, die auf halbem Wege umkehrten, hat das Erlebnis die Haare gebleicht. Wie weißhaarige, ausgehöhlte Greise kehrten sie heim. Andere ließen sich davon nicht zum Umkehren bewegen, aber man hat nie mehr etwas von ihnen gehört. Nein, niemand war in dieser verlassenen Festung und ist zurückgekehrt, um von dort zu berichten."

Im Angesicht dieser Festung, so bemerkte Auric, ging dem Schaudern seiner Stimme jener gewisse genüssliche Ton ab, der sonst immer mitschwang, wenn er Gräuelmäre zum besten gab.

Es hatte in den Zeiten, da die Festung bewohnt war, noch weitere Zugänge gegeben, wusste Kaustagg weiter zu berichten, lange, breite unterirdische Tunnel, die weit vor der Festung in großen Torhäusern, schon fast eigenen kleinen Festungstürmen, ihren Ausgang nahmen und unter der kahlen, umgebenden Ebene hindurchführten. Die Schächte hatte man anscheinend irgendwann im Laufe der Vergangenheit gesprengt, die Zugangstunnel waren verschüttet, aber die Torhäuser standen zum Teil noch.

Im Schatten der Ruinen eines dieser Bauwerke hatten sie ihr Nachtlager aufgeschlagen.

Auric warf jetzt im Licht des Vollmonds einen Blick dort hinüber, während dessen bleicher Schein ganz allmählich von einer dahintreibenden Wolkenbank verdunkelt wurde. Selbst bei dem ruinenhaftem Zustand des burgartigen Torhauses konnte man erkennen, dass es mehr unterscheidbare Einzelheiten und Strukturmerkmale besessen hatte als die Hauptfeste. Kantige Seitentürme ragten noch immer wie Reißzähne über Baumkronen empor.

Ein Wald, der ein Muster aus dem Ruder gelaufener Natur darstellte, umwucherte und bedrängte die Torruine: wild und wie feindlich gegeneinander drängende gegensätzliche Baumfamilien, chaotisch ineinander verhaktes Durcheinander unverträglicher Pflanzengesellschaften, ein Flickenteppich gewaltsam ineinander gepferchter Lebensräume. Eine Schicht aus Asche, die das ungezügelte Wachstum begünstigt haben mochte, drang mancherorts durch den Boden, als sei hier ein Brand an eine Schicht der Wirklichkeit gelegt worden, der alle Vernunft der Naturgesetze so verheerend weggesengt hatte, dass bei der Wiedereroberung dieser Räume durch die Natur die Ordnungsmächte pflanzlichen Wachstums außer Kraft blieben. Überwucherte Hügel und Wälle in denen sich Bautrümmer und verweste Pflanzenteile zu untrennbarem Gemenge mischten, wuchsen die alten Mauern hoch und verdeckten ihren unteren Teil; die Erde griff hoch nach den Bauten und wollte sie umschlingen. Dort, in einer Kuhle zwischen den Erhebungen war das Lager seiner Truppgenossen. Die Glut der zu einem letzten Rest herabgebrannten Lagerfeuer konnte man durch wirres Astwerk hindurch selbst bis hierher erkennen.

Der Graustelzer tauchte plötzlich und ohne Vorwarnung vor Auric auf.

Eine Sekunde vorher war da noch ein Baumstumpf gewesen, dann geschah etwas rasend schnell damit.

Er entfaltete sich wie eine zuschnappende Gottesanbeterin. Die Spitze eines raubvogelspitzen Kopfes schnellte aus dem Stamm hoch und richtete sich auf Auric aus, Arme klappten zu den Seiten weg und wie lange Spinnenbeine auseinander, wo vorher nur der Anschein eines einzigen borkigen Stammkörpers gewesen war, das ganze Ding hob sich in einem Regen davon abfallenden toten Laubs und Erde aus dem Boden und in die Luft, emporgestemmt von sich halb aus dem Stamm, halb aus der Erde entfaltenden Beinen, grau und knöchern wie die Gebeine von Urzeitmonstern, lang und dürr wie die Gliedmaßen von Spinnentieren.

Auric konnte gerade noch dem peitschenden Zupacken der Arme entgehen, indem er sich nach vorne warf, unter ihnen weg und zwischen den Beinen des Wesens hindurch abrollte. Er stöhnte auf, als sein Schwert, das noch immer in der Scheide steckte, sich schmerzhaft in seine Seite grub.

Indem er emporkam, zog er es blank. Da war also eines jener Wesen, die diese nördlichen Gegenden heimsuchen sollten. Es gab sie also tatsächlich.

Mit unglaublicher Schnelligkeit drehte sich das Wesen auf seinen langen Beinen herum, rammte sie um die Achse kreiselnd in den Boden, richtete sich unbarmherzig wieder auf seine Beute aus. Seine Augen waren kleine, nur mit schwacher Wölbung in die knorrige, lange Form des Kopfes eingebettete schwarze Kugeln, kaum auffällig, die mit indifferenter, vogelartiger Intelligenz rollend all seinen Bewegungen folgten, als sei ihr Blick wie mit unsichtbaren Strängen physisch an seine Beute gekettet. Seine Bewegungen erweckten bei Auric den Eindruck, als habe es zu viele Gelenke in seinen scherenartig ausgreifenden Gliedern; sie hatten zugleich etwas Ruckhaftes, aber in der Gesamtheit des Ablaufes etwas auf beirrende Art reptilhaft Fließendes.

Seine Haut wirkte im Mondlicht wie graue Borke. *Mal sehen, was eine mit Kraft geführte Klinge dagegen ausrichtet.* Zum ersten Mal seit er in den Zügen war, wünschte er sich allen Ernstes, er halte statt des Schwertes eine Axt in Händen.

Die Arme schnellten ihm erneut entgegen, zerschnitten wie blitzschnelle Geschosse hierhin, dorthin packend die Luft. Augenblicklich einsetzende Instinkte, die ihn im Nacken packten und ihn tanzen ließen, retteten ihn. Er spürte den Lufthauch der Attacken, kalt in die Nachtluft gepflügt, als sei er mitten in einen Wirbelsturm von Dreschflegeln geraten. Gliedmaßen streiften ihn, etwas Scharfes wie Dornen zerschnitt ihm Haut und Kleidung.

Die Beine des Graustelzers bohrten sich mit rasender Schnelligkeit in den Boden. Laub flog nach allen Seiten hoch, ein Flattern dürrer Blätter wie Schwärme aufgeschreckter Fledermäuse. Er hieb durch die in der Dunkelheit aufstiebenden Wolken wirbelnden Raschelns hindurch nach einem der wild zuckenden Arme.

Es fegte ihn seitwärts von den Beinen, scharfer Schmerz durchfuhr seinen Unterarm. Ihm blieb die Luft weg, trotzdem warf er sich irgendwie zur Seite. Plump aber rechtzeitig. Um einem der zahlreichen scharfkantigen Sporne zu entkommen, die sich am Unterarm des Graustelzers aufgerichtet hatten. Der ihm dennoch durch die feste Kleidung hindurch eine lange, blutende Wunde in den Oberarm riss.

Er rollte sich herum, diesmal kontrollierter, dabei das Schwert sicher von sich gestreckt, wie er es gelernt hatte. Zur Seite. Schnellte dann hoch und vorwärts, fühlte einen der Arme ihn streifen wie ein Peitschenhieb, hieb mit aller Kraft zur Seite weg und spürte die Klinge in satten Widerstand beißen. Packte das Schwert mit beiden Händen diesmal – ein Satz zur Seite, dem erneut zustoßenden Arm zu entgehen – und hackte noch einmal mit aller Kraft in die gleiche Richtung. Ein hässliches Geräusch zwischen Knirschen und feuchtem Klatschen.

Auric machte einen Satz zurück und sein linker Mundwinkel zuckte in einem Grinsen grimmiger Befriedigung.

Der Graustelzer knickte mit abgehacktem Bein zur Seite weg.

Er war immer noch eine tödliche Gefahr mit seinen verbliebenen wild zustoßenden Gliedmaßen. Und er würde nicht leicht sterben.

Auric bleckte die Zähne, tänzelte in sicherem Radius um das Wesen herum und schwang sein Schwert mit beiden Händen in eine hohe Angriffsposition.

In diesem Moment begann das Schreien drüben bei den Lagerfeuern.

* * *

Dies war ein Ausschnitt aus
„NINRAGON: 1 Die standhafte Feste"
Unter http://amzn.to/QhC6dz können Sie als eine weitere Leseprobe die ersten Kapitel des Romans laden.

Die NINRAGON-Trilogie spielt in der gleichen Welt wie „Homunkulus".
In ihr wird die Geschichte Aurics des Schwarzen geschildert, der einer der Schlüsselfiguren in den dramatischen Ereignissen waren, die zu der in „Homunkulus" geschilderten Situation führten. Dies ist die Vorgeschichte zu „Homunkulus". Hier wird die Welt in der „Homunkulus" angesiedelt ist, in in ihrem ganzen Umfang geschildert.

Darachel, ein Ninra, Angehöriger einer uralten, weltabgewandten Rasse, die sich in ihre abgelegenen, gewaltigen Festungen zurückgezogen hat, findet einen schwerverletzten Menschen, der ihm die Geschichte seines Lebens erzählt.

Es ist die Geschichte von Auric dem Schwarzen, der dachte, nur um sein eigenes Leben und Schicksal zu kämpfen, sich aber unversehens in etwas viel Größeres, Dunkleres und Weitreichenderes verstrickt sieht.

Egal, wie die Zeit aussieht, in der wir leben, egal mit welchen Waffen wir kämpfen und wie die Städte aussehen, in denen wir leben, immer vergessen wir allzu leicht, dass unsere Gegenwart wenig mehr ist, als die uns sichtbare Oberfläche eines gewaltigen Ozean, der uns trägt, und in dem, uns unsichtbar, die Schatten und Mahre der Vergangenheit hausen.

Stimmen zur NINRAGON-Trilogie:

„Der Mann hat's drauf, mein Kompliment."
eBook-Salon

„Ein Fantasy-Epos das seines Gleichen sucht: NINRAGON von Horus W. Odenthal ist eine Trilogie, die jedem Leser das Herz in der Brust Purzelbäume schlagen lässt vor Glück, dass es auch noch in der heutigen Zeit brillant geschriebene Fantasy gibt, die einen für Tage zu fesseln weiß, und den Leser auf magische Weise verzaubert und in ein Land mitnimmt, das so atemberaubend schön und bildreich dargeboten wird wie in dieser Trilogie."
Maniax: Das Online Magazin 3.0 (Marlon Baker)

„Es gibt derzeit nichts, das dem Vergleich mit Ninragon standhalten würde. Das ist definitiv das Beste epische Fantasywerk der letzten Jahre. Sprachlich geht Horus W. Odenthal in die Pole Position - und platziert sich weit vor all seinen Autorenkollegen, egal wie berühmt sie auch sein mögen."
Fantasybuch.de

Personenverzeichnis

In der Miliz:

Danak, Leutnant Vorna Kuidanak
Khrival Nemarnsvad, Mitglied von Danaks Kader, Ex-Söldner
Sandros Moridian, Mitglied von Danaks Kader
Histan Vohlt, Mitglied von Danaks Kader
Mercer, Mitglied von Danaks Kader
Chik, Maisaczik, Mitglied von Danaks Kader

Kylar Banátrass, ein Ordensmann des Einen Weges, neuer Hauptmann der Miliz und Danaks Vorgesetzter
Gilvent Seranigar, Gouverneur von Rhun unter der Herrschaft der Kinphauren
Bek Virdamian, ein Kadermagier des Einen Weges

Klann, Danaks Mann, ein Schmied
Liova und Bernim, Danak und Klanns Kinder

In den Reihen der Kinphauren:

var'n Sipach, Khi var'n Sipach Dharkunt, Bevollmächtigtes Beil des Roten Dolches, Richter und Exekutor des Heereskommandanten der Kinphauren, Befehlsherr der Protektoratsgarde
Vaukhan, Mivridairn Vaukhan t'Chor, Heereskommandant der in Rhun stationierten Nichtmenschen-Garnison, offizieller Oberbefehlshaber der Protektoratsgarde
Mar'n-Khai Venach Idaz, Kylar Banátrass' Stahlbürge vom Klan der Mar'n-Khai
Vhay-Mhrivarn Kutain Veren, Ranghoher des mit Mar'n-Khai verfeindeten Klans der Vhay-Mhrivarn
Choraik, Mainrauk Choraik d'Vharn, ein Mensch, der unter den Kinphauren gelebt hat und einer von ihnen geworden ist; neues Mitglied in Danaks Kader

**Aus der NINRAGON-Reihe
sind bisher als eBooks erschienen:**

Die NINRAGON-Trilogie:
Ninragon: 1 Die standhafte Feste
Ninragon: 2 Der Keil des Himmels
Ninragon: 3 Der Fall der Feste

NINRAGON AD ASTRA
Hyperdrive – Mantikor erhebt sich

Horus W. Odenthals Homepage:
http://www.horus-w-odenthal.de
Seine Facebook-Seite:
http://www.facebook.com/Horus.W.Odenthal
Sein Blog:
http://horus-w-odenthal.blogspot.de
Folgen Sie ihm auf Twitter unter @HorusWOdenthal

Danksagung

Mein Dank gilt diesmal:

Django, dem Gnadenlosen, ohne dessen scharfes Auge und wachen Verstand dieses Buch nicht so gut geworden wäre. Für ungetrübten, neutralen Blick und vieles mehr, das aufzuzählen diesen Rahmen sprengen würde. Wertvoller Gesprächspartner und Ratgeber.

Arndt Drechsler, dessen Artwork dieses Buch so richtig glänzen lässt und der Danak visuell zum Leben erweckt hat. Ja, bewertet ein Buch nach seinem Cover!!!!!!! Danke für die Überstunden vor Weihnachten, Arndt.

Uwe Tächl, ohne dessen Aufmerksamkeit und Wachsamkeit und Anmerkungen, dieses Buch mehr Fehler und Holprigkeiten gehabt hätte.

Kirsten Mischok-Odenthal, ohne deren Zuspruch und rückhaltlose Hilfe ich dieses Buch nicht hätte schreiben können.

Allen anderen, die ich hier nicht namentlich aufführe und die mir auf meinem Weg als Schriftsteller immer wieder geholfen haben. Ihr wisst Bescheid. All den Blogger und Rezensenten, die immer freundlich und hilfsbereit sind, obwohl mancher Zeitgenosse ihnen das zuweilen schwer macht. All den Kollegen, mit denen ich immer wieder gerne rede und schreibe, die ich auch immer wieder gerne persönlich treffe (vor allem, wenn sie ein gutes Bier zu schätzen wissen). Freunde und Wegbegleiter.

Printed in Poland
by Amazon Fulfillment
Poland Sp. z o.o., Wrocław